Julianna Baggott

Harriet Wolfs siebtes Buch der Wunder

Roman

Aus dem Englischen
von Astrid Mania

btb

Die Originalausgabe erschien 2015
unter dem Titel »Harriet Wolf's seventh book of wonders«
bei Little Brown, New York.

FSC
www.fsc.org
MIX
Papier aus verantwortungsvollen Quellen
FSC® C014496

Verlagsgruppe Random House FSC® N001967

1. Auflage
Deutsche Erstveröffentlichung Juli 2018,
btb Verlag in der Verlagsgruppe Random House GmbH,
Neumarkter Straße 28, 81673 München

Covergestaltung: semper smile, München
Covermotiv: © Shutterstock/Eric Isselee; Ola-la; Pakhnyushchy
Satz: Uhl + Massopust, Aalen
Druck und Einband: GGP Media GmbH, Pößneck
SL · Herstellung: sc
Printed in Germany
ISBN 978-3-442-71672-2

www.btb-verlag.de
www.facebook.com/btbverlag

»Was ist dann mit deiner Mutter geschehen?«,
wollte Daisy von ihm wissen.
»Sie hat ihrem Herzen Luft gemacht«, erwiderte Weldon.
»Sein Wandel hat sie aufgezehrt.«
»Und am Ende war sie glücklich«, sagte Daisy.

Aus: *Erbarmungslose Engel*
Von Harriet Wolf

Harriet Wolf mit dem Mann, der vermutlich Epitt Clapp ist (Datum unbekannt). Fotografie im Besitz des Isley Wesler Antiquitäten-Museums.

1

Das Baby, das zweimal geboren wurde

Harriet

Die Geschichte geht wie folgt: Ich war eine Totgeburt – zumindest hat man meiner Mutter das erzählt.

Laut unserem Arzt, dem guten alten Dr. Brumus, kam von mir kein Schrei. Nicht einmal zu diesem anfänglichen Reflex war ich imstande. Ich war stumm und bleich und Bluterin schon damals, in jedem Nasenloch ein roter Tropfen. Stellt euch meine vollkommen erschöpfte Mutter vor – eine Heilige, irischstämmig und katholisch –, die gespreizten Beine schlaff unter dem blutverschmierten Laken, zwei fahlen Knochenflügeln gleich.

Man schrieb das Jahr 1900. Die Welt veränderte ihr Antlitz: Auf der Pariser Weltausstellung bewegte sich der Bürgersteig, Freuds *Traumdeutung* erschien, und in Borough Hall, Manhattan, grub man einen Tunnel für die U-Bahn. In unserem Haus jedoch, nahe der Chesapeake Bay, nicht fern von Baltimores Betriebsamkeit – mit seinen Fischfabriken und den Stahlwerken, dem Hafen voller ächzender Dampfschiffe, den Wohnkasernen, in denen es vor Typhus nur so wimmelte –, gab es wenig, was die Medizin für meine Mutter oder mich hätte tun können. Der Wissenschaft waren Grenzen gesetzt.

Trotzdem schien es, zumindest für den Augenblick und angesichts der Tatsache, dass der – atemlose und stetig überlastete – Doktor meine Mutter bereits von drei stillen Babys entbunden hatte, als ob er endlich einen kleinen Sieg errungen hätte. Und dennoch war er auf der Hut und blinzelte, als würde ihn die Sonne blenden, sogar in der dämmerigen Stunde meiner Geburt, während Mücken an seinem Ohr vorübersirrten. Brumus wusste aufgrund meiner blutenden Nase und meiner fahlen, zart behaarten Haut, dass etwas nicht in Ordnung war. Er wickelte mich in eine Decke – obwohl der Sommer draußen dampfte. Dann stürmte er wie ein alternder Football-Captain mit mir die Treppe zur Veranda hinunter, wo mein Vater, der Banker, auf und ab schritt. Dr. Brumus präsentierte mich und überbrachte ihm die Botschaft: »Es ist nicht gesund.« Ich war noch kein Mädchen. Noch hing ich vor meinem Vater in der Luft, ein verlorenes Pronomen, und es sollte Jahre dauern, bis mein Vater ein reales Kind in mir sah.

»Nein, es ist nicht gesund«, stimmte ihm mein Vater zu, der so etwas angesichts der drei vor mir Verlorenen mit einiger Wahrscheinlichkeit erwartet hatte.

»Es lebt womöglich gerade lange genug, dass sie sich daran bindet«, sagte Dr. Brumus, nun den Tränen nahe.

»Die Mutter selbst ist nicht gesund«, sagte mein Vater. »Mary mit ihren dunklen Stimmungen. Du kennst sie. Solch eine Bindung und dann der Verlust, das würde sie nicht überstehen.«

Dr. Brumus versuchte, mich meinem Vater in den Arm zu legen. Sein Gesicht schob sich über mich, die Nase breit und scharf, ein kantiger Kotflügel, auch wenn er mit seiner straffen, rosigen Haut und dem glänzenden Haar insgesamt jung und attraktiv war. Was er sah, gefiel ihm nicht. »Nimm es mit.«

Dr. Brumus leitete die Maryland-Schule für Schwachsinnige Kinder, die in einem Owing Mills lag, in das sich Baltimore noch nicht ergossen hatte. Mein Vater setzte darauf, dass ich nicht durchkam – aber was, wenn doch? Bat er Dr. Brumus, mir Vater zu sein, oder wenigstens mein Vormund? Die beiden kannten sich seit Kindertagen.

»Jackie«, sagte Dr. Brumus. Dieser Kosename kam eigentlich nur dann zum Einsatz, wenn Dr. Brumus einen Scotch mit Soda getrunken hatte und er und seine Lider schlaff wurden. Doch in der Verfassung war er nicht. Seine Augen irrten wild umher. »Ich kann das Baby nicht mitnehmen …«

»Du hast gesagt, dass es nicht überlebt. Du hast es gesagt!« Plötzlich war mein Vater ein kleiner Junge, mit feistem, schwitzigem Gesicht.

»Wo ist das Baby?«, kam die Stimme meiner Mutter aus dem offenen Schlafzimmerfenster über der Veranda, mit schwerem irischen Akzent. Sie war zu erschöpft, dagegen anzukämpfen. Es klang wie ein Ruf aus dem Schilf, einem Moor, in dem der Nebel schwelt.

Mein Vater schüttelte den Kopf und flüsterte dem Doktor scharf ein »Nein« zu.

Dann schritt mein Vater die Treppe hinauf und an der stockfleckigen Tapete vorbei in ihr Schlafzimmer. »Nein«, sagte er zu seiner Frau in der ihm eigenen Sprachmelodie. Wollte er ihr vorsingen? »Liebling, nein.«

Und so war ich, für meine Mutter, tot.

Und doch war da ein Baby. Und dieses andere Baby mit dem schwachen Puls wurde eingepackt und weggebracht, damit es sein anderes Leben in der Maryland-Schule für Schwachsinnige Kinder beginnen konnte.

Im Verlaufe von wenig mehr als einem Jahrzehnt würde aus diesem Kind ein vermeintliches Wunderkind werden, und, wichtiger noch, es würde Eppitt in der Wäscherei entdecken und ihn zu sehr lieben. (Noch habt ihr Eppitt nicht kennengelernt, meine Lieben, doch das werdet ihr.) Und dann würde ebenjenes Kind seinen Weg hierher zurückfinden – zu dieser Veranda, zum Bett seiner Mutter.

Manche unter uns werden tot geboren, manche werden nie geboren und andere einen jeden Tag aufs Neue – als würde man ihnen über Nacht neue Augen schenken –, was die beste Art zu leben ist.

Ich hoffe, ihr werdet am Ende verstehen, warum ich all das über all die Jahre verleugnet habe. Liest du das, meine Eleanor? Meine Ruthie? Meine liebe Tilton? Erfassen eure Augen diese Worte, verbindet ihr sie miteinander, seht ihr, dass mein Leben sich auf dieser Seite sammelt? Seid ihr bei mir?

Ich wünsche mir noch immer den Schleier der Fiktion herbei, die Werkzeuge, um an den Einzelheiten zu schrauben und zu spielen, um mir vorzumachen, dass ich über ein anderes Baby, eine andere Mutter, ein anderes Leben schreibe. Zumindest wünschte ich, es wäre insgesamt erbaulicher. Doch was habe ich aus der Niederschrift des Lebens von Weldon und Daisy gelernt, meiner beiden Charaktere? Es gibt keine Liebe ohne Kummer und keine Wunder ohne die Verzweiflung.

Nun denn. Hier meine Verzweiflung.

2

Es war einmal ein Flugzeugabsturz

Eleanor

Mein Krankenzimmer, das so schwach beleuchtet wird, als läge ich bei Nacht in einem Kinderzimmer, ist nur halb privat. Ich teile es mit einer gewissen Opal Harper, die wohl an irgendeiner Form von Demenz leidet, aber doch begriffen hat, dass meine Mutter Harriet Wolf war, Trägerin *dieses* Literaturpreises und *jener* Auszeichnung – des Guggenpulitzheimers, wie ich es nenne. Eines dürfen Sie mir glauben: Dem Kind eines literarischen Genies ist »literarisches Genie« egal. Und doch verfolgt es mich. Der Gefäßarzt hat mir gleich erzählt, dass seine Mutter eine signierte Erstausgabe hat. Und auch zwei Krankenschwestern meinten, es sei sicher interessant gewesen, bei einer berühmten Autorin aufzuwachsen, die noch dazu in Abgeschiedenheit lebt.

Und jetzt will Opal Harper schon wieder, zum fünften oder sechsten Mal, über die Bücher meiner Mutter sprechen, ungeachtet der Tatsache, dass ihr Gesicht halbseitig gelähmt ist. Sie platzt mitten in das sanfte Piepen der Maschinen und das Geplauder der Krankenschwestern auf dem Flur hinein: »Habe ich Ihnen schon gesagt, wie viel mir Daisy Brooks und Weldon Fells bedeuten?« Die Konsonanten leiden unter dem sonderbaren Mahlen ihres halbseitig gelähmten Kiefers.

»Ja«, sage ich. »Viele Male.«

»Aber habe ich Ihnen auch schon erzählt, wie einsam ich als Kind war?«, fragt sie mich. »Ich bin bei einer alten Tante aufgewachsen, deren Herz an Katzen und Büchern hing. Die Bücher haben mich gerettet. An Katzen liegt mir nichts.« Und dann schildert sie mir ihre Kindheit, die, das gestehe ich ihr zu, wirklich trostlos war. Sie ist in Oklahoma, außerhalb von Tulsa aufgewachsen. Als Teenager hatte sie sich den Büstenhalter ausstopfen müssen. Und ihre Tante hatte ihr nicht einmal die Nissen ausgekämmt, sodass Opal ein ganzes Jahr lang von Läusen geplagt worden war.

Dennoch setze ich mich während ihres Redeschwalls auf und wiederhole im Geiste meine kurze, über Jahre erprobte Ansprache an die tollwütigen Fans von Harriet Wolf – die eingefleischten Leser, die Journalisten, Studenten, Professoren und seltsam elegischen Damen der Harriet-Wolf-Gesellschaft – mit ihrem Brodem der Verzweiflung.

Sie lautet in etwa so: »Haben Sie kein *Leben*? Haben Sie kein Problem mit *Ihrer* Mutter, das Sie lösen müssen? Können Sie nicht wenigstens aus einer fürchterlichen *Ehe* ausbrechen? Gibt es denn nichts, *gar nichts*, was *Sie* für die Gesellschaft tun könnten? Machen Sie sich *nützlich*!«

Das Ganze wird entsprechend angepasst, wenn die Kinder aus der Nachbarschaft frech an unsere Haustür klopfen, weil sie einen Aufsatz schreiben müssen.

Opal Harper jedoch ist nicht stabil. Würde ich mir je verzeihen, wenn sie nach einer solchen Ansprache stürbe?

Sie sagt: »Daisy und Weldon waren meine Rettung! Daisy war so einsam. So ungeliebt, und dafür habe ich sie geliebt. Ich wollte sie sein.«

Unglücklicherweise weiß ich, was sie meint. Daisy Brooks,

die Heldin aus den sechs Büchern meiner Mutter, hätte niemals zugelassen, dass ein Mann wie George, mein Exmann, sie verlässt. Nein, sie hätte sich darauf verlassen, dass George sie rettet, und in einen See gestürzt. Und George hätte seine Daisy Brooks gerettet, die selbstverständlich betrunken gewesen wäre, und der Wind hätte über ihr durchnässtes, zerfetztes Kleid hinweggespielt. Danach hätten sie die Blumen gegessen, die in ihrem Garten stehen – natürlich nur die ungiftigen –, sich dabei erneut verliebt, wie so oft, und mit ihren hölzernen Schlägern Tennisbälle himmelwärts geschlagen, um die Fledermäuse hervorzulocken. Daisy hätte George überredet, die Wohnzimmermöbel hinaus in den Garten zu tragen, und dort hätten sie gelebt, selbst bei Regen oder Schnee.

Aber so etwas funktioniert nur in den Büchern meiner Mutter. Ich mag erdichtete Geschichten nicht. Meine Mutter hat die Wirklichkeit benutzt. Sie hat sie ausgeschlachtet und aus den Einzelteilen unwahre Erzählungen geschweißt, was in meinen Augen so fahrlässig wie selbstsüchtig ist.

Opal zieht den Vorhang beiseite, die Haken kreischen über die Metallstange, und ich fühle mich schlagartig bloßgestellt, was mir seit meinem Herzinfarkt, der bedauerlicherweise in der Quasi-Öffentlichkeit stattgefunden hat, häufiger passiert. Ich hatte, um genau zu sein, die halbe Nachbarschaft als Zeugen. Alle haben in der heißen Sommersonne zugesehen, als hätten sie nichts Besseres zu tun. Und meine Lage war kompromittierend. Selbst meine arme, liebe Tilton musste es mit ansehen. Sie ist zwar dreiundzwanzig, doch in vieler Hinsicht noch ein Kind, mit all ihren Leiden, und ich fürchte, das Ganze hat ihr Schaden zugefügt! Als Resultat dieses Vorfalls sehne ich mich nach Privatsphäre.

Doch ich reiche nicht bis an den Vorhang, und Opals Gesicht

fasziniert mich wirklich – die eine steife Wange mit ihrem roten Glanz des Bluthochdrucks und der Aufgedunsenheit der Diabetes. Gut möglich, dass sie als Kind sehr hässlich war. Es lässt sich schwer beurteilen.

»Ich habe die Bücher mit zwölf zum ersten Mal gelesen, das war viel zu früh«, erklärt sie mir. »Doch mir war klar, dass sie mich nie mehr loslassen würden. Mit vierzig habe ich sie zum zweiten Mal gelesen, und du liebe Güte!«

Ich selbst habe sämtliche Bücher meiner Mutter innerhalb eines einzigen Sommers gelesen, mit vierzehn: *Zarte Pflänzchen*, *Lass ziehen den Tag*, *Erbarmungslose Engel*, *Das geschröpfte Herz*, *Ein Heim für die Ermatteten* und *Der Verwalter unserer irdischen Bedürfnisse*. Ein Teil davon war damals schon erschienen, die anderen waren erst Manuskripte, die sich in Kartons in ihrem Schlafzimmerschrank stapelten. Ich habe sie ohne ihr Wissen gelesen. Meine Mutter hatte ihr erstes Buch 1947 an einen Verleger geschickt. Zu dem Zeitpunkt waren alle sechs bereits vollendet. Die Handlung, die sich durch die gesamten Romane zieht, ist simpel: Die beiden Hauptfiguren, Daisy und Weldon, sind abenteuerhungrige junge Menschen, die sich als Kinder ineinander verlieben. Krieg und Katastrophen, höhere Mächte und Irrungen des Herzens trennen sie. Als sie endlich wieder zueinanderfinden, ist dies voller Leid. In Buch sieben hätte sich entscheiden sollen, ob die Reihe als Tragödie oder Liebesgeschichte angelegt war, ob die Menschheit letzten Endes gut oder dem Untergang geweiht ist.

Die Serie ist unkonventionell, um nicht zu sagen einzigartig, weil meine Mutter die Bücher so geschrieben hat, dass die Leser mit den Charakteren altern können, so als ob Daisy und Weldon selbst die idealtypischen Leser wären, und dies jeweils in dem Alter, in dem sie geschildert werden. Auch das Genre ändert sich von Buch zu Buch. Der erste Roman ist ein Kinderbuch, voller Märchen und sprechender Tiere, doch inmitten des zweiten Buchs, als Daisy und Weldon heranwachsen, wird die Geschichte düsterer und surrealer. In *Erbarmungslose Engel* treten Daisy und Weldon als Jugendliche auf, es ist ein apokalyptischer Roman, die dystopische Erzählung einer dem Untergang geweihten Gesellschaft aus korrupten Erwachsenen. Im nächsten Buch, *Das geschröpfte Herz*, bewegt sich der Stil in Richtung Realismus, da sind beide Anfang zwanzig, doch als sie die Dreißig hinter sich lassen, verlieren und verwischen sich die Zeitebenen, verschmelzen die Erzählperspektiven. Typisch Modernismus, habe ich mir sagen lassen. Als Daisy und Weldon in *Ein Heim für die Ermatteten* in mittlerem Alter sind und die Jahre in *Der Verwalter unserer irdischen Bedürfnisse* voranschreiten, wird die magische Kindheit wieder sehr lebendig, ist die Gegenwart voller absurder Wendungen. Nun tritt sogar eine Autorin auf, und diese Autorin heißt selbstverständlich Harriet Wolf! Harriet spricht mit Daisy und Weldon und fragt sie hier und da, was sie von ihr wollen. Niemand wusste, was man von ihrem siebten Buch erwarten sollte – hinsichtlich Inhalt und Genre. Als der Ausdruck »postmodern« erfunden wurde, waren ihre Bücher längst Klassiker. Sie wurden im Verlauf nur eines Jahrzehnts veröffentlicht, aber am besten liest man die Bücher während eines Lebens, wenn man jeweils im Alter der Hauptfiguren ist; meine Mutter wollte, glaube ich, dass sie so gelesen werden. Sie hätte das siebte und abschließende Buch der Wunder-Serie, wie die Romane bald genannt wurden, in den letzten Jahren ihres Lebens schreiben sollen.

Nachdem ich die Romane gelesen hatte, habe ich sie zurück in ihre Schachteln gelegt und niemals wieder angerührt. Ich konnte sehr wohl würdigen, dass meine Mutter eine Avantgardistin war, wenn auch unwillentlich, doch in ihren Büchern kommen für meinen Geschmack viel zu viele Charaktere vor, die für die Liebe alles getan hätten, und auch zu viel Gram und Wahn. In einem der späteren Bücher presst ein hilfloser Weldon seine Hand an ein großes gläsernes Wasserbecken, in dem Daisy mit einem weißen Pferd gefangen ist, das um sie herum schwimmt, dann löst sich ihr Rock allmählich auf und verwandelt sich in das Schillern eines Quallenleibs.

Außerdem, was wusste meine Mutter von der Liebe und dem Leben? Es hatte nie einen Ehemann gegeben. Es hatte sie auch nie sonderlich oft aus dem Haus gezogen, doch im Winter 1950 hatte sie die Lesereise für ihr zweites Buch, *Lass ziehen den Tag*, nach einem sonderbaren Vorfall bei einer Signierstunde in New York – sie war unter Tränen nach draußen in den Schnee gelaufen – abgebrochen und sich ganz zu Hause eingeschlossen.

»Was ist mit dem siebten Buch?«, fragt Opal in drängendem Flüsterton, ihre Augen glänzen im Licht der Geräte. »Wissen Sie in Wahrheit, wo es ist, aber verraten es nicht?«

Warum bin ich gezwungen, meine Mutter ständig mit anderen zu teilen? Bis heute kommen Menschen, die mich auf der Straße sehen, mit kleinen literarischen Verweisen auf mich zu. »Wir fahren alle nur im Kreis!«, heißt es dann. Oder: »Wenn man wirklich lebt, überwältigt Schönheit genauso wie Trauer.« Mehr als einmal habe ich ihnen einen herzlichen Stinkefinger gezeigt.

Wenn meine Mutter das siebte Buch wie vorgesehen publiziert hätte, wäre die Reihe abgeschlossen und stünde nun auf staubigen Regalen in den Büchereien, so aber bläht sich das Geheimnis immer mehr auf. So berühmt meine Mutter auch für ihre Bücher ist, noch berühmter ist sie für das Buch, das nie erschienen ist. Mich peinigt diese Ironie, denn ich traue ihr zu, dass sie sich das ausgedacht hat, als Coup, um uns alle noch ein wenig länger in den Bann zu schlagen. Selbst jetzt, Jahre nach ihrem Tod, muss ich sie mit Wildfremden teilen!

»Ich weiß nicht, wo das Buch ist«, sage ich zu Opal.

»Verstehe«, erwidert sie geschlagen. Und da ist sie wieder, die Last, die ich zu tragen habe: Ich enttäusche.

In Wahrheit hat Harriet das siebte Buch Dutzende Male geschrieben. Nachdem ich in das mütterliche Heim zurückgekehrt war – in das Haus mit dem Schlafzimmer, in dem meine Mutter einst geboren wurde –, meine beiden Töchter im Schlepptau, bezwungen von meiner gescheiterten Ehe, habe ich meine Mutter mit Papier, frischer Tinte und Streichhölzern versorgt. Wenn ich ihr die Streichhölzer verweigern würde, hatte sie gesagt, würde sie die Seiten aufessen. Sie hat jeden Tag geschrieben und jede einzelne Seite auf einen kleinen Aschehaufen reduziert, der im Papierkorb neben ihrem Schreibtisch landete.

Ein Journalist der *New York Times* hat einmal einen Artikel über die hundertfachen Stellvertreter-Siebtes-Buch-Bücher verfasst, die zu Ehren Harriet Wolfs geschrieben worden sind, allen voran von den Mitgliedern der Harriet-Wolf-Gesellschaft. Meiner Mutter, so seine Mutmaßung, hätte das gefallen. Wir hatten kurz telefoniert, und so schrieb er: »Wolfs Tochter, Eleanor Tarkington, unter Literaturwissenschaftlern als Gatekeeper bekannt, gilt als notorisch unzugänglich, wenn es um die Frage nach dem vermeintlich letzten Band ihrer Mutter geht. ›Wer weiß? Vielleicht taucht er eines Tages auf‹, hieß es nun in einem von Tarkingtons seltenen Interviews.«

Das bin ich auch: *notorisch unzugänglich.*

Nach dem Tod meiner Mutter hatte die Historische Gesellschaft angefragt, ob sie eine kleine Gedenktafel neben der Haustür anbringen dürfe. Ich hatte eingewilligt, vielleicht hatte mich der Tod meiner Mutter zermürbt – oder ich war es einfach leid, ständig zu enttäuschen. Die Tafel war aus Bronze und recht ansehnlich. Und sie verdeckte die Löcher eines früheren Schildes. Doch bevor sie Patina annehmen konnte, habe ich sie abmontiert. Als die Mitglieder der Historischen Gesellschaft Jahre später wiederkamen, um meiner Mutter zu huldigen, habe ich ihnen die Tafel in einer Schachtel überreicht. Warum sollte ich das Haus meiner Mutter – den potenziellen Friedhof ihres siebten Buches – jedem Irren preisgeben?

In diesem Jahr, dem ersten des neuen Millenniums, hatte mich die Harriet-Wolf-Gesellschaft zu einer besonderen Gala im Rahmen ihrer Jahreskonferenz gebeten, »zur Einhundertjahrfeier von Harriet Wolf«. Mir ist die Art und Weise, wie sie meine Mutter lieben, so zuwider. Fast wäre ich auf das Getue hereingefallen; ich hätte beinahe schon geglaubt, dass ich an meiner Mutter etwas unwiderstehlich Liebenswertes übersehen habe – etwas, das sich nur Fremden aus der Ferne zeigt. Liebe auf Weitsicht.

Doch ich bin weiß Gott auch dankbar. Als George uns verlassen hat, hat meine Mutter mich und die Mädchen aufgenommen, und von den Tantiemen ihrer Bücher leben wir bis heute – und selbstverständlich hamstere ich.

»Gesamt«, flüstert Opal leise. »›Gesegnet‹ und ›verdammt‹ wird zu ›gesamt‹. Wie lautet die Zeile noch?«

Sie spielt auf ein Gespräch zwischen Daisy und Weldon an, bei dem beide in einem Kanu sitzen, ein Moment, der vielen als der wichtigste in den Büchern meiner Mutter erscheint. »Ich habe die gesammelten Werke von Harriet Wolf nicht auswendig gelernt!«, fauche ich. »Ich habe gelebt.«

»Oh«, sagt Opal. »Tut mir leid. Ich hatte nicht die Absicht ...«

»Niemand hat die *Absicht*!«, erwidere ich und knurre dann: »Und bitte schließen Sie den Vorhang!«

Wieder ist da ihr Gesicht, halb Schmachten, halb Schmollen. Dann erscheint ein dicker Arm, der heftig an dem Vorhang zerrt. Weg ist sie.

Ich schließe die Augen und spüre das Gewicht der Dunkelheit – die Schwerkraft drückt mich auf das Bett. Der Rhythmus der Maschinen klingt wie leises Ächzen. Unwillkürlich denke ich an Tilton, die so schnell außer Atem ist. Ist sie allein zu Hause? Oder hat sie es nach nebenan zu Mrs Gottleib geschafft? Ich traue Mrs Gottleib nicht, auch wenn sie mir vor vielen Jahren versprochen hat, mir in Zeiten der Not beizustehen. Doch bleibt mir eine Wahl?

Tilton war ein blasses kleines Mädchen mit feinem weißem Haar, das ihr büschelig über die Ohren hing. Bis heute ist sie fahl und keuchend, mit Asthmatikerbrust und einer Anfälligkeit für Blutergüsse, Allergien, Schwindel, Kurzsichtigkeit, Reiseübelkeit und unerklärliche Fieberschübe. Ich darf mich selbst dafür loben, dass ich ihr eine Laktoseintoleranz diagnostiziert habe, bevor ich je davon gehört hatte. Gegenüber der Sonne ist sie unglaublich empfindlich. Als Kind habe ich sie derart mit Sonnenmilch beschichtet, dass sie den ganzen Sommer lang wie frisch lackiert geglänzt hat. Ich habe sie vor ihren Nahrungsmittelallergien bewahrt – Nüsse und Erdbeeren. Außerdem neigt sie zu Ausschlägen. Wird sie von einem Insekt gestochen – und wir reden nicht einmal von Bienen – schwillt die Haut rings um den Stich herum an und wird unglaublich empfindlich. Die Mücken lieben sie. Darum musste ich neben der Sonnenmilch immer auch ein Mückenspray benutzen – am Ende war ihre Haut selbst so dünn und brüchig wie Insektenflügel. Letztlich war es einfacher, sie, wenn sie an die frische Luft musste, hinter ein Fliegengitter auf die Veranda zu setzen.

Und dann ist da ihre Denkweise, eine seltsam ferne Welt, die sich dem Verständnis eines jeden Außenstehenden entzieht. Das große Ganze interessiert sie nicht. Ihre Welt besteht aus kleinen Teilen einer größeren Maschinerie – aus Blumen, Vögeln, Grillöfen.

Trotz – oder vielmehr wegen – all ihrer kleinen Gebrechen und Bedürfnisse liebe ich sie von ganzem Herzen.

Wir alle haben doch unsere eigenen Gebrechen und Bedürfnisse und Tragödien, liebe Opal Harper, ersparen Sie mir Ihre! Auf mir lastet die Tragödie meiner Kindheit – der leere Blick der Vaterlosigkeit. Nur hieß das bei uns nicht Tragödie, weil sich meine Mutter prinzipiell geweigert hat, über meinen Vater zu sprechen, der doch in irgendeiner Form existiert haben muss. Und so konnte ich das, was meine Tragödie war, nie für mich beanspruchen.

Ich hatte mir geschworen, meinen Töchtern solch ein Schweigen nicht zuzumuten. Als unsere Tragödie eingeschlagen hat, habe ich die Gelegenheit ergriffen und daraus unsere Gutenachtgeschichte gemacht, unsere einzige. Ich habe sie im Laufe der Jahre so viele Male erzählt, dass sie mittlerweile wie in Marmor vor mir steht – als ihr eigenes Denkmal. Ich habe meinen Töchtern immer wieder gesagt: »Der Mensch wird von Tragödien geformt, und dies ist unsere.«

Und schon rattert der Projektor, leuchten in der dunklen Kammer meines Hirns die Bilder auf. Ohne die Worte, die der Geschichte ihre Gestalt verleihen, verliert sie ihren mythischen Charakter. Sie reißt sich los, sie flattert wild davon. Erinnerungen lassen sich nur schwer in Bahnen lenken. Da ist die brennende Zigarre, das dampfende Triebwerk des Flugzeugs auf der Straße, der Koffergriff zu meinen Füßen. Meine Brust taumelt unter all der Medizin, die mein Herz einlullen soll, doch mein Geist geht unbeirrt ans Werk.

Ich sehe mich als junge Mutter mit brauner Betonmähne und übergroßer Brille auf dem Rücksitz, auf den Knien einen Topf, meinen Beitrag zu einem Büfett, die Reste lasten schwer auf mir. Wir kommen aus Elkton, Maryland, der Nachbarstadt unseres damaligen Wohnorts Newark, Delaware. Die Straße zieht sich glatt und schnurgerade zwischen beiden Städten her. Neben mir ist Tilton – Baby Tilton – in den Sitz geschnallt, eine Art Kinderbett mit Stangen, das ich selbst gebaut und zweifach ausgepolstert habe. Die siebenjährige Ruthie ist zu meiner Rechten angegurtet, auf dem Kopf Georges alten Footballhelm, entsprechend für sie ausgefüttert, falls sie bei einem Unfall mit dem Kopf gegen Wagentür oder Fenster schlagen sollte.

George sitzt vorn am Steuer, ganz allein. Er hat, auf mein Drängen hin, das Fenster einen Spalt geöffnet und bläst seinen Zigarrenrauch in die kalte, regnerische Nacht. In dem Moment heult Ruthie auf, beharrlich schrill wie ein Wasserkessel.

»Das ist dieser Helm!«, ruft George. Er hasst den Helm. Er ist der Meinung, ich würde die Kinder erdrücken. Ist es Eifersucht? Habe ich ihn zu Beginn unserer Beziehung zu sehr angehimmelt? Vielleicht habe ich nach Ruthies Geburt zu knirschend in einen anderen Gang geschaltet. George hat seine Zigarre, ein Stummel nur noch, in den Mundwinkel geschoben. Aus dem anderen ruft er nun: »Ich halte das Geschrei von diesem Kind nicht aus!«

Der kühle Luftzug gefährdet Tiltons sensible Atemwege. Ich schiebe eine Hand durch die Stangen und ziehe die Decke bis zu ihrem kleinen Knubbelkinn. »Ruthie weint nicht wegen ihres Helms«, sage ich. »Sondern wegen der Zigarre! Bei kleinen Kindern lässt Rauch die Lunge verkümmern!« Es ist zweifelsohne Luftverschmutzung, jeder Raucher ein Fabrikschlot. Ich versuche, Ruthie zur Vernunft zu bringen, und rufe über ihr Geschrei, das immer greller wird, hinweg: »Was, wenn wir einen Unfall haben, Ruthie? Und du stirbst, weil du dir den Kopf am Fenster aufschlägst? Das willst du doch nicht, oder?«

Ruthie gibt Ruhe, doch dann, immerzu auf Widerspruch gebürstet, nickt sie. Der übergroße Helm rutscht hin und her. »Doch!« Sie würde lieber sterben. Sie funkelt mich – durch dicke Ponyfransen – an, rutscht tiefer in den Sitz und schreit noch lauter.

Ich bin machtlos. Sie ist so ein verdrießliches Geschöpf, der geborene Tyrann, der in mir von Anfang an sein erstes Opfer gesehen hat. Jedes Mal, wenn ich zu etwas Nein sage, muss ich sie im Auge behalten, denn sonst rennt sie ins Badezimmer und pinkelt auf die rosa Matte neben der Kommode. Sie gerät nach George. Die beiden im Verein würden mich fertigmachen – das sagt mir mein Gefühl. Doch wieso? Ich will meine Familie doch nur vor den Gefahren dieser Welt beschützen, sie dem Tod mit seinem gierigen Lauerblick entziehen.

»Ist die Zigarre endlich ausgeraucht?«, rufe ich.

George zerdrückt die Zigarre und schnippt den Stummel aus dem Fenster. »Bitte! Bist du jetzt glücklich? Ist irgendjemand hier in diesem Auto glücklich?«

Tilton. In meiner Gegenwart ist Tilton *immer* glücklich. Ihr Weinen ist ein leises Klagen, das sich leicht stillen lässt. Ich erinnere mich bis heute an ihre weichen Öhrchen, die im Gegenlicht geleuchtet haben, mit ihrer zarten Haut, den kleinen Äderchen, zwei rosa Wasserspeier rechts und links, und an die Verkrustungen auf ihrem Kopf, die ich so oft eingeölt und abgekratzt habe. Tilton, zahnlos, grinsend – sie hat mich geliebt, und das bedingungslos. Das war damals neu für mich. Nicht, dass meine Mutter mich nicht bedingungslos geliebt hätte. Das hat sie. Doch manchmal war es, als ob meine Mutter etwas an mir gesucht hätte – eine nie benannte Eigenschaft – die ich einfach nicht besaß. Meine Mutter hat mich *trotz* etwas geliebt. Was genau das war, habe ich nie herausgefunden.

Für mich war es ein vernichtender Abend gewesen. Aus dem Topf auf meinem Schoß kommt mir der strenge Geruch von saurer Sahne und Zwiebelsuppe entgegen. Warum hatten alle in meinem Essen nur höflich gestochert? Weil sie mich nicht mögen. Da war ich mir sicher. Auf diese Weise zahlen Frauen es sich heim – sie drücken ihre Geringschätzung über das Essen aus. Ich bin in geselligen Runden schon damals nicht zurechtgekommen. Ich wollte mich über Hautausschläge, gesundheitsgefährdende Putzmittel und das Gift in Apfelkernen unterhalten. Aber die anderen Frauen hatten an solchen Problemen kein Interesse, sie waren immer voll und ganz damit beschäftigt, sich an ihren Kindern zu erfreuen – als ob das alles ein harmloses Spiel wäre, das reine Entzücken, etwas für den rosa Bilderrahmen, zum Dahinschmelzen. Sie alle hatten offenbar den immer gleichen Refrain zu einer heiteren Musik im Kopf. Selbst aus ihren Klagen klang eine unbändige Freude. Es schien, als wäre die Kindererziehung ein fröhlicher Chorgesang, nur ich kannte weder Text noch Melodie. Ich hatte immer nur den Drang, die anderen Mütter wachzurütteln: »Wissen Sie denn nicht, was auf dem Spiel steht? Was soll hieran niedlich sein? Das ist eine Frage von Leben und Tod!«

Entsprechend grässlich war die Party verlaufen. Während Ruthie ihrem Vater auf Schritt und Tritt gefolgt war, hatte ich mich, Tilton im Arm, auf die Terrasse verzogen und erklärt, sie brauche frische Luft. Bestimmt war sie gegen Rauch allergisch, und fast jeder rauchte – ein Zimmer voller Dreckschleudern. Lange konnte ich nicht mit ihr im Freien bleiben. Ihre körperliche Verfassung war nicht minder heikel, als ihre geistige es werden sollte. Ich hatte sie ins Badezimmer getragen, in ihre Windel geschaut und mir die Hände mit einer bedenklich schwer parfümierten Seife in Blumenform gewaschen. Ich war mit Tilton um das Büfett herumgeschlichen und hatte sehen müssen, wie andere Gäste über die Vorspeisen husteten. Ich hatte an einigen Drinks genippt, weil Alkohol eine desinfizierende Wirkung hat. Vielleicht war er mir ein wenig zu Kopf gestiegen. Vielleicht hatte ich mich deshalb auf der Heimfahrt in einen Streit mit George verwickeln lassen, denn eigentlich hatte ich immer versucht, das zu vermeiden.

Er spielt am Autoradio und springt in seiner Ungeduld schon gleich zum nächsten Sender, noch ehe ich den Song erkennen kann. Mittlerweile regnet es so heftig, dass es Ruthies Schreie übertönt. Aber George beschleunigt weder den Rhythmus der Scheibenwischer, noch drosselt er das Tempo. Wütend schaltet er das Radio aus.

»Fahr langsamer, George! Es regnet wie verrückt! Kannst du überhaupt was sehen?« Ich will ihm schon von dem Autounfall erzählen, über den die Zeitungen berichtet haben, doch dazu komme ich nicht mehr.

Ein Blitz durchschneidet den Himmel und wird zu einer Explosion. Einen gleißend hellen Augenblick lang brennt der Himmel. Obwohl ich selbst gar nicht gesehen habe, wie es passiert ist – anders als George es später von sich behaupten wird –, hat es sich mir eingeprägt: Durch die dunklen Wolken brummt ein Flugzeug, das von einem ungeheuer grellen Blitz getroffen wird.

»Scheiße! Verdammt!«, ruft George. Er tritt auf die Bremse. Auf der nassen Straße verlieren die Reifen die Haftung, das Auto schwimmt, schwerelos. Irgendwie gelingt es mir, Ruthie am Arm zu fassen und mich über Tiltons Bettchen zu werfen. Der Topf auf meinen Knien kippt.

Ein massiver Klotz aus brennendem Metall stürzt auf uns zu. Ein gewaltiges flammendes Triebwerk, das weniger stürzt, als dass es auf uns zu geschleudert wird. Es landet mit einem ohrenbetäubenden Krachen auf dem Highway, ein Krater tut sich auf.

Irgendwann greifen glücklicherweise die Reifen wieder, das Auto kommt schleudernd zum Stehen. Wie weit waren wir vom Kraterrand entfernt? Hatten wir direkt vor dem Triebwerk gehalten? In meiner Erinnerung ist es so. Da sind so viele Einzelheiten – die Hitze, das Innenleben des zerfetzten Triebwerks, der prasselnde Regen, die Rauchschwaden. Wir standen Auge in Auge mit einem Untier – es schien beinahe lebendig –, einem wutschnaubenden Stier.

Ich mühe mich, Tilton aus ihrem Sitz zu befreien. Ich schnalle Ruthie los, dränge sie aus dem Wagen und presse Tilton an meine Brust. »Raus, raus!«, schreie ich. »Bevor uns jemand rammt!«

George öffnet die Fahrertür und geht auf das Triebwerk zu. Der Regen bohrt Löcher in sein Hemd. Er wendet sich langsam um und blickt über ein Maisfeld zu einem kleinen Haus, das zwischen Bäumen steht. Eine der Tragflächen ist abgerissen und in der Garage gelandet.

Ein alter Mann stürzt aus dem Haus, in einem Regenmantel, darunter ein Schlafanzug, und stolpert unbeholfen o-beinig durch seinen Garten. Er breitet die Arme aus, als ob er jemanden umarmen müsste.

Ich gehe mit George in das matschige Maisfeld. Ich habe Tilton zwar schon in eine Decke eingewickelt, doch sicherheitshalber schiebe ich sie unter meinen Mantel, einen Wintermantel, an dem der Regen abperlt. Ruthie windet ihre Hand aus meiner, läuft zu ihrem Daddy und greift nach seinem Arm.

Nun herrscht Stille. Eine seltsame Stille. Von oben schwebt ein weißer Drachen herab, er verfängt sich im Geäst eines fernen Baums. Ein Drachen? Ein seltsamer Moment dafür.

Der alte Mann ruft uns zu: »Haben Sie das gesehen? Haben Sie das gesehen?«

Ich aber schaue auf Tiltons Gesicht hinunter – auf ihren feuchten Mund, die runden Augen, die kleinen, zarten Atemwölkchen. Langsam macht das alles Sinn. Eine Katastrophe ist geschehen. Wir aber sind am Leben. Wir sind sicher und am Leben.

Und dann hebe ich den Blick. In dem Moment sehe ich den Koffergriff – an dem kein Koffer ist. Er liegt auf dem Boden, als ob der Koffer selbst darunter eingegraben, als ob dies der Griff zu einer Falltür wäre. So etwas gehört in die Romane meiner Mutter – ein Griff an der Erde, der Weldon und Daisy die Tür zu einer völlig neuen Welt eröffnen würde. Wirklich Sinn ergibt das nicht.

Dann funkelt etwas auf, gleich neben dem Koffergriff. Ich beuge mich vor und blinzele – eine strassbesetzte Schnalle.

»Sieh mal, George«, sage ich.

Er dreht sich um. »Eleanor, nicht«, sagt er zu mir. Seine Stimme ist so sanft – solch eine Zärtlichkeit hatte ich seit langer Zeit nicht mehr gehört.

Auch Ruthie ist überrascht. Ihr »Daddy?« klingt so fragend, als würde sie plötzlich zweifeln, dass er es wirklich ist.

Die Schnalle, so erkenne ich allmählich, sitzt an einem Damenschuh. Den vornehmen, hohen Schuh, schwarz und glänzend, hatte ich zuerst übersehen, ebenso den dunkel bestrumpften Fuß, der in dem Schuh steckt, und auch das Bein, das in blutigem Fleisch und rohem Knochen abrupt oberhalb des Knies endet.

Ich fasse mit der Hand an meine Brust und drücke Tilton

ganz fest an mich. Ich lasse den Blick über das Maisfeld wandern, und nun zeichnen sich weitere Körperteile ab, verstreute Überreste. Am meisten erschreckt mich eine Hand, keine anderthalb Meter von mir entfernt, die auf der Oberfläche eines dunklen Sees zu ruhen scheint. Ich reiße mich von ihrem Anblick los und schaue in den Baum – zu dem Drachen. Es ist kein Drachen. Es ist ein Herrenhemd, wahrscheinlich stammt es aus einem Koffer im Gepäckbereich. Das Hemd ist feucht und schwer von Regen.

Nach und nach kommen Krankenwagen, Feuerwehr und Polizei. Ihnen folgen die Reporter – zerzaust und mit irrem Blick. Ein junger, pausbäckiger Polizist namens Stevenson führt mich gemeinsam mit Ruthie und Tilton quer über das Feld in das Wohnzimmer des alten Mannes, das auf der anderen Seite des Gebäudes liegt und nicht von der Tragfläche zerdrückt worden ist. Ein zweiter Polizist, älter und abgehärteter, nimmt George und den alten Mann zur Befragung mit zu seinem Wagen. Mir stellt Stevenson einige Fragen, dann geht er nach draußen zu den anderen Männern. Ich setze mich auf ein kariertes Sofa. Tilton schläft an meiner Schulter ein, Ruthie legt den Kopf in meinen Schoß, zupft an den Noppen des Sofastoffs und tritt gegen die Armlehne.

Das Maisfeld versinkt in den rotierenden Lichtern der Bereitschaftswagen. Zahlreiche Männer laufen umher, gestikulieren und notieren. Soldaten kommen, mit Fackeln. Mit *Fackeln*! Ich fühle mich vergessen. Nun ist auch Ruthie eingeschlafen, und ich sitze da, zu keiner Regung fähig, kann mich unter der Last der Kinder nicht bequemer setzen – nicht, dass ich schlafen könnte. Der alte Mann besitzt eine Sammlung holzgeschnitzter, kunstvoll bemalter Lockenten, die auf den Regalen hocken und ins Zimmer schauen.

Irgendwann klopfte es. Eine Frau kommt ins Haus, groß und robust, mit mächtiger Brust.

»Rotes Kreuz«, sagt sie, als wäre das ihr Name, und streckt mir eine Hand entgegen.

Ich schüttele sie, so ruhig wie möglich, damit die Kinder nicht wach werden.

»Geht es?«, fragt sie. Ich sehe ihr an, dass sie ein Ja hören will, also nicke ich. »Nun, wir werden die Familien der Opfer benachrichtigen. Sie werden zur Identifizierung …« Sie beendet ihren Satz nicht. Ich verstehe es auch so. »Und wir suchen Freiwillige, die die Angehörigen in dieser Zeit bei sich aufnehmen. Sie werden traurig und erschöpft sein. Meiner Erfahrung nach wollen die, die beteiligt waren, also, gerade diese Menschen wollen gerne helfen.«

Beteiligt? Das klingt, als ob ich an dem Ganzen irgendeine Schuld trüge. Das muss ich klarstellen. »Wir waren auf dem Heimweg von einem Essen.«

Die Rote-Kreuz-Frau schaut mich, kurzzeitig aus dem Konzept gebracht, an, dann fällt ihr Blick auf die Kinder, als wären sie ihr erst in dem Moment aufgefallen. »Was ich sagen will«, fährt sie fort, »ist, dass so etwas auch zu Ihrem Heilungsprozess gehören kann – das Gefühl, sich nützlich zu machen.«

Ich würde ihr gern erklären, dass vor meinem geistigen Auge ständig das Bild des Frauenfußes in dem strassbesetzten Schuh auftaucht und mein Ziel darin besteht, es so schnell wie möglich durch etwas Vertrautes auszulöschen – die gelbe Patchworkhaube über meinem Toaster, den salzigen Rauch aus Tiltons Luftbefeuchter, den Nylonstoff meines Lieblingsnachthemds. George, die Kinder und ich, wir alle sind nur insofern beteiligt, als dass uns das Triebwerk nicht erschlagen hat. Ich spüre das heftige Verlangen, uns alle einzukapseln.

»Ich würde ja wirklich gerne helfen«, sage ich der Frau. »Aber unser Haus ist nicht sehr groß, und die Familie wächst, von daher …«

Die Rote-Kreuz-Frau nickt und notiert sich Namen und Adresse. Ich gehe davon aus, dass sie beides für das weitere Verfahren benötigt – womöglich für die Betreuung der Unglücksopfer. *Die Tarkingtons sind ebenfalls unter den Opfern*, denke ich bei mir. *Dass wir das nicht vergessen.*

Doch die Rote-Kreuz-Frau fällt mir in den Rücken. »Danke«, sagt sie. »Sie werden sehen, eine solche Großherzigkeit wird man Ihnen um ein Vielfaches erwidern.« Sie legt eine Hand auf ihr Herz, eine rührende Geste, die gar nicht zu ihr passt und ihr auch nicht gelingt. Sie wirkt einstudiert.

Plötzlich ist mir danach, aufzustehen und sie zu schlagen. In Gedanken tue ich das auch, und zwar so rasch und heftig, dass die Rote-Kreuz-Frau Blut spuckt. Im Laufe der Jahre habe ich mir die Ohrfeige derart oft und deutlich vorgestellt, dass ich manchmal spüre, wie die weiche Haut unter meiner Hand nachgibt. In Wirklichkeit habe ich mich keinen Millimeter weit gerührt – aus Angst, die Kinder wachzurütteln. Ich habe nur krampfhaft gelächelt und gedacht: *Du blödes Weib! Ich habe Nein gesagt! Nein, nein, nein!*

Meine Töchter sind mit der Geschichte aufgewachsen. War das weise, besonders in Tiltons Fall? Sie unterbricht mich jedes Mal, aber nur, um sich zu vergewissern, dass sie das Baby in der Decke war.

»Ja«, sage ich dann immer, »das warst du.«

Ruthie hingegen hat aus ihrer Abneigung gegen die Geschichte keinen Hehl gemacht. Sie wisse immer noch, wie dieser Helm gestunken hat, sagte sie stets. Mit fünfzehn war es »dieser *Scheiß*helm«, und ich musste jedes Mal in der Erzählung innehalten, um sie zu ermahnen: »Was ist das für ein Wort?«, worauf Ruthie zurückgefaucht hat: »Oh, war das nicht deutlich? Wie wäre es damit? *Zur Hölle, verdammt, Schwanzlutscher.* Oder soll ich es auf Französisch sagen? *Merde!* Besser?«

In den Wochen, bevor Ruthie mit sechzehn von zu Hause weggegangen ist, war es mir unmöglich, die Geschichte zu erzählen, solange sie im Zimmer war. Selbst an simplen Stellen wie »Und dann sind sie mit Fackeln gekommen und haben nach den Leichen gesucht«, hat sie mich unterbrochen. »Warum hatten die denn keine Taschenlampen? Damals gab es doch schon Taschenlampen, oder?«

»Ich weiß es nicht. War ich beim Roten Kreuz? War ich bei der Armee?«

Zu der Zeit war mir bewusst geworden, dass ich Gefahr lief, beide Töchter zu verlieren, dass sie, wie ihr Vater, in die große weite Welt entschwinden könnten. Ich habe ihnen damals sehr deutlich gemacht, dass sie das Produkt dieser Tragödie waren und es ihre Bestimmung war, dieser Tragödie Ausdruck zu verleihen, und zwar, indem sie Dichterinnen wurden. Ich kann nicht sagen, dass ich eine besondere Wertschätzung für die Literatur empfunden hätte, allerdings wusste ich, dass Dichter mangels Perspektiven oft im elterlichen Heim blieben. »Die Welt liebt ihre Dichter nicht«, so meine Losung. »Ihre Mütter aber lieben sie.«

Ruthie hat sich aus Prinzip geweigert, Gedichte zu verfassen. »Man kann jemanden zwingen, Buchhalter zu werden«, hat sie widersprochen, »aber nicht Dichter.«

In Tilton flammte Sehnsucht auf, als Ruthie uns verlassen hat. Von dem Moment an haben sich ihre Empfindlichkeiten zu Allergien ausgewachsen, zu Krankheiten, zu chronischen. Es wurde zu riskant für sie, längere Zeit im Freien zu verbringen –

sie ist nicht mehr über das Tor hinausgekommen. Ich hatte immer schon darauf geachtet, dass Tilton nur einige handverlesene Spielkameraden hatte, doch selbst die waren mit allzu vielen Keimen ins Haus gestampft. Und wie konnte ich zulassen, dass Tilton in stickige Klassenzimmer gepfercht wurde, wo die Kinderkrankheiten wie Baseballkarten hin und her wanderten? Davon abgesehen war die Schule immer schon ein Kampf gewesen. Die Lehrer wussten einfach nicht, wie sie Tilton in ihrer wundersam zersplitterten Welt erreichen sollten. Tilton musste zu Hause bleiben. Ich hatte mir eingeredet, dass ich keine andere Wahl hatte. Meine Mutter und Ruthie waren fort, und so blieben Tilton und ich daheim, gemeinsam.

Ohne Ruthie war es viel ruhiger. Zu meinem Erstaunen hatte mich eine seltsame Erleichterung befallen, obwohl diese Erleichterung Gewissensbisse mit sich brachte. Welche Mutter ist erleichtert, dass ihre Tochter fortgelaufen ist? Doch Ruthie hatte so viel Unruhe und Chaos ins Haus gebracht – laute Musik, anzügliche Bilder auf Plattencovern und Kassetten. Sie hatte darauf bestanden, jeden Abend die Nachrichten zu sehen – noch brutaler und verstörender geht es nicht! »Das ist die wahre Welt«, hatte Ruthie immer gesagt. »Das alles müssen wir doch kennen, wenn wir jemals ein normales Leben führen wollen.« Doch kaum war Ruthie fort, habe ich den Fernseher an das nächste Altenheim verschenkt, und die Tageszeitung kommt seither zu Mrs Gottleib, meiner Nachbarin, damit all die expliziten Pressebilder nicht schon beim Frühstück auf unserem Tisch landen. Mir war damals wohl bewusst, dass meine Gutenachtgeschichte allzu explizit ist. Diese Heuchelei ist mir keineswegs entgangen. Doch Tilton hat ein Recht darauf zu hören, woher sie kommt und wer ihr Vater ist.

So grässlich die Bilder des Absturzes auch waren, vor dem

zweiten Teil der Geschichte, der unblutig, dafür brutaler ist, graute mir stets noch mehr – dem Zerbrechen der Familie. George, der Deserteur. Womöglich war mein Vater auch ein Deserteur. Meine Mutter hat mir nie Näheres erzählt. Und dann ist sie gestorben, und alles, war mir bis heute geblieben ist, sind ihre albernen Fabeln über Weldon und Daisy. So etwas wollte ich meinen Kindern nicht antun. In alldem verbirgt sich eine wertvolle Lektion, und nach Ruthies Fortgang habe ich mir vorgeworfen, dass ich nicht noch deutlicher geworden bin: Meine Geschichte dient der *Belehrung*. Harriet Wolf hat moralische Erzählungen notorisch abgetan. »Hätte ich moralisieren wollen, so hätte ich das getan«, hat sie irgendwann geschrieben. »Als Romanautorin ist es meine Aufgabe, Dinge zu erfinden. Ihre als Leser ist es, die Moral darin zu sehen.« Na, herzlichen Dank. Ich will, dass meine Geschichten einen Kern enthalten!

Und so habe ich den Chorgesang der Tragödie angestimmt: »Man weiß nie, in welcher Gestalt die Gefahr daherkommt, Tilton. Sie kann so traurig wirken, so erbarmungswürdig – wie eine Frau, deren Ehemann beim Absturz eines Flugzeugs umgekommen ist – dass man sie zu sich ins Haus holt.«

Wann hat Tilton erfasst, dass ihr Vater eine Affäre mit jener Witwe hatte, die uns das Rote Kreuz geschickt hatte? Wann das Wort »Affäre«? Ich weiß es nicht. Diesen Teil der Geschichte hat sie nie hinterfragt – Marie Cultry und ihre Aura der verlorenen Liebe, diese erregbare, trauernde Gestalt, wie sie in jenem kalten Dezember in unserem Haus ihren Gefühlen freien Lauf gelassen und ihre Hitze überall verbreitet hat, Marie Cultrys feuchtes, übersteigertes Verkümmern, ihre glühenden, fiebrigen Wangen, ihre aufgerissenen Augen, ihre bebenden Lippen; Marie Cultry, die *Diebin*.

Nachdem sie dem grässlichen Verfahren der Identifizierung

beigewohnt hatte und emotional stabil genug war, um zu reisen, hatte ich von einem der oberen Fenster aus gesehen, wie George eine Hand an Marie Cultrys Ellbogen legte, damit sie auf der vereisten Auffahrt nicht ausrutschte. Er führte sie sachte zum Beifahrersitz, machte den Kofferraum auf und wuchtete, mit Macht, den Koffer dort hinein. Er knallte den Kofferraum zu und sah zu mir hinauf. Ich weiß noch genau, wie ich am Fenster gestanden habe: eine Hand auf der Hüfte, die andere am Vorhang. Es ist später Vormittag. Tilton schlummert. Ruthie baut aus ihren Bauklötzen Häuser und tritt sie gleich wieder ein.

George winkt, ich winke zurück.

Wusste er, dass er nicht zurückkommen würde? War er sich lediglich zu 55 Prozent sicher, oder hatte mir dort ein Mann gewunken, der *keinen* Zweifel hegte? Erst später, als ich seine Sachen einer Bestandsaufnahme unterzogen habe, habe ich bemerkt, dass er manches – ein paar Kleidungsstücke, seine Zahnbürste – in Marie Cultrys Koffer versteckt hatte. Das Ganze war geplant.

Damals hatte ich voller Ungeduld darauf gewartet, dass sie endlich fuhren. In Gedanken hatte ich George regelrecht dazu gedrängt, ins Auto zu steigen und diese Frau an irgendeinem Ort, weit von uns entfernt abzusetzen. Es wäre mir niemals in den Sinn gekommen, dass er nicht zurückkehren würde – nicht an jenem Tag und nicht am nächsten; dass er zu einem Scheck werden würde, der jeden Monat mit der Post kam.

Und nun liege ich im Krankenhaus, neben Opal Harper, Ruthie ist eine erwachsene Frau irgendwo da draußen in der Welt, und Tilton wird wohl nie erwachsen werden. Die Jahre sind im Eiltempo vorbeigerast.

Es kann sein, dass irgendjemand Ruthie informiert hat, dass ich im Krankenhaus liege. Seit ein paar Monaten ruft Ruthie beinahe täglich Tilton an – als hätte sie gespürt, dass etwas passieren würde –, und zwar zu Zeiten, in denen ich mit großer Wahrscheinlichkeit nicht zu Hause bin. Während all der Jahre hat Ruthie sonst nur Postkarten geschickt, und zwei Mal eine Einladung zu einer Hochzeit, die ich jeweils abgelehnt habe. Einmal war auch eine Geburtsanzeige in der Post. Hailey Ray. Wie alt mag das Mädchen sein? Bei ihren Anrufen hat Ruthie Tilton gegenüber eingestanden, dass sie den Wunsch verspürt, sich selbst zu ergründen – eine frühe Midlife-Crisis? Weil ihre zweite Ehe auch den Bach runtergeht?

Tilton hat mir außerdem berichtet, dass Ruthie beinahe einen Doktor in was auch immer gemacht hätte, ihr Mann Professor ist und sie sich zwei gleich aussehende Hunde angeschafft haben.

»Wie schön für sie«, war meine Reaktion. »Für *sie*!« Ich habe natürlich gehofft, dass Tilton im Umkehrschluss begreifen würde: Schön für *uns*! Das hatte ich gemeint. *Lass sie ziehen und ihren Spaß und ihre Hunde haben. Wer braucht sie schon?* Dann habe ich Tilton eingetrichtert, dass sie, wenn ich fort bin, nicht ans Telefon gehen darf.

Ich hasse den Gedanken, dass Ruthie das mit meiner Herzschwäche erfährt.

Ich sehe Ruthie und George noch immer am Abend des Flugzeugunglücks vor mir. Wie sich Ruthie auf diesem Feld voller Toter, das dampfende Triebwerk auf der Straße hinter uns, an ihren Vater klammert. Meine Erinnerungen sind mit den Jahren immer deutlicher geworden. Die Dinge aus der Ferne sind ganz klar, nur der Vordergrund wird unscharf.

Meine Gutenachtgeschichte hat immer denselben Ausgang. »Die Familie wurde auseinandergerissen, und sie wurde nie mehr heil. Ende.«

Doch seit Ruthie mit diesen Anrufen begonnen hat, kommt es mir vor, als würde mein Ende aufweichen, wie ein Siegel, das heißer Dampf von einem Umschlag löst. Was, wenn uns irgendeine Kraft wieder zueinander zieht? Ich bin mir sicher, dass dieser Gedanke schwer auf meinem Herz gelastet hat.

Im Schwesternzimmer schrillt ein Notsignal, Schuhe quietschen über Bohnerwachs. Ich öffne die Augen und schaue zur Tür. Die weißen Uniformen, die – aufgeregt und unruhig – vorüberhuschen, sind mit einem Mal der weiße Drachen, der kein Drachen war, sind Daisys und Weldons wogende Hemden in ihrem schwankenden Kanu, in der Mitte eines großen Sees.

Ich will nicht an die Charaktere meiner Mutter denken, an die Bilder ihrer Bücher, doch sie kommen ungefragt zu mir. Die berühmten Zeilen, nach denen Opal Harper eben noch gesucht hatte – sie gehen mir durch den Kopf.

Daisy sagte: »Liebe – durch sie sind wir gesamt.«

Und Weldon sah sie an. »Gesamt?«

»Habe ich ›gesamt‹ gesagt? Ich meinte doch ›gesegnet‹ und ›verdammt‹.«

3

Und das Haus versucht, die Mutter zu verschlingen

Tilton

Meine Mutter steckte in dem unteren Erkerfenster fest, in dem ganz viel heiße, helle Sommersonne war. Das Haus hat versucht, meine Mutter aufzuessen. Man muss dem Haus zugutehalten, dass sich meine Mutter in seinen Mund hineingezwängt hat. Das Haus trifft keine Schuld.

Falls mich jemand danach fragt, werde ich genau das sagen, denn Ruthie wird es wissen wollen. Sie mag unsere Mutter nicht. Wenn sie über sie redet, klingt es, als würde sie über eine andere Mutter sprechen. Ruthie wird wissen, dass irgendetwas nicht in Ordnung ist, und anrufen. Sie sollte eigentlich bei mir sein, so wie sie es versprochen hat. Wir haben einen Pakt, der jetzt gebrochen ist. Es wäre grausam, sie daran zu erinnern. Meine Mutter sagt, in meinen genetischen Code ist Grausamkeit nicht eingeschrieben. Als Ruthie wusste, dass sie ihren Pakt, mich niemals zu verlassen, brechen würde, haben wir einen neuen geschlossen. Wir sind auf den Dachboden gegangen, haben unsere Hände erneut aneinandergelegt und, so wie Wee-ette es mir gezeigt hat, mit einem Faden umwickelt, bis unsere Hände ganz rot und angeschwollen waren. Das war kein Kokon – oh nein. Das war ein Bund. Ruthie hat versprochen, dass sie zurückkommt und mich rettet. Ich habe den Faden losgemacht, ein kleines Klebeschildchen angebracht, und darauf habe ich geschrieben: »R. T. und T. T. 1986. Rückkehr & Rettung.«

Es ist Zeit für die Rückkehr! Das würde ich Ruthie wirklich gerne sagen. Doch muss ich überhaupt gerettet werden? Oder sie?

Mrs Gottleib hat gesagt, dass meine Mutter einen Herzanfall hatte, als sie im Mund des Hauses feststeckte. Andere würden sicher sagen, dass die Vordertür der Mund ist, aber für mich ist das ein Grübchen, und die Erkerfenster sind das breite Grinsen. Die Fenster im ersten Stock sind die Augen, die über alles wachen.

Hat ihr Herz sie angefallen? Oder sie ihr Herz?

Mrs Gottleib hat gesagt, dass sie für solche albernen Fragen keine Zeit hat.

Ich weiß, dass das Haus keine Münder hat. Und doch bin ich in seinem Kopf. Ich bin ein Gedanke.

Ich weiß nicht viel über menschliche Herzen, wohl aber über Vogelherzen. Zum Beispiel über die Herzschlagfrequenz: beim Haushuhn 245, der Krähe 345, dem Hausspatz 460, dem Rubinkehlkolibri 615 Schläge pro Minute!

Große, schwere, flügellose Menschen? Nur sechzig bis achtzig Schläge pro Minute. Ich habe neulich erst etwas über das menschliche Herz gelesen, in unserem Lexikon, dessen Bände drei Regalbretter füllen.

Heute fühle ich mich wie ein Hausspatz: 460 Schläge pro Minute.

Ich habe mich verletzt. Schwer verletzt. Ich habe versucht, das Fenster zu öffnen, damit das Haus meine Mutter entweder ausspucken oder ganz verschlingen konnte – egal was, ehrlich, denn ich war ja im Kopf des Hauses – und habe mir den Daumen aufgerissen. Da war Blut.

Wee-ette war auch dabei, weil sie immer bei uns ist, auch wenn sie tot ist. Wee-ette ist die Mutter meiner Mutter. Sie ist gestorben, da war ich zehn, doch ich liebe sie noch immer. Wee-ette! Das flüstere ich manches Mal. Wee-ette! Wie der Ruf eines Gleitaars oder eines Rotkardinals am frühen Morgen. Als ich noch klein war, habe ich versucht, ihren Namen auszusprechen, Harriet, denn so hat meine Mutter ihre Mutter genannt. Aber aus meinem Kindermund ist nur Wee-ette gekommen. Sie hatte ein Pult und eine eifrig klappernde Schreibmaschine. Bei ihr durfte ich sogar mit Schere und Kleber spielen. Wee-ette und ich, wir haben Geheimnisse. Wir sind verbunden. Wir haben ein ähnliches Innenleben – das hat sie oft zu mir gesagt. Nur, dass Wee-ettes Innenleben jetzt wüsste, was zu tun ist. Doch obwohl sie bei mir ist, spricht sie nicht.

Ich hatte darauf gewartet, dass meine Mutter nach Hause kommt. Wenn sie weggeht, verschließe ich alle Türen und Fenster. Die hintere Veranda ist immer verschlossen, das ist unser Lager, es ist voller Sachen, die wir nicht mehr wollen, aber auch nicht loswerden. Wissen Sie, die Welt ist gemein und gefährlich und auch voller Leid. Und gegen das meiste draußen in der Welt bin ich allergisch.

Außerdem halte ich das Haus des siebten Buchs wegen immerzu verschlossen. Wenn ich allein wäre und die Türen offen stünden, könnte ein Wolf-Fan erscheinen und mir lauter Fragen stellen, die ihn überhaupt nichts angehen. Ein Fan hat meiner Großmutter einmal eine Haarsträhne vom Kopf gezogen – vor vielen Jahren, als sie noch aus dem Haus gegangen ist. Nach Wee-ettes Tod war ein Schild an unserem Haus, aber dadurch ist es noch schlimmer geworden. In einem Jahr hat eine Frau an

Wee-ettes Todestag Kerzen in unserem Garten angezündet und sich hingekniet, bis meine Mutter der Polizei gesagt hat, dass sie die Frau wegbringen soll. Auf dem Dachboden hatten wir Kisten voller Fanpost. Da hatten sich schon Mäuse eingegraben, also haben wir die Briefe eines Winters im Garten verbrannt. Meine Mutter schützt mich vor diesen Leuten, doch ich höre, wenn sie an der Tür betteln oder sie uns anrufen, und dann sind da noch die Mormonen, die Fahrrad fahren, und die Zeugen Jehovas, die das nicht tun. Mir ist es lieber, wenn die Fenster offen stehen und die Fliegengitter eingesetzt sind, dann kann ich die Vögel besser hören. Aber ich kenne die Regeln, die gelten, wenn meine Mutter nicht im Haus ist.

Warum war meine Mutter überhaupt weggegangen? Daran ist nur Mrs Devlins Tochter schuld.

Einen Grillofen zu reparieren kann gefährlich sein. Es kann am Kabel liegen, dem Hauptschalter, der Thermosicherung oder der Magnetspule. Manchmal muss man auch das Thermostat rekalibrieren. Das alles weiß ich, weil es gut ist, wenn man eine Aufgabe hat und sich nützlich machen kann.

Ich weiß auch viel über Vögel, aber ich weiß nicht, wie ich mich damit nützlich machen soll. Ich kann zum Beispiel keinen Vogelflügel richten, der gebrochen ist. Die Leute glauben, dass sie wie ein Vogel fliegen könnten, wenn sie sich nur ausreichend große Flügel anschnallen würden. Irrtum. Vogelknochen sind hohl und können sich sogar mit Luft füllen, wenn der Vogel atmet. Vögel haben kein Zwerchfell, weil bei ihnen der ganze Körper als Blasebalg dient. Man müsste das gesamte Knochen- und Atemsystem verändern, um zu fliegen, und dann bräuchte man auch noch Federn und Flügel.

An dem Morgen hatte meine Mutter mir gesagt, dass ich für Mrs Devlin einen Grillofen reparieren und ein Gedicht für die

Hochzeit ihrer Tochter schreiben soll. Auch auf diesem Weg mache ich mich nützlich – mit Versen. Ich kann zu jedem Anlass ein Gedicht schreiben. Ich stamme aus einer Schriftstellerfamilie und sollte die Gabe, die mir Gott verliehen hat, auch nutzen, sonst würde ich Gott beleidigen.

Ich habe meine Mutter gefragt, ob Mrs Devlin zwei Töchter hat.

Meine Mutter hat Nein gesagt. Sie hatte mir ein Glas Tang gemacht, und als sie das Pulver umgerührt hat, hat der Löffel *klang, klang, klang* gemacht, das reimt sich auf Tang, Tang, Tang.

Ich habe sie gefragt, ob Mrs Devlins einzelne Tochter zum zweiten Mal heiratet.

Meine Mutter hat gesagt, dass Mrs Devlins Tochter zum zweiten Mal heiratet.

Meine Mutter war weggegangen, um den kaputten Grillofen bei Mrs Devlin abzuholen, doch dann ist sie mit einem Fernseher zurückgekommen. Ich habe vom Küchenfenster aus gesehen, wie sie ihn getragen hat. Er war viel zu schwer für sie. Sie hat ihn auf der Straße abgestellt und sich daraufgesetzt.

Wenn es möglich wäre, würden wir Vögel besitzen. Aber Vögel kann man nicht besitzen, nicht einmal in einem Käfig. Nicht wirklich. Als Wee-ette gestorben ist, hat sie uns von einem Zimmer erzählt, in dem ganz viele Vogelkäfige waren. Sie hat fantasiert. Ihre Augen waren milchig. Ihre Augenlider bläulich. Ihre Lippen waren wie ein kleiner Sprung in einer Vase. Meine Mutter hat ihr fünf Nymphensittiche gekauft. Dann ist Wee-ette gestorben, und meine Mutter hat die Sittiche freigelassen, weil ich wollte, dass sie freikommen. Später habe ich irgendwo gelesen, dass Hausvögel sterben, wenn man sie freilässt, weil sie das Wildsein nicht verstehen. Meine Mutter sagt, dass ich mir das merken soll. Dass das Bekannte besser ist als das Unbekannte. Sie bereut, dass sie die Vögel freigelassen hat.

Ruthie fragt mich immer, wie ich in einem Haus festsitzen kann, in dem es nichts zu sehen und zu tun gibt. Ihr ist nicht klar, wie viel ich im Blick behalten muss – die Zugvögel zum Beispiel.

Ich habe noch nie einen Pakt gebrochen. Ruthie hat noch nie einen eingehalten.

Aber wenn ich früher Angst hatte und nachts in ihr Bett gekrochen bin, dann hat sich mein blondes Haar mit ihrem dunklen so vermengt, als würden uns Seidenfäden aneinanderbinden.

Warum hat mir meine Mutter einen Fernseher mitgebracht? Der war doch viel zu schwer! Früher hatten wir ein Auto. Doch da ist ein anderes Auto reingefahren, auf einem Parkplatz, als meine Mutter gerade beide Hände an ihrem Einkaufswagen hatte, keine zehn Meter von ihrem Auto entfernt. Das Auto war alt und darum ein Totalschaden. Sie hätte selbst im Auto sitzen können! Von da an war Schluss mit Autofahren.

Meine Mutter hat an die Tür geklopft. Sie hatte keinen Schlüssel. Aber ich weiß doch nicht, wie das Schloss aufgeht. Meine Mutter hat mir durch das geschlossene Küchenfenster zugerufen, dass ich keine Panik kriegen soll, und das in ihrer Panikstimme – der Stimme, die man hat, wenn die Tochter weint und man versucht, die Vögel aus diesem verdammten Käfig rauszulocken, aber das sind so blöde Vögel! Blöde Vögel! Ihr verdammten Vögel! Sie wollen einfach nicht aus ihrem Käfig kommen, und als sie endlich mit Gewalt draußen sind, wollen sie nicht wegfliegen! Sie haben ewig im Garten rumgehockt. Weeette ist tot, doch sie ist hinter dem Fenster geblieben, so wie ich. Sie hat zu mir gesagt, dass unsere beiden Seelen zueinandergehören, wie Fäustlinge, die mit einem Faden verbunden sind. Ich muss ihr nichts erzählen, weil sie alles weiß!

Meine Mutter hat auf ihre Taschen geklopft, als ob sie an ihrem Leib ein Feuer löschen wollte. Sie hat ihre Handtasche aufgemacht und mit einer Schaufel-Hand gegraben. Kein Schlüssel!

Sag mir doch, wie das Schloss funktioniert, habe ich gebettelt.

Nein. Nein. Nein!, hat sie gerufen. Du darfst nicht rauskommen, Tilton! Du hast doch Agoraphobie – von allem anderen ganz zu schweigen!

Ich habe ihr gesagt, dass Menschen mit Agoraphobie im Notfall, wie bei einem Feuer, durch das Erkerfenster rauskommen sollen.

Meine Mutter ist zum Erkerfenster gelaufen. Sie ist keine Läuferin. Im Gegensatz zu Mrs Frier und ihrem Mann, Joe Frier, von Frier, Wells und Bender. Der jüngste Sohn der Eldermans, ein Jahr älter als ich, läuft auch.

Ich bin ins Wohnzimmer gerannt, dann war ich auf der anderen Seite des Erkerfensters und immer noch gefangen. Ich habe meiner Mutter gesagt, dass ich manchmal auch klaustrophobisch bin.

Meine Mutter hat gesagt: Ja! Manchmal. Aber ich komme!

Wenn man gleichzeitig Klaustrophobie und Agoraphobie hat, ist das überhaupt nicht gut. Ruthie sagt, ich habe weder das eine noch das andere, aber sie hat keine Ahnung, sie ist ja nicht hier. Manchmal habe ich das Gefühl, als wäre sie auch bei mir. Ich spüre sie als Geist, so wie ich Wee-ette als Geist spüre. Sie sind hier, doch wenn ich hinsehe, sind sie weg. Wenn ich die Augen schließe, sind sie nah.

Meine Mutter hat mit rotem und schweißglänzendem Gesicht versucht, das Erkerfenster aufzumachen. Es war verschlossen. Sie hat gerufen: Tilton, mach das Schloss auf!

Der Riegel ist zur Seite gerutscht und hat mir in den Daumen geschnitten. Was muss ich im Fall einer Verletzung tun?

Halt durch, Tilton! Ich komme!

Aus meinem Daumen ist ganz viel Blut gequollen. Ich habe es an meinem Nachthemd abgewischt. Dann war das Blut an meinem Nachthemd.

Meine Mutter hat das Fenster hochgeschoben. Doch es hat geklemmt. Sie hat nicht durchgepasst, sie war zu dick. Wir haben uns nur angesehen.

Ich habe gesagt: Ich krieche durch.

Nein, nein. Fass das Fenster bloß nicht an. Da könnte Bleifarbe dran sein.

Hier ist nirgendwo Bleifarbe. Das hast du vor langer Zeit behoben!

Darum geht es nicht! Ich komme zu dir! Ich ziehe den Bauch ein.

Ich hatte meine Zweifel, ob das geht. Sie hat in der Taille ein beachtliches Fettpolster, einen Ring, der ihr in einem Wasserbecken Auftrieb geben würde. Kannst du den wirklich einziehen?, habe ich sie gefragt.

Natürlich! Ich bin doch bei den Weight Watchers.

Das allerdings stimmt. Meine Mutter ist zusammen mit Mrs Frier zu den Treffen gegangen und hat viele Jahre lang ihre Essensportionen auf einer glänzenden Waage abgewogen.

Meine Mutter hat sich hochgezogen und versucht, sich durch das Fenster ins Haus zu winden. Ein Babyvogel, der in einem Ei feststeckt, könnte seinen Eizahn nehmen. Sie hat die Hände ausgestreckt. Ich habe sie mit meiner einen unblutigen Hand gefasst und gezogen. Es hat nichts genutzt.

Meine Mutter hat gesagt, dass ich Mrs Gottleib anrufen soll, und dann: Nein, nicht. Dann: Doch, los, ruf an.

Ich bin zum Telefon gelaufen und habe Mrs Gottleibs Nummer gewählt, die auf einem Zettel an der Wand steht. Ich habe gesagt: Meine Mutter steckt im Fenster fest! Gelähmt! Und ich bin verletzt und blute – womöglich zu Tode.

Mrs Gottleib hat sich über mich geärgert, sie liebt nämlich *Jeopardy!*, und die Sendung war gerade dran.

Meine Mutter hat gerufen: Wickel ein Papiertuch um den Daumen! Du musst Druck ausüben!

Mrs Gottleib hat gesagt, dass sie die Feuerwehr und den Krankenwagen ruft, und wehe, wenn ich nicht verdammt sicher bin, dass das ein Notfall ist.

Ich habe ihr gesagt, dass ich verdammt sicher bin, und habe aufgelegt. Ich habe ganz viele Papiertücher von der Rolle abgerissen und mir um den Daumen gewickelt.

Ich bin zurück zu meiner Mutter im Erkerfenster gelaufen. Ihr Gesicht war dunkelrubinrot angelaufen und schon ziemlich aufgebläht. Auf ihren Oberarmen, die dick und fleischig sind, aber zu kleinen Händen, dünnen Fingern und sauber geschnittenen Nägeln hin auslaufen, hat der Schweiß geglänzt. Das Haar hat ihr wild vom Kopf gestanden – wie bei einem Vogelmännchen, das sich größer machen will, wenn es Angst vor einer Attacke hat. Und es sollte eine Attacke geben – auf das Herz meiner Mutter.

Ich habe ihr gesagt, dass Mrs Gottleib die Feuerwehr und den Krankenwagen ruft.

Meine Mutter hat gesagt: Jesus, Maria und Josef!

Ich habe Druck auf meinen Daumen ausgeübt und durch das Fenster geschaut. Ein paar Nachbarn hatten sich versammelt. Mrs Frier, Mrs Gottleib, Kinder auf Fahrrädern und die Putzfrau, die am Dienstag zu dem Steuerberater und seiner Freundin geht. Unser Haus ist das älteste in der ganzen Straße, es war schon vor den Neubauten, dem Sportplatz und dem abendlichen Chorgesumm der Rasenmäher da. Ich habe das Raunen der Nachbarn gehört – es war wie das Vibrieren von Flügeln und von Vogelkehlen.

Mrs Frier hat gerufen: Wie können wir dir helfen, Eleanor?

Dann haben sich die anderen eingemischt. Brauchst du einen Schubs?

Nein, wir sollten sie da rausziehen!

In der Ferne trillerte es. Die Sirenen.

Wie viele Leute sind da?, hat meine Mutter gefragt. Sie konnte doch nichts sehen, weil das Haus sie halb verschluckt hatte.

Ich habe angefangen durchzuzählen.

Ist ja auch egal, hat sie gesagt. Alles ändert sich, Tilton. Spürst du es nicht auch? Wir sind verloren. Es gibt nicht einmal mehr Grillöfen, Tilton!

Ich habe auf den Ofen gezeigt, der auf unserem Spieltisch steht und den ich erst in der Woche davor repariert hatte.

Hör gut zu. Ich spüre es. Und dann musste meine Mutter weinen. Schick sie alle weg, Tilton!

Es sind immer mehr Leute gekommen. Die Sirenen waren jetzt lauter.

Aus dem Weinen meiner Mutter wurde Lachen. Sie hat so heftig gelacht, dass ihr Körper im Fenster gebebt hat. Lauter Vibrationen. Sie hat gesagt, ich muss …

Was ist denn?

Ich muss …

Ja?

Also, Liebes, ich werde jetzt pinkeln. Das hat meine Mutter gesagt. Ich werde mir jetzt vor all unseren Nachbarn in die Hose machen! Und … und …

Und dann hat sie sich an die Schulter gefasst. Ihr Gesicht war starr vor Angst.

Ich habe mich zu ihr gebeugt und ihr feuchtes Gesicht berührt. Ich habe sie gefragt: Und dann was? Was passiert als Nächstes? Es hatte wie eine Geschichte geklungen, und meine Mutter weiß doch immer, wie es ausgeht.

Sie hat gesagt: Schütz das Haus. Verriegele die Tür!

Aber die Türen waren doch verschlossen, deshalb ist ja alles schiefgegangen.

Dann sind die Männer von der Feuerwehr über den Rasen marschiert. Bären mit Äxten.

An das danach erinnere ich mich nicht. Aber an das danach. Wie ich allein in dem leeren Haus herumgelaufen bin, weil sie meine Mutter weggebracht hatten.

Mein Daumen blutet nicht mehr. Ich sitze jetzt oben in der Badewanne und reibe das Blut aus meinem Nachthemd. Ich habe mir den Salzstreuer geholt. Salz hilft gegen Flecken. Dazu nehme ich kaltes Wasser. Ob Ruthie all die Dinge weiß, die ich von meiner Mutter gelernt habe?

Das Wasser sieht aus, als wenn ich bei meiner Periode unten herum blute – es macht lauter rosa Wirbel.

Wird morgen so wie heute? Der jüngste Sohn der Eldermans hat seinen Job verloren und ist wieder da. Wenn er die Tür aufmacht, weiß man immer, wie spät es ist – fünfzehn Uhr. Seine Beine schwingen wie ein Metronom. Die Gardinen leuchten hell in diesen Tagen. Im Winter kräuseln sie sich, wenn der Wind durch die Fensterritzen schlüpft. Der jüngste Sohn der Eldermans hat ein Herz, das schlägt, und eine Lunge, die Luft schöpft.

Ich habe nachgesehen, wie viel Prozent das Gewicht eines Herzens am gesamten Körper eines durchschnittlichen Menschen ausmacht: 0,42 Prozent. Unsere Herzen sind im Verhältnis zu unserem Körper sehr klein. Sie nehmen nur sehr wenig Platz ein. Der rotkehlige Kolibri hat ein Herz, das 2,37 Prozent seines Körpers einnimmt.

Ich habe zwei Herzen.

Ich habe, als ich klein war, in einem Antiquitätenmuseum das uralte Herz eines Stammeskönigs aufgegessen – mit Absicht, aber auch aus Versehen. Doch darüber sollte ich jetzt nicht reden. Jedenfalls habe ich nun zwei Herzen. Das braucht ihr nicht zu verstehen. Wee-ette versteht es.

Was wird morgen wahr sein?

Mrs Gottleib kommt ins Badezimmer. Vielleicht war sie die ganze Zeit im Haus, seit sie meine Mutter mit dem Krankenwagen weggebracht haben. Sie fragt, was ich da mache, aber ich gebe ihr keine Antwort.

Mrs Gottleib sagt, meine Mutter würde sicher wollen, dass ich über Nacht im Haus von Mrs Gottleib bleibe. Sieben Kinder habe ich in diesem Haus großgezogen, sagt sie.

Ich würde sie am liebsten daran erinnern, dass eines dieser Kinder tot ist. Das spricht nicht für ihre Statistik. Und ihr Ehemann ist auch tot. Das Haus ist eine Todesfalle, würde ich am liebsten sagen, und das wissen Sie!

Ich rühre mich kein bisschen.

Die Oberarme von Mrs Gottleib sind von einer sehr losen Haut mit zarten Fältchen überzogen. Ihre Haut ist braun und schuppig, so wie an den Füßen mancher Vögel, so wie die Haut, die Vögel und Reptilien gemeinsam haben.

Gut, sagt sie. Gut. Vielleicht nehme ich dich morgen mit ins Krankenhaus, dann kannst du deine Mutter besuchen.

Ich sage ihr, dass meine Mutter garantiert nicht will, dass ich das Haus verlasse, und schon über-über-überhaupt nicht, dass ich ein Krankenhaus betrete. Da sterben Menschen!

Mrs Gottleib sagt: Hoffen wir, dass das nicht für deine Mutter gilt.

Ich reibe mit den Fingerknöcheln Salz in mein Nachthemd ein.

Es ist besser, du bereitest dich darauf vor, sagt Mrs Gottleib. Womöglich bekommst du einen Anruf. Verstehst du das?

Wenn ich einen Anruf bekomme, wird mir jemand sagen, dass meine Mutter tot ist. Wee-ette ist zu Hause gestorben, im Schlaf in ihrem hohen Bett. Ich habe im Schneidersitz neben ihr gesessen. Meine Mutter hat den Kopf auf die Brust ihrer Mutter gelegt. Sie hat den letzten Herzschlag, den letzten Atemzug gehört. Und dann hat meine Mutter Wee-ette über Arme und Beine gerieben, die voller Altersflecken waren, über die Füße, die so weiß wie eine neue Figur für den Garten waren, und über die knochigen Hände. Meine Mutter hat geweint und versucht, Wee-ette zu wärmen. Sie hat gesagt, dass Wee-ettes Körper zu Staub und Asche zerfallen würde, genau wie die Seiten von ihrem siebten Buch – Wee-ettes Buch.

Oh, aber manches weiß selbst meine Mutter nicht. Dieses Haus ist wie die Knochen eines Vogelflügels, es ist innen luftig, damit es atmen und fliegen kann. Es gibt kein siebtes Buch, abgesehen davon, dass es eines gibt. Ist es das, was die Harriet-Wolf-Fans wollen? Ist es das, was meine Mutter gern meistbietend verkaufen würde, damit das Geld immer reicht?

Weder noch.

Harriet Wolf, die Schriftstellerin, kenne ich nicht. Ich habe die Wunder-Reihe mit Daisy und Weldon nie gelesen. Meine Mutter wollte einen unberührten Ort in unserer Mitte haben, jemand, der die Welt klar und ohne das Gewirr der Lüge sehen kann. Aber ich weiß, was das siebte Buch enthält, weil Wee-ette es mir erzählt hat, als ich ihr das Haar gebürstet habe. Und wir haben einen Pakt – nur dann den Ort, an dem das siebte Buch ist, zu verraten, wenn die Familie in einer Krise steckt. Ich habe auch zu diesem Pakt den Faden, er ist an einem Ort verborgen, den Wee-ette für gut befunden hat. Wee-ette kennt gute Verstecke. Sie ist eine Expertin für Geheimnisse.

Ist das jetzt eine Krise?

Ich frage Mrs Gottleib, ob die Feuerwehr die Tür aufgebrochen hat. Ich erinnere mich nicht, ich glaube, da bin ich weggelaufen und habe mich versteckt.

Mrs Gottleib sagt, sie haben das Fenster geöffnet und meine Mutter auf diesem Weg befreit. Sie waren sehr professionell. Dann jubelt ihre Stimme, als wäre sie ein vergnügter Blauhäher: Sieht aus, als wäre deine Mutter endlich eingeknickt und hätte einen Fernseher gekauft! Ich habe ihn für dich reingeholt.

Eigentlich sollte das ein Grillofen sein, sage ich zu Mrs Gottleib, und dann frage ich sie, ob Mrs Devlins Tochter wieder heiratet. Patty Devlin?, sagt Mrs Gottleib. Das ist mir neu. Und ich bin mit ihrer Mutter gut befreundet.

Ich sage Mrs Gottleib, dass sie die Klappe halten soll! Einfach so. Einfach so, wie meine Mutter das getan hätte.

Und Mrs Gottleib hält die Klappe. Sie sagt, wir sehen uns morgen, und dann geht sie.

Ich stöpsele die Wanne zu und nehme ein Bad in meinem Nachthemd. An meiner Hand fühle ich noch immer das Gesicht meiner Mutter, warm, lieb, feucht von Tränen und von Schweiß. Ich werde ins Krankenhaus gehen und ihr sagen, dass ich in meinem Nachthemd gebadet habe und mein Daumen wehtut und ich sie brauche.

Meine Mutter hat gesagt: Alles ändert sich, Tilton. Spürst du es nicht auch? Wir sind verloren.

Wenn sich alles ändert, wenn alles anders ist, dann gilt das auch für Ruthie. Dann hat sich sogar mein Vater, George Tarkington, verändert. Sie sind jetzt schon andere, doch sie wissen es noch nicht.

Vielleicht sind jetzt Dinge, die unmöglich waren, möglich. Meine Mutter denkt das sicher auch. Ihr Gehirn ist mit meinem Gehirn ist mit Wee-ettes Gehirn ist mit Ruthies und umgekehrt und in alle Richtungen verbunden. Ein von Vogelstimmen getragener Gedankenwald, als ob Kolibris in einen Kelch tauchen und den Blütenstaub eines Gedankens zu einer anderen Blume bringen. Wenn eine von uns eine Erkenntnis hat, laut und schrill, müssen die anderen das Echo hören, auch wenn es ohne klare Worte bleibt.

Gilt das auch für meinen Vater? Ja, vielleicht. Obwohl ich mich nicht an ihn erinnere und ihn auch nicht erkennen würde, wenn er an die Tür käme, mit oder ohne Fahrrad, und meine Mutter fragen würde, ob sie Jesus als ihren einzigen Herrn und Retter anerkennt.

Ich werde Ruthie nicht sagen, dass sie sich auf einen Anruf vorbereiten soll. Unsere Mutter wird nicht sterben, nicht im Krankenhaus. Das würde sie nicht tun.

Ich drehe das Wasser ab. Mein Nachthemd bläht sich auf, dann saugt es sich voll Wasser. Es sieht wie ein Vogel aus, der nasse Flügel hat. Wenn ich mich winde, verdreht es sich. Und wenn ich aufstehe, klebt es fest.

4

Die Bluterin aus dem Stump Cottage trifft auf Eppitt Clapp

Harriet

In der Maryland-Schule für Schwachsinnige Kinder war ich regelrecht berühmt – besonders in der Wäscherei. Nasenbluter sind meistens in der Wäscherei berühmt, und so hatte man mich die Bluterin aus dem Stump Cottage getauft.

Aber wie all das erklären? Diesmal also die Wahrheit, ungeschönt und bloß. Mir ist, als müsste ich das Schreiben neu lernen.

Falls das irgendjemand liest, so liegt das daran, dass ich mit Tilton einen Pakt geschlossen habe und die Zeit gekommen ist. Falls, sagen wir, das Geld von meinen Büchern ausgegangen oder eine familiäre Notlage eingetreten ist, die ich nicht vorhergesehen habe, dann hat Tilton all das übergeben. Falls aber keine Notwendigkeit besteht, falls in dieser Familie alles seinen Gang geht, dann hat sie diese Seiten hier zu Staub zerfallen lassen.

Womöglich ist dies alles Staub.

(Ach, Tilton, meine Tilton. Du verstehst mich immer, auch wenn ich kein Wort spreche. Blassgoldene Haut und leuchtendes Haar – du seidiges Mädchen. Du kennst mich, obwohl du nie ein Wort von mir gelesen hast. Tilton, mein Mädchen, du bist ein Teil meiner Seele, der zu mir zurückgefunden hat.)

Aber nun zu meiner Aufgabe: Wie die Maryland-Schule für Schwachsinnige Kinder real werden lassen? Das verstörende Bild, das ich von ihr zeichnen muss, mag so altmodisch wirken, dass man an ihrer Existenz zweifeln wird. Womöglich glaubt ihr, sie sei meiner Fantasie entsprungen. Verständlich. Ich hatte selbst eine Zeit lang Angst, dass ich die Schule bloß erfunden hätte – eine Ausgeburt meines kindlichen Gehirns, dieses so einfallsreichen Dings. Um mich ihrer Existenz zu vergewissern – ihres monströsen Schreckens, ihres atemraubenden Gestanks und Elends, worüber mit Bleiche und bitteren Wundern (und es gab derer viele) hinweggeschrubbt wurde –, habe ich sie einmal noch besucht. Sie hieß immer noch Rosewood State Ausbildungsschule. Der verblümende Namenswechsel war bereits zu meiner Zeit erfolgt, hatte jedoch auf uns im Innern der Gebäude keine Auswirkung gehabt. Ich habe das windgeplagte Gelände abgeschritten, Kinder hier und dort gesehen, hinter Fenstern und in stumpfen Zweierreihen zwischen den geräumigen Gebäuden. Das war 1940. Wenige Jahre zuvor hatte der Psychologe Leo Kanner (der jene Form des Autismus beschrieben hat, die früher als Kanner-Syndrom bekannt war) aufgedeckt, dass dort Kinder – überwiegend Mädchen – in die Sklaverei verkauft worden waren. Ein gewisser Harry B. Wolf (keine Verwandtschaft) hatte den Kinderhändlerring geleitet. Und das war in der Zeit geschehen, bevor die *Baltimore Sun* diesen Ort als »Marylands Schande« bezeichnete, bevor es die zahlreichen Untersuchungen zu Missbrauch und Vernachlässigung gegeben hatte, lange bevor sich das US-Justizministerium einmischen und die weitere Nutzung der älteren Gebäude, glücklicherweise, untersagen sollte. Wie sie wohl aussehen, die gewaltigen Häuser, säulenumstanden, herrschaftlich, verschalt und verhüllt mit Schildern, die vor Asbestbelastung warnen.

Als ich mit Eleanor in den Armen, die damals noch ein Baby war, das Gelände umrundet habe, war die meiste Schande noch verborgen. Ich hatte Eleanor so fest an meine Brust gedrückt, als wollte man sie mir entreißen, obwohl es kaum nötig war, Eleanor an mich zu drücken. Manche Babys halten sich fest. Eleanor hat geklammert. Sie klammert sich bis heute an alles, was das ihre ist – besonders an Tilton. (Hallo Eleanor. Falls dein Blick auf dieser Seite ruht, vieles hiervon habe ich für dich geschrieben. Es war überfällig. Ich schulde es dir. Ich schulde dir so viel.) Ich musste dorthin zurückkehren, solange Eleanors Gehirn noch ein Muskel von der Größe einer Teetasse war, bevor sie das Alter erreichen würde, um sich an eine solche Reise zu erinnern. Ich war entschlossen, eine rosigere Kindheit vorzutragen – und ihren Vater auszulöschen.

Als Eleanor klein war und nach Märchen verlangt hat, ist meine Kindheit wieder aufgetaucht – verzerrt zwar, doch da war sie. So ist mein erstes Buch entstanden, so sonderbar und wie von einer anderen Welt. Ich würde gern behaupten, dass ich mir sämtliche Bücher ausgedacht, das alles nur erfunden habe, selbst die Momente, in denen Dunkelheit zu Licht wird und Staubkörnchen in ihrer Hitze zu ungezählten Leuchtfeuern erglühen, zu grazilen Lampions, dass ich keinen Herzenskummer kannte, aber dennoch wusste, wie man über Liebe schreibt, dass mein Geist ein kleiner Gott ist, der Welten aus sich ausstößt. In Wahrheit aber ähnele ich dem irren Priester, der jeden Morgen seinen Korb ergreift, jedes dreckige Ding zu seinen Füßen aufsammelt und bei Nacht mühsam Knopf und Löffel aufpoliert. Denn ich habe mich in meinem Innern umgesehen, in der Erinnerung geblättert – so viel Last, gefunden, was dort war, und meine Politur aus Worten hervorgeholt.

All das habe ich den Lesern übereignet, verfälscht, und doch womöglich wahrer, als hätte ich mich der Wahrheit gestellt. Es war mein Innerstes bei dem Versuch, verformte Perlen aufzufädeln.

Nein, keine Perlen. Nirgends Perlen. Nichts Kostbares, nichts Kultiviertes.

Ich trage meine Kindheit als Kette aus fleischigen Kügelchen, den verzerrten Antlitzen der Sonderlinge und der Missgeburten.

Bei meinem damaligen Besuch habe ich bei einer Sekretärin angefragt, ob ich die Archive einsehen dürfe. Ich habe ein Gruppenfoto gestohlen, Kinder vor dem Verwaltungstrakt, und als ich die Lupe darübergehalten habe, habe ich mein schmales, verschwommenes Gesicht entdeckt. »Verschwommen« trifft es gut. Mit fünf war ich klein und verschwommen. Ich war nie in aller Deutlichkeit als die gesehen worden, die ich war, bis Eppitt Clapp mich, damals dreizehn, angesehen hat – in der Wäscherei, meine blutigen Laken in den Armen.

Meine kleinen Nasenlöcher waren oft mit Tüchern zugestopft, und ich war vollkommen fahl. Selbst im Sommer behielt ich meine Bleichheit, die bläuliche Färbung unter meinen Augen und die blassen Adern an den Schläfen bei. Ich leuchtete nicht von innen, so wie Tilton. Ich erstickte mein inneres Licht – unter meinem Schilfkästchen. Die Hände selbst dann ineinandergeknotet, wenn ich Wäsche in den Armen trug, war ich ständig im Gebet – ein schlichter Refrain aus *Gott, Gott, Gott*, wie eine Kuhglocke mit ihrem klong, klong, klong! (Auf den Feldern ringsum waren Kühe eingezäunt.)

Uns Kinder aus der Maryland-Schule nannte man »Insassen«. Einige aus unserer Mitte waren aufgewühlt, andere stumpf. Viele Familien luden ihre Deformierten ab. Sie werde ich niemals vergessen: Arturo von den ungleichen Gliedmaßen, Helen von den wandernden Augen und meinen Eppitt mit seiner Haspel-

Lunge. Er hatte keinen äußerlichen Makel, abgesehen von einem Stottern und der Tatsache, dass er zwei Worte zu einem einzigen zusammenzog – mehr Tick als Leiden und wahrlich keine schwere Krankheit. Doch viele Familien fürchteten Stigma oder Ansteckung – oder, in meinem Fall, den nahen Tod. (Mein Tod naht immer noch; der nahende Tod ist eine lebenslange Strafe. Und es gibt nur ein Entkommen.)

Neben den wirklich Kranken – den Epileptikern, Tuberkulösen und den Schwerstbehinderten mit geschwollenen Häuptern und Zungen, sie waren meine Engel (oh, wie sie von der Veranda aus über uns gewacht und uns gesegnet haben!) – waren dort auch andere Kinder, überwiegend heil, jedoch verschwommen, so wie ich; sie schlichen umher und versuchten, nicht gesehen zu werden. Es gab Kategorien: Idiot, Dummkopf und Debiler. Ich gehörte zu den Debilen, was hieß, dass mit mir das meiste zwar in Ordnung war, dass ich jedoch, da man mich dort abgeladen hatte, als »störendes Element« galt, bei dem die Gefahr zu »Delinquenz und Unmoral« bestand. Uns Debile musste man »zu einem sehr frühen Zeitpunkt aussondern«, um uns vor »Kriminalität und einem Leben im Niedergang« zu bewahren. (Außer der Fotografie habe ich eine Kopie des zweijährlichen Berichts aus dem Jahr 1911 mitgenommen und bis heute behalten, denn es sind meine kostbaren Mädchenjahre.)

Damals wusste ich nicht, mit welchen Worten wir beschrieben wurden, doch wir alle spürten, dass wir wegen unserer Last verhasst waren und als Erwachsene gefürchtet würden. Wir waren verachtenswert. In uns war keine Tugend, keine Hoffnung, kein Talent, wir hatten keine Zukunft.

Doch für Arbeit waren wir robust genug.

Im Gegensatz zu Sheppard Pratt, einer Nervenheilanstalt, die den Weg zur Heilung in einem gewissen Maß an Normalität und Fröhlichkeit gesehen hatte (leichte schwedische Gymnastik, Bowling, Billard, Basteln) – dort war ich eine Weile zum Ende meiner Jugendjahre –, war die Maryland-Schule für Schwachsinnige Kinder davon überzeugt, dass harte Arbeit der Weg zwar nicht zur Heilung, aber zur Erlösung war. Heilung gab es für uns nicht – nicht einmal durch Gott daselbst, auch wenn uns Mrs Funk (Funk wie Funke), die Vorsteherin unserer Abteilung, ständig etwas von Gott und Jesus und Maria zuflüsterte. Der zweijährliche Bericht von 1911, erstellt vom Beirat (unter Vorsitz seines Präsidenten Herman Stump), sagt in aller Deutlichkeit: »Niemand, nur ein wahrhaft Unwissender, glaubt daran, dass die Schwachsinnigen geheilt und in die Gemeinschaft der normalen Bürger zurückkehren können.«

Die Jungen mussten auf der Farm schuften. Der Bericht von 1911 vermerkt 20.069 Pfund Schweinefleisch, 42 Tonnen Weizenstroh, 9.408 Kohlköpfe. Sie haben Kartoffeln geerntet und Kohle geschleppt. Sie haben neue Gebäude und ein Kraftwerk ausgeschachtet. Sie haben Rohre verlegt, Steine gebrochen und beim Vieh geholfen, darunter 109 Schweine, 20 Kühe (*klong, klong, klong!*) und ein Bulle.

Das Lesen oder einfache Rechenschritte wurden uns nicht beigebracht. (Mir hat es allein eine Wendung des Schicksals zu einem späteren Zeitpunkt erlaubt.) Wir Mädchen mussten nähen. Dem Bericht zufolge haben wir allein in der Zeit von 1909 bis 1911 Kleidungsstücke im Wert von 2.250 Dollar hergestellt, darunter 848 Kleider, 393 Petticoats, 954 Unterhosen, 222 Herrenhemden, 235 Jungenhemdchen, 496 Lätzchen, 87 Gummiunterlagen, 34 Gummi-Kissenbezüge, 123 Schinkenbeutel und zwei Segel für die Sonnenveranda. An das Segel für die Sonnenveranda erinnere ich mich besonders gut, an das schwere gutturale Tuckern der Maschine, die sich durch den groben Stoff müht. Ich habe an Nähmaschinen mit Fußbetrieb und Handkurbel gearbeitet, selbstverständlich nicht an elektrischen. Da die Nadeln ständig brachen, mussten wir mit der Hand nähen. Wenn ich müde war, musste ich mir nur in den Finger stechen. Dann hieß es, bloß nicht auf den Stoff bluten, und ich durfte eine Pause machen. Auf einem Hocker am Rand habe ich mir das Blut aus der Fingerspitze herausgedrückt, anstatt den Fluss zu stillen, und die Gedanken wandern lassen. Ich war eine sehr verträumte Debile.

Kurz nachdem ich mit vierzehn Jahren aus der Maryland-Schule für Schwachsinnige Kinder befreit worden war, begannen die Mädchen damit, Kimonos zu nähen. Als ich Jahre später davon gelesen habe, habe ich mich bei dem Gedanken ertappt: Oh, ich habe die Kimonos verpasst! Das hätte mir Spaß gemacht!

Neben unserer Tätigkeit als Näherinnen mussten wir Mädchen als Köchinnen, Serviererinnen, Tellerwäscherinnen und Zimmermädchen arbeiten. Bis heute mache ich das Bett stramm und ordentlich. Fakt ist, dass laut besagtem Bericht die Küchenarbeit von acht Mädchen der von vier Frauen entsprach, was bei 12 Dollar im Monat und zwei Jahren eine Ersparnis von 1.152 Dollar bedeutete. Und die 63 Mädchen, die in den Cottages saubermachten, entsprachen der Arbeitskraft von sechzehn Frauen, bei 10 Dollar pro Monat eine Ersparnis von 3.840 Dollar in den beiden Jahren.

Den Jungen schor man ab und zu das Haar wegen der Läuse. Nicht den Mädchen. Vielleicht aus Angst, die Aufseher könnten uns dann nicht mehr auseinanderhalten. Unsere Häupter wurden mit Öl übergossen. Wir suchten mit feinen Metallkämmen nach Nissen. Im Sommer saßen wir mit unseren eingeölten Köpfen in der Sonne – und wärmten uns den Schädel. Aber auch im Winter wurden unsere kalten eingeölten Köpfe draußen abgesucht. Ich war gut darin, Nissen zu entfernen: scharfe Augen, flinke Finger. Ich wusste, dass man auch hinter den Ohren und in den Wirbeln nachsehen musste.

Zu meiner Zeit betrug unsere Zahl ungefähr 350, doch im Laufe der Schulgeschichte schwoll sie einmal bis auf 3.500 an. Diese schlichte Tatsache lässt mein Herz schneller pochen und treibt mir Tränen in die Augen.

Es war gegen die Bestimmung, Babys an der Schule auszusetzen, doch ich war die Ausnahme, die Brumus selbst gemacht hatte. Ich bin in Cottages aufgewachsen. Das klingt schön, oder? Doch es waren keine Cottages. Es waren massive Steingebäude mit vielen Kaminen, großen Fenstern und Säulenveranda – Thom Cottage, Pembroke, King und Stump, dazu ein Schulgebäude und der Versorgungstrakt der Mädchen. Das Verwaltungsgebäude mit seinen hohen ionischen Säulen besaß die Würde einer Südstaaten-Plantage, samt Salon mit Lampen, Teppichen und Sofas.

Dr. Brumus, mit bebenden Wangen, blinzelnd, ach so rosig, schaute – wöchentlich – nach den Patienten. Er neigte sich über die geschwollenen Gesichter der Gebrechlichsten, die man auf die Sonnenveranda und an die Luft brachte. Wenn sich der Wind in ihren Hemdchen fing, hoben sie sich wie zwei Flügel, auch wenn sie, falls es zu einem Anfall kam, an ihren Korb-Rollstuhl geschnallt waren.

Auf dem Weg von einem Haus zum anderen blickte Dr. Brumus manchmal auf, wenn ich in einer Reihe mit den Übrigen von einem Haus zum anderen bewegt wurde – wir gingen nur in der Reihe. Er sah mich immer traurig an.

Einmal im Monat rief er mich in sein Büro, klopfte mir auf die Schulter und sagte: »Nun, nun. Wie geht es dir, Harriet?« Ein Pflichttermin. Mein Vater, so vermute ich, zahlte eine hübsche

Summe. Er war vermutlich einer der wenigen, die überhaupt etwas zahlten.

Ich weiß nicht mehr, wann Dr. Brumus mir gesagt hat, dass ich einen Vater namens Jack Wolf und eine Mutter namens Mary hatte, die an einem Nervenleiden litt. Das muss gewesen sein, bevor ich es verstehen konnte, denn ich habe es immer gewusst. Das Wissen traf mich nie als Schock, ich habe immer nur die Fakten hingenommen. Ich wusste, sie liebten mich, waren aber nicht imstande, sich um mich zu kümmern – oder, genauer gesagt, mich, die Debile, auch nur anzusehen. Der Anblick hätte ihnen ihr gutes, sanftes Herz gebrochen.

Letztlich sollte mein Vater, der gute alte Jackie, sogar Recht behalten: Ich war nicht gesund. Ich litt unter sporadischem Mutismus, besonders in Gegenwart von Dr. Brumus, neigte zur Hysterie und blutete oft, wenn ich Zwang ausgesetzt war, aus der Nase. Mein Menstruationszyklus hatte damals noch nicht eingesetzt, doch das Thema bot Anlass zur Sorge. Dr. Brumus ließ das durch Mrs Funk überwachen. Damit die Blutungen nicht eines Tages kamen und ich schwand.

Von seinem Büro aus konnte ich durch das Fenster hinter seinem großen Schreibtisch schauen und ein Stück Himmel sehen, und ich habe mir immer eingeredet, ich würde dort oben schweben. Damit habe ich mich dann beruhigt.

Dr. Brumus sagte jedes Mal, dass mein Vater stolz auf meine Fortschritte sei. Manchmal fragte er: »Denkst du je an ihn?«

Ich habe immer genickt, aber ich hatte meinen Vater oft mit Gott verwechselt. Mein Vater war wie Gott nur ein Konzept, ein väterliches Wesen, das nicht wirklich in Erscheinung trat.

Dr. Brumus vermerkte das eine oder andere auf meiner Karte, und manchmal war er auch zu einem Kommentar inspiriert: »Schön, schön, du sprichst gut an.«

Ich habe damals geglaubt, dass Gott am letzten Tag auf die Karte eines jeden von uns blicken und die Lebenden und die Toten richten würde.

Meine ersten Vorstellungen von Gott stammen aus den Gutenachtgeschichten, in denen Mrs Funk uns die Gnade Gottes schilderte: Viele kranke Kinder würde man in Keller oder Dachböden schließen, und in den schmalen Zellen der Armenhäuser würden die Wahnsinnigen an die Wände gekettet, sie müssten von Hafer leben, dürften nie die Sonne sehen, würden auf Stroh gebettet und von brutalen Aufsehern missbraucht. Sie wollte gütig zu uns sein, auf ihre Weise.

»Ihr habt Glück«, hieß es immer, wenn sie uns in unsere aufgereihten Pritschen mit den steifen Laken und den Wolldecken, die nach Pisse und Füßen stanken, schlafen legte. »Ihr kennt eure Eltern nicht, so erreicht euch Gottes Liebe unvermittelt, und ihr könnt sie viel besser erfassen.« Als wären Eltern lediglich ein Störfaktor. Und dann sang sie immer: »Vorwärts, Christi Streiter.« Ich erinnere mich bis heute an die Zeilen, bis hin zur letzten Strophe, meiner liebsten:

> Vorwärts drum ihr Treuen, tretet in die Reih'n;
> Stimmt mit kräft'gem Klange in das Loblied ein.
> Lob und Preis und Ehre Unserm König singt,
> Und durch ew'ge Zeiten ihm Anbetung bringt.

Mrs Funk war unser Sanges-Engel. Ach, der Glanz auf ihren Schweinebäckchen! Ihr klägliches Geträller! Sie hat uns, glaube ich, geliebt, auch wenn uns Liebe derart fremd war, dass wir gar nicht wussten, wie wir sie, die anderen oder nur uns selbst lieben sollten.

Wie nicht anders zu erwarten, waren die Jungen zueinander

grob. Doch auch die Mädchen aus dem Stump Cottage schlugen sich, sobald die Aufseher wegschauten, und begnügten sich mit heimlichem Gezwicke, sobald die Aufseher hinsahen. Meine Arme waren voller blauer Flecken.

Und natürlich kann man nicht Harriet Wolf heißen, ohne den Spitznamen haariger Wolf zu bekommen. Ich habe es so oft gehört, ich habe es verinnerlicht. Ein Kind, das in einer bitteren Welt gefangen ist, kann von Glück sagen, wenn es nach etwas so Bösem und Starkem wie einem haarigen Wolf benannt wird. Es gibt Schlimmeres. Wenn ich in die Ecke gedrängt wurde, habe ich geknurrt.

Die Angestellten waren überarbeitet und barsch, das galt selbst für Mrs Funk, und sie sparten nicht mit dem Stock, doch ich will mich nicht näher über die Prügelstrafen und auch nicht über das Ungeziefer auslassen. Es gab ständig Befall. Ich hatte immer Angst, mir könnte nachts irgendetwas in den Mund oder meine Mädchenteile krabbeln.

Mit fünfzig Betten in einem Schlafsaal war es schwer, überhaupt zu schlafen. Die Kranken röchelten, die Traumatisierten schrien, und krank oder traumatisiert oder beides waren alle. In den ruhigen Stunden hallten allein gequälter Atem, Husten und Würgen durch den Schlafsaal. Doch ein Schrei nur, und schon schrie der Nächste und der Übernächste, und am Ende schrillten die Klingeln, die im ganzen Haus verdrahtet waren und nach den geplagten Angestellten riefen.

Das panische Anschwellen der Schreie zu Klingeln und Schritten versetzte mich in Angst und Schrecken. Der Atem drückte mir in die Kehle; ich befürchtete, dass meine Nase bluten würde – so sehr, dass sie es meistens tat, doch wenn ich die Nässe erst einmal fühlte, den warmen Blutstrom aus dem Nasenloch, war ich dankbar. Das Kissen wurde feucht, unter meinem Kopf breitete sich rot ein Kreis aus. Wenn das Licht anging, wurde ich aus dem Bett geholt, mein Kopf nach hinten gedrückt, meine Nase von der Nachtwache – manchmal war es Mrs Funk, manchmal jemand anders – fest zugekniffen. Dann wurde ich ins Badezimmer gebracht, um über dem rostigen Abfluss zu bluten.

Wenn ich unentdeckt blieb, blutete ich im Stillen; es war eine Entäußerung, die Lust an der heimlichen Erleichterung. So muss es für die Kinder gewesen sein, die auf ihre Gummilaken pinkelten – warm und berechenbar. Wenn das Nasenbluten schließlich aufhörte, schlief ich auf dem nassen Trost meines Kissens ein. Vielleicht war es eine unbewusste Erinnerung an jene ersten blutigen Laken – im Bett meiner Mutter – auf denen ich, das hing vom Zeitpunkt der Erzählung ab, das Licht der Welt erblickt oder sie verlassen hatte.

Eines Morgens, ich saß auf meiner Pritsche und schnürte mir die Schuhe zu, beugte Mrs Funk sich über mich – ihr Antlitz strahlte auf wie eine Glühbirne. Ich blinzelte in ihr Freudestrahlen.

Sie bekreuzigte sich. »Oh, mein Jesus-Mädchen!«, sagte sie. »Du kleines Jesus-Mädchen von den Träumenden Wunden!«

»Was ist denn?«, fragte ich unter dem Bann ihres hingebungsvollen Blicks.

Sie hieß mich aufstehen. »Ein Kranz aus Blut. Sieh nur.«

Und da, auf meinem Kissen, war ein braun eingetrockneter Heiligenschein, eine Dornenkrone, und darunter der verwischte Umriss meines Kopfs.

»Kleines Jesus-Mädchen!«, flüsterte sie erneut, während sich die anderen Kinder um uns drängten. »Von den träumenden Wunden!«

Ich war damals nicht einmal Mensch im eigentlichen Sinne,

wie also sollte ich diesen Hauch des Göttlichen erfassen? (In uns allen ist Menschliches und Göttliches zugleich.)

Sie flüsterte: »Dies stammt von Gott, Harriet Wolf. Du stammst von Gott.«

»Ich bin nicht sicher, ob das wahr ist«, sagte ich sehr leise, aus Angst, ihr zu widersprechen.

Sie zog die Laken ab. »Eine gute Katholikin braucht keinen Beweis. Wasch es trotzdem.« Damit drückte sie mir die Laken in die Hand und schickte mich in die Wäscherei, die im Versorgungstrakt der Mädchen lag.

Als ich draußen an der frischen Luft war, fühlte ich mich so diffus und klein wie nie zuvor – nicht größer als ein Nadelstich durch ein Papier.

Ich war ein kleines Jesus-Mädchen. Ich stammte von Gott. Dies war der Moment meiner Empfängnis.

Und dann trat ich in die Wäscherei und sah zum ersten Mal in meinem Leben Eppitt Clapp, zwischen Laken und Hemden, in Wolken von Stärke wie dem Blütenstaub der Weiden. Er glänzte rosig zwischen Strömen heißer Luft, umgeben vom Gestank der Lauge. Er war ganz allein mit all den wackeligen Weidenkörben und den Leinenbeuteln, den verlassenen, klapprigen Bügelbrettern, und betätigte die Kurbel der Mangel, einer schweren Maschine, die wie ein großes, knochiges Pferd mitten in der Wäscherei stand. Er hatte die Hemdsärmel bis zu seinen kleinen harten Bizepsknoten aufgerollt. Es hatte geregnet, darum hingen die Laken und kleinen Kleider, die Hosen und Hemden dort an Leinen. Es war feucht und heiß. Sein Hemd klebte ihm am Rücken. Er glühte. Wir waren die Einzigen an diesem Ort.

Ich hustete laut, und er hob den Kopf. »Was willst du?«, fragte er.

Es war das allererste Mal, dass ich etwas wollte, doch für das Empfinden hatte ich kein Wort. Er sah mich durch den großen Raum voller Dampf an, und da wurde ich real – inkarniert. Es war, als würde ich zum ersten Mal gesehen; das war der Moment meiner Geburt, und ich blieb so still, wie ich es bei meiner Mutter auch gewesen war. Eppitt kam auf mich zu und nahm mir die blutigen Laken ab. »Bist du die aus dem Stump Cottage?«

Ich nickte.

»Warum schaust du mich so an? Hast du noch nie einen Jungen in der Wäscherei gesehen?« Seine Lider flatterten, während er beim Sprechen zögerte; es war, als ob die Worte einen Augenblick lang in der Luft hingen und seine Lider sie nach unten und aus seinem Mund zwingen könnten.

»Ich schaue dich nicht an«, sagte ich und schaute ihn an.

»Ich bin noch nicht lange hier, Doc Brumus hat mich hier unten hingesteckt. Der Dampf ist gut für mich. Ich hab nämlich Schwungen.«

»Schwingen?« Ich stellte mir vor, wie er sich in die Luft erhob.

»Schwingen?« Er sah verwirrt aus. »Hab ich ›Schwingen‹ gesagt?«

»Du hast ›Schwungen‹ gesagt.«

»Ich meinte Lungen, schwache Lungen.« Dann murmelte er: »Wenn ich nervös bin, verschluck ich Wörter.«

»Oh. Schwungen. Schwache Lungen. Bist du nervös?«

Darauf gab er keine Antwort. »Du könntest für uns arbeiten. Weißt du das?«

»Aber ich nähe doch.«

»Die wechseln ständig Leute aus, und wir brauchen hier Hilfe. Dann könntest du deine blutigen Laken selbst sauber schrubben.« Er sah mich an und legte den Kopf schief. Sein Gesicht war feucht und freundlich. »Die Bluterin aus dem Stump Cottage. Ich mag dich.«

»Warum?«, fragte ich. Niemand hatte je behauptet, mich zu mögen.

»Ich mag nicht viele Leute, aber wenn, dann für immer.«

Und so geschah das Wunder. Nun war ich geboren. Wahrhaftig. Gemeinsam hockten wir uns vor die großen Metallzuber und schrubbten die Wäsche auf den Waschbrettern, von Dampf und Dunst umfangen.

5

Die Unterschiede zwischen Pim und Pom

Ruth

Ich liege in unserem Ehebett auf meiner Seite und sehe die Gardinen an. Sie strahlen so hell, als ob draußen Schnee läge. Als Kind mochte ich den Winter. Einmal habe ich mit Tilton im Garten einen kleinen Iglu gebaut, der allerdings nicht lange hielt. Ich war eines von den Kindern, die ständig Häuser bauen, so als ob das Haus, in dem sie eigentlich leben, nicht zählen würde. Ron, mein Ehemann, kommt aus dem Badezimmer und zieht eine Krawatte von ihrem Hänger an der Schranktür.

»Als ich klein war, habe ich ständig Häuser gebaut«, äußere ich laut meine Gedanken. »Iglus, Burgen aus Sofapolstern, Nester aus Kissen. Einmal habe ich sogar zwei Wochen lang unter unserem Esstisch gelebt. Unter der weißen Tischdecke mit den kleinen gelben Blümchen. Sie hat bis zum Boden gereicht. Das war mein Zelt. Warum tun manche Kinder das?«

»Um das zu deuten, muss man kein Therapeut sein«, sagt mein Mann.

Tilton kommt mir in den Sinn – schmerzlich. Warum gerade jetzt? Weil ich mir ziemlich sicher bin, dass ich Ron verliere. Jeder neue Verlust fördert einen älteren zutage. Als bräuchte man eine Erinnerungshilfe dafür, wie Verlust geht. Vor unserer Hochzeit hatte mir Ron seine Exfrau immer als angestrengt, überkandidelt und vollkommen humorlos geschildert. Aber als ich sie zuletzt gesehen habe, beim Highschool-Abschluss ihres gemeinsamen Sohns Justin, war sie in einer Beziehung mit einem Anstreicher und riss zwei ziemlich derbe Witze. Wie wird Ron mich einmal beschreiben? Vielleicht so: »Sie hat mich nur geheiratet, weil sie sich nach Normalität gesehnt hat. Ihr könnt euch nicht vorstellen, wie trivial das Leben mit ihr war!« In gewisser Hinsicht hätte er damit recht. Ich habe Ron zwar erst mit Mitte zwanzig kennengelernt, doch schon mit sechzehn bin ich von zu Hause weggelaufen, weil ich mir ein neues Heim erschaffen wollte, eines, in dem ich als normal galt.

»Warst du mit den Hunden draußen?«, frage ich.

»Sie haben ihren morgendlichen Gesundheitsgang absolviert und auch der Form halber den Dobermann von nebenan angekläfft. Durch und durch Routine. Zwergspitz-Routine.«

»Reine Projektion.« Mein Ehemann erlebt gerade durch und durch Routine, Ehemann-Routine.

»Sag mir, was ist schlimmer? Projektion oder der Versuch, eine scheiternde Ehe zu retten, indem man Zwillingshündchen adoptiert?«

Ich gebe es nur widerwillig zu, doch er hat recht. Ich habe mir die Hunde vor einigen Monaten aus einem Impuls heraus zugelegt. Ich hatte sie bei einer Freundin gesehen, die ständig Hunde rettet. Erst hatte ich geglaubt, ich hätte mich von ihrem niedlichen Äußeren hinreißen lassen, doch als ich mit den Hunden unser Haus betrat, wurde mir bewusst, dass es um unsere Ehe ging. Ich bin erst seit drei Jahren mit Ron verheiratet und seit fünf mit ihm zusammen. Für uns beide ist es die zweite Ehe. Dass der Schwung schon jetzt verlorengeht, scheint ein wenig früh. Ich fühle mich in unserer Ehe wie ein alter Mann, der in schwarzen Socken und Sandalen einen Strand mit dem Metalldetektor absucht, immer in Erwartung eines Pfeiftons, weil er eine Uhr sucht, irgendetwas, das noch Puls hat.

In dem Moment fügt Ron hinzu: »Für Justin wäre es besser, wenn wir zusammenblieben. Das weißt du.«

Ron hat aus seiner ersten Ehe zwei Kinder: Colette, fünfundzwanzig, und Justin, zwanzig. Justin ist ein liebes Kind. Ich kenne ihn nur mit Wasserflasche im Gesicht, weil er als Folge seiner Antidepressiva ständig mit einem trockenen Mund zu kämpfen hat. Im Laufe der Jahre hat man Justin manches Etikett aufgedrückt: leichtes Asperger-Syndrom, Depressionen/Angstzustände, ADHS. Und er hat vieles ausprobiert: Beschäftigungstherapie, Verhaltenstherapie, medikamentöse Therapie… Manchmal frage ich mich, welche Gemeinsamkeiten es zwischen ihm und Tilton gibt, obwohl ich bezweifle, dass bei ihr je eine offizielle Diagnose erstellt worden ist. Wer ist besser dran?

»Die Frage ist doch nicht, ob wir der Kinder wegen zusammenbleiben sollen«, sage ich. Auch ich habe eine Tochter – Hailey. Sie lebt bei ihrem Dad in Tucson – eine Entscheidung, die sie mit neun, also vor zwei Jahren, vehement vertreten hat, nachdem sie ein Jahr lang bei mir und Ron gelebt hatte. Ron hatte festgestellt, dass es in der Realität weniger spannend war, noch ein Kind großzuziehen, als es zuvor geklungen hatte. Wir leben in der Nähe von Chicago, wo er kurz nach unserer Begegnung einen Lehrstuhl an einem College für Geisteswissenschaften übernommen hat, und nun haben wir Hailey in den Winterferien und zwei Wochen im Sommer, im Anschluss an ihre zahlreichen Zeltlager. Ich werde Hailey also in zwei Monaten sehen, Anfang August. Ich schließe die Augen. Die grelle Sonne malt einen dunklen Punkt hinter meine Lider. Ich habe vor zwei Wochen zuletzt mit Hailey gesprochen, obwohl sie jetzt ein eigenes Handy hat. Ich habe es ihr gekauft, damit sie mich jederzeit anrufen kann. Natürlich ruft sie damit nur alle ihre Freunde an. Hailey ist mein größtes Glück und mein größtes Leid. Manchmal ist das so. Das habe ich von meiner Großmutter, der berühmten Harriet Wolf, gelernt – nicht von ihr persönlich, nicht auf die Art und Weise, in der eine gewöhnliche Großmutter ihrer Enkelin bestimmte Lebensweisheiten nahebringen würde, sondern so wie alle ihre Leser: durch ihre Bücher. In *Der Verwalter unserer irdischen Bedürfnisse* steht Daisy mit zwei Wunderkerzen auf einer abschüssigen Wiese und denkt: »Es ist, als ob das Glück das Leid bräuchte, um sein wahres Wesen zu verstehen. Und das Leid kennt keine Richtung ohne Glück.« Meine Antwort ist ein Seufzer: *Hailey.*

Ron scheint meine neue Stimmung zu spüren, denn er kommt zu mir und setzt sich aufs Bett. Im hellen Sonnenlicht wirkt er richtig alt. Er *ist* alt – neunzehn Jahre älter als ich. Aber attraktiv ist er, besonders nach akademischen Standards. (Ich weiß die geringen akademischen Standards in Sachen Schönheit sehr zu schätzen – denn demnach gelte ich als hübsch, einer der Gründe, warum ich die akademische Welt grundsätzlich mag.) Ron sieht sogar ansatzweise verwegen aus, und sein Haar wirkt ausgesprochen jung, doch er verwöhnt es auch mit teuren Schnitten und Produkten.

Er schiebt mir eine Strähne hinters Ohr. »Lass die Erwartungen außen vor«, sagt er, »und wir könnten glücklich sein.«

Für Menschen, die kurz vor der Scheidung stehen, sprechen wir in verstörend ruhigem Tonfall über unsere Ehe. Ron will unsere Ehe nicht auflösen – er will sein Geld nicht anrühren. Nach seiner ersten Ehe war er demontiert worden. Und mit »Lass die Erwartungen außen vor« meint er, dass wir unsere Ehe in eine

Wohngemeinschaft umwandeln, miteinander und mit anderen Beziehungen haben sollten. »Die Erwartungen« heißen bei ihm Monogamie und Treue. (Melody Roth, die Master-Studentin, mit der gerade etwas läuft, erwähnt er dabei nicht.) In Ron hat ein Rest all jener Ansichten überlebt, die in den Siebzigern in Hinblick auf Sex populär waren – in diese Zeit fällt seine Indoktrination –, und demnach hält er uns für intellektuell genug, Sex und Liebe voneinander zu trennen. Oder vielleicht versucht er auch nur, sich auf seine Weise an mir festzuhalten. Er behauptet schließlich, mich zu lieben.

Ich rolle auf den Rücken und schaue an die Decke.

Es ist nicht das erste Mal, dass er mit diesem Vorschlag kommt. Eine andere Frau – eine, die sich selbst besser kennt? – würde ihn dafür ohrfeigen. Aber eins ist mir bewusst geworden: Der Grund, warum wir uns scheiden lassen sollten – die Apathie, die Trägheit – ist auch der Grund, warum wir es noch nicht getan haben. Kann eine entspannte Ehe in einer entspannten Scheidung enden? Können menschliche Wesen derart nonchalant sein?

Manche vielleicht, ich nicht. Die Scheidung würde schmerzlich. Vielleicht wäre ich am Ende glücklicher, trotzdem würde ich trauern. Ich habe das schon einmal durchgemacht. Eine Scheidung mag als abstrakte Idee ihren Anfang nehmen, aber am Ende geht sie doch ins Mark. In dieser Ehe allerdings sind Ideen abstrakt und von Gefühlen abgeschnitten. Ideen sind kleine funkelnde Gesprächseinsprengsel, sie eignen sich als geistreiche Bonmots, die man aufschnappt und an anderer Stelle wieder ausspuckt. In meinem aktuellen Umfeld ist das Bonmot arg überbewertet. Gefühle hingegen gelten als primitiv.

»Hey, wenn wir nicht zusammenbleiben, müssen wir uns über das Sorgerecht für die Hunde einigen. Das wird schmutzig.« Sein Versuch, die Stimmung aufzulockern.

»Wie wäre es, wenn derjenige sie nehmen muss, der sie auseinanderhalten kann?«, erwidere ich tonlos.

»Ich weiß was Besseres«, sagt er. »Wir lassen uns erst gar nicht scheiden.«

Es wird Zeit, dem Thema auszuweichen. »Wie geht's Justin? Hast du neulich mal mit ihm gesprochen?« Nach meinem letzten Kenntnisstand wollte Justin schon zum dritten Mal das College wechseln.

»Er hat offenbar den Eindruck, dass Towson im Netz am besten wegkommt. Studenten sind heute nur noch Konsumenten. Dann bin ich wohl nur noch eine Art Produkt.« Das ist das Stichwort für mich, ihn in seiner Rolle zu bestätigen, doch sein Selbstmitleid interessiert mich nicht. Da ich nichts sage, muss er in die Stille sprechen. »Kommst du zur Hochzeit?«

Colettes Hochzeit findet in einer Woche statt, in New York. Drei Tage später trifft sich die Harriet-Wolf-Gesellschaft in Washington, D.C. – zum hundertsten Geburtstag meiner Großmutter. Ron ist einer der wenigen männlichen Beiratsmitglieder, er fungiert als Gutachter für akademische Abhandlungen über Wolf. Ich bin Dekoration.

»Du meinst, Colette legt Wert auf mein Erscheinen? Ernsthaft?«

Colette, die während ihrer Collegezeit und noch einige Jahre danach lesbisch war, heiratet jetzt einen Mann namens Phil. Mit selbstgerechter Empörung hatte sie mich damals dafür gehasst, dass ich ihren Vater heiraten wollte, aus naheliegenden persönlichen Gründen, aber auch, weil sie mein Motiv für diese Ehe in meiner schwachen Position innerhalb einer restriktiven patriarchalen Gesellschaft ausgemacht hatte. Sie hatte mich und Ron in einem teuren thailändischen Restaurant angefunkelt und gesagt: »Scheiße, ich weiß echt nicht, wer von euch beiden lächerlicher ist. Warte! Doch. Du!« Sie hatte auf mich gezeigt. »Dein Vater hat dich verlassen, und jetzt heiratest du meinen Daddy? Das, meine Liebe, entspricht voll dieser total beschissenen heterosexuellen Matrix!« Es war ein Moment, den ich nie vergessen habe.

»Natürlich legt sie Wert darauf«, sagt Ron. »Und außerdem würde sie dein Fernbleiben bloß als Wunsch nach Aufmerksamkeit interpretieren.« Das ist ja so wahr. »Und was ist mit der Versammlung der HWG? Soll ich da auch alleine rumirren?«

Als ich das letzte und einzige Mal bei dieser Versammlung war, hatte mich Ron als Harriets Enkelin präsentiert. Ich war von sonderbaren Fragen zu den Texten meiner Großmutter regelrecht durchlöchert worden, hatte mir Klagen über die Feindseligkeit meiner Mutter gegenüber Wolf-Experten, Bitten, irgendwelche Erinnerungsstücke zu signieren, und unverhohlenes Mitleid anhören müssen – ich selbst war schließlich keine Harriet Wolf. Wie bitter! »Keine Ahnung«, sage ich zu Ron.

»Du hast schließlich keine anderen Verpflichtungen«, erwidert er, was einen ganz bestimmten Subtext hat. Ron hatte mir vorgeschlagen, einen Sommerkurs zu übernehmen, und seine Antwort impliziert, dass ich es mir zu bequem mache. »Hast du mein Handy gesehen?«, fragt er und begibt sich auf die Suche nach dem Telefon, das einen ständigen Kreislauf aus Verlieren, Finden und erneutem Verlieren durchläuft.

Sein kleiner Rüffel sitzt. Früher habe ich mich in Rons Gegenwart auf angenehme Weise jugendlich gefühlt. Er wusste so viel mehr als ich. Als wir uns kennengelernt haben, nannte er mich *volatil* – das Wort musste ich erst einmal nachschlagen. Nun erinnert er mich nur noch an meine tragischen Teenagerjahre, in denen ich vor lauter Unsicherheit nicht wusste, wohin mit meinen Händen, wie stehen, wann die Augen verdrehen oder lachen und wie laut. Meine Mutter ist damals in Strumpfhosen auf Schulfesten erschienen, als sich andere Mütter längst von solchen Förmlichkeiten verabschiedet hatten. Sie hat nie gelächelt oder nett geplaudert. Sie hatte Tilton an der Hand, obwohl Tilton damals neun war. Noch schlimmer war, dass Tilton es sich gefallen lassen oder vielleicht sogar kaum gemerkt hat. Es fällt mir schwer, an Tilton zu denken, vor allem seitdem ich nicht mehr da bin, um sie zu beschützen. Ich wusste doch schon in der Nacht, als ich aus dem Fenster geklettert und weggelaufen bin, dass meine Mutter sie in diesem Haus einsperren würde. Als ich mein Psychologiestudium begonnen habe, habe ich mir selbst die Diagnose Überlebens-Schuld-Syndrom gestellt. Ich bin dann bald auf Keramik umgeschwenkt und habe auch dieses Fach später wieder aufgegeben.

Weil ich mich der Psychologie nicht lange genug gewidmet habe, um zu einem konventionellen Behandlungsplan zu finden, habe ich mir meinen eigenen erstellt. Ich habe mich daran gehindert, allzu intensiv über die Vergangenheit zu grübeln. Ich habe gelernt, meinen gescheiterten Rollen – als Enkelin und Tochter, Schwester, Ehefrau und Mutter – nicht nachzuhängen. Ich weiß nicht, wie ich Mutter sein soll. Ich habe zugesehen, wie meine Mutter Tilton eine Mutter war, aber mir? Der Gedanke an Tilton und Hailey schmerzt mich am meisten. Beide Beziehungen sind derart eng miteinander verknüpft, dass ich manchmal glaube, ich könnte beide dadurch retten, dass ich zunächst nur eine rette.

Das Versagen als Mutter ist *das* Versagen überhaupt, der Beweis dafür, dass ich die Liebe nicht einmal in ihrer einfachsten Form verstehe, dass ich selbst der blinden und bedingungslosen Liebe, wie sie aus der Biologie folgt, unwürdig bin. Doch wenn ich nicht einmal diese Liebe verdiene, welche dann? Hailey hatte ihren Entschluss, bei ihrem Dad zu leben, in einem Brief formuliert, auf Papier mit Erdbeerduft. Ich trage ihn noch immer in meinem Portemonnaie mit mir herum. Eine gute Mutter hätte um sie gekämpft, doch ich weiß, warum sie Jim gewählt hat. Er bringt ihr Spanisch bei, indem er die Worte auf alle möglichen Gegenstände klebt, und malt Steine mit ihr an. Ich bin zu sehr wie meine Mutter, in der Liebe seltsam, unbeholfen – mal ist es zu viel und dann zu wenig, so als würde man mit dem einen Fuß auf dem Gaspedal und dem anderen auf der Bremse fahren und manchmal beide Pedale treten.

Ron hat mich geliebt, als ich Liebe brauchte. Das sagt sehr viel aus. Er hat mich nicht nach meinen mütterlichen Qualitäten beurteilt. Und er hat mir Normalität geschenkt – mehr noch, eine sehr hoch angesiedelte Normalität. Aus der Studentin kurz vor dem Abschluss wurde eine Professorengattin. Aus Studienschulden wurden Stipendien für Sommerreisen. Und ich konnte meine Dissertation ruhen lassen – nicht sofort, aber nachdem die Arbeit einige Jahre darauf gewartet hatte, geschrieben zu werden, hatte sie sich elegant verflüchtigt. Ich musste mich nie wie eine russische Bürokratin der mittleren Verwaltungsebene kleiden und auf den Arbeitsmarkt wagen, ich habe mir nie eine Abfuhr aus dem Universitätsbetrieb anhören oder all den Mist machen müssen, den ich sowieso nie machen wollte. Ist das Antifeminismus? Oder bloß eine widerliche Mischung aus Angst, Hilflosigkeit und Bequemlichkeit?

Colette hatte recht. Ich habe einen Daddy geheiratet, und das entspricht voll dieser total beschissenen heterosexuellen Matrix.

Dr. phil. Ron Everly aber hat kein Mädchen geheiratet, nicht einmal eine Studentin. Es war noch schlimmer. In was er sich verliebt, was er geheiratet hat, ist eine Reliquie aus seinem Fachgebiet ›modernistische Strömungen im 20. Jahrhundert‹: eine

Nachfahrin von Harriet Wolf. Doch dann hat sich die Reliquie als ich entpuppt.

Ich habe gehört, wie Ron über Harriets Schilderungen der Jugendjahre spricht – den Verlust der Magie an das Düster-Surreale, das in eine apokalyptische Dystopie abgleitet. »Ist die Kindheit erst einmal ausradiert«, habe ich ihn referieren hören, »gilt es, die Apokalypse und das korrupte, repressive Regelwerk der Erwachsenenwelt zu ertragen.« Dieser Vortrag – den er manchmal bei sozialen Anlässen im Kreise älterer Studenten wie aus dem Stegreif hält, als wären ihm all diese Gedanken gerade erst in den Sinn gekommen – führt am Ende immer zur absurden Postmoderne, mit deren Hilfe meine Großmutter das mittlere Lebensalter geschildert hat. Aber hat er einen Blick dafür, wie meine Großmutter unsere klägliche Ehe geschildert hätte? Ist nicht unser Zusammenleben korrupt und postapokalyptisch und absurd und postmodern und daher unbestreitbar eine Form von Realismus? So sehe ich es.

Als Ron vor einem halben Jahr ein ernsteres Verhältnis mit Melody Roth eingestanden hat, ist mir aufgegangen, dass ich meine Familie brauche. In der Familie kennt man sich von Anfang an – gewissermaßen in der Ursprungsversion. Und so habe ich meine Beziehung zu Tilton wiederaufleben lassen, zumindest am Telefon. Seither haben wir einige Male gesprochen.

Auch jetzt greife ich zum Telefon auf dem Nachttisch und wähle die Festnetznummer meiner Mutter, die nach all den Jahren unverändert ist. Ich könnte auflegen, sobald ich Tiltons Stimme höre. Anfang dieser Woche habe ich mit der Hundeschule begonnen. Der Lehrer – ein attraktiver Mann Ende dreißig, Hundekekse in den Taschen, kein Ehering – hat gesagt, dass man einem Hund nicht hinterherjagen darf, wenn er zurückkommen soll. Der Hund muss seinem Frauchen hinterherjagen. Diesen Ratschlag, der auch bei Männern gilt, habe ich noch nie befolgt. Bei Ron hätte er sowieso nichts bewirkt. Ron ist viel zu stur. Als Kind hat er bei einem Wettstreit im Atemanhalten einmal bis zur Ohnmacht durchgehalten. Die Narbe von dem Sturz hat er heute noch am Kinn. Es ist schwer zu sagen, ob ich Ron wieder ganz in meinem Leben haben oder einfach nur will, dass er mich mit aller Macht will. Ich brächte es nicht übers Herz, bei Tilton einfach aufzulegen. Doch es klingelt und klingelt. Eleanor ist zu geizig, um in einen Anrufbeantworter zu investieren.

Selbstverständlich hätte ich nichts dagegen, wenn mir ein Mann hinterherjagen würde. Ich hätte es bei meinem Vater ausprobieren können. Als ich von zu Hause weggelaufen bin, bin ich ein paar Monate später in einer Notunterkunft gelandet, und eine Sozialarbeiterin hat ihn aufgetrieben. Sie hatte auch Eleanor angerufen, doch George hatte sich zu dem Zeitpunkt schon bereit erklärt, mich aufzunehmen. Mit meiner Mutter habe ich darüber nie gesprochen. Wie das wohl war, als sie hören musste, dass ich nach all den Jahren wieder bei meinem Vater war?

Doch in Wahrheit hat mich mein Vater gar nicht bei sich aufgenommen. Wir haben uns nur zum Mittagessen in einem Burgerrestaurant getroffen. Mit seinem breiten Kreuz hatte er so grobschlächtig auf mich gewirkt, wie Eleanor ihn in ihrer Gutenachtgeschichte immer geschildert hat, der Geschichte, die sie als Kind in mich hineingepresst hat, als wollte sie uns mit Gewalt als Opfer großziehen. Aber auf einer Zigarre hat er damals nicht herumgekaut und auch nicht geschrien oder geflucht. Er hat sehr schnell gesprochen und genuschelt – eine Folge von Nervosität, Müdigkeit oder Alkohol? Das borstige Haar auf seinem dicken Kopf war noch immer voll, die Haut stramm, die Gesichtsfarbe frisch.

Er hatte mir erklärt, dass er ein wenig voreilig versprochen habe, mich bei sich aufzunehmen. Seine häusliche Situation sei kompliziert. »Es ist heikel.«

Ich hatte gehofft, mein Vater hätte Marie Cultry, die Witwe, geheiratet. Dann hätte ich die Tatsache, dass er uns verlassen hat, auf die ganz große Liebe schieben können, wie bei Johnny Cash, der seine erste Frau für June Carter verlassen hat. Doch ich hatte zu viel Angst zu fragen. Sonst hätte ich seine Zurückweisung persönlich nehmen müssen. Ich war derart am Boden zerstört, dass er mich doch nicht bei sich aufnehmen wollte, dass ich behauptet hatte, ich hätte eine Bleibe. Ich war damals mit Jim zusammen, der mein erster Mann werden sollte, Haileys Dad. Das war mein Plan B, Jim zu überreden, mit mir zusammenzuziehen, was auch geschehen ist. Er war achtzehn, ist damals noch aufs College gegangen und hat stundenweise als Anstreicher gearbeitet.

Mein Vater hat mich gefragt, ob ich vernünftig esse, ich Bücher, Filme oder Sport mag. Vermutlich wollte er mir entlocken, ob ich Drogen nehme. (Das tat ich.) Am Ende hat er mir seinen Plan vorgelegt. »Was hältst du davon, wenn ich dir ein Apartment besorge? Du machst deinen Schulabschluss und gehst aufs College. Ich zahle.«

Ich hatte mir damals seine Adresse und Telefonnummer notiert. Als ich ein paar Jahre später tatsächlich Geld für meine Ausbildung brauchte, habe ich ihn angerufen. Er hat geliefert, wie versprochen. Aber eine Beziehung hatten wir nicht. Ich habe ihn auch nicht zu meinem Schulabschluss eingeladen und ihm nichts von meinem Studium erzählt. Ich hatte das Gefühl, dass ich den Bogen damit überspannt hätte.

Es klingelt endlos weiter. Ich lege auf.

Einer der Hunde trottet ins Schlafzimmer. Keine Ahnung,

welcher. Wer bekommt das Sorgerecht, wenn keiner von uns in der Lage ist, sie auseinanderzuhalten? Der Hund schaut mich an und neigt den Kopf. Er erinnert mich an die Austauschstudenten, die manchmal bei uns zu Gast sind und an der Sprachbarriere scheitern.

In dem Moment kommt Ron und geht ins Bad, um sein Haar zu stylen. Mit Schaumfestiger. »Ich hab das Handy gefunden!«, ruft er. »Fast hätte es ein paar Runden in der Waschmaschine gedreht.«

Plötzlich taucht eine der seltenen Erinnerungen an meinen Vater in meinem Kopf auf. »Mein Dad hat einmal einen Labrador aus dem Tierheim mitgebracht. Der hat in den Garten gemacht und dann seine eigene Kacke gefressen, wenn sie trocken war.« Einmal hatte mein Vater den Hund am Tisch mit Fettrinde gefüttert, was Eleanor als Kommentar zu ihren Kochkünsten ansah. Der Hund hatte den ganzen Abend Blähungen.

»Die eigene Kacke aufzufressen, das ist der Gipfel der Eitelkeit, wenn du mich fragst«, erwidert er. Eine seltsame Bemerkung aus dem Mund eines Mannes, der sich Schaumfestiger ins Haar knetet. Auch sein Haar sieht seltsam aus, vor allem bei Wind, wenn es sich in einem Stück bewegt und hebt.

Ich drücke auf Wahlwiederholung und hoffe, dass Tilton endlich an den Apparat geht. Sie hat eine vogelgleiche Stimme. Sie zwitschert. Was nicht überrascht, da Tilton weit häufiger den Vögeln in unserem Garten als menschlichen Wesen zuhört – von unserer Mutter abgesehen. Noch immer keine Antwort. Ich lege wieder auf.

»Wen rufst du denn da ständig an?«, fragt Ron aus dem Badezimmer.

»Tilty.« Meine Tilt-a-Whirl! Wie oft habe ich das als Kind gesagt?

»Sprich ihr doch auf den verdammten Anrufbeantworter!« Auf Tilton war er immer schon leicht eifersüchtig, obwohl er ihr noch nie begegnet ist. Er wollte das Haus sehen – das Heim von Harriet Wolf – und hat sehr geschmollt, als ich mich geweigert habe, über die Einladung zu unserer Hochzeit hinaus Kontakt aufzunehmen. Ich habe mir selbst gegenüber eingestanden, dass ich vielleicht deshalb mit den Anrufen bei Tilton angefangen habe, weil meine Ehe bröckelt und es mich zu meiner Familie zieht, allerdings finde ich diese Vorstellung ebenso anziehend wie beängstigend. Vielleicht will ich auch nur ein wenig damit flirten – so wie man beispielsweise mit Melody Roth flirten würde, wenn man beispielsweise einer ihrer Prüfer wäre. »Was haben die Leute heutzutage gegen Nachrichten?«, fragt Ron.

»Eleanor Tarkington steckt im Jahr 1974 fest. Sie hat keinen Anrufbeantworter. Vermutlich ist auch das Telefon noch immer moosgrün, mit Kringelschnur.«

»Ich mache rasch Kaffee, bevor ich gehe. Willst du eine Tasse?« Üblicherweise macht nicht er den Kaffee. Er bekommt das richtige Verhältnis von gehäuften Löffeln zur Wassermenge nicht hin. Sein Lächeln sagt: *Ich bemühe mich! Siehst du nicht, wie sehr ich mich bemühe?* Er glaubt immer noch, dass er seinen Kopf durchsetzen wird – eine offene Ehe, inklusive eines Verhältnisses mit Melody Roth. Und für mich würden sein Verdienst, seine Pension und ein Wohnrecht in seinem Haus abfallen? Das klingt ziemlich retro, lieber Ron, das grenzt an Prostitution.

Aber einen Kaffee will ich trotzdem. »Ja. Gern.«

Er sprintet nach unten, ich versuche noch einmal, zu Hause anzurufen. Diesmal geht Tilton an den Apparat. »Ruthie? Bist du das?«

»Warum gehst du nicht ans Telefon? Ist alles in Ordnung?«

»Ja.«

»Bist du sicher?«

»Sicher bin ich sicher.« Da weiß ich wieder, wie kindlich Tilton ist. Ab welchem Alter sagt man nicht mehr »Sicher bin ich sicher«? »Ich bin nicht rangegangen, weil ich ferngesehen habe. Ich habe die ganze Nacht lang ferngesehen.«

»Du hast *was*?« Eleanor Tarkington hasst das Fernsehen. Als ich im Teenageralter war, hat sie für meine Aufmüpfigkeit das Fernsehen verantwortlich gemacht, wie übrigens auch für den generellen Niedergang unserer Gesellschaft.

»Ich habe mir große Frauen in BH und Unterhose angesehen, die breite Flügel getragen haben und immer wieder über eine Rampe gegangen sind. Und ein Mann hat blaue Flüssigkeit in eine Binde gegossen. Und heute Morgen haben Leute auf Sofas gesessen, Kaffee getrunken und Perücken anprobiert. Sie hatten Gäste und Zuschauer.«

»Eleanor erlaubt dir fernzusehen?«

»Es ist schon okay. Ich werde keinen Anruf bekommen. Das Haus hat versucht, sie aufzuessen. Dann hatte sie einen Herzanfall. Ein Notarzt war auch da. Sie hat in ihre Unterhose gepinkelt. Ich habe ihr Gesicht berührt. Ich habe in meinem Nachthemd gebadet, und da war Blut drauf.«

»Langsam! Warte!«, sage ich. Unten kläffen die Hunde. Ich bin mir daher nicht sicher, ob ich Tilton richtig verstanden habe. »Eleanor hatte einen Herzanfall?«

»Ja«, sagt Tilton. »Mrs Gottleib nimmt mich mit ins Krankenhaus, damit ich sie besuchen kann.«

»Damit du Eleanor wegen ihres Herzanfalls besuchen kannst?«

»Ja.«

»Eleanor ist im Krankenhaus.« Ich kann mir meine Mutter nicht einmal mit einem Schnupfen vorstellen, und in einem

Krankenhaus schon gar nicht. Und auf alles andere kann ich mir auch keinen Reim machen. Meine Mutter wurde von einem Haus aufgegessen? Was um alles in der Welt soll das bedeuten? »Warum war auf deinem Nachthemd Blut?«

»Ich hab mir am Daumen wehgetan, als ich das Fenster aufmachen wollte.«

»Ist dein Daumen in Ordnung?«

»Er tut weh.«

»Und Mom will, dass du sie im Krankenhaus besuchst?« Wo Tilton Keimen ausgesetzt wäre?

»Ganz bestimmt nicht. Aber Mrs Gottleib nimmt mich trotzdem mit. Ich will sie sehen. Ich habe Agoraphobie und Klaustrophobie, vielleicht hebt sich das gegenseitig auf.«

»Du hast keines von beidem. Wie oft muss ich das noch sagen? Dir geht es gut, Tilton. *Besser* als gut. Ich meine, Menschenskind, du hast ein Trauma überstanden, und es geht dir gut!« Ich bin im Umgang mit Krisen nicht besonders geschickt. Das ist einer der Gründe, warum ich meinem Ex das Sorgerecht für Hailey zugestanden habe. Ich hatte Angst, dass ihr unter meiner Obhut irgendetwas zustoßen könnte. »War es ein leichter Herzanfall?«, frage ich in beschwichtigendem Ton.

»Gibt es so etwas in leicht?«

»Hast du mit einem Arzt gesprochen? Muss sie operiert werden?«

»Vielleicht hat Mrs Gottleib mit dem Arzt gesprochen.« Dann senkt Tilton ihre Stimme. »Sind wir in einer Sackgasse gelandet?« Es ist Eleanors Stimme.

»Sag nicht so was«, sage ich.

»Was denn?«

»Eleanor-Sätze mit einer Eleanor-Stimme!«

»Aber sind wir das?«

»Eleanor hat garantiert einen Notfallplan. Was tun im Fall von X, Y und Z.«

»Solche Dinge hat sie im Kopf. Aber keine Angst. Sie wird nicht sterben«, erwidert Tilton. »Nicht in einem Krankenhaus.«

»Natürlich nicht«, sage ich betont optimistisch. »Du hast recht.«

»Ich muss mich jetzt fertig machen«, sagt Tilton.

»Alles wird gut. Das weißt du.«

»Ich weiß«, entgegnet sie vergnügt. »Weil du nach Hause kommst.«

»Tue ich das?«

»Tust du!«, sagt sie und legt auf.

Mein erster Gedanke ist vollkommen abwegig: *Irgendjemand sollte meinen Vater anrufen. Er sollte Bescheid wissen.* Doch das geht ihn gar nichts an. Ich wüsste allerdings, wie man ihn erreicht. Vor einem halben Jahr habe ich im Computerraum der Universitätsbibliothek eine schnelle Suche nach meinem Vater gestartet. Weit ist er nicht gekommen, hat sich da gezeigt. Bis nach Oxford, Pennsylvania. Da hat er jetzt sein Maklerbüro. Innerhalb von Sekunden hatte ich Büronummer, Faxnummer und sogar seinen Privatanschluss.

Ich habe ihn damals nicht angerufen. Ich weiß, wie es ist, derjenige zu sein, der gegangen ist.

Meine Mutter hat Tilton und mich als Kinder gezwungen, einen Pakt zu schließen. »Sucht nie nach eurem Vater«, hat sie uns aufgetragen. »Das würde bloß seinem Ego schmeicheln. Er hat uns nicht verdient!« Im Paktschließen waren wir groß. Ich spüre jetzt noch, wie sich der Faden um meine Hand schlingt, die sich gegen Tiltons und die Hand meiner Mutter drückt, das Garn ist viel zu stramm, und hinterher habe ich lauter rote Abdrücke. Unwillkürlich reibe ich mir die Hand.

Da erscheint Ron mit dem Kaffee, aber ich nehme die Tasse nicht entgegen.

»Was ist los?«

»Eleanor hatte einen Herzinfarkt. Sie liegt im Krankenhaus. Tilton hat immer wieder gesagt, dass sie nicht sterben wird, was mich glauben lässt, dass sie sterben wird.«

Er stellt die Tasse auf dem Nachttisch ab. »Wirst du zu ihr fahren?«

»Keine Ahnung.« Ich sehe Tilton vor mir – in meinen Augen ist sie immer noch ein Kind, blondes Haar, runde Wangen, der kleine geschwungene Mund. Sie trägt ihr Nachthemd, das nun voller Blut ist. »Ich habe sie im Stich gelassen.«

»Ich glaube nicht, dass deine Mutter das so sieht. Sie ist sehr selbstständig.«

»Nein«, sage ich. »Tilton!«

»Oh.«

»Habe ich dir je erzählt, dass sie mir einmal, während ich geschlafen habe, die Haare abgeschnitten hat? Meine Mutter hat deswegen nie mit ihr geschimpft.«

»Vielleicht ist das jetzt der Moment für euch drei, das eine oder andere zu klären«, sagt er. »Du solltest fahren. Außerdem bist du dann gleich an der Ostküste und könntest mit dem Wagen zu Colettes Hochzeit und zur HWG-Versammlung kommen.«

Selbstverständlich ist seine Anteilnahme nur vorgeschoben. Er will nur deshalb, dass ich meiner Familie näher komme, weil er Harriet Wolf näher kommen will. »Colette will mich nicht auf ihrer Hochzeit sehen«, erwidere ich schließlich.

»Hör zu, wenn du nicht kommst, werden sich alle fragen, wieso. Und ich will nicht ausgerechnet auf der Hochzeit meiner Tochter sagen müssen, dass du dich von mir scheiden lassen willst. Das ist sehr schlechter Stil.«

Was, wenn ich nach Hause fahren und Tilton und sogar Eleanor wiedersehen würde? Ob sie dann Hailey kennenlernen wollten? Ob Hailey dann auch sie kennenlernen wollte? Und hätte Hailey, wenn sie Eleanor und Tilton kennenlernen würde, für mich vielleicht ein wenig mehr Verständnis?

»Komm auf die Hochzeit. Lass dich blicken.« Nach einer kleinen Pause flüstert Ron: »Tu einfach so, als ob du mich magst.« Das sagt Weldon zu Daisy, als sie für ihr Hochzeitsfoto posieren.

»Ich mag dich doch.« Das stimmt sogar. Ich bin mir nicht sicher, wieso, doch meine Zuneigung zu ihm hält – selbst wenn ich ihn hasse.

»Ich mag dich auch«, sagt er und fügt hinzu: »Wow, also ist der Gatekeeper tatsächlich im Krankenhaus.«

Der Gatekeeper – ich hasse diesen Ausdruck, obwohl ich ihn selbst benutzt habe, als ich Ron und den anderen Mitgliedern der Harriet-Wolf-Gesellschaft sparsam portionierte Erinnerungen an Harriet und Eleanor gereicht habe. Sogar erfundene, als mir der Vorrat ausgegangen war. Doch ich habe Ron nie erzählt, dass meine Großmutter die Seiten ihres siebten Buches immer gleich verbrannt hat, nachdem sie sie geschrieben hatte. Ihm gegenüber habe ich durchblicken lassen, sie hätte die Seiten an einen befreundeten Schriftsteller geschickt – dessen Identität ich angeblich nie ergründen konnte. Womöglich ein Liebhaber? Oder eine *Liebhaberin*, wie ich einmal angedeutet habe, damit es noch interessanter wurde. Das eigentliche Geständnis aber lautet: Ich liebe die Bücher meiner Großmutter – nicht mit dem Intellekt, sondern mit dem Herzen, und ich schäme mich, mit Ron darüber zu reden. »Nenn sie nicht Gatekeeper. Im Moment ist sie nur meine Mutter, klar?«

»Aber was, wenn deine Mutter es die ganze Zeit irgendwo

unter Verschluss gehalten hat? Glaub mir, wenn jemand den letzten Teil ausfindig machen würde, das wäre *die* Sensation. Das literarische Ereignis des Jahres, wenn nicht des Jahrzehnts! Allein die Feministinnen – die haben sie, die alleinerziehende Mutter, doch regelrecht *kanonisiert*! Das wäre das große Fressen.«

Ich versuche, mir meine Mutter in einem Krankenhaus vorzustellen. »Der Gedanke, dass Eleanor stirbt, ist vollkommen surreal«, sage ich. »Sie war immer so, ich weiß nicht, so *vivante*!«

Ron läuft aufgeregt im Zimmer hin und her. »Vielleicht hat unsere Ehe so etwas gebraucht. Das – dir in dieser Sache beizustehen – könnte meine Aufgabe sein«, sagt er. Als ob mich *seine* Aufgabe auch nur einen Deut interessieren würde. Aber entweder begreift er das oder sieht mir meine Abscheu an, jedenfalls beschwichtigt er: »Es könnte uns einander wieder näherbringen.« Abwartend, die Hände in die Hüften gestemmt, steht er da.

»Machst du Witze?«

»Was wäre denn so schlimm daran, wenn du jemand bräuchtest? *Wirklich* bräuchtest? Und wenn dieser Jemand *ich* wäre?«

»Ich fahre ohne dich. Ich wollte längst hier raus, und endlich habe ich ein Ziel.«

6

Das ungestüme Herz des Lesers

Harriet

Naiv bin ich nicht. Sollte Tilton diese Seiten aus ihrem Versteck ziehen, dann werden sie wohl in die Welt hinauswandern. Ob auch Tilton darin lesen wird? Es ist einerlei, Tilton. Wir kennen das Konstante ineinander, das weit tiefer reicht als alle Unbeständigkeit und Variable. Ruthie wird diese Seiten lesen, falls sie die Gelegenheit dazu bekommt. Womöglich ist sie dann schon eine Frau, die selber Kummer kennt, ihrer Neugierde aber wird sie nicht entwachsen sein, nicht diesem schönen argwöhnischen Blick und dem Bedürfnis nach Verständnis. Ich würde ihr so gern sagen, dass man den anderen nicht kennen kann. Nicht einmal sich selbst. (Bist du da, Ruthie?) Sie hat es am schwersten getroffen, dass George fortging. Es hat sich in ihr eingegraben, und es gärt.

Eleanor ist so eigensinnig, es ist gut möglich, dass sie das hier gar nicht lesen wird. Hallo, Eleanor, falls du doch da bist. Eine so lange Zeit habe ich von deinem Vater nicht gesprochen. Jetzt die Wahrheit zu erfahren ist womöglich sinnlos. Mein Herz war so gebrochen, ich konnte das, was ich verloren hatte, nicht benennen. Ich habe mich für die Fiktion entschieden. Es tut mir leid. Zu nichts anderem war ich fähig. Und ich weiß, dass meine Entscheidung ihren Tribut von dir gefordert hat. Als dir George über den Weg gelaufen ist, hast du mit der Verzweiflung eines Menschen, der nur Ablehnung erfahren hat, nach ihm gegriffen. Habe ich dich abgelehnt? Was deinen Vater angeht, so sollst du wissen, dass du von deinem Vater genauso wenig abgelehnt wurdest, wie ich es von meiner Mutter wurde. Das musst du begreifen. Ich hoffe, dass ich dir das deutlich machen kann. Dein George ist schon so lange fort, und du kämpfst dich unermüdlich voran, direkt vor meinen Augen. Du bist darin bewundernswerter und weit stärker auch, als ich es jemals war.

Dennoch kann ich die Wahrheit nicht durch deine Linse niederschreiben. Ich habe selbst allzu lange an einer anderen Fassung festgehalten, in dem Glauben, ich täte dir damit einen Gefallen. Vergib mir, wenn sich deine Wahrnehmung nun nur noch schwer ändern lässt. Am besten werde ich so tun, als wärst du gar nicht da.

Was meine Leser angeht – auch in eurem Fall werde ich so tun, als wärt ihr nicht da. Euch, das weiß ich, verlangt es nach Daisy und Weldon. Die Bücher haben sich verändert, aber Weldon und Daisy waren die Konstanten – mit ihrem Verlangen, all ihrem Verlangen. Eine Liebesgeschichte. Das wusste ich erst ganz zum Schluss. Nur Liebesgeschichten sind es wert, erzählt zu werden.

Ich habe euch nicht vergessen, meine Leser. Ihr wart jung, als ihr mein erstes Buch gelesen habt; ich war schon sehr früh da und habe euch ein wildes Terrarium erschaffen. Erinnert ihr euch an die Spatzenfamilie, der Daisy und Weldon geholfen haben, sich in den Untergrund zu graben? An Daisys Mutter, die Nachtfalterfrau? Wie sehr ihr euch gewünscht habt, der Affenkönig würde euch – ja, euch – vor dem betrunkenen Gezanke eurer Eltern retten? Ihr habt mir in euren Briefen von euren Eltern, von grausamen Lehrern und eurer Medizin erzählt. (Die Kranken haben oft die größte Fantasie.) Einer unter euch litt an einer Fehlfunktion des Gehirns. Bei einem Anfall hast du dir fast die gesamte Zunge abgebissen, und du hast mir geschrieben, weil dich der sprechende Baum mit seinen vielen Zungen so berührt hat. Wie schön es wäre, wenn ich dir einen finden könnte!

Ich habe dir geantwortet, dass der Baum keine Fantasie ist. Aber irgendwann hast du mir bestimmt nicht mehr geglaubt und meinen Brief zerrissen.

Ihr alle wurdet zu Bruchstücken meiner selbst, zu Scherben, die ich kitten und zusammensetzen wollte, um mich neu zu erschaffen, so als wäre ich, die Schriftstellerin, nur eine Summe eurer Teile, so als hättet ihr mich geschrieben. Aber vielleicht lässt sich das nicht erklären.

Nach dem ersten Buch, dem zweiten und dem dritten kam in mir die Furcht auf, dass das Terrarium gelüftet würde, dass Eltern, Schule und Beruf es reinigten, in einen metallischen Aktenschrank verwandelten. Ihr wurdet erwachsen, und ich auch, also zog Weldon Halbschuhe und einen Angestellten-Anzug an. Er war wie ein gezähmter Löwe, den man als Attraktion einer Strandkirmes in den Beiwagen eines Motorrads geschnallt hatte, samt Melone auf dem Haupt. Und Daisy, Daisy schwebte wie Staubkörnchen im wandelbaren Schein des Sonnenlichts in ihrer Bibliothek. Wahnsinn wurde Realismus. Ich habe euch Sex und Tod geboten – und ihr habt die deftigeren Passagen markiert und weitergegeben.

Ihr wurdet erwachsen. Euer Lispeln legte sich, eure Aussprache wurde so präzise wie ein Kassenbuch. Ihr habt gelernt, eine Krawatte zu knoten und in Nylonstrümpfe zu schlüpfen. Ihr als Kinder habt mir gefehlt, doch auch jetzt habe ich euch geliebt. Ich habe mir vorgestellt, wie ihr meine Bücher nun im

College lest, hypersexuell, voller Sehnsucht. Ihr habt mir erregte Zeilen über Liebe, Krieg, Gewalt und das Symbolistische geschickt, und ich habe es nicht über das Herz gebracht, euch zu sagen, dass ich in meinem ganzen Leben nichts Symbolisches geschrieben habe. Doch wenn man lange genug auf einen Text blickt, löst er sich von jeglicher Bedeutung, von seiner Tintenhaftigkeit, und verwandelt sich in ein Symbol. Schaut eine halbe Stunde lang auf den Fußboden, vermutlich entdeckt ihr eine neue Religion. Eure Abhandlungen waren sämtlich irrig, abgesehen von dem, was ihr darin von eurem Blick und eurem Unbewussten auf so schöne Weise offenbart habt.

Aus eurer jungen Miene wurden Hängewangen. Aus weich wurde straff und wieder weich. Wir sind gemeinsam alt geworden. Aus euch wurden Banker mit geschwollenen Gelenken, Sargträger, Bibliothekare – so wie Daisy –, und zaudernd wandert ihr von Buch zu Buch, als schrittet ihr mit wachem Blick durch einen Gang in einem Irrenhaus. Manche unter euch sind schon tot. Wenn ihr diese Zeilen lest, gilt das auch für mich. Auch das werden wir gemeinsam haben.

Eine Zeit lang habe ich die Autoren gelesen, die meine Bücher seziert haben. Da war ich Feministin, Vertreterin des Absurden, des magischen Realismus, der Moderne und der Postmoderne. Ich wurde in psychologische, soziopolitische, religiöse und feministische Kontexte eingelesen, vor dem Hintergrund der Schriften von Foucault, Freud und Jung diskutiert, und mir wurde eine Einflussangst diagnostiziert. Welch kluge Konstruktionen! Welch große Mühen! Und doch war es am Ende, als spräche man zu einem tauben Analytiker. Nicht, dass ich hätte reden wollen – damals nicht.

Manchmal fürchte ich, dass all diese Professoren zu viel Zeit in mich investieren. Womöglich malen sich ihre Kinder Gesichter auf die Knie, Bildnisse ihrer imaginären Eltern, weil die richtigen in ihrem Elfenbeinturm hocken.

Tief im Innern eines jeden unter euch aber – ob Leser, Akademiker oder Kritiker – lebt das Terrarium noch fort, und sei es nur ein Molekül. Natürlich nur, falls ihr noch lebt. Warum denkt ihr bei dem Wort »Tigerlilie« an eine Blume, deren Blüten sich mit einem Knurren hin zu Reihen scharfer Zähne öffnen – so wie Daisy? Warum seid ihr manchmal so ergriffen, wenn ihr in einem anderen das Menschliche in seiner ganzen Fülle seht, sein reiches, fantastisches Innenleben, und ihr in dem Moment euer eigenes Innenleben spürt? Ein Inneres, in dem ein Selbst existiert, dessen Wahrheit sich nicht äußern kann?

Wenn ihr, in euren Träumen, einen Ozean heraufbeschwört?

Jedes Molekül einer Geschichte ist ein ganzes Universum – grotesk und wunderlich, mit Dampfschwaden im Sonnenlicht und mit Maschinen, die in der Brust von Zügen ächzen, mit Geschöpfen, die Hörner und kleine rosa Hände haben und natürlich einem Zungenbaum; all das ist im sechsten Buch zurückgekehrt, denn auch die Kindheit kommt im Alter wieder.

Auch ich habe, wo ich dies schreibe, das Alter schon erreicht – und doch bin ich so hell wie ein Leuchtsignal.

Ich hoffe, meine lieben Leser, dass sich eure Herzen nicht verhärtet und verschalt haben oder unter Fettschichten verkommen sind – arme, vernachlässigte Herzen, es ist ein schweres Verbrechen. Lasst bei eurem Äußeren Disziplin walten – achtet auf Haare, Nägel, Kleidung – und in eurem Inneren Zügellosigkeit. (Bleibt neugierig.)

Vielleicht seid ihr meiner nach meinem Tod auch schon überdrüssig.

Doch vielleicht ackert irgendwo einsam ein Biograf und

schildert das verfälschte und idyllische Leben einer Feministin – meine glückliche Kindheit, meine so selbstverständlich unehelich geborene Tochter, mein Ende in freiwilligem Rückzug. Mein fahler Biograf, die Knötchen will ich dir aus dem Haar kämmen und dich hinaus in die Sonne schicken.

Doch damit ich weitermachen kann, muss ich mich von euch lösen – und ihr seid, weiß Gott, eine wunderbare Ablenkung. Vor allem muss ich mich von den schönen Gesichtern meiner Nachkommen lösen. Ihr sollt wissen, dass ich euch liebe, dass dies der klägliche Versuch ist, euch diese Liebe darzulegen, ehe es zu spät ist.

Das kleine Jesus-Mädchen von den Träumenden Wunden

Und Kater

Mrs Funk suchte Dr. Brumus auf und sagte ihm, in mir sei Gott. So offen, wie sie ihren Glauben bekundete, nannte sie mich vermutlich auch vor ihm »das kleine Jesus-Mädchen von den Träumenden Wunden« und beschrieb ihm die blutige Dornenkrone, die mein Kissen bekränzt hatte, den göttlichen Abdruck meines Gesichts.

All das dürfte Brumus, der kein Mann der Religion war, nur wenig beeindruckt haben. Doch es hatte wohl die alte Debatte zwischen ihm und meinem Vater angestachelt. Irgendjemand sah in mir ein Funkeln. Vielleicht hätte mich mein Vater doch meiner Mutter übergeben und von seinem Betrug absehen sollen. Er schickte seine monatlichen Schecks, doch seine Augen hatten mich noch nie erblickt.

Brumus sagte zu Mrs Funk, dass er sich der Sache annehmen würde. Ich wurde zu ihm gerufen, und Brumus sprach die Worte, die ich nie vergessen werde: »Vielleicht ist etwas an dir, Harriet. Und wir können es sogar beweisen.« Er war zum Detektiv geworden. Wenn dort etwas war, würde er es finden!

Vor seinem Büro saß immer eine neue Sekretärin. Aktuell war es eine junge, pummelige, mit eingezogenem Kinn und Grübchen. Dr. Brumus erteilte ihr die Aufgabe, mir das Lesen beizubringen. Das war an der Maryland-Schule für Schwachsinnige Kinder nicht üblich – es galt als überflüssig oder, schlimmer noch, als Qual. Die Schule war darauf ausgelegt, das kriminelle Element in uns auszulöschen, mehr nicht.

Wenn Dr. Brumus nicht an seinem Platz war, ging die neue Sekretärin mit mir in sein Büro und brachte mir das Alphabet bei. Doch es kam vor, dass Brumus den Unterricht störte und die Sekretärin mit in das kleine Nebenzimmer mit dem Feldbett nahm, in dem er übernachtete, wenn er zu müde für die abendliche Heimfahrt war. Immer, wenn er dort mit seiner Sekretärin war, hörte ich eine Eule. Ich fragte mich, ob sie in einem Käfig saß. War sie Haustier oder Teil eines medizinischen Versuchs, der den Schwachsinnigen eines Tages nutzen würde? Ein Kind, dessen Leben weniger verkümmert war, hätte die naheliegende Logik sofort erfasst, ich jedoch musste mir als Kind die Welt und ihre Funktionsweise selbst zusammensetzen; meine Schlüsse widersprachen oft der Logik. Ich lauschte genau. Die Rufe begannen als ein leises Gurren, wurden immer lauter und schneller, bis daraus ein Heulen wurde. Ich sorgte mich um die Eule. Was stellten sie mit ihr an, dass sie derart heulte? Wehrte sich die Eule, mussten die Sekretärin und Brumus sie währenddessen festhalten? Ihre Gesichter waren immer stark gerötet, wenn sie wiederkamen, so als hätten sie sich angestrengt.

Einmal fragte ich sie nach der Eule, und die Sekretärin sagte: »Du musst langsam unterscheiden lernen, was wirklich und was eingebildet ist.« Dabei irrte ihr Blick zwischen mir und Brumus hin und her.

Bei einer Gelegenheit, ich war allein, spähte ich in den leeren Raum mit seiner einsamen Pritsche und der feuchten Wärme. Keine Eule. Kein leerer Käfig.

Doch als mir die Sekretärin den Buchstaben U beibrachte, hörte ich die Eule tief in ihrer Kehle. Sie war die Eule. Was geschah, dass sie so rief? Drückte Brumus sie nieder? Ach, arme Eule. Von nun an nannte ich sie insgeheim Die Eule.

Aus irgendeinem Grund habe ich die Eulenrufe der Sekretärin nie mit dem, was zwischen Eppitt und mir unter der Veranda geschah, in Verbindung gebracht. Der Kontrast zwischen dem geheimnisvollen Leben der normalen Erwachsenen, die nach Gutdünken kamen und gingen, und meinem – einer Debilen – war zu groß. Hinzu kam, dass der junge Eppitt und ich uns zwar mit Heißhunger aufeinanderstürzten, wir aber niemals Sex hatten.

Es begann wenige Wochen nachdem wir uns begegnet waren. Ich stand neben der Sonnenveranda, von der aus die kränklichen Kinder auf die Welt blickten, als ob sie etwas weit Entferntes am Horizont betrachten würden. Weil ich sehen wollte, was sie sahen, ging ich bei jeder Gelegenheit dorthin. Die Veranda stand auf niedrigen hölzernen Pfeilern, unter denen sich ein Kriechkeller befand.

Eines Tages hörte ich von dort ein »Psst, psst«.

Ich kniete mich hin und schaute unter die Veranda, und da war das Gesicht von Eppitt Clapp, ein Gesicht der Verwandlung.

Es bestand allein aus Nase, Lippen, Augen. Die geringste Gefühlsregung verursachte eine gewaltige Bewegung. Wenn er den Mund verzog, wurde sein Gesicht zu Gummi. Sagte er »Entschuldigung?«, wirkte er wie unter Schock. War er nur besorgt, zeigte sich eine plötzliche Bedrängnis. Das alles klingt nicht schön, doch das war es. Ich liebte das Drama, das sich auf seiner Miene abspielte.

Er lag auf die Ellbogen gestützt bäuchlings da, das erstaunliche Gesicht, das an seinen übergroßen Teilen schwer zu tragen schien, sah mir entgegen. »Ich hab dich an deinen *Schrümpfen* erkannt.«

Er meinte an Schuhen und Strümpfen. Er war nervös. »Wie das?« Wir alle trugen identische Schuhe und Strümpfe.

»Deine Schuhe neigen sich nach innen, und deine Strümpfe beulen sich am Knie. Einer hat ein Loch, und die Haut darunter ist blau.«

Meine scharfkantigen Schienbeine waren voller Blutergüsse. Von Eppitt wurde ich gesehen – bis in die kleinsten Kleinigkeiten. »Was machst du da unten?«, fragte ich.

»Das ist mein Haus. Ich wohne hier.«

»Du wohnst im King's Cottage.«

»Ja, hier aber auch. Komm rein, bevor dich jemand sieht.«

Ich sah mich um – Parson, einer der Aufseher aus dem King's Cottage, gab Miss Wingrit, die Webunterricht gab, einen Klaps auf den ausladenden Hintern. Wingrit kreischte und drohte ihm lachend mit dem Zeigefinger. Das Zusammenleben der Jungen und Mädchen war strikt reglementiert, doch das galt nicht für unsere Aufseher. Bei jeder Gelegenheit entfernten sie sich von uns, drängten sich zu kleinen Gruppen zusammen und rauchten. Wir waren ihre ungewollten Kinder.

Ich war unschlüssig, ob ich unter die Veranda krabbeln sollte.

Denn in mir war Gott. Und würde Gott unter eine Veranda kriechen? Ich wusste darauf keine Antwort.

Ich kroch hinunter.

Wir bohrten unsere Ellbogen in die weiche Erde. Es war Sommer, doch der Boden war kühl und wusste noch vom Winter. Von dieser Stelle aus konnten wir bis zu den Hügeln sehen.

»Das ist kein richtiges Haus«, sagte ich.

»Das weiß ich auch.«

»Hattest du mal ein richtiges Haus?«

»Klar.«

Ich war in einem Haus geboren worden, doch ich hatte keinerlei Erinnerung daran. »Ich war noch nie in einem richtigen Haus.«

Er war wohl ziemlich überrascht und sah mich aus den Augenwinkeln an, weil er nun besser war als ich. »Ich hab in Sparrows Point gewohnt.«

»Im Spatzenwinkel? Gibt es da viele Spatzen?«

»Nein. Nur Menschen in kleinen Häusern und viel roten Staub, weil da das Stahlwerk ist. Da war überall roter Staub, selbst auf dem Glas mit den Bonbons, das die Nachbarin immer rausgestellt hat, alles war verklebt.«

Später sollte auch ich Sparrows Point kennenlernen, Baltimores Industriehalde, wo es im Winter bitterkalt und im Sommer drückend heiß war, ein Straßenraster, das nach Buchstaben benannt war, eine Stahlstadt. Die Reihen der winzigen Häuschen wurden von gewaltigen Stromkabeln, den langen, metallischen Beinen der Förderbänder und von massigen Lagerhäusern regelrecht erdrückt. Roter Staub, ölig, fettig, rußig – genau, wie Eppitt ihn beschrieben hatte – legte sich auf Rinnsteine, Zaunpfosten, ja, sogar die Haut. Die Nässe des einstigen Tiefmoors verband sich mit dem Dampf, den die Hochöfen ausspuckten, und machte aus dem Staub eine feuchte und zähe Masse. Das Clapp-Haus lag nicht nur unter Rauch und Abgasen, es litt auch unter sämtlichen Geräuschen dieses Stadtteils: dem Rattern der Straßenbahn, die die Arbeiter hin- und herbeförderte, dem Tuten der Schleppschiffe, die die Lastkähne zogen, dem unablässigen Geblöke all der Züge.

Eppitt erzählte mir von seinem Weg zur Schule – wo die Jungen die Arbeit an Maschinen, Getrieben und kleineren Motoren lernten und die Mädchen den Umgang mit Nadel und Faden und das militärisch stramm gemachte Bett. Er hatte ihn an sieben gewaltigen vergitterten Ventilatoren, die vom Stahlwerk kamen, vorbeigeführt. »Ich hab immer gedacht, wenn man die gleichzeitig bei voller Kraft anmachen würde, gäb das einen Tornado, der den ganzen Ort wegpustet.«

»Wolltest du das denn?«

»Hier ist es besser. Gillup erzählt uns jeden Abend eine Geschichte. Ich hab was zu essen. Mein eigenes Bett. Und rausfliegen kann ich auch nicht, weil ich ja schon rausgeflogen bin.«

»Aber was ist mit deiner Familie?«, fragte ich. »Dass es sie wegweht, wolltest du bestimmt nicht.«

»Nicht meine Schwester Meg. Die anderen? Von mir aus. Aber Meg liebe ich.«

Eppitts Eltern hatten sieben Kinder, sämtliche vor Erschöpfung bleich und schlaff, eine träge Truppe, ganz Phlegma und Phlegmatik, oft von Fiebern geplagt. Er war von allen am schlimmsten dran gewesen. Auf dem Familienfoto – er besaß nur das eine – drängten sie sich vor einen kargen Baum. Eppitt war der Einzige, der in die Kamera schaute und voller Stolz die Brust aufblies; ein bunter Sittich hätte kaum befremdlicher gewirkt. Doch niemand hatte ihn beachtet, außer Meg, die drei Jahre älter war. »Meg ist die Einzige, die was taugt.«

Als Letzter einer langen Reihe hatte er den Namen Eppitt erhalten, nach einem Onkel, obwohl die Clapps schon einen Kater gleichen Namens hatten. Für die Katzen hatten sie sich nicht entschieden. Die Tiere hatten sich einfach eingeschlichen, und Eppitts Mutter, die daran gewöhnt war, zahlreiche hungrige Mäuler zu stopfen, gab ihnen die Essensreste und am Ende einen Namen.

Nach Eppitts Geburt war sie so lange im Bett geblieben, wie es ging. Ihre früheren Geburten waren von Komplikationen geplagt gewesen – Steißlagen, eine verschlungene Nabelschnur, übermäßige Schwellungen und Blutungen. Eppitt aber war wie ein geöltes Schwein aus ihr herausgerutscht. Das Wochenbett war die einzige Zeit, in der sie milde behandelt wurde. Und sie nahm sich dieses Recht.

Einmal hatte sie vom Bett aus gebellt: »Eppitt braucht Milch.«

»Und mein Vater«, so erzählte es mir Eppitt, »von Jahren der Arbeit gedrückt, bückt sich, um der Katze frische Milch in das Schälchen zu gießen, doch es ist voll, und das ruft er ihr zu. Und meine Mutter sagt: ›Nein, nicht doch, das Baby braucht Milch. Hörst du nicht, dass es weint?‹ Und darum haben sie mich Baby genannt, damit sie mich nicht mit dem Kater verwechseln. Das war der Familienwitz, und dabei mochte niemand von uns Witze.« Dann sah er mich unvermittelt an und sagte: »Warum haben sie den Kater nicht einfach Kater genannt?«

»Hier nennt dich niemand Baby«, sagte ich.

»Wohl wahr.«

»Kater gefällt mir. Ich kann dich ja Kater nennen.«

Und dann beugte er sich vor und gab mir einen Kuss auf die Wange.

»Warum hast du das getan?«, fragte ich.

»Miau.«

Ich kroch langsam unter der Veranda hervor, doch er fasste mich am Fuß. »Du solltest bei mir in meinem Haus leben.« So war es auch bei Daisy und Weldon in jenem Bau unter der Erde, den sie den sprechenden Spatzen gegraben hatten. Er wollte, dass sie dort auf ewig bei ihm blieb.

»Hier gibt es doch nur Lehmboden«, erwiderte ich.

»Und einen Kater namens Kater. Miau.«

»Eppitt Clapp«, sagte ich, doch es klang nicht wie ein Tadel, nicht einmal wie eine Frage. Es klang, als ob ich ergründen wollte, wie wichtig diese beiden Worte aus meinem Munde waren. Eppitt Clapp – mit diesen beiden Worten änderte sich alles. »In mir ist Gott«, sagte ich. »Das hat mir Mrs Funk gesagt.«

»Das hätte ich dir auch sagen können, Harriet. Gott ist in jedem von uns.«

Über uns quietschten die Dielen. Das erste sieche Kind wurde wieder ins Haus gerollt. Ich war schon halb unter der Veranda hervorgekrochen, als die Krankenschwester den Korbrollstuhl herumdrehte und das darin gefesselte Kind mich sah. Ich konnte nicht erkennen, ob es ein Junge oder Mädchen war. Es hatte rote, geschwollene Wangen, als hätte es Mumps, und blickte mich an. Ich erwiderte den Blick, und da, einfach so, sah ich Gott.

»Eppitt Clapp«, sagte ich erneut, ein Flüstern nur.

Und er, aus den Tiefen der Veranda, wiederum: »Miau.«

Harriet Wolfs erster Pakt

Eine junge Liebe ist ein Verzehren. Sie bohrt sich in die Knochen, sie frisst sich ins Gehirn. Sie lebt im Atem und im Blut – für immer. Weil es die erste Liebe ist, die eintrifft, ist der Waggon noch leer und luftig, und so kann die Liebe sich ausbreiten.

Eppitt und ich erledigten unsere Arbeit in der Wäscherei doppelt schnell, wir schrubbten Flecken mit der Drahtbürste weg, weichten uringetränkte Laken in kochend heißen Wannen ein und hängten die nasse Kleidung in die Sonne. Vor den anderen Mädchen – deren Lärmen und Kesselpfeifen-Stimmen an der hohen Decke hallten – sprachen wir kein Wort.

Ich liebte Eppitts schwächliche Lunge, weil sie ihn in der Wäscherei festhielt – einer frisch bedampften Lunge ging es besser als einer Lunge voller Steinbruch-Staub.

Unter der Sonnenveranda bauten wir uns ein Heim. »Das hier ist die Küche. Dies das Wohnzimmer …« Wir zählten Tische, Stühle und Kommoden auf, Vorhänge und Geschirr mit blauem Blümchenrand. »Eines Tages haben wir das wirklich«, versprach mir Eppitt. Wir hatten, so sagte er, ein Schicksal zu erfüllen. Er legte sich in unserem Schlafzimmer unter der Veranda auf den Rücken, die Hände hinter dem Kopf, und ich ließ meinen Kopf auf seiner Brust ruhen. »Unser *Gehimmel.*«

»Gemeinsamer Himmel«, übersetzte ich mit meinem Kopf auf seiner Brust.

Er überzeugte mich, dass wir ihn finden würden, und das taten wir sogar in gewisser Weise, wenn auch viele Jahre später und ganz anders als gedacht. Den Gehimmel.

Abwechselnd lagen wir übereinander und küssten uns – immer vollständig bekleidet. Wir waren beide hungrig nach Berührung, vernachlässigt, ich noch mehr als er. Ich hatte keine Brust gekannt, kein Haar in meiner Faust, keinen warmen Hals, kein Ohr an einem anderen Leib, keinen anderen Herzschlag als den meinen. Meine Kindheit war ein Darben. Ohne Eppitt wäre ich zugrunde gegangen. Anfangs hatte mein Körper wie unter tausend Nadelstichen gebrannt, doch kaum war meine Haut erwacht, konnte ich nicht genug bekommen.

Eppitt fragte: »Willst du mich heiraten?«

Ich sagte: »Ja, Kater. Ich will.« Manchmal nannte ich ihn Kater.

Als wir eines Tages draußen zwischen den Wäscheleinen standen, hielt ich mir ein weißes Laken um den Kopf, einen Schleier.

Eppitt zog einen Faden hervor – Industriegarn, das er aus dem Nähraum gestohlen hatte. Wir standen dort, von Angesicht zu Angesicht und drückten die linke Hand aneinander. Eppitt wickelte das Garn darum. Dann bat er mich, die rechte Hand auf mein Herz zu legen. Er tat das Gleiche.

»Wirst du meine Ehefrau?«, fragte er.

»Ja«, sagte ich. »Und wirst du mein Ehemann?«

»Ja.«

»Dann sind wir jetzt verheiratet?«, fragte ich.

»Sind wir«, sagte er.

Wir küssten uns. Das Laken wehte in der Brise. Ich hielt es fest, doch der Wind löste es und wehte es empor und offenbarte uns. Wir sahen uns um, doch lediglich die kranken Kinder, die man zu ihrer täglichen Dosis Frischluft auf die Sonnenveranda gerollt hatte, waren nah genug. Stumme Engel, deren Blicke in der Ferne weilten. Vielleicht weihten sie uns auch – gaben uns ihren Segen.

Eppitt überreichte mir den losen Ring aus Garn. »Behalt du ihn.«

Ich versprach es ihm. Später klebte ich ein Stück Papier an den Faden und beschriftete es mit »E. C. und H. W. 1913. Hochzeit«.

Alle Ehen sollten so geschlossen werden.

Die Eheschließung von Eleanor und George war förmlich. Wir waren in unsere festliche Kleidung eingeschnürt. Alles war im Hochzeitsanzug. Selbst Eleanor und ihre einzige Brautjungfer trugen Jacke und Rock von Schneiderhand mit passendem Hut. Der Empfang bestand aus einigen Walzerschritten, Keksen und Bowle, blitzenden Kameras, Zigarren und einer kleinen Gästeschar, die Reis warf. Hurra. Es war zum Scheitern verurteilt. Vielleicht war Eleanor für die Ehe nicht geeignet. Sie bevorzugt kurze Gespräche, und die Ehe ist ein langer Dialog. Eleanor hielt sich an Georges Arm fest – aber nicht aus Liebe, sondern mehr, als wäre er eine Boje und sie allein auf hoher See.

Ich habe versprochen, mich an alldem zu versuchen, ohne mir die Leser vorzustellen, doch vielleicht war das zu viel (oder zu wenig) verlangt. Eleanor, falls du diese Zeilen liest, es tut mir leid, dass ich deine Hochzeit in dieser Art beschreibe. Und es tut mir leid, dass ich dich in diese Ehe gehen lassen und kein Wort gesagt habe. Auch wenn du nicht auf mich gehört hättest. Ich habe mir gedacht: *Was kann schlimmer sein als eine schlechte Ehe? Womöglich gar keine Ehe.* Wir lernen aus unseren Fehlschlägen. Und ich wollte, dass du Kinder hast, etwas, das sich, wenn du dich daran klammerst, auch an dich klammert. Nun hast du deine Mädchen, und auch sie haben Gott in sich.

Mein Pakt mit Eppitt, dieses Stückchen Garn – damit nahm alles seinen Lauf.

Das Wundermädchen

Was wusste ich während meiner Zeit auf der Maryland-Schule für Schwachsinnige Kinder von der Welt? Ausgesprochen wenig.

Nach draußen kam ich nur ein Mal. Als ich aufschrie, weil die Zahnfäule bis zu einem Nerv vorgedrungen war, brachte Schwester Oonagh mich zum Zahnarzt. Auch bei ihr gab es einen Zahn, der einen Blick benötigte – vermutlich der einzige Grund, weshalb mir Linderung gewährt wurde. Eigentlich bewahrte ich den Hochzeitspakt in einer kleinen Schachtel unter meiner Pritsche auf, nun aber schob ich ihn in meine Tasche – damit ich nicht starb.

Es ging mit dem Wagen in die Stadt. Die Straßen waren voller Schlaglöcher. Ich sah eine Hecke, dann ein Haus, einen Hund hinter einem Zaun, rauchende Kamine, Fensterläden, einen Teppich, der über einer Stange ausgeklopft wurde, Kinderwagen, einen Mann mit einer Leiter. Wir wurden durch die Straßen Baltimores gekarrt, in Richtung Hafen. Kinder mit Müttern und Vätern – es gab sie noch! Nicht alle hatte man ins Heim geschickt. Sie sprangen frei umher!

Schwester Oonagh und mir wurden insgesamt drei Backenzähne gezogen. Mancher Schmerz gaukelt einem Trost vor.

Auf dem Rückweg flatterten Schwester Oonaghs Hände immer wieder an die anschwellenden Wangen. Sie betete – ein näselndes Wimmern – doch meine ausgehungerten Blicke gingen aus dem Fenster. Den Mund mit Watte ausgestopft, den Kopf umwickelt – so war ich der Welt am liebsten: stumm, hinter Glas, eine Durchreisende. Das war meine feste Überzeugung.

Gelegentlich boten auch Besucher einen kleinen Einblick in

die Außenwelt. Eltern kamen zwar selten, doch wenn, brachten sie manchmal ihre anderen Kleinen mit. Diese Kinder bewegten sich so anders, als ob ihre Körper aus einer mir fremden Faser bestünden. Manchmal wurde ein Kind, das aufgrund großer Armut in die Maryland-Schule für Schwachsinnige Kinder gebracht worden war, nach einer glücklichen Schicksalswende wieder abgeholt. Ihnen sah ich nach, bis ihr Hinterkopf nur noch ein Punkt und schließlich ganz verschwunden war.

Eppitts Eltern kamen nicht. In seinem Heim in Sparrows Point gingen wütende, bullige Schuldeneintreiber ein und aus, die seinem Vater drohten. »Baltimores Banditen«, nannte sie sein Vater zitternd, wenn sie wieder fort waren.

Seine Eltern hatten Eppitt an einem Sonntag in der Maryland-Schule für Schwachsinnige Kinder abgegeben, kurz bevor ich ihm begegnet war. Sie hatten Den Herrn um Rat gefragt. Die Antwort war eindeutig ausgefallen. Seine Mutter hatte nicht geweint.

»Werdet ihr mich irgendwann wieder holen?«, hatte er gefragt.

»Ja«, hatte seine Mutter gesagt. »Bewahre es in deinem Herzen.«

Als sie ihm den Rücken zugewandt hatte, hatte ihn sein Vater angesehen und den Kopf geschüttelt. Sie würden ihn nicht holen. Eppitt war seinem Vater dankbar für die Aufrichtigkeit, und es gab wenig, wofür er diesem Mann danken musste.

All das erzählte Eppitt mir eines Abends in der leeren Wäscherei, als die anderen Mädchen den Versorgungstrakt bereits verlassen hatten. Ich saß auf dem Boden und war für einen kurzen Augenblick erleichtert, dass ich meine Eltern nicht kannte. In meinem Herzen musste ich keine Unwahrheit bewahren.

»Es tut mir leid«, sagte ich zu Eppitt.

»Ist schon gut«, sagte er. »Wir sind ja jetzt eine Familie. Wir verschwinden von hier und bekommen Babys und ein Haus.«

Doch das war eher unwahrscheinlich. Man schrieb das Jahr 1913. Wir waren Debile, und in uns lauerte das kriminelle Element. Und so kümmerte man sich um die Jungen – erst ein rätselhaftes Problem mit dem Penis, dann ein Betäubungsmittel und dann die Operation im Labor. Unsere Abnormitäten, selbst die, die unsichtbar in unserer Seele schlummerten, galt es einzudämmen. (Bei den Mädchen verfuhr man ebenso, auch wenn ich nicht operiert wurde, vielleicht auf Anweisung meines Vaters oder auf Brumus' eigenmächtige Entscheidung hin, mir das zu ersparen.)

Dr. Brumus war der Mann mit dem Skalpell, instruiert wurde er von einem Beirat, dessen Mitglieder manchmal flüsternd über das Gelände gingen. Doch er hat bestimmt an seine bürgerliche Pflicht geglaubt.

Ich habe mich inzwischen mit den historischen Tatsachen befasst. Man muss wissen, dass Brissaud und Griffiths bereits 1884 erste Vasektomien an Kaninchen und Hunden durchführten. Steinach experimentierte zu der Zeit an alten Ratten. Vasektomien waren zur Behandlung von Blasensteinen und Tuberkulose üblich, und sie galten als Wundermittel zur »Verjüngung«. Angeblich haben sich Sigmund Freud und W. B. Yeats zu diesem Zweck einer Vasektomie unterzogen. 1899, im Jahr vor meiner Geburt, schlug Ochsner in einem Aufsatz vor, Vasektomien an Gewohnheitsverbrechern durchzuführen. Nun also kam die Eugenik in Schwung! 1907 verabschiedete der Bundesstaat Indiana ein Gesetz »zur Verhinderung der Fortpflanzung von überführten Kriminellen, Geistesschwachen, Vergewaltigern und Imbezilen«, mit anderen Worten, Zwangssterilisation. Neunundzwanzig Staaten schlossen sich dem an. Als Eppitt in die

Maryland-Schule für Schwachsinnige Kinder kam, hatte Sharp bereits seinen Beitrag mit dem Titel »Vasektomie als Mittel, die Fortpflanzung bei Minderwertigen zu verhindern« publiziert und drängte auf eine Zwangssterilisation in allen staatlichen Institutionen. (Wir waren unbestritten minderwertig.)

Dann kam das Kaiser-Wilhelm-Institut für Anthropologie, Menschliche Erblehre und Eugenik ins Spiel. Noch bevor Hitler Reichskanzler wurde, lag bereits ein Sterilisationsgesetz auf dem Tisch. Wer als gesundheitlich untauglich für die Ehe galt, kam vor das Erbgesundheitsgericht, und so führte die Durchsetzung der Sterilisationsgesetze dazu, dass in der Zeit zwischen 1933 und 1945 dreihundertzwanzigtausend Menschen zwangssterilisiert wurden. In jenen zwölf Jahren sind weit schlimmere Verbrechen geschehen, aber das als kleiner historischer Beitrag am Rande.

Eppitt wusste Bescheid. Vom Ellbogen eines Aufsehers gehalten, humpelten die Jungen o-beinig zu ihren Cottages. Die Mädchen verschwanden kurz nach ihrer ersten Periode einen Nachmittag lang und kehrten schwankend-bleich zurück. Brumus trug den Spitznamen Dr. Schnipp-Schnapp. Gerüchteweise hatten sich einige der älteren Aufseher sogar freiwillig dem Eingriff unterzogen. Selbst Brumus hatte die Operation angeblich von einem Kollegen in der Stadt durchführen lassen.

Die Mädchen wussten, was das hieß: keine Schwangerschaft, keine Kinder. Einige behaupteten sogar, dass sie den Eingriff wollten – Mädchen aus großen Familien, so wie Eppitts, die man im Heim gelassen hatte, weil ihr Unterhalt zu teuer war. Sie hatten erlebt, wie der Bauch ihrer Mutter immer wieder angeschwollen war, sie blutige Babys in die Welt hinausgeschrien hatte und dann mit letzter Kraft durch das Haus gestolpert war. Die Abgebrühteren unter den Mädchen wollten ohne Angst vor einer Schwangerschaft bei einem Jungen sein. Manche trafen sich nicht nur mit den Jungen, sondern auch mit den Aufsehern. Gillup, den Eppitt von allen am liebsten mochte, sagte man eine besondere Neigung zur Unzucht nach. Er war stramm und gut aussehend und teilte seine Lieblinge in eine regelrechte Hackordnung ein. Doch selbst die Mädchen, die den Eingriff angeblich wollten, kehrten verändert zurück; sie schwiegen, wenn die Rede auf das Schnipp-Schnapp kam, und blickten mit leerer Miene und wässrigem Funkeln in den Augen drein.

Ich wollte irgendwann ein Baby. An der Maryland-Schule für Schwachsinnige Kinder wurden stillschweigend auch Säuglinge versorgt – offiziell wurden Kinder erst ab einem Alter von sieben Jahren aufgenommen. Doch es gab die Krippen im Verborgenen, ich selbst war in einer aufgewachsen. Eppitt und ich verdienten Babys. Der Gedanke motivierte mich zum Lesenlernen – um an Brumus' Akten zu gelangen und dort zu vermerken, dass Eppitt bereits steril war. Eingriff durchgeführt.

Ich lernte das Lesen mit einer Leichtigkeit, die die Eule schockierte. Einmal fragte sie Brumus, ob er sie zum Scherz zu meiner Lehrerin gemacht habe. »Harriet kann längst lesen. Sie begreift alles, sobald ich es ihr sage.«

Brumus, voll des Unglaubens, nahm ein Buch von seinem Schreibtisch, schlug es auf und wies auf einen Absatz. »Lies!«

Es war ein Abschnitt über das Herz. »Ich kenne die meisten Wörter nicht«, sagte ich, als ich die Stelle überflog.

»Na also!«, sagte er.

Die Eule sah mich an.

»Es tut mir leid!«, sagte ich. »Aber ich weiß nicht, was ein ›Ventrikel‹ ist. Und das Wort ›Aorta‹ habe ich auch noch nie gesehen. Und wenn eine ›Klappe‹ durch Krankheit geschwächt werden kann, was kann man dann dagegen tun? Es ist doch ein Herz! Herzen werden von der Liebe angetrieben, oder? Mrs Funk sagt, dass Gottes Liebe unsere Herzen antreibt!« Ich schniefte und wischte mir die Nase ab. In meinem Taschentuch zeichnete sich ein leuchtend rotes Muster ab. Ich war eine nervöse Blutspuckerin, Eppitt ein nervöser Buchstabenschlucker.

Kurz darauf führte Brumus mit mir einen Intelligenztest durch, der damals neu aufgekommen war. Er setzte mich an seinen Schreibtisch und nahm selbst die Zeit ab. Seit meinen Äußerungen über Ventrikel, geschwächte Herzklappen und die Liebe Gottes ging er anders mit mir um. Er schien sich regelrecht vor mir zu fürchten, sprach oft in gedämpftem Ton und fragte, ob ich durstig sei. Er bot mir sogar Kaffee an, was nicht gestattet war. Ich lehnte ab, ich hielt es für eine Falle. Beim Test war ich nicht nervös. Warum sollte eine Debile auch wegen eines Intelligenztests Nervosität empfinden? Ich würde sowieso das Falsche antworten. Ich stand am Fenster, während Brumus meinen Test auswertete. Nach einer Weile hörte ich ein Schniefen, als wäre er ergriffen.

Als er aufstand und sich ein Glas Wasser holte, sagte er: »Gott. Nicht ein Fehler. Kein einziger bislang.«

Er erzählte es der Eule, und die Kunde verbreitete sich rasch. Bald hatte sich eine kleine Menge in Büro und Vorraum versammelt – die Eule, Mrs Funk, drei Aufseher –, um der restlichen Auswertung beizuwohnen.

Als Brumus geendet hatte, erhob er sich hinter seinem Schreibtisch, nahm die Brille ab und rieb sich seine fettige Nase. »Benachrichtigen Sie die Zeitung«, sagte er. »Ich habe ein Genie entdeckt.«

Selbstverständlich glaubte ich ihm nicht. Doch ich befand, dass die fälschliche Auswertung meines Tests meine Eltern davon überzeugen würde, mich zurückzunehmen. Endlich würde ich der Hinterkopf in einem Wagen sein und dann entschwinden! Konnte ein Genie, das Gott in sich trug, auch Eppitt dort herausholen? War das möglich?

Eppitts Blick traf mich, als ich in meiner Reihe bei der Essensausgabe stand. Wusste er Bescheid? Hatte es sich schon herumgesprochen? Noch am Nachmittag kam ein Reporter. Er fotografierte mich vor dem Verwaltungsgebäude. »Und, was wirst du nun tun?«, fragte er.

»Ich bin jetzt keine Debile mehr«, sagte ich. »Also muss ich wohl nach Hause gehen!«

Im Anschluss nahm Brumus mich beiseite. Es war Oktober und sehr stürmisch. »Ich habe mit deinem Vater gesprochen. Er will dir einen Besuch abstatten. Aber ich weiß nicht, wie es ausgehen wird.«

»Mein Vater kommt hierher?«

»Erwarte nicht, dass sich die Welt innerhalb eines einzigen Tages verändert«, sagte er.

»Aber meine Welt hat sich innerhalb eines einzigen Tages verändert! Ich habe mich verändert.«

»Und dennoch«, sagte Brumus, »kann ich es nicht vorhersagen.«

»Nun ja, bleiben kann ich nicht«, war meine Antwort.

Blutengel

Die Eule zeigte mir den Artikel – »Wunder-Mädchen in Schule für Schwachsinnige!« Bei der Gelegenheit erfuhr ich auch, dass ich ein Bluterleiden hatte – keine richtige Hämophilie, aber etwas, das von einem Nervenleiden kam. Der Journalist vermerkte einen »gelegentlichen Mutismus« und »hysterische Ausbrüche«, was, so der Artikel, meine Eltern Dr. und Mrs Wolf dazu gezwungen hatte, mich in die Maryland Heim- und Ausbildungsstätte für die Schwachsinnigen zu schicken – auf die sich der Artikel an anderen Stellen schlicht als die Maryland-Schule für Schwachsinnige Kinder oder auch das Heim bezog – als ob der Name keine Rolle spielte.

Zwei Tage später saß ich in der Eingangshalle des Verwaltungstrakts – dort, wo die Eltern ihre Kinder abgaben und manchmal wieder abholten. Da ich nicht abgegeben wurde, konnte das nur heißen, dass ich abgeholt wurde. Auf dem Boden lagen Orientteppiche, und draußen war der Wind so stark, dass er an den Fenstern rüttelte und die Gardinen kräuselte. Ich musste an meinen Schleier und meinen jungen Ehemann denken, Eppitt Clapp. Es war nun nicht mehr notwendig, ihm den Eingriff zu ersparen, indem ich an Brumus' Akten ging. Ich würde Eppitt mit zu mir nehmen – nach Hause. *Das* würde unsere Familie.

Dann erschien Dr. Brumus mit meinem Vater, der drahtig und sehr elegant gekleidet war. Er kam mit Stock, hinkte jedoch nicht. Der Stock war mir sofort verhasst. Ich wollte meinen Vater lieben, doch dieser unnütze Stock löste in mir den Wunsch aus, ihn damit zu schlagen. Ich verstand meine Wut nicht. Fälschlicherweise hielt ich sie für einen Anfall meiner Nerven. Ich war schließlich Hysterikerin.

Mein Vater trug eine in gelbes Papier gewickelte Schachtel unter dem Arm. Er sah sich mit scharfem Blick im Zimmer um. Ich saß direkt vor ihm, doch aus irgendeinem Grund erkannte er mich nicht als sein Kind. Hatte er ein Baby in einem Kinderwagen erwartet? Irgendwann fiel sein Blick auf mich. Ich muss kläglich gewirkt haben, die Schultern nach innen gedreht. Was würde ein Genie sagen? Ich hoffte, dass ich in dem Moment nicht an Mutismus leiden würde. Ich versuchte, nicht zu bluten.

Dr. Brumus sagte zu meinem Vater: »Siehst du? Sie ist kerngesund.«

Das war vielleicht ein wenig zu viel Ansporn. Mein Vater erstarrte unter Brumus' Überschwang, dann sah er mich an. Womöglich forschte er nach Spuren, in denen sich meine Mutter oder er selbst oder seine Mutter zeigten. Schließlich schien er überzeugt, dass ich das richtige Kind war. Er nickte, und wir setzten uns.

»Hallo«, sagte ich. Ich war nicht angewiesen worden, meine Habseligkeiten zu packen, doch ich hatte sie bereits ordentlich auf meiner Pritsche ausgelegt.

»So, du bist also Harriet.«

»Harriet Wolf«, sagte ich. Er wirkte überrascht – Wolf. Hatte ich ein Recht darauf? »Freut mich, dich kennenzulernen.«

Dr. Brumus ragte über uns auf. Mein Vater blickte aus dem Fenster, als hielte er nach einer Taube Ausschau. Eppitt hatte mir erzählt, dass reiche Leute auf Tauben schossen.

»Ich überlasse euch beide eurem Gespräch«, sagte Brumus und stupste meinen Vater an. »Du hast ein Geschenk?«

»Habe ich«, sagte mein Vater, gab es mir aber nicht.

Brumus seufzte und ging.

Nachdem Brumus das Zimmer verlassen hatte, wurde mein Vater etwas zugänglicher. »Es ist nicht viel, aber ich hoffe, es gefällt dir.« Er reichte mir das Geschenk.

»Danke«, sagte ich und legte es auf meinen Schoß.

»Mach es auf!«, drängte mein Vater.

Meine Finger waren nervös und zupften an den falschen Stellen. Ich fühlte mich wie eine Spastikerin. Ich hatte in meinem

Leben erst wenige Geschenke aufgemacht – eine Apfelsine, ein Paar neuer Schnürsenkel.

»Brauchst du Hilfe?« Er nahm vermutlich an, dass es mir an Feinmotorik fehlte.

»Nein, es geht schon.«

»Reiß es einfach auf«, sagte er. Was ich tat, doch voller Sorge, dass das gierig wirken könnte. Ängstlich sah ich zu ihm auf.

Doch er war nur ungeduldig. »Es ist ein Buch!«, verkündete er laut.

»Danke.«

»Nicht irgendein Buch!«, sagte er.

Ich schlug es in der Mitte auf. Die Seiten waren leer. »Das ist ein leeres Buch.«

»Das du füllen musst!«, sagte er. »Ich habe eine Reihe von Zeitschriften für dich abonniert. Du musst doch wissen, was da draußen vor sich geht! Die interessanten Dinge schneidest du dir aus, klebst sie in das Buch und machst dir Notizen dazu.«

»Da draußen?«, fragte ich.

»Um dich darüber zu informieren, was hier drinnen vor sich geht, brauchst du sicher keine Zeitung.« Ein Scherz. Er lachte kurz.

Mein Herz, das bereits schwer geworden war, schlug schneller. »Also sollen dieses Buch und die Zeitungen mir helfen zu verstehen, was draußen vor sich geht«, sagte ich zur Klärung, »während ich hier drinnen bin.«

»Und all diese Gedanken zu ordnen, ja«, erwiderte er. »Dr. Brumus sagt, du bist sehr schlau.«

Ich blickte aus dem Fenster, auf die große Wiese. Am liebsten wäre ich unter die Sonnenveranda gekrochen. »Ich bin ein Genie«, verbesserte ich ihn.

»Nun ja, aber du bist ein Mädchen«, sagte er. »Außerdem

weiß ich nicht, inwieweit ich einem solchen Test überhaupt trauen kann. Doch wenn es stimmt, so ist es voller Ironie. Ich meine, ein weibliches Genie. Worauf willst du dich denn spezialisieren? Säume? Tüll?«

Ich schloss die Augen und stellte mir vor, ich würde für immer unter der Sonnenveranda leben. »Meine Mutter wird mich sehen wollen. Was ist mit ihr?«

»Oh, das würde ihre Nerven allzu arg belasten. Doch sie ist stolz auf dich! So stolz!«

»Aber ich bin ein Genie. Ich könnte ihr helfen. Ich könnte ihr mit ihren Nerven helfen. Frag Dr. Brumus!«

»Nein, nein«, beschied mein Vater. »Es hat bislang gut funktioniert. So ist es für alle am besten.« Er stach mit seinem Zeigefinger in das Buch. »Schau auf die erste Seite. Da habe ich für dich schon angefangen!«

Ich öffnete das Buch erneut, und da war ein Zeitungsausschnitt – das verwischte kleine Foto von mir vor dem Verwaltungstrakt, den Intelligenztest in den Händen. Das hatte mir die Eule nicht gezeigt. Sie hatte das Bild zuvor herausgeschnitten, und ich verstand nun auch, wieso. Ich wirkte herb, für dreizehn viel zu schlaksig und zu klein, vom Blitz der Kamera wie angefallen, die Augen aufgerissen, das Blatt festgekrallt, während mir der Wind das Haar verweht. Dr. Brumus sah neben mir wie eine Tonne aus, und die mächtigen Säulen schienen uns zu übermannen. Unter dem Bild stand: »Wolf, 13, interessiert sich für Ornithologie.« Ich hatte keine Vorstellung, was Ornithologie war und woher diese Information stammte. Ich sah das Foto an. Wieso liebte Eppitt mich? Ich war hässlich. Krank. Voller Leiden und Gebrechen. Diesem Test war nicht zu trauen. Ich war bloß ein Mädchen. Wenn ich wirklich ein Genie war, dann war mein Genie umsonst.

Brumus kam nach der eiligen Verabschiedung meines Vaters zu mir. Meine Nase blutete nicht, doch ich spürte den Schwindel, der das Bluten manches Mal begleitete. Ich weiß noch, dass es dämmerte und der alte Arzt mich hochhob und an seiner Brust wiegte – obwohl ich dafür viel zu alt war. Er trug mich zu dem Feldbett in seinem Büro und sagte, wenn ich wollte, könnte ich von nun an dort schlafen. Ich müsste nicht ins Stump Cottage zurückkehren. Ich legte mich hin. Er setzte seinen Hut auf und sagte: »Du bleibst hier bei uns, Harriet. Das ist schließlich dein Zuhause.«

Ich starrte an die Wand. Brumus ging.

Da stand ich auf und suchte Eppitts Unterlagen. Ich kreuzte das Kästchen auf dem Vorblatt an – sterilisiert: ja. Als Nächstes forschte ich nach meiner Akte und entnahm ihr den Intelligenztest. Ich riss das Papier in Fetzen und aß es auf, Stück für Stück. Als wäre ich eine Debile. Ich war eine Debile. Es war zu spät, um mich von etwas anderem zu überzeugen. »Debile« hatte meine erste Selbstdefinition gelautet, und sie hatte sich mir eingeschrieben. Tief in meinem Inneren werde ich immer die Debile sein. Die Papierstückchen schmolzen fast in meinem Mund, sie klebten leicht an meinen Zähnen und rutschten dann hinunter.

Als ich damit fertig war, legte ich mich auf die Pritsche. Ich wartete darauf, dass das Blut in meine Nase strömte. Doch es kam nicht. Stattdessen spürte ich etwas Klebriges zwischen meinen Beinen. Ich sah in meine Unterhose – da war ein dunkelroter Fleck.

Ich fiel in einen rastlosen Schlaf und blutete, ein Mädchen, das einen roten Engel in den Schnee malt.

7
Der Gatekeeper ist müde

Eleanor

Mein Arzt ist von rundlicher Statur. Er trägt eine stramme, harte Fettschicht um den Bauch und eine breite, mächtig gepolsterte Brust vor sich her. Mein Fett ist weich, aber ist sein Fett deshalb besser als meines? *Ein Vorbild für gesunde Lebensweise sind Sie nicht gerade*, liegt mir auf der Zunge. *Sie wollen anderen erklären, was dem Herzen guttut?* Doch das ist sein Job.

Als Erstes sagt er mir, ich hätte großes Glück gehabt. Er lächelt. Sein Gesicht glänzt, als wäre es poliert. Ich denke schon, er würde auf Opal Harpers Entlassung anspielen. Die neue Patientin hinter dem Vorhang ist nämlich ausgesprochen still, womöglich ist sie stumm. Doch dann erklärt er mir, dass mein Herzinfarkt weit schlimmer hätte sein können, dass ich meine Ernährung ändern, mehr Sport treiben und lernen müsse, mit Stress besser umzugehen. »Sie sollten ihn als Warnzeichen sehen.«

Warnzeichen und Vorsichtsmaßnahmen sind die Obsessionen meines Lebens. »Ich führe ein achtsames Leben«, erwidere ich. »Das muss ich. Mein jüngstes Kind ist sehr sensibel. Ich habe nie getrunken oder geraucht. Bei uns geht es ausgesprochen ruhig zu.«

»Nun, Sie haben sich offenbar gut um Ihre Tochter gekümmert, aber nun ist es an der Zeit, dass Sie sich gut um sich kümmern.« Er lächelt ein falsches Lächeln, das mein Misstrauen weckt.

Ich halte mir den V-Ausschnitt meines Krankenhemdchens zu. »Hier drin ist es sehr kühl. Wann komme ich nach Hause?«

»In ein paar Tagen. Was wir bei Ihnen sehen, stimmt uns sehr zufrieden.«

»Ich möchte mich wieder anziehen und aufstehen«, erkläre ich. »Ich kann hier nicht nur rumliegen und die Kranke spielen. Es gibt so etwas wie die Kraft des positiven Denkens. Wenn man sich benimmt, als wäre man krank, wird man nur noch kränker.« Ich glaube nicht an die Kraft des positiven Denkens, aber schwach zu wirken, passt mir gar nicht. Himmel, wie gern würde ich irgendetwas zuknöpfen. Den Druck eines engen Reißverschlusses spüren, mir meine Tennisschuhe zuschnüren.

»Das ist die richtige Einstellung!«, lobt er. »Wir wollen Sie bald wieder auf die Beine stellen.« Er lächelt mir erneut zu. Seine teigigen Wangen leuchten wie der fröhliche Plastik-Weihnachtsmann von Mrs Gottleib mit der Glühbirne im Kopf. »Noch irgendwelche Fragen?«

»Nein.« Ich schaue stur nach vorn, bis er aus dem Zimmer geht.

Ich muss Mrs Gottleib anrufen und sie bitten, mir etwas zum Anziehen mitzubringen. Der Gedanke, dass sie meine Schränke und Schubladen durchwühlt, missfällt mir sehr. Nicht, dass ich etwas zu verbergen hätte. Im äußersten Fall stößt sie auf einen verirrten Gebetszettel, der von den Dutzenden Beileidsbekundungen nach dem Tod meiner Mutter übrig geblieben ist. Was mich stört, ist die Verletzung meiner Privatsphäre.

Dennoch greife ich zum Telefon. Es steht gleich neben dem Bett.

Mrs Gottleib sagt so wütend *Hallo*, als würde ich sie mitten in der Arbeit stören. Das aber ist, weiß Gott, nie der Fall.

Ich sage: »Hallo, hier ist Eleanor Tarkington.« Bei ihr behalte ich gern eine gewisse Förmlichkeit bei. Mrs Gottleib wird sofort persönlich, wenn man ihr den nötigen Spielraum gibt. Man muss sie nur um einen Gefallen bitten, und schon quatscht sie los, über ihre Ballenzehen oder ihren Albert, möge er in Frieden ruhen.

»Eleanor! Na, das ist doch ein gutes Zeichen. Sie dürfen telefonieren.«

»Selbstverständlich darf ich telefonieren. Dafür brauche ich doch keine Erlaubnis.«

»Na ja, nicht jeder erholt sich so schnell. Meine Schwester Greta zum Beispiel …«

Ich muss ihr ins Wort fallen, da sie sehr viele Schwestern hat – so viele, dass sie mit Geschichten über ihre Schwestern *sämtliche* medizinische Notfälle abdecken könnte. »Ich rufe an, um Sie um einen kleinen Gefallen zu bitten. Sie müssten mir etwas zum Anziehen bringen. Ich würde mich wahnsinnig gern anziehen.«

»Gut. Ja, gut«, sagt Mrs Gottleib. »Ich hole mir rasch Stift und Zettel.«

»Sie wissen doch, was eine Frau trägt. Was müssen Sie sich da notieren?«

»Gut. Ich bringe Ihnen eine Auswahl mit.«

»Übertreiben Sie es nicht.«

»Hören Sie, Eleanor. Wie wäre es, wenn ich Tilton mitbringe? Bestimmt will sie Sie sehen.«

Ich hole so scharf Luft, dass meine Rippen krampfen. Fast hätte ich geschrien, doch ich bremse mich und flüstere: »Um Gottes willen, Judith! Nein!« Dass ich Mrs Gottleib mit dem Vornamen anspreche, verrät meine Bedrängnis.

»Wie bitte?«, sagt Mrs Gottleib. »Wollen Sie die arme Tilton ewig einsperren? Was, wenn Sie im Krankenhaus sterben, hm? Dann hätte Tilton sich nicht einmal verabschieden können.«

»Ich sterbe nicht. Werden Sie bitte nicht vulgär.«

»Menschen sterben, ob sie auf Erden benötigt werden oder nicht.«

Damit spielt sie auf ihren verstorbenen Ehemann Albert an und unterstellt mir gleichzeitig, ich würde Tilton in Abhängigkeit von mir halten, um den Tod zu überlisten. »Das ist doch absurd«, erwidere ich. »Ich weiß, dass jeder Mensch irgendwann sterben muss. Ich sterbe nur nicht jetzt.« Ich seufze. »In ein paar Tagen komme ich nach Hause.«

»Hat das der Arzt gesagt?«

»Ja, das hat der Arzt gesagt! Also gibt es keinen Grund, Tilton dieser Kloake auszusetzen, haben Sie verstanden? Sie würden ihr sensibles Wesen nur unnötig erschüttern.«

»Okay, okay, ist ja gut.«

Ich verabschiede mich rasch und lege auf.

Mir ist schwindelig. Ich rufe eine Schwester. Vielleicht ist das eine Reaktion auf die Vorstellung, Tilton würde aus dem Haus geholt werden. Oder es sind die Medikamente. Doch als die Krankenschwester in ihrem bunten Kittel mit Comicfiguren erscheint, als wäre ich auf der *Kinder*abteilung, schicke ich sie wieder weg. »Falscher Alarm. Alles bestens.« Ich kann nicht gut mit Menschen umgehen. Das weiß ich. Hier aber muss ich mich anstrengen, denn ich will, dass mich das Personal gut versorgt. In Restaurants gehe ich nicht mehr, weil ich der Bedienung nie charmant genug war und ich immer Angst hatte, jemand könnte mir ins Essen spucken. Und wenn nicht das, so hatte bestimmt irgendjemand darauf gehustet, und davon abgesehen war es sowieso nie so zubereitet, wie ich mir das gewünscht hätte, ganz gleich, wer seine Keime darauf verbreitet hatte. Plötzlich höre ich die Stimme meiner Mutter: »Da können die Leute sagen, was sie wollen, du lässt dich nicht beirren, Eleanor! Wirklich.« An dem Ausdruck »Da können die Leute sagen, was sie wollen« habe ich mich immer gestoßen. Wer, bitte, sind *die Leute*, und was, bitte, sagen sie?

Während die Krankenschwester meine Vitalfunktionen überprüft, frage ich mich, ob mir all das hier erspart geblieben wäre, wenn ich an dem Morgen netter gewesen wäre. Doch ich hatte richtig üble Laune gehabt. Erst hatte ich zu Tilton gesagt, die Tochter von Mrs Devlin würde ein Gedicht für ihre Hochzeit brauchen, dabei aber vergessen, dass ich diesen Auftrag schon einmal erfunden hatte. Tilton war hellhörig geworden. Auf dem Weg zu Goodwill, dem Wohltätigkeitsladen, in dem ich einen Grillofen kaufen, die Drähte lösen und Tilton das Gerät ebenfalls im Auftrag von Mrs Devlin zur Reparatur geben wollte – auch das eine Erfindung –, hatte ich mir bei Mrs Gottleib die Zeitung geholt. Sie hatte die Werbeprospekte herausgenommen *und* die Anzeigen ausgeschnitten.

»Wie bitte soll ich diesen Schweizer Käse lesen?« Ich hatte ihr die völlig durchlöcherte Zeitung hingehalten.

»Dann lassen Sie sich diese verdammte Zeitung selbst kommen«, hatte sie erwidert.

»Sie wissen ganz genau, dass das nicht geht! Ich kann Tilton nicht den Traumata der Welt aussetzen.«

»Tilton sollte sich ein Herzblatt suchen. Liebesgedichte an ihren Schwarm schreiben. Rausgehen und ein wenig leben.«

»Sie wissen doch, dass sie auf Sonne und Insektenstiche allergisch reagiert – auf Bienen, alles, was Sie wollen. Sie leidet an Asthma und Laktoseintoleranz und schwitzt so stark, dass sie dehydriert!« Ich hatte die Zeitung klein gefaltet und den

Kopf geschüttelt. »Das gefällt mir nicht, Mrs Gottleib. Wirklich nicht. Wenn Sie nicht die Patin dieses Mädchens wären, ich würde unsere Freundschaft hier beenden.«

Wenn Sie mich in dem Moment gefragt hätten, hätte ich gesagt, dass diese Wortgefechte unseren alten Herzen guttaten.

Doch der Vormittag hatte mir noch mehr abverlangt, denn als ich durch die Haushaltswarenabteilung von Goodwill gestürmt war, hatte ich mit wachsender Erregung festgestellt: Es gab keine Grillöfen mehr. Irgendwann musste dieser Tag ja kommen. Nur drei alte Mikrowellen standen da. Als ob ich Tilton an etwas Radioaktivem herumschrauben lassen würde!

Ich war zum Empfangstresen marschiert. Jessica und Petie, zwei Teenies, hatten Dienst. Die beiden sind neu, doch ich bin Stammkundin, und mein Ruf eilt mir voraus.

Jessica sagt: »Wie kann ich Ihnen helfen, Mrs Tarkington?«

»Da stehen keine Grillöfen.«

»Sie haben alle aufgekauft.« Petie grinst frech.

»Wann erwarten Sie die nächste Lieferung?« Eine sehr sachliche Frage.

»Wenn wer Altes stirbt und die Familie das Haus leer räumt«, werde ich von Jessica belehrt.

»Dieser Tonfall gefällt mir nicht«, sage ich. Jessica verdreht die Augen. Das gefällt mir auch nicht.

»Da steht noch so'n alter Fernseher, den kann Ihre Tochter reparieren«, schlägt Petie vor.

»Ich will nicht, dass sie fernsieht. Sie ist sehr sensibel!«

»Sie muss ihn ja nicht anmachen«, sagt er. »Sie muss ihn bloß reparieren. So machen Sie das doch, oder? Sie machen Sachen kaputt, die sie dann reparieren muss?«

Da stehe ich, völlig außer mir. Eine Mutter, die sich um ein Kind mit »besonderen Bedürfnissen« sorgt, wie das heute heißt.

Hier und jetzt geht es um eines dieser besonderen Bedürfnisse! Erkennen diese beiden den Ernst der Lage nicht? Ich hatte von den Mitarbeitern eines Unternehmens wie Goodwill, das Menschen mit besonderen Bedürfnissen ausdrücklich unterstützt, etwas mehr Verständnis erwartet. »Ich dachte immer, um bei Goodwill zu arbeiten, müsste man zurückgeblieben sein. So lautet doch die Firmenpolitik, oder? Und, seid ihr zwei zurückgeblieben?« Ich kann nicht anders. Ich habe es gesagt. Jetzt muss ich dazu stehen.

Jessica wirkt erst fassungslos, und dann, als müsste sie gleich weinen.

Petie verschränkt trotzig die Arme vor der Brust. »Manchmal finden sich nicht genug Zurückgebliebene, dann werden Leute eingestellt, die zurechnungsfähig sind.«

»Und was seid ihr – zurückgeblieben oder zurechnungsfähig?«, frage ich.

»Das ist nicht komisch«, sagt Jessica.

»Das sollte auch nicht komisch sein.« Ich habe vor den Aushilfen bei Goodwill keine Angst. Die können mir nämlich weder ins Essen spucken noch die Medikamente falsch dosieren.

Am Ende habe ich mich entschieden, einen Fernseher zu kaufen. Petie hat ihn mir, inklusive Zimmerantenne, zur Kasse getragen. Jessica die Kasse bedient. Und als ich das Gerät angehoben habe, konnte ich unmöglich zugeben, dass es viel zu schwer war. Ich musste damit aus dem Laden stolpern, heimwärts.

Mittlerweile stehen schon zwei Krankenschwestern neben meinem Bett, eine davon mit einer sehr breiten Stirn.

»Ihr Herz rast ein wenig«, sagt die Breitstirnige. »Wir sähen Sie lieber etwas ruhiger.«

»Haben Sie eine Ahnung, wie das ist, wenn man sich *unter Zwang* beruhigen muss?«, entfährt es mir schärfer als gewollt.

»Betrachten Sie es als einen Anti-Stress-Gutschein, sagt die erste Krankenschwester. »Sie dürfen sich nicht aufregen! Sie sind außer Dienst!«

Ich schließe die Augen und versuche mich an einem Lächeln, doch offenbar gerät es zur Grimasse, denn ich höre: »Haben Sie Schmerzen, Mrs Tarkington?«

»Ja«, sage ich, obwohl mir bewusst ist, dass es eigentlich Beklemmung ist, und das ist etwas anderes als Schmerz.

»Wir können Ihre Medis neu einstellen.«

»Nein«, sage ich, die Augen immer noch geschlossen. »Alles bestens, meine Liebe. Alles bestens. Meinen Sie, ich kann hier früher raus? Nicht erst in ein paar Tagen?«

»Wenn Sie wieder eingetaktet sind, lässt der Doktor Sie vielleicht schon in zwei Tagen gehen. Aber ich will nichts versprechen.«

»Zwei Tage.« In zwei Tagen kann Tilton alles Mögliche zustoßen!

»Leiden Sie nicht still vor sich hin. Wenn Sie etwas brauchen, melden Sie sich!«, sagt die breitstirnige Schwester. Und schon verlassen sie mich in ihren Gummiclogs mit den eingestanzten Löchern. Wie weit ist es mit der Welt gekommen? Durchlöcherte Schuhe, als wären sie der Deckel über einem Glas mit Käfern! Ruthie hatte so ein Glas als Kind. Mit Glühwürmchen. Sie hatte sie mit feuchtem Gras gefüttert. Die Käfer haben einmal in ihrem Zimmer geblinkt, dann sind sie gestorben – im Glas lagen nur noch harte, spröde Panzer. Ruthie hat geweint. Sie war sieben. Ich habe mir das Glas geschnappt, die toten Käfer in den Garten gekippt und zu Ruthie gesagt, dass man von der Welt verraten wird, wenn man ihr vertraut. Wir alle werden irgendwann verlassen, früher oder später. Man muss hart sein.

Warum habe ich Ruthie so behandelt? Tilton hätte ich niemals erlaubt, sich ein Glas mit Käfern ins Zimmer zu stellen, gerade weil sie darin sterben. Tilton habe ich beschützt, so gut es ging, doch bei Ruthie wusste ich, dass sie mich verlassen würde. Ich habe die eine Tochter großgezogen, um sie den Gefahren dieser Welt zu übereignen, und die andere, um sie bei mir zu halten.

Ruthie, sieben Jahre alt, heult um tote Käfer – es steht mir beängstigend lebhaft vor Augen!

Die Wahrheit über meine Mutter ist: Sie hat mich zwar geliebt, doch dafür hat sie etwas von mir gewollt. Sie wollte eine Liebe, die größer war, als ich es jemals sein konnte. Zum Schluss aber, als sie sich komplett zurückgezogen hatte, hat meine Mutter mich gebraucht, und daraus hat sich eine tragfähige Definition dessen, was Liebe ist, entwickelt. Solange man gebraucht wird, kann man sich darauf verlassen, dass die Liebe hält.

George hat mich nicht gebraucht. Darum hat diese Liebe nicht gehalten. Tilton hat mich immer schon gebraucht. Diese Liebe hält. Ruthie, das war mir früh bewusst, würde mich nicht lange brauchen. Womöglich habe ich sie verlassen, bevor sie mich verlassen konnte.

Wenn Ruthie erfährt, dass ich krank bin, wird sie den Moment der Schwäche nutzen. Und kommen. Zur Wiedergutmachung?? Oder, wie so viele andere: des siebten Buches wegen? Vielleicht glaubt sie meiner Behauptung, es wäre zerstört, nicht mehr.

Nach dem Tod meiner Mutter habe ich versucht, es selbst zu schreiben. Ich hatte geglaubt, es wäre leicht verdientes Geld – nicht, dass ich es gebraucht hätte. Doch meine Sätze hatten geklungen, als würden sie von Zahnstochern gehalten. Mir hatte es an Ideen gefehlt, wie es weitergehen sollte. Ich hatte versucht, den Zungenbaum aus dem ersten Buch hineinzuschreiben und die Figuren zurück an den Fluss der Seufzer zu versetzen. Ich hatte an das Haus gedacht, in dem Daisy und Weldon zu einem späteren Zeitpunkt leben, an die Bonbonschale, auf die sich, wenn Daisy die Fenster offen stehen lässt, der rote Blütenstaub der riesigen Mohnblumen legt. Blütenblätter von den Apfelbäumen wehen in das Haus und auf den Teppich, Daisy saugt die Blütenblätter auf. Ich hatte die Fenster geöffnet und gehofft, das würde helfen, aber wem fällt so etwas ein?

Das Problem war, dass ich Weldon Fells und Daisy Brooks nicht lieben konnte. Selbst als meine Mutter ihre Bücher beendet hatte, waren mir die beiden immer noch wie Geschwister meiner selbst erschienen – Geschwister, für die meine Mutter stärkere Liebe empfand, in die sie vernarrt war, die sie anbetete, ihre wahren Schöpfungen. Irgendwann hatte sie mir zugeflüstert: »Ich habe Angst, dich zu sehr zu lieben. Was, wenn du mir dann entrissen wirst?« Damals hatte ich geglaubt, sie hätte Angst vor einer Entführung. Erst als mir George entrissen wurde, habe ich verstanden. Dass Ruthie mir entrissen würde, habe ich schon früh gewusst. So ist die Welt. Sie entreißt. Doch ihre Charaktere konnten meiner Mutter nie entrissen werden. Die hatte sie voll und ganz unter Kontrolle.

Tilton war das Kind, das Harriet sich immer gewünscht hatte. Ich weiß noch, dass Harriet eines Tages das Haus verlassen wollte, und das, nachdem sie schon seit Jahrzehnten zurückgezogen lebte. Das Schnippeln hatte sie zwar inzwischen aufgegeben, doch ihre Zeitungslektüre hatte noch immer etwas Zwanghaftes gehabt. In der *Baltimore Sun* war sie auf eine kleine Anzeige gestoßen, die für das Isley Wesler Antiquitäten-Museum warb. Und sie wollte unbedingt mit Tilton hinfahren: »Ich will es so sehen, wie ich es sehe, und auch so, wie sie es sieht.«

»Und was ist mit mir und der Art, wie ich es sehe?«, hatte ich gefragt.

»Du wirst es auf die Weise sehen, wie es gesehen werden will«, hatte sie erwidert. »Ich will das, was darunter und darüber liegt.«

Wenn meine Mutter auf diese Weise sprach, hatte ich immer Mühe gehabt, sie zu verstehen; ich hätte ihr auch beinahe untersagt, Tilton mitzunehmen, doch wie konnte ich einer Eremitin, die endlich das Haus verlassen wollte, etwas abschlagen? Ich hatte mir das Museum in einem Verzeichnis in der Bücherei angesehen. Es hatte überhaupt nicht wie ein Museum gewirkt, eher wie das Landhaus eines alten Mannes. Am Ende sollte ich es sehr bereuen, dass ich Tilton nicht verboten habe mitzugehen, denn aufgrund ihrer sehr verdrehten Gedankengänge hatte sie eines der Exponate aufgegessen. Das Herz eines sogenannten Stammeskönigs, ein ausgedörrtes Ding – zäh und ledrig. Harriet war nicht etwa entsetzt, nein, sie war begeistert, dass Tilton – damals sieben – so etwas getan hatte. Der Besitzer, Isley Wesler höchstpersönlich, hatte offenbar einen hysterischen Anfall bekommen. Und während ich Rizinusöl verabreichte, rief Harriet die Zeitung an. Vermutlich hätte sie sich den Artikel über diesen Vorfall auch gern ausgeschnitten – als Beweis, dass es geschehen war.

Als ich Tilton ins Kreuzverhör genommen habe, erklärte sie mir, sie hätte gedacht, sie bekäme einen Vater, wenn sie das Herz des Stammeskönigs essen würde. Wie das?

An einem bestand kein Zweifel. Wenn George nicht mit Marie Cultry durchgebrannt wäre, wäre Tilton heute weniger verwirrt und hätte nicht das Herz eines Stammeskönigs gegessen. Des Weiteren wäre ich, wenn George nicht durchgebrannt wäre, nicht in das Haus meiner Kindheit und zu meiner verrückten Mutter zurückgekehrt. Wenn Tilton eine Mutter und einen Vater in einer beschaulichen Kleinstadt wie Newark, Delaware, gehabt hätte – Efeu vor den Fenstern, eine pittoreske Hauptstraße und ein heiliger Hochschulcampus – wäre sie vielleicht ein wenig normaler geworden. Und auch Ruthie wäre nicht davongelaufen. Wenn George nicht so ein grässliches Vorbild abgegeben hätte, hätte Ruthie gar nicht gewusst, wie so etwas geht.

Doch vielleicht war es auch der Blitz. Wenn er in jener Nacht das Flugzeug nicht getroffen, das brennende Triebwerk nicht auf die Straße geschmettert und Marie Cultrys frisch Angetrauten nicht getötet hätte, hätten George und ich die Angriffe des Alltags womöglich überlebt. Womöglich hätten wir uns wieder angenähert – uns wie einst umworben –, wenn die Kinder erst einmal älter gewesen wären.

Doch warum all den alten Kummer noch einmal durchleben?

Das Telefon neben mir klingelt. Ich hatte das Telefon ganz vergessen, obwohl ich eben erst mit Mrs Gottleib gesprochen habe. Man sollte im Krankenhaus nicht erreichbar sein. Es ist, als hätte man ein Telefon im Badezimmer. Ungehörig.

Aus irgendeinem Grund weiß ich, dass es Ruth ist. Ich spüre es, wie ich elementare Dinge spüre – Zahnschmerzen oder ein Gewitter.

»Mom, bist du okay?«, höre ich, als ich an den Apparat gehe. Es *ist* Ruthie. Wieso wundert es mich, dass ich recht hatte?

»Mir geht es gut.« Ich habe Ruthies Stimme so lange nicht gehört, es wundert mich nicht minder, dass ich sie überhaupt erkenne. Es ist, als hätte jemand eine Glocke geläutet, die noch genau so lieblich klingt wie in der Erinnerung. Doch die Lieblichkeit ist von Traurigkeit gefärbt. Kann dieser Jemand die verdammte Glocke bitte abstellen?

»Ich habe mit Tilton gesprochen. Besonders viel habe ich nicht erfahren. Was hat der Arzt gesagt?«

Dem Arzt ist nicht zu trauen. »Es war ein leichter«, sage ich zu Ruthie. »Ein leichter.«

»Wirklich?«, erwidert sie. Ihre Stimme klingt überhaupt nicht älter. Vor meinem geistigen Auge erscheint ihr Gesicht, auch das nicht gealtert. Sie ist noch immer Teenager, schreit mich an, sie zerbricht mich. »Auch ein leichter Herzinfarkt ist immer noch ein Herzinfarkt, was ein schwerer Vorfall ist.«

»Ich weiß, warum du anrufst.« Ruthie hat bei allem einen Hintergedanken. Ihr ist nicht zu trauen.

»Ich wollte hören, ob ich kommen und mich um Tilton kümmern soll. Ich dachte …«

»Nein. Du willst etwas, das wir nicht haben.«

Ruthie schweigt, als hätte ich sie mit meiner Aussage verwirrt, dann sagt sie: »Ich habe es vor Jahren aufgegeben, etwas von dir zu wollen. Gruppentherapie.«

»Gruppentherapie«, schnaube ich. So etwas würde ich niemals machen. Meine Gefühle vor einer Gruppe Fremder äußern. »Du willst das, was alle wollen. Das siebte Buch von Harriet Wolf.«

Nun schweigt sie ganz. Plötzlich habe ich Angst, dass sie auflegt. Ich muss hart zu ihr sein, und dennoch will ich ihre Stimme hören, nur einige wenige Töne noch. Ich will mich schon entschuldigen, da sagt sie: »Ich war auf der Hochschule. Habe irgendwann auch Anglistik studiert. Und weiß du, was es mir eingebracht hat, die Enkelin von Wee-ette zu sein? Eine beschissene Ehe.«

Ich habe die Geschichte so viele Jahre lang kontrolliert, war der Gatekeeper, wie es in diesem Zeitungsartikel so schön geheißen hat. Warum habe ich nicht eingesehen, wie dumm das war, nicht minder dumm, als es von meiner Mutter war, ihre

Charaktere vor allem deshalb zu lieben, weil sie sie kontrollieren konnte, obwohl sie eine Tochter hatte, die alles für sie getan hätte – alles? Ich hätte damals schon erkennen müssen, dass meine Ruth immer getan hätte, was sie tun wollte. Das ist ihre Art. Ich höre, wie sie atmet, wartet. Ich bin machtlos. Sie wird kommen. Das spüre ich. »Ruthie«, flüstere ich.

»Ja?«

»Sei lieb zu Tilton.« Ich schließe die Augen; mit einem Mal bin ich erschöpft.

»Natürlich bin ich lieb zu Tilton.«

»Unseligerweise«, sage ich, »liebt sie dich heiß und innig.« Und damit lasse ich den Hörer auf die Gabel fallen.

Im Zimmer ist es still, nur vom Gang her hört man das Geplärre der vielen Fernseher, Jubel und Gelächter, das aus der Konserve kommt – als ob jemand eine Party feiern würde, zu der ich nicht eingeladen bin. Und wenn ich eingeladen wäre? Da können die Leute sagen, was sie wollen, ich lasse mich nicht beirren. Ich wäre sowieso nicht hingegangen.

8

Luft

Tilton

In Mrs Gottleibs Kombi ist viel Luft. Sie weht rings um meinen Körper. Es ist wie fliegen. Es würde mich nicht wundern, wenn der Kombi von Mrs Gottleib durch Luft bewegt würde; der Motor atmet Wind durch den Kühler ein und lässt ihn dann durch das Getriebe strömen; das Auto wird leichter, weil es voller Luft ist. Ich habe Angst, dass meine Lunge davon anschwillt – ähnlich einem Vogelkörper, der wie ein Blasebalg funktioniert – und ich nach oben schwebe. Aber deshalb gibt es Sitzgurte. Und weil Menschen in Autowracks sterben. Das passiert ständig.

Zum Glück verringert (a) mein Mundschutz die Luftmenge, die ich schlucke. Der Mundschutz war in unserem Notfallkoffer, der für den Fall da ist, dass ich nach draußen gehen muss. Und (b) bin ich auf dem Rücksitz, dem sichersten Ort im ganzen Auto. Mrs Gottleib wollte, dass ich mich zu ihr nach vorn setze, aber in Studien wird der Beifahrersitz als Todessitz bezeichnet. Darauf hat sie nur gesagt, dass sie nichts weiter hören will. Also habe ich den Mund gehalten. Und (c) liegt auf meinem Schoß eine schwere Tasche, die mich auf dem Kunststoffsitz fixiert. In der Tasche ist mein medizinischer Bedarf: Sonnenschutz, den ich auch schon aufgetragen habe, Insektenschutz, EpiPen, verschiedene Tabletten, eine Wasserflasche, Verbandszeug, Pflaster, Peroxid. Ich habe mir die Spezialsonnenbrille meiner Mutter aufgesetzt, mit Seiten- und besonders hohem Lichtschutz. Mrs Gottleib sagt, ich sähe wie Michael Jackson aus. Ruthie hatte früher seine Schallplatten. Die Bemerkung von Mrs Gottleib ergibt für mich keinen Sinn.

Ich frage sie, ob hier irgendwo ein Bahnhof ist. Ich sage nicht, dass mein Vater mit Marie Cultry verschwunden ist, als er sie im Winter zu einem Bahnhof gefahren hat.

Sie sagt: Willst du mit dem Zug fahren?

Nein, danke!

In Mrs Gottleibs Kombi kann man vollkommen vergessen, dass man sich bewegt. Es ist, als ob sich die Welt vorbeibewegt. Wenn man anhält, hält die Welt an. Nichts ist zwischen mir und den Vögeln. Nichts, nur Luft. Luft, durch die sie ihre Flügel schlagen und auf der sie segeln. Ich sehe sie. Sie sehen mich.

Da sind viele Häuser; jedes ist ein Raum, der gefüllt werden muss. In jedem Haus eine Familie, Menschen, die gehen, und andere, die bleiben. Manchmal ist da auch ein Gebäude, in dem ganz viele Wohnungen sind. In jeder Wohnung ist eine Familie aus Menschen, die gehen und bleiben. Und eine Wee-ette gibt es auch in jedem Haus. Nicht meine Wee-ette, sondern deren. Meine Wee-ette ist jetzt ganz allein in unserem Haus. Sie ist nicht gern allein. Ich habe in ihrem Schlafzimmer – das jetzt leer ist, eine Kammer ohne Herz und Lunge – die Augen zugemacht und zu Wee-ette gesagt, dass ich meine Mutter im Krankenhaus besuchen werde, mittels Mrs Gottleibs Kombi. Dass ich bald wieder zu Hause bin.

Sie hat geseufzt, wie raschelnde Vorhänge.

Ich bin die Hüterin der Pakte: Da sind Wee-ettes alter Pakt, die zwei mit meiner Mutter, die vier zwischen Ruthie und mir und der eine zwischen Wee-ette und mir allein, der mich zur

Hüterin sämtlicher Pakte macht. Ich habe nach ihnen gesehen, bevor ich aufgebrochen bin. Der Schraubenzieher steckt unter Wee-ettes alter Schreibmaschine. Ich habe in Wee-ettes Schlafzimmer die Heizung an der Rückwand abgeschraubt. Es ist lange her, dass ich nachgesehen habe. Das Gitter war bereits ein bisschen klebrig. Es ist abgefallen. Dahinter sind die metallischen Innereien des Heizsystems. Das Haus ist alt, die Wände sind so dick, dass da ein Vorsprung ist – die perfekte Ablage für eine kleine Schachtel –, und da, wo der Schacht nach unten führt, bricht der Vorsprung weg. So gibt es einen Raum in einem größeren Raum! Auf dem Vorsprung steht ein Eierbehälter, für ein halbes Dutzend, aus Karton. Ich habe ihn herausgezogen und den Deckel aufgemacht. Im Innern der beiden Reihen mit den Vertiefungen für die Eier – wieder ein kleiner Raum in einem größeren – liegt das Garn. Jeder einzelne Pakt – insgesamt sind es zehn – hat ein Stückchen Klebefilm, auf dem die Initialen, das Datum und die Schlüsselworte stehen. Sechs davon gelten für Ruthie und mich, manche auch für unsere Mutter, manche nicht. Rückkehr & Rettung ist der wichtigste. Bei den anderen geht es darum, dass wir an Halloween unsere Süßigkeiten teilen und unserer Mutter nichts von den Jungs erzählen, in die Ruthie mal verknallt war. Die Süßigkeiten sind weg. Die Jungs, in die Ruthie mal verknallt war, verkaufen sicher irgendwas, damit sie davon leben können. Es wäre gut, wenn Ruthie und ich noch einen Pakt hätten. Nur einen noch, der endgültig Klarheit schafft.

Ich wollte die Pakte nicht im Haus lassen. Ich wollte sie in meine Tasche stecken, zur Sicherheit. Zu meiner oder ihrer? Ich weiß es nicht. Aber dann habe ich sie doch nicht gestört. Ich habe sie alle kurz gestreichelt, dann habe ich den Eierkarton wieder zugemacht, in die Heizung gelegt, das Gitter angeschraubt und den Schraubenzieher unter die Schreibmaschine geschoben.

Ich schließe die Augen, denn Mrs Gottleib sagt, dass wir auf dem Parkplatz vor dem Krankenhaus sind.

Ich sage: Nur noch eine Minute, eine Sekunde, okay, okay, okay?

Das Krankenhaus ist voller Räume, Menschen kommen und gehen und kommen und gehen, und jede Person, die kommt und geht, ist ein Hohlraum, in dem Herz und Lunge sind, und manche davon hören auf zu funktionieren.

Mrs Gottleib sagt: Nein. Das ist mein Auto, Tilton, und ich werfe dich jetzt raus. Ich werde dich nicht wie ein Baby behandeln. Davon hattest du genug.

Sie öffnet die Tür. Der Kombi von Mrs Gottleib hat seine Luft in mich gefüllt. Mir ist schwindelig. Ich sage Mrs Gottleib, dass ich Autoluft in meinen Kopf geatmet habe.

Was? Ich kann dich durch diesen blöden Mundschutz nicht verstehen!

Ich wiederhole mich, lauter.

Wir sind in einem Krankenhaus, sagt sie. Sollte daraus was Reales werden, sind wir hier richtig.

Glauben Sie, daraus könnte etwas werden?, frage ich.

Die Pupillen von Mrs Gottleib sind so klein wie das Loch, das man in eine Apparatur sticht, um eine Sonnenfinsternis zu sehen, damit man nicht blind wird.

Tilton! Raus aus meinem Auto. Beweg deinen Hintern!

Ich habe Angst vor Mrs Gottleib. Das werde ich Wee-ette erzählen, gleich wenn ich nach Hause komme. Ich habe nicht nur vor ihren Sonnenfinsternis-Apparatur-Augen Angst, sondern auch vor ihrer Nase, dieser fleischigen Krokusknolle, ihren Nasenlöchern, die so groß und unbeweglich sind, ihren Armen, die wedeln, wenn sie sich sehr aufregt, und vor dem Dröhnen ihrer Stimme. Also bewege ich meinen Hintern. Ich rutsche quer über den Rücksitz. Ich stelle einen Fuß auf den Beton, der ganz anders als der auf unserem Hof ist. Ich steige aus, und auch die Sonne ist nicht wie bei uns.

Mrs Gottleib knallt die Tür zu, und zwar so laut, dass es mich nicht wundern würde, wenn der Kombi auseinanderfällt. Na los, Tilton, sagt sie. Gehen wir.

Also gehe ich. Mein Atem bleibt hinter dem Mundschutz, als würde ich in meine Hand atmen. Wie ein eingesperrtes Flüstern.

Automatische Türöffnung. Wir treten ein. Automatische Türschließung. Als ich klein war, hatte unser Lebensmittelladen Türen, die aufgehen, wenn man auf eine rechteckige Gummimatte tritt. Diese Türen hier brauchen nicht einmal eine Matte.

Die Gänge sind laut. Ein Raum nach dem anderen. Beutel an Metallgestängen. Schläuche. Krankenschwestern, Ärzte. Essen auf Tabletts. Alles auf Rädern – wie Rollschuhe. Wenn die Welt kippen würde, würde alles wegrollen.

Mrs Gottleib hat eine Plastiktüte mit den Kleidern meiner Mutter in der Hand. Sie spricht mit einer Frau hinter einem Tresen. Die Frau sagt etwas, das ich nicht verstehe. Wir gehen durch einen Korridor. Türen öffnen und schließen sich für uns mit einem tiefen Seufzer; vielleicht ärgern sie sich über uns.

Deine Mutter ist womöglich leicht neben der Spur, erklärt mir Mrs Gottleib. Kann sein, dass sie komische Dinge sagt. Die Medikamente können einen kirre machen. So war es bei Albert.

Albert ist Mr Gottleib und tot. Er ist im Krankenhaus gestorben, wo die Leute hingehen, um zu sterben.

Ach Gott! Das sind meine Worte, und es waren auch Wee-ettes, wenn sie sich aufgeregt hat, über die Anrufer, Buchbesprecher und die Fanbrief-Schreiber. Ach Gott, ach Gott!

Wir kommen zum Zimmer meiner Mutter, 315. Vielleicht sollte ich Mrs Gottleib sagen, dass ich wie eine Pfeifente bin. Das ist ein nervöser Vogel, der als Erster spürt, wenn etwas droht; dann fliegt er auf, flattert wild und schreit Alarm. Damit warnt die Pfeifente die weniger nervösen Enten, die immer nur herumschwimmen, tauchen und ihr Gefieder perlen lassen. Ich spüre die Gefahr in meinen Rippen.

Als wir in das Zimmer kommen, schläft meine Mutter. Sie ist eingesunken und hat eine andere Färbung, eine aschene. Im Zimmer riecht es wie im Krankenzimmer in der Grundschule, als ob jemand den Geruch von Kotze überdecken wollte. Ach Gott, ach Gott, ach Gott.

Ich gehe näher. Ihr Gesicht ist verkniffen, ihre Augen sind geschlossen. Ihr großer Kopf wirkt klein. Ihre Hände sind teigig. Man hat Schläuche in sie hineingesteckt und festgeklebt. Ihre Lippen haben sich ein Stück zurückgezogen und entblößen Zähne und ein Lächeln. Ich berühre ihre Haut. Sie ist eisig.

Sie ist tot!, rufe ich. Sie ist tot, Mrs Gottleib! Sie ist tot!

Mrs Gottleib greift nach meinen rudernden Armen. Sie ist nicht tot!, schreit sie zurück, aber es ist ein unterdrücktes Schreien, und das klingt furchtbar.

Und dann, als ob jemand ein Licht anknipsen würde, klappen die Augen meiner Mutter auf, und sie ist nicht tot. Einfach so. Tot, nicht tot!

Mrs Gottleib sagt: Großer Gott, Tilton! Du versetzt noch die gesamte Abteilung in Alarmbereitschaft!

Ich habe Ihnen doch gesagt, Sie sollen sie nicht herbringen!, schreit meine Mutter Mrs Gottleib an. Da sehen Sie, was Sie angerichtet haben. Dann sagt meine Mutter zu mir, ganz sanft: Tilton.

Hinter dem Vorhang, im selben Zimmer, wimmert ein Tier. Dürfen hier auch Tiere rein?, kreische ich.

Tilton, komm her, sagt meine Mutter.

Ich stürze auf sie zu, als hätte ich Räder unter mir. Ich lege meinen Kopf auf ihre Brust, so wie sie es getan hat, als Wee-ette gestorben ist. Ihr Bauch ist speckig, aber ihre Brust ist schmal. Ich presse mein Ohr auf ihre Brust und höre ihre Lunge und ihr Herz. Irgendwo da drin, die Seele. So hat Wee-ette ihren Körper immer genannt: ihr Seelengehäuse. Er ist nichts weiter, hat sie mir erklärt. Nur ein schäbiges, altes Seelengehäuse.

Geht es dir gut?, fragt meine Mutter.

Ja.

Geht es deinem Daumen gut?

Der ist okay.

Passt Mrs Gottleib auf dich auf?

Nein.

Mrs Gottleib passt nicht auf dich auf? Wohnst du nicht bei ihr?

Nein.

Mrs Gottleib verdreht die Augen. Tilton ist dreiundzwanzig. Sie braucht doch keinen Babysitter.

Meine Mutter reibt mir die Arme, als ob ich mich, während ich nicht bei Mrs Gottleib gewohnt habe, erkältet hätte. Hast du was gegessen?

Müsli und Fertigdrinks.

Hast du genug geschlafen?

Ich erzähle ihr nicht, dass ich ferngesehen habe. Das würde sie nur aufregen, doch ich gestehe ihr, dass ich in der Badewanne ein Bad genommen habe, ganz allein, lasse aber aus, dass ich dabei mein Nachthemd anhatte.

Hältst du dich an deinen Tagesablauf?, fragt sie mich.

Ich habe den Fernseher für Mrs Devlin repariert. Allerdings

habe ich ihrer Tochter noch kein Gedicht für ihre Hochzeit geschrieben.

Meine Mutter zieht mich an sich. Es gibt ein neues Ende, sagt sie mir. Sie streichelt mich wie eine Katze – mit langen, langsamen Bewegungen – es ist wie ein Echo auf das zarte Tätschel-Tätschel, das die Pakte in ihrem Eierkarton von mir bekommen haben.

Und dann denke ich an den Blitz, der in das Flugzeug eingeschlagen ist, das mächtige Triebwerk, das auf die Straße stürzt, tote Menschenteile, Männer mit Fackeln und meinen Vater – George Tarkington –, der Marie Cultry am Ellbogen führt. Ein neues Ende?

Eine Schwester erscheint an der Tür und will wissen, ob alles in Ordnung ist.

Alles bestens, sagt Mrs Gottleib. Nur eine kleine Panikattacke.

Du darfst Ruthie nicht vertrauen, flüstert mir meine Mutter zu. Das siebte Buch.

Ich sage nie ein Wort, wenn meine Mutter das siebte Buch erwähnt. Ich habe mit Wee-ette einen Pakt geschlossen, bevor ihr Seelengehäuse kaputtgegangen ist. Und ich halte mich an meine Pakte.

Mrs Gottleib sagt, deine Mutter regt sich zu sehr auf, Tilton. Sie muss sich ausruhen.

Meine Mutter regt sich wirklich sehr auf. Ihre Lider flattern, als sie sie schließen will.

Haustauben, und besonders Brieftauben, haben komplizierte Steuerungssysteme, sage ich. Ihr Magnetsinn erlaubt es ihnen, das Magnetfeld zu sehen. Sie riechen ihr Zuhause, darum nennt man das olfaktorische Navigation. Außerdem spüren sie Temperaturen, und sie wissen, auf welche Weise sich das Sonnenlicht neigt, wenn sie ihrem Zuhause nahe kommen. Manchmal fliegen sie auch über Straßen und folgen ihnen heimwärts wie die Menschen. Ruthie wird ihren Weg nach Hause finden, und du auch.

Und meine Mutter sagt: Mein Täubchen, mein Täubchen, mein süßes Täubchen.

Ich sage: Komm heim, komm heim, komm heim.

9
Das leere Buch

Harriet

Heute denke ich, Dr. Brumus muss bemerkt haben, dass ich Eppitts Akte gefälscht hatte, und auch, dass in meiner eine wesentliche Seite fehlte. Aber Eppitt blieb verschont, und meine Papiere wurden nie nachbeschafft.

Nach der erneuten Zurückweisung durch meinen Vater erhielt ich ungehinderten Zugang zu Brumus' Büro – zumindest, wenn er außer Haus war, was er häufig war. Die Schuld nagte an ihm. Manchmal sah er mich mit einem derart tiefen Mitleid an, dass es nur aus einem Verlust in seiner Kindheit herrühren konnte. Ich habe nie erfahren, was es war, doch irgendeinen Schmerz trug er wohl mit sich herum. Wenn er einer Sekretärin müde wurde und Ersatz suchte, wirkte er besonders alt und eingefallen. Die neuen Sekretärinnen waren wie Pumpen, die ihn vorübergehend mit Luft füllten.

Wenn ich in Brumus' Büro war, schnitt ich meist Artikel aus den Zeitungen aus, die mein Vater für mich abonniert hatte. Dr. Brumus hatte mir eine strapazierfähige Schere aus dem Nähraum und eine Tube Bürokleber geliehen. In seinem Büro standen zahlreiche Lexika und medizinische Fachbücher. Ich las alles über Nervenleiden – von der Art, wie meine Mutter es vermutlich hatte –, Mutismus, Hysterie und Blutleiden. Ich konzentrierte mich um Eppitts willen auf die Lunge und auf Krankheiten, unter denen die Engel, die auf die Veranda an die Luft gefahren wurden, leiden mochten.

Ich erkundete, wie man eine Schwangerschaft verhütet, indem ich mich mit dem Gegenteil befasste: Fruchtbarkeit. Obwohl ich niemals Sex mit Eppitt hatte, kamen wir uns unter der Sonnenveranda, im Pumpenhaus oder in der leeren Scheune doch sehr nahe. Ich musste die Grenzen kennen. Ich wollte irgendwann Sex haben, aber nur zu dem ausdrücklichen Zweck, Kinder zu bekommen.

Am meisten aber liebte ich die Zeitungen – die Finger voller Druckerschwärze, in der Nase den strengen Geruch des Klebers. Wäre das, was ich ausgeschnitten habe, eure einzige historische Quelle, dann müsste euch die Welt zu meiner Zeit als ein sehr sonderbarer und gefahrvoller Ort erscheinen. Menschen starben durch plötzliche Windböen, Feuerstürme, Kirchtürme, fernöstliche Fischeier und ein zerbrochenes Tor beim Croquetspiel. Vom Himmel fielen Heuschrecken, Schmetterlinge schwärmten über den Atlantik. Ein besonderes Faible hatte ich für Geschichten über unscharfe Geschlechtergrenzen. Ich mochte Schlagzeilen wie: »Violet, der Mann im Rock«, »Prinzessin in Hosen« oder »Geisteskranker gibt die Herzogin«. Wäre ich ein Junge, wäre mein Genie nicht verschwendet gewesen.

Mich interessierte, was die Menschen liegen ließen. In New Yorks öffentlichen Verkehrsmitteln wurden zweihundertvierundvierzigtausend Gegenstände vergessen: 42.000 Regenschirme, 22.000 Paar Handschule, 20.200 Handtaschen und 12.000 Stahlhelme, Gasmasken und Gewehre, dazu ein Dulcimer, eine Schachtel voller Käfer, ein dreibeiniges Huhn, ein Frauenbein – samt Schnürstiefel und Strumpf – und, selbstverständlich, Babys. Babys wurden im Theater, Restaurant und

Waschraum hinterlassen. Wollte ich mir mit meinem Interesse an allem Hinterlassenen beweisen, dass ich wahrlich von Glück sagen konnte, so wie Mrs Funk es uns glauben machen wollte?

Beim Gedanken an mein erstes Buch verliebe ich mich in mich selbst als Kind. Das Buch wurde so voll, es sprang auf, wenn man es hinlegte – wie ein Ding, das fliegen will. Was immer ich erfuhr, ich berichtete es Eppitt, und gemeinsam verliebten wir uns noch mehr in die Welt *da draußen*, wie mein Vater es genannt hatte. Ich war wund und leidend, in einem transzendenten Schwebezustand zwischen Liebesschmerz und Heimweh.

Ich erinnere mich bis heute an die Geschichte des »Elektrischen Mädchens«, einer Achtzehnjährigen »unter Hochspannung«, der Metalltabletts entgegensegelten, sobald sie ein Zimmer betrat. So empfand ich, wenn ich Eppitt sah und an unser gemeinsames Entkommen dachte. Als ich einen Artikel mit der Schlagzeile »Wolfsfrau erschossen« ausgeschnitten hatte, flüsterte ich Eppitt unter der Veranda zu, dass ich dabei geweint hatte – nicht nur, weil ich Harriet *Wolf* war, der gute alte Haarige Wolf, und mich mit ihr verbunden fühlte. Und auch nicht, weil ihr Tod so tragisch war. Sondern weil der Schuss für sie eine Erleichterung bedeutet haben musste.

Eppitt verstand. »Die Wolfsfrau war allein, aber du bist das nicht. Wir sind eine Familie.« Als ich ihm von den Heuschreckenplagen und den Schmetterlingsschwärmen erzählte, bekam ich Angst, dass wir uns verlieren, wir getrennt werden könnten, doch er sagte: »Ich werde nach dir suchen. Ich werde niemals aufgeben.«

Wir hielten uns sehr fest. Es sollte nicht von Dauer sein, doch dann sollte ein weiteres Wunder geschehen. Es geschehen immer wieder Wunder.

Die Eule und das Gute Rad

Das Wunder war eine zufällige Gabe von Brumus' Libido – es verdankte sich seinem Zyklus aus Aufpumpen und Leere. Lange blieb keine seiner Sekretärinnen.

Als ich eines Tages sein Büro betrat, war die Eule fort, ihr Stuhl leer, der Schreibtisch verlassen.

Wenige Tage später erschien eine neue Eule, und sie brauchte einen neuen Namen. Als sie mit Brumus in der kleinen Kammer mit dem Feldbett war, blieb es still. Ich taufte sie das Gute Rad. Sie quietschte nicht. Sie hatte scharfe, nachdenkliche Züge, umrahmt von dunklem Haar. Sie hatte in der Krankenabteilung als Krankenschwester gearbeitet, war dort von einem Kind in den Unterschenkel gebissen worden und humpelte seither. Menschenbisse können sehr gefährlich sein, das wusste ich nicht nur aus den Medizinbüchern, sondern auch von den vielen Menschenbissen in der Maryland-Schule. Wenn man sie nicht behandelte, kam es zur Eiterbildung. Dr. Brumus hatte sich den Biss angesehen und ihr Bein dabei vermutlich sanft berührt. Das war während der Vorstellungsgespräche geschehen, auf der Suche nach einem Ersatz für die Eule. Das Gute Rad bekam die Stelle, weil sie ihr Bein während der Sekretariatsarbeiten hochlegen konnte.

Diese Zeit war keine leichte. Gewiss, ich hatte Zugang zu Lexika, den Zeitungen, der Welt – und viele Arbeitsstunden blieben mir so auch erspart. Doch manche Mädchen aus dem Stump Cottage hassten mich, weil man mich zum Genie erklärt hatte. Susannah Traub streute gern Salz in die Wunde: »Is dein Vater noch nich gekommen, um dich abzuholen?« Sie war mit acht Jahren von einem jungen Paar aus West Virginia abgegeben worden, und in dem Alter erinnert man sich, ob man geliebt wurde. Sie kniff mir in die Arme, spuckte in mein Wasserglas (sie hatte Küchendienst) und petzte den Aufsehern, wenn ich mit Eppitt verschwand. Ich weiß nicht, ob das Getratsche bis zu Brumus vordrang, gemaßregelt jedenfalls wurden wir nie.

Sie wiegelte auch die anderen Mädchen auf. Bald schon vermied fast jedes weibliche Wesen den Blickkontakt mit mir. Wir entwickelten einen regelrechten Hass aufeinander, aber mehr wie Schwestern innerhalb einer befremdlichen Familie. Wenn ich heute eines dieser Mädchen treffen würde, wir würden uns vermutlich umarmen, als wollten wir uns vor dem Ertrinken retten.

Die Eule fehlte mir sehr. Ich war ihr noch begegnet, als sie ihren Abschied nahm und gerade Brumus' Empfehlungsschreiben in die Handtasche steckte. Sie hatte mich so angeschaut, wie es alle Krankenschwestern taten, voller Mitleid und mit großem Stolz. »Seht euch die an. Ein Genie. Und noch immer hier«, so ging das Geraune. Die Eule hatte mich an ihren Busen gezogen, der nach süßem Puder roch, und geweint. »Eines Tages, eines Tages«, hatte sie gesagt. Das bedeutete, dass ich entkommen würde, ganz gewiss. Womöglich ein normales Leben führen würde – nur nicht jetzt. Ich hatte sie so lang umarmt, dass sie sich von mir losreißen musste.

Der Abgang der Eule brachte mir jedoch auf Umwegen die Freiheit.

Es gehörte zu den Aufgaben der Sekretärin, die Eltern aus der näheren Umgebung darüber zu informieren, an welchem Datum die Geburtstage gefeiert wurden, die in jedem Monat anfielen. Es war eine Sammelveranstaltung, bei der einmal, laut und falsch, »Happy Birthday« gesungen wurde und jede Familie den Namen ihres Kinds rief. Da von meinen Eltern niemand kam, flüsterten Eppitt und ich uns unsere Namen gegenseitig zu.

Liebe Harr-i-ett.

Lieber E-ppitt.

Die Benachrichtigung der Eltern vollzog sich stets auf dem Postweg, doch der Abgang der Eule war derart abrupt erfolgt, dass diese Aufgabe nun ganz unerwartet dem Guten Rad zufiel und dieses zwang, sämtliche Eltern anzurufen.

Es war Juli, neun lange Monate, nachdem mein Bild in der Zeitung erschienen war, das, da bin ich heute sicher, mein Vater vor meiner Mutter verborgen hat. Das Gute Rad wusste, dass mir der Zugang zu Brumus' Büro in dessen Abwesenheit gestattet war und sich dann der Geruch von Klebstoff verbreitete. Sie wusste jedoch nicht, dass die einzige Nummer, unter der sie die Wolf-Familie kontaktieren durfte, die Dienstnummer von Mr Wolf war. Als sich unter dieser niemand meldete, wanderte ihr Finger zur nächsten Nummer, dem Privatanschluss meiner Eltern. Neben der Nummer stand handschriftlich vermerkt, dass diese nur im äußersten Notfall angerufen werden durfte, was das Gute Rad übersah. Vielleicht peinigte sie der Biss in ihrem Bein.

Ich kann mir kaum vorstellen, wie sich die folgende Szene aus der Perspektive meiner Mutter dargestellt haben muss.

Meine Eltern lebten in dem Haus, in dem ich nun lebe, auch wenn es sich damals noch hinter hohen Bäumen und einer verwachsenen Hecke versteckte, die das vordere Erkerfenster schützte. Meine Mutter, die das Haus damals fast gar nicht mehr verließ, bevorzugte die dunkle Begrenztheit ihres Schlafzimmers, so wie ich. Sie hatte oft und irrtümlich geglaubt, das Ächzen und Stöhnen der Heizung stammte von Eindringlingen, Dieben. Sie wusste nicht, dass man ihr die Tochter gestohlen hatte, und doch hatte sie Angst vor Einbrechern. So waren sämtliche Türen im Haus doppelt verriegelt, die Fenster immer eingerastet.

Das Telefon klingelte selten. Aber an einem sommerlichen Vormittag, kurz vor meinem vierzehnten Geburtstag, da erklang es. Meine Mutter ging gewöhnlich nicht an den Apparat. Doch das Läuten war da, so nah, so laut und misstönend – so beharrlich.

Sie hob den Hörer ab, damit das Läuten endete, und sagte dann, nur aus Reflex: »Hallo?«

Das Gute Rad erklärte, dass es aus der Maryland-Schule für Schwachsinnige Kinder anrief, um sich zu erkundigen, ob Mr und Mrs Wolf der Geburtstagsfeier für ihre Tochter beiwohnen würden, jener bescheidenen Feierlichkeit für all jene Kinder, die im gleichen Monat geboren waren.

»Ich habe keine Kinder. Warum sagen Sie so etwas? Ist das eine Finte?«

»Nein, Ma'am, das ist keine Finte. Ich arbeite in der Schule, und mir liegt Ihre Nummer auf der Geburtstagsliste vor. Sie steht gleich neben dem Namen Ihrer Tochter: Harriet Wolf, 11. Juli.«

Mary Wolf, meine liebe Mutter, ließ das Rauschen in der Leitung eine Antwort sein und legte auf. Doch nun klingelte das Telefon in ihrem Kopf, ein irres Echo. Sie hatte mir keinen Namen gegeben. Diese Aufgabe war irgendjemandem an der Schule zugefallen. Doch das Geburtsdatum war zweifelsohne richtig.

Sie rief im Büro ihres Gatten an, und er ging an den Apparat – das Mittagessen war vorüber. Tatsächlich hatte er den Anruf des Guten Rads nur um Minuten verpasst. »Wer ist Harriet Wolf?«, fragte meine Mutter.

Mein Vater hustete. »Was? Wer?«

»Lebt meine Tochter und ist an der Maryland-Schule? Ist es so? Sag es mir.«

Er versuchte auszuweichen. »Wie kommst du denn auf so etwas? Was ist nur in dich gefahren?«

Aufgeregt erzählte sie, dass das Telefon geklingelt habe, sie an den Apparat gegangen, eine Stimme am anderen Ende der Leitung gewesen sei – und welche Worte sie gesprochen hatte.

»Das muss ein übler Schwindel sein«, erwiderte er. »So, wie du dich in diesem Haus verbarrikadierst, wirst du zum leichten Opfer für ein derart böses Spiel.«

Doch sie ließ sich nicht beirren. »Sag es mir. Du musst es mir sagen. Sonst fahre ich selbst dorthin!«

»Du kannst doch gar nicht fahren!«

»Ich beschaffe mir einen Wagen und fahre! Sag mir, was ich längst weiß.«

Da gab er es zu. »Ja, Liebes«, sagte er. »Ja, so ist es.«

Sie sagte: »Ich habe es gespürt!« Ich habe dabei immer an das Elektrische Mädchen denken müssen – dass meine Mutter es auf diese Weise gespürt hat. Ein Pulsieren in der Brust und in den Gliedern.

Mrs Funk eilte zu mir, als ich gerade mein Bett machte und die Decke mit der flachen Hand unter die Matratze schob. »Mein liebes Mädchen, sie kommen, um dich zu holen.«

»Mich zu holen? Wer?«

»Selbstverständlich deine Eltern!«

»Was meinen Sie damit?«

»Sie sind auf dem Weg, um dich nach Hause zu holen!«

»Ich verstehe nicht. Mein Vater *und* meine Mutter?« Der Gedanke, dass ich meine Mutter sehen würde, war vollkommen neu und aufregend. Ich konnte kaum sprechen, doch schließlich brachte ich heraus: »Jetzt?«

»Sie werden bald schon hier sein. In etwa einer Stunde.«

Es war Dienstagnachmittag. Eppitt würde nach dem Abendessen unter der Veranda auf mich warten. Was, wenn ich nicht käme? Was, wenn er hörte, dass ich fort war? Einfach so! Ohne ihn!

»Das muss ich jemandem erzählen«, sagte ich.

»Dr. Brumus weiß es schon«, erwiderte Mrs Funk. »Er und dein Vater sind alte Freunde.« Dass sie sich kannten, wusste ich, doch dass sie alte Freunde waren? Es erschien mir wie Verrat, eine geheime Absprache.

»Nein«, sagte ich. »Ich muss zu jemand anderem.« Ich ging auf die Tür zu. »Entschuldigen Sie mich.«

»Harriet!«, rief Mrs Funk. »Wohin willst du denn? Du musst deine Sachen packen.«

Ich rannte los, die breite Treppe hinunter, durch die leere Eingangshalle, quer über den Rasen. Mrs Funk würde mich bestimmt von einem Fenster aus beobachten, also lief ich rasch hinter das Verwaltungsgebäude. Als ich außer Sichtweite war, schlich ich mich an der Mauer entlang zur Sonnenveranda und kroch hinunter.

Eppitt war nicht da. Es war nicht unsere Treffenszeit. Hatte ich erwartet, dass er etwas ahnte und trotzdem kam? Die Erde war feucht. Es hatte in den vergangenen Tagen viel geregnet.

Ich war so unendlich glücklich – sie kamen, um mich nach Hause zu holen! Ich war so verängstigt. Ich kannte doch keinen anderen Ort als diesen. Und es brach mir das Herz, weil das hieß, dass ich Eppitt zurücklassen musste, oder? Ich versuchte, meine Tränen leise zu weinen, doch vergeblich. Es schnürte mir die Rippen zusammen und zwang ein lautes Bellen aus der Kehle. Ich nahm mir eine Handvoll Erde und stopfte sie mir in den Mund. Ich schmeckte sie auf meiner Zunge, zermalmte die Körner mit den Zähnen und schluckte sie.

Da erschienen zwei wildlederne Schnürstiefel, zwei reinliche

Hosenaufschläge, eine fleischige Hand und Brumus' Gesicht. Er blinzelte in die Dunkelheit. Er hatte mich entdeckt – Rotz und Wasser heulend, den Mund verschmiert mit Erde. »Großer Gott, Harriet!« Er streckte die Hand aus. »Komm da raus.«

Ich schüttelte den Kopf.

»Harriet, du musst dich säubern. Deine Eltern sind auf dem Weg.«

Ich stammelte: »Eppitt Clapp.«

»Was war das?«

Ich sagte es erneut.

»Der Junge aus dem King's, der die Wäsche macht?«

Ich nickte kläglich.

»Harriet«, flüsterte er. »Er hat hoffentlich keine Schande über dich gebracht.«

»Ich will ihn sehen.«

»Harriet«, sagte Dr. Brumus. »Du wirst von nun an ein vollkommen anderes Leben führen. Ein schönes Leben. Das Leben, das dir immer schon bestimmt war. In so einem Leben ist kein Platz für einen Jungen wie Eppitt Clapp. So nimm doch Vernunft an.«

»Ich will ihn sehen«, wiederholte ich.

»Dafür ist keine Zeit. Sieh dich an!«

»Eine Nachricht«, beharrte ich stur, die Wangen noch immer dreckig und verschmiert.

»Du willst ihm eine Nachricht geben? Er kann nicht lesen, Liebes. Das weißt du doch.« Sein Tonfall war betörend.

»Doch. Ich habe es ihm beigebracht.«

Brumus sah mich argwöhnisch an. »Schön. Schreib ihm eine Nachricht. Ich sorge dafür, dass Mrs Funk sie übergibt.«

Und dann erschienen ihre Schuhe, klobig, kantig, aus der engen Schnürung quollen fleischig ihre Knöchel.

Brumus streckte mir erneut die Hand entgegen. Ich kroch ohne seine Hilfe hervor.

»Beeil dich«, sagte Brumus. Mrs Funk steuerte mich mit festem Griff an der Schulter zurück zu meinem Cottage.

Es war leer. Unter dem wachsamen Auge von Mrs Funk wusch ich mir in dem rostigen Becken das Gesicht, packte mein kleines Bündel und schrieb eine Nachricht an Eppitt. Dass ich ihn liebte, konnte ich nicht schreiben – Mrs Funk würde die Nachricht sicher lesen. Und ich konnte ihn auch nicht als meinen Ehemann bezeichnen. Das hätte ihm viel Ärger eingebracht. Ich schrieb nur das Nötigste. »Ich werde nie die Wolfsfrau sein«, so mein Gekritzel. »Heuschrecken fallen vom Himmel, Schmetterlinge schwärmen. Such nach mir.« Ich zog meine Schachtel unter meiner Pritsche hervor, entnahm ihr das Stück Garn – unseren Ehepakt – und schlang den Faden um die Nachricht. Der kleine Zettel hing noch immer an dem Garn: »E. C. und H. W. 1913. Hochzeit.« Ich konnte nur hoffen, dass Mrs Funk nicht über das Wort »Hochzeit« grübeln und dass er verstehen würde. Halte dich an dein Wort. Halte dich daran.

Dann gab ich Mrs Funk die Nachricht. »Versprechen Sie mir, dass Sie ihm das geben.«

»Ich verspreche es.« Sie steckte das Bündel in ihre riesige Schürzentasche. »Kleines Jesus-Mädchen von den Träumenden Wunden«, sagte sie. »Ich habe es immer gewusst!«

Sie hatte mich entdeckt. In gewisser Weise lebte ich durch sie. Und sie durch mich.

Bald schon stand ich auf dem Rasen. Manche Kinder schauten aus den Fenstern zu. Andere stolperten aus der Wäscherei herbei und spähten mit großen Augen zwischen den Laken hindurch. Wieder andere verharrten in dem Gänsemarsch, der sie von einem Ort zum anderen führte. Die Hausmeister, die Krankenschwestern, darunter Schwester Oonagh und das Gute Rad, die Aufseher samt Mr Gillup und Mrs Funk – sie alle warteten in kleinen Gruppen draußen auf dem Rasen. Dann kam Brumus und stellte sich zu mir. Für sie alle bedeutete es eine Erleichterung, dass ich ging. Ich hatte sie beschämt, denn meine Anwesenheit hatte ihnen gezeigt, dass es allein eine grausame Wendung des Schicksals war, die den einen zum Genie und den anderen zum Debilen machte, die jedem seinen Platz im Leben zuwies. Mein Fortgang stärkte ihren Glauben, dass die Welt die Dinge richtig ordnete.

Aber wo war Eppitt? Steif wie ein Soldat stand ich da, doch immer wieder wandte ich mich nach ihm um. Ich konnte ihn nirgends entdecken.

Dann tuckerte ein schwarzer Wagen über die lange Auffahrt auf uns zu. Ihm entstieg eine Frau, die nicht einmal darauf wartete, dass mein Vater ihr die Tür öffnete.

Meine Mutter. Sie trug einen langen Rock und eine weiße Bluse und hochgestecktes Haar. Ihr Gesicht war bleich. Sie war schön mit ihren roten Lippen. Sie ging mit ausgestreckten Armen auf mich zu, als wollte sie mich vor einem Sturz bewahren. Doch ich stürzte nicht. Ich hielt stand, und sie umarmte mich. »Mein Mädchen«, sagte sie, »mein süßes Mädchen!« Ihr irischer Akzent erstaunte mich, so wie alles an ihr. Ich dachte nur: *Die Augen meiner Mutter. Ihre Hände. Ihr Mund, ihre Stimme. Und all das hier, auf dem Rasen vor dem Verwaltungstrakt.* Es war diese eine Erkenntnis – sie hatte mich immer geliebt. Ich fühlte mich wie ein Vogel, der am Himmel kreist.

Mein Vater schüttelte mir die Hand, als wären wir uns noch nie begegnet, als hätte er mir nie ein leeres Buch gegeben.

In meinem ersten Notizbuch befindet sich nur eine einzige Fotografie, die ich nicht aus einer Zeitung ausgeschnitten habe.

Dieses Foto hatte die zur Sekretärin gewandelte ehemalige Krankenschwester gemacht, deren Irrtum mir die Freiheit schenken sollte. Das Gute Rad war, wie sich herausstellte, Hobbyfotografin.

Die Aufnahme ist nicht von guter Qualität. Das Gute Rad hatte uns vier – meine Eltern, mich und Dr. Brumus – mit dem Rücken zur Sonne positioniert, unsere Gesichter sind verschattet. Noch dazu hatte sie in ihrer Nervosität in dem Moment, als sich die Blende öffnete, am Stativ geruckelt, sodass wir leicht verschwommen sind, außerdem legt sich ein Finger oder eine Haarsträhne oder ein Band über das Bild, nur unsere unscharfen, dunklen Gesichter und Oberkörper sind zu sehen, als würden sie schweben. Mein Vater reckt den Kopf, das Kinn erhoben. Meine Mutter blinzelt selbst im Schatten, sie war so viel Licht nicht mehr gewöhnt. Ich reiße weit die Augen auf. Der Einzige, der ein breites Grinsen zeigt, ist Brumus, ihn überwältigt das Gefühl – doch ist es Freude oder schlicht Erleichterung?

Im Anschluss an die Aufnahme nahm Dr. Brumus mein Gesicht in beide Hände und gab mir einen Kuss auf die Stirn, eine Segnung. »Geh nach Hause«, flüsterte er mir zu. »Danke Gott und geh nach Hause.«

Ich kletterte auf den Rücksitz des Wagens und blickte aus dem Fenster, ein letztes Mal suchte ich nach Eppitt. Und da sah ich ihn, an einem runden, sechsgeteilten Fenster oben am King's Cottage, gefangen hinter Glas.

Eppitt hob die Hand.

Würde er die Nachricht lesen? Würde er sich an den Pakt halten? *Such nach mir.*

Er winkte, als stünde er an einem Kai und ich auf einem Schiff, auf dem Weg hinaus aufs Meer. Und so fühlte es sich an. Ich war auf einem Schiff, und es würde mich nach Hause bringen. In mein Mutterland.

10

Zu Hause

Ruth

Ich gehe auf die Seitentür am Haus meiner Großmutter zu, dem Haus, in dem ich den überwiegenden Teil meiner Kindheit zugebracht habe. Es ist die Tür, die in die Küche führt, die Tür, die ich immer benutzt habe, doch das ist zu lange her. Heute komme ich als Gast. Also mache ich auf halber Strecke kehrt und gehe über die Steinplatten zur Vordertür.

Es ist später Nachmittag. Ich stehe unter der Gaube. Aus dem Mauerwerk blicken mir vier neue Bohrlöcher entgegen. Dort muss einmal ein Schild gewesen sein – vermutlich hatte Eleanor dort eine Warnung an Hausierer anmontiert. Hallo, alter Löwenkopf-Türklopfer. Ich bin zu Hause.

Ich drehe mich zu den Hunden um, die mir aus meinem Mietwagen entgegensehen, einem Mustang-Cabrio mit offenem Verdeck, ein Upgrade, das ich mir erflirtet habe, was für mich absolut untypisch ist. Ich bin mir auf dem Flug so seltsam singlemäßig vorgekommen, was vielleicht an der Betatscherei beim Sicherheitscheck liegt. So unbeholfen und überfallartig bin ich seit einem Tanz in der achten Klasse nicht befummelt worden.

Dann waren da all diese frei laufenden Männer mit ihren Halsband-Krawatten, als hätten sie sich von ihren Besitzerinnen losgerissen – ihren powerwalkenden Vorstadt-Ehefrauen.

Und auch ich war frei, mit meinen beiden Zwergspitzen in identischen Tragetaschen, die ich morgens noch rasch bei PetSmart gekauft hatte. Ich war mir durch die Hunde selbst fremd. Wie exzentrisch muss man sein, um zwei identische Hündchen in ein Flugzeug mitzunehmen? Ich hatte mein ersticktes Dasein als Ehefrau eines Hochschullehrers abgeschüttelt. Dort war niemand, der mit mir über die Politik am Lehrstuhl meines Ehemanns oder seine Literaturtheorie reden wollte. Ich war anonym und noch ansatzweise hübsch unterwegs.

Der Typ bei der Autovermietung war ein wenig jünger als ich, ganz Lächeln, mit einer zaghaften Reihe von Tattoos auf seinem rosigen, nahezu unbehaarten Unterarm – Herz, Karo, Kreuz, Pik – als wäre er Pokerspieler. Ich hatte das Lächeln erwidert, und schon wurde mein Wagen zu einem Mustang-Cabrio upgegradet. Ich bin noch nie mit einem Cabrio gefahren. Es kommt mir lächerlich und übertrieben vor, ich sollte mich genieren, doch es ist wundervoll, dieses Auto in der Einfahrt meiner Mutter anzusehen. Ich habe immer gegen ihre emotionale und anderweitige Kargheit rebelliert.

Die Hündchen sitzen auf dem Beifahrersitz, die Pfoten auf dem Fensterrahmen.

Ich greife den Löwenkopf und klopfe mehrfach an, doch nichts regt sich.

Über mir liegt das Fenster meines einstigen Kinderzimmers, das Fenster, durch das ich mit sechzehn im Dunkeln auf das Gaubendach über ebendieser Tür geklettert und weiter auf den Boden gesprungen bin – ich, mit meinem wütenden Kurzhaarschnitt, meinem Eyeliner, meinen Converse High-Tops und dem Rucksack. Ich bin durch den Garten gerannt, die Straße hinunter, von einer Straßenlaterne zur nächsten und niemals mehr zurückgekehrt.

In fünf Jahren wird Hailey sechzehn. In den Weihnachtsferien war sie beinahe schon so groß wie ich. Wird sie je mit dem Gedanken spielen, sich nachts aus dem Haus zu schleichen und davonzulaufen?

Ich lege meine Hand auf den Türknauf und drehe daran. Zu meiner Überraschung ist die Tür nicht verschlossen. So etwas wäre unter Eleanors wachsamem Auge nie geschehen – es beweist, dass sie tatsächlich im Krankenhaus liegt, was ich noch immer nicht verinnerlicht habe.

Die Haustür öffnet sich zum Wohnzimmer hin. Der Garderobenschrank duckt sich unter die Treppe. Ich gehe direkt in die Küche, das Herz der Dinge – auf der Anrichte die länglichen Tupperdosen, der Größe nach geordnet, das Linoleum mit seinem noch immer gleichen Zitronenduft, der Grillofen, der Toaster, der wie ein Käfigvogel unter seiner Patchworkhülle schläft.

In diesem Haus wurde meine Großmutter geboren. Ich weiß genau, in welchem Zimmer. Dort hat sie auch ihre letzten Jahre verbracht. In Gesellschaft ihrer Agoraphobie. Ihrer Pyromanie womöglich auch. Ihrer Valiumtabletten. Und womöglich auch ihres Genies, sie, die Autorin in ihrem Kämmerlein, die ihr Publikum aufgegeben hatte. Umgekehrt hat es sie niemals aufgegeben.

Lange Zeit habe ich den Namen Harriet Wolf nur in gebildeter Gesellschaft fallen lassen. In meinem Motivationsschreiben zur Bewerbung für mein Studium findet sich der Hinweis, dass ich in ihrem Haus aufgewachsen bin und in meiner Kindheit »Literatur gelebt und geatmet« habe. An der Universität habe ich nur einer einzigen Person davon erzählt und der Geschichte ihren Lauf gelassen. Es hat nicht lang gedauert, und jeder wusste es. Damals ist mir aufgegangen, dass es mich nur aus einem einzigen Grund zu einem Studium der Literatur gezogen hatte: damit ich mit meinem Vermächtnis vor das richtige Publikum treten konnte. Doch ich hatte auch geglaubt, ich besäße ein gewisses literarisches Talent – wenn schon nicht als Schriftstellerin (daran hatte ich mich mit Anfang zwanzig versucht), dann wenigstens als Kritikerin.

Im Alltag meiner Kindheit hatte sich die Tatsache, dass meine Großmutter eine berühmte Schriftstellerin war, kaum bemerkbar gemacht. Selbstverständlich kamen Anfragen – für Reden bei literarischen Events, Podien, Diplomfeiern –, doch meine Mutter hat sie alle abgebügelt. Erwartungsgemäß kam das Thema auch bei Elternsprechtagen auf. Meine Noten waren sämtlich glanzlos. Nur meine Englischlehrer befanden immer, meine sprachlichen Fähigkeiten würden *irgendwo in mir stecken!* Wie auch nicht, bei der Familie? Es war die Aufgabe meiner Lehrer, sie mir zu entlocken. Bei meiner Dissertation über Salinger, auch er ein berühmter Weltenflüchter – auf dem Gebiet kannte ich mich schließlich aus –, bin ich nicht über das dritte Kapitel hinausgekommen. Die Arbeit liegt in einer voll gestopften Schachtel irgendwo in einem Schrank, was für mein Empfinden der perfekte Umgang mit Salinger ist.

Nun aber, hier in dieser Küche, steht mir meine Großmutter plötzlich wieder vor Augen, das Haar zu zwei sonderbaren Knoten gewunden, wie Hörner. Ich hatte solche Angst vor ihr. Sie war ausgezehrt und spröde, doch sie hatte die Hände einer Gewichtheberin, mit hervortretenden Adern. Sie hatte eine kleine Zunge, die wie bei einer Echse vorschnellte, um die Lippen zu befeuchten. Gegen Ende ihres Lebens hat sie ein Eremitendasein im zweiten Stock geführt. Warum haben Tilton und Eleanor sie eigentlich Wee-ette genannt? Ich weiß es gar nicht mehr; vielleicht hatte es etwas damit zu tun, dass sie so eingefallen, so *wenig* geworden war. Ich erinnere mich aber sehr gut daran, wie mich meine Mutter auf die geschlossene Tür von Wee-ettes Zimmer, wo ihre Mutter sie wohl unter viel Blut geboren hatte und wo – wir alle wussten es, doch niemand sprach es aus – sie als alte Frau eines Tages sterben würde, zugeschoben und verlangt hatte: »Unterhalte sie!« Zu einem meiner Lieblingsärgernisse wurde die Aufforderung zu lächeln. Einer der ersten Sätze, die Ron je zu mir gesagt hat, sollte lauten: »Warum so düster? Lächle doch mal!« Ich habe ihn nur ausdruckslos angesehen und gesagt: »Verdien es dir.« War die Welt mir etwas schuldig? Musste man sich meine Zuneigung verdienen? Ron sagt immer, das wäre eine meiner hässlicheren Seiten.

An der Wand hängt das grüne Telefon – auch die Kringelschnur gibt es noch. Ich nehme ab. Ich bin versucht, Ron anzurufen und ihn raten zu lassen, von welchem Apparat aus ich anrufe. Er würde sich selbstverständlich nicht an unser Gespräch erinnern. Wenn ich ihn darauf ansprechen würde, würde er das wieder als einen meiner Liebestests bezeichnen – und ihn nicht bestehen. »Aber du legst sie auch so an, dass ich sie nicht bestehen kann«, würde er mich zurechtweisen. »Natürlich gewinnst du. Natürlich hast du recht.«

Test hin oder her, ich bin sowieso nicht bereit, mit Ron zu reden. Mein Vater hat wenigstens einen klaren Schlussstrich gezogen. Als wir in dieses Haus gekommen sind, war er nur noch ein Geist. Vor jeder Scheidung gibt es eine Phase des Abwägens, und ich bin mittendrin. Bei meiner letzten Scheidung war das Thema Versagen und Verlust. Diesmal scheint es um die Zukunft – Einsamkeit? – und um meine Fähigkeit zu gehen, sie abzuwehren oder nicht.

Ich staune, wie makellos, museumsgleich die Küche wirkt. Wenn dies nicht die reale Küche wäre, in der ich die zweite

Hälfte meiner Kindheit verbracht habe, die Jahre nach *Der Verlust*, würde ich sie für eine originalgetreue Nachbildung halten. Nur das leichte Durcheinander stört das Bild – ein Stapel dreckigen Geschirrs, vollgeräumte Stellflächen, offene Müslischachteln. Tilton hat nicht aufgeräumt. Und dennoch, wie viel Mühe und Entschlossenheit es gekostet haben muss, die Küche in diesem Zustand zu erhalten! Wie hat die Einrichtung überlebt? Unter den Kühlschrankmagneten kleben die Telefonnummern von Installateuren, die bestimmt längst tot sind.

Ich habe das eindringliche Gefühl, dass mir das Haus etwas sagen will. *Sei gegenwärtig*. Das stammt von einer Selbsthilfekassette. Doch mein Pfad windet sich zurück zu seinem Anfang. Wie kann man gegenwärtig sein, wenn man unentwegt von der Vergangenheit umfangen ist? Eleanor und diese verdammte Gutenachtgeschichte. Die Stimme meiner Mutter erklingt in meinem Kopf: »Es war einmal …«

Dieses finstere Haus wird immer bedrückender. Ich erinnere mich ganz genau an den Tag, an dem ich Wee-ette erzählt habe, wie gut ich in der Mengenlehre war, was vermutlich gar nicht stimmte und ihr sowieso nichts sagte. Meist habe ich, wenn ich nichts mehr zu erzählen wusste, nur bei ihr herumgestanden. In ihrem Zimmer hat es immer stark gerochen, nach Tod, nach alten Zeitungen, Schreibmaschinentinte und verbranntem Papier. Doch an diesem Tag wollte mir Wee-ette etwas sagen. Sie hat sich auf eine Art vorgebeugt, dass ich mich ihr automatisch entgegenbeugen musste. Auch jetzt beuge ich mich vor in die abgestandene Zitronenluft.

»Ruthie«, sagt eine Stimme.

Ich fahre zusammen und drehe mich um.

Es ist Tilton.

Tilton ist keine originalgetreue Nachbildung. Sie macht mich sprachlos. Sie wirkt erwachsen, fraulicher. Sie trägt noch immer Haarklemmen, doch die Kringellocken sind fort, das Haar reicht ihr bis zum Kinn, ist kräftiger. Ihr Gesicht ist unverändert zart. Sie hat eine blassrosa Jogginghose an, die Gummis sind an den Knöcheln aufgeschnitten, und ein schlichtes T-Shirt. Beides ist auf links gedreht. Sie hat immer schon geklagt, dass Säume, und auch Gummibänder, scheuern. Der Anblick treibt mir die Tränen in die Augen. Ich bin wegen Tilton hier. Ich bin hier, um sie zu befreien. Ich habe sie im Stich gelassen, und nun muss ich mein Fehlverhalten korrigieren.

»Tilton«, sage ich. »Du bist es!« Was heißen soll, dass nicht Wee-ette oder das Haus zu mir gesprochen haben. Es war Tilton, und darüber bin ich sehr erleichtert. Ich gehe auf sie zu und berühre ihr Haar.

Sie sieht mich an und sagt: »Und du bist es auch!«

Und ich frage mich: *Bin ich es wirklich? Und falls ja, wer ist das?*

11

Die Pfeifente

Tilton

Ruthie ist da. Sie berührt mein Haar. Ich öffne die Arme und schließe sie darin ein. Immer wieder sage ich ihren Namen. Ich schließe die Augen und schwanke. Sie fühlt sich warm, aber nicht weich an. Sie ist dünner und kleiner, als ich sie in Erinnerung hatte. Meine Wange ruht auf einem scharfen Schlüsselbein. Sie riecht nicht mehr nach ihrem Jean Naté After Bath Splash, und auch nicht nach der Mischung aus Babyöl und Jod, die sie im Sommer immer aufgetragen hat. Ich bin sicher, dass Wee-ette uns sieht. Ruthie ist der Zugvogel. Das hier ist das Nest, das den langen Winter überstanden hat. Viele Winterjahre.

Um Ruthie zu beschreiben, würde ich sagen: Kopf und Körper eher länglich, insgesamt zierlich, der Rücken leicht gebeugt, als ob sie sich ihrer selbst nicht sicher ist; die Zähne groß, weiß, aber in unregelmäßigen Abständen, weil sie weggegangen ist, bevor sie eine Spange bekommen hat; die Augen groß, blau, die Nasenspitze gedrängt und leicht nach unten gekrümmt; das Haar dicht um das Gesicht geschlossen, bis auf ein paar Strähnen, die ihr über die gebogenen Augenbrauen fallen. Sie ist immer noch hübsch.

Ich möchte Ruthie alles zeigen, damit sie sich erinnert. Ich denke daran, wie wir auf dem Dachboden die Hände aneinandergelegt und mit Drachenschnur umwickelt haben, und ich weiß, dass sie den Pakt einhält, den sie an dem Abend, als sie fortgegangen ist, geschlossen hat – dass sie zurückkommt und mich rettet.

Du musst mich nicht retten, sage ich zu ihr.

Ich weiß. Du kannst dich selbst retten, Tilton. Ich habe immer daran geglaubt.

Ich überlege, was das heißen soll, doch ich weiß es nicht. Hält sie sich nur halb an unseren Pakt?

Sie sagt, dass ihre Hunde noch im Auto sind. Ihre Stimme klingt matter als am Telefon. Sie flüstert, als ob jemand in der Nähe schlafen würde und sie ihn nicht wecken will.

Ich erkläre ihr, dass wir kein Auto haben und dass unsere Mutter immer noch im Krankenhaus ist. *Unsere* Mutter zu sagen ist komisch. Sie gehört uns ja nicht. Wir gehören ihr. Ich erzähle Ruthie, was Mrs Gottleib mir erzählt hat – dass unsere Mutter vielleicht morgen schon nach Hause kommt. Morgen!

Wirklich?, fragt sie. Dann zeigt sie mir den Mietwagen, der in der Einfahrt steht.

Die Einfahrt ist der Ort, wo man jeden zum letzten Mal sieht. Die Einfahrt vor unserem früheren Haus ist der Ort, an dem George den Koffer von Marie Cultry in den Kofferraum gestellt und ihr auf den Beifahrersitz geholfen hat. In dieser Einfahrt habe ich Ruthie zum letzten Mal gesehen. Sie hat sich umgedreht und zu meinem Fenster geschaut. Sie hat gewunken, und ich habe zurückgewunken. Dann hat meine Mutter nach mir gerufen, und ich bin vom Fenster weggetaucht. Ich wusste ja, dass Ruthie wiederkommen würde. Ich wusste nur nicht, dass es so lang dauern sollte. Willkommen zu Hause, Haustaube.

Damit ich besser sehen kann, hebe ich die Gardine an, die aus

Spitze ist. Draußen steht ein rotes Auto ohne Deckel mit zwei weißen Hunden. Ich sage Ruthie, dass ich eine Hundeallergie habe.

Das hat Mom doch bloß erfunden, sagt Ruthie. Damit Dad diesen blöden Labrador wieder loswird.

Unsere Mutter würde bei Allergien nicht lügen, sage ich zu Ruthie. Allergien sind schlimm, und außerdem erinnere ich mich nicht an irgendeinen Labrador.

Du warst damals noch sehr klein.

Ich erinnere mich an vieles aus der Zeit, als ich klein war. Mutter sagt, das ist ganz außergewöhnlich.

Schön, sagt Ruthie. Sie geht durch die Küche und schaut ins Wohnzimmer. Dieses braune Gezottel, sagt sie. Ein regelrechtes Stück Geschichte! Als säße man im Brustpelz von Burt Reynolds. Weißt du noch, wie gern sich Eleanor Burt-Reynolds-Filme angesehen hat? Die, in denen er den LKW-Fahrer spielt? *Ein ausgekochtes Schlitzohr?*

Unsere Mutter mag keine Filme und kein Fernsehen, rufe ich Ruthie ins Gedächtnis.

Burt-Reynolds-Filme hat sie gemocht, sagt Ruthie und klopft an den hölzernen Türrahmen, als ob sie gekommen wäre, um das Haus zu untersuchen.

Einmal hatten wir Termiten, sage ich. Ein paar Balken haben Löcher bekommen.

Und woher kommt der Fernseher?

Ich erzähle Ruthie, dass ich den Fernseher für Mrs Devlin repariere. Ich erzähle ihr aber nicht, dass da vorhin eine Sendung über Rechtsanwälte und Mörder gelaufen ist. Meine Mutter hat mich vor dem Fernsehen gewarnt. Die reinste Hypnose hat sie es genannt.

Ich bin mit der Tochter von Mrs Devlin in die Schule gegangen, sagt Ruthie. Eine Kifferin mit Fransenmokassins. Dieser Fernseher wiegt doch gut und gerne fünfzig Kilo.

Er hätte sie beinahe umgebracht.

Der Fernseher hätte Mrs Devlin beinahe umgebracht?

Unsere Mutter. Sie hätte dieser Fernseher beinahe umgebracht.

Wirklich?

Ich will, dass Ruthie froh ist, wieder zurück in ihrem Nest zu sein. Es gibt viele Arten von Nestern – in Mulden, Hügeln, Erdhöhlen, Nischen oder Mauerlöchern; Napfnester, Töpfernester, Ufo-Nester, Spielnester, Horste, hängende und Kugelnester. Es ist sinnvoll, sich zu freuen, wenn man in sein allerserstes Nest zurückkehrt. Doch würde man es dann Brustpelz nennen?

Wahrscheinlich empfindet sich Ruthie hier nicht mehr als heimische Art. Invasive Arten wie der Höckerschwan haben sehr negative Auswirkungen auf das Ökosystem. Höckerschwäne wurden nach 1870 als Ziervögel von Europa und Asien aus eingeführt. Aber manche sind in New Jersey und New York und überall entkommen. Und in die Chesapeake Bay eingefallen. Sie essen das Futter der einheimischen Arten und besetzen deren Nistplätze. Sie vermehren sich, weil sie keiner natürlichen ökologischen Kontrolle wie Fressfeinden oder Krankheiten unterliegen, wie sie sich zusammen mit einer Art in ihrer ursprünglichen Umgebung entwickeln. Die Natur sorgt für ihr Gleichgewicht, doch wenn eine Art von einem Ort zum anderen zieht – und das gilt nicht nur bei Wanderungen –, gerät alles durcheinander.

Bestimmt haben die ersten Höckerschwäne auch seltsam gerochen.

Ich sehe Ruthie an und erkläre ihr, dass Höckerschwäne früher stumme Schwäne hießen. Dabei sind sie gar nicht stumm.

Sie grunzen, schnauben, zischen und pfeifen sehr laut. Und auch ihre Flügel machen Lärm. Man hört sie auf große Entfernung, wenn sie durch die Luft schlagen.

Das ist wunderschön, sagt Ruthie. Ich hatte ganz vergessen, wie du solche Dinge erzählst.

So etwas erfinde ich doch nicht.

Ich weiß. Es ist die Art, wie du so etwas sagst, und wann du dich entscheidest, so etwas zu sagen.

Ich entscheide mich auch nicht, so etwas zu sagen. Es ist, als wären die Worte in der Luft. Sie entscheiden, dass ich sie sage.

Liebe Güte, sagt Ruthie, lächelt und schüttelt ihr Haar.

Die Worte könnten sich auch für dich entscheiden, sage ich.

Aber das tun sie nicht, erwidert Ruthie. Ich sollte die Hunde reinholen. Sie zwickt sich die Nase, so wie meine Mutter, wenn sie weint. Da weiß ich, dass Ruthie keine invasive Art ist.

Ich mache uns ein Glas Tang, sage ich.

Wer trinkt denn dieses alte Pulver noch?, fragt Ruthie.

Astronauten. Und wir.

Ruthie und ich gehen wieder in die Küche. Sie verlässt das Haus durch die Seitentür.

Ich mache Tang – klang, klang, klang –, so gut ich kann. Ich schließe die Augen und sage zu Wee-ette, dass auch ich ein neues Ende spüre, aber noch nicht weiß, wie es aussehen wird. Noch sind wir in der Mitte der Geschichte.

Ruthie kommt zurück und lässt die Hunde los. Von ihren herumfliegenden Hautschuppen wird mein Herz ganz unruhig. Doch ich trinke meinen Tang und mache mit Ruthie eine Führung durch das Haus.

Im Esszimmer, das wir nicht benutzen, stehen vier Stühle und ein Tisch, bei dem die Seitenteile heruntergeklappt sind. Ruthie fragt, wo die lange weiße Tischdecke mit den gelben Blumen ist. Sie sagt: Ich habe zwei Wochen unter dem Esstisch und der Decke gelebt. Du warst zu klein, um dich daran zu erinnern. Ich habe diese Tischdecke geliebt.

Ich sage ihr, dass sie vermutlich zusammengefaltet in einem der Eckschränke liegt.

Dann das untere Badezimmer. Hier habe ich meine erste Periode bekommen, sagt sie.

Als wir wieder durchs Wohnzimmer kommen, sagt sie: Dieses Zimmer kommt mir wie der Ort für einen Doppelmord vor. Oder einen Selbstmord. So düster ist es.

Ist es gar nicht, sage ich.

Ist es wohl, sagt sie.

Die Hunde tapsen hinter uns her, als wären sie auf uns geprägt. Die Stufen quietschen leise. Die Hunde machen taps, taps.

Das obere Badezimmer. Ruthie sagt: Hier habe ich oft geweint.

Das Zimmer meiner Mutter, das schon das Zimmer meiner Mutter war, als sie selbst noch ein Kind war. Ruthie sagt: Der Geruch ist so vertraut. Wonach riecht das hier?

Ich rieche keinen Geruch.

Weil du daran gewöhnt bist.

Dann kommen wir in Wee-ettes Zimmer – es ist dunkel, so wie sie es mochte. Ruthie geht auf die Vorhänge zu, die dick und schwer, aus rotem Brokat und so lang sind, dass der Saum auf dem Boden liegt. Sie sind zugezogen. Wee-ette hat die Sonne immer ausgesperrt, sagt Ruthie und späht zwischen den Vorhängen hinaus in den Garten. Sie geht zu Wee-ettes großem Bett, dann zu Wee-ettes kleinem Schreibtisch und der Schreibmaschine. Sie berührt das Farbband. Es ist trocken, sagt sie.

Ich frage sie, ob sie erwartet hatte, dass es feucht ist, und sie sagt, das weiß sie nicht.

Ich will Ruthie unsere Garne zeigen, unsere Pakte, die im Heizungsschacht versteckt sind. Doch da sagt sie: Mein Mann schreibt über Harriet Wolf. Mein künftiger Exmann, wohl eher.

Ron, sage ich. Er schreibt über Wee-ette? Wieso?

Er ist Literaturwissenschaftler. Und sie hat in der Zeit, mit der er sich beschäftigt, publiziert.

Ich weiß nicht, was ich sagen soll, denn meine Mutter hasst Wee-ette-Literaturwissenschaftler. Ruthie hat den Feind geheiratet. Ich frage sie, ob er grausam ist. Ist er ein guter oder schlechter Mensch?

Sie sieht mich fassungslos an. Ganz ehrlich, sagt sie, ich weiß nicht, ob er ein guter Mensch ist. Tief in seinem Innern. Dann stößt sie die Luft aus. Puh! So was sollte man von seinem Mann wohl wissen. Ist er ein guter Mensch – ja oder nein? Die grundsätzlichste aller Fragen. Ist mir nie in den Sinn gekommen!

Sie geht so schnell aus dem Zimmer, als wäre ihr kalt geworden, und hält die Arme vor der Brust.

Dann stehen wir in Ruthies altem Zimmer. Ich sage ihr, dass es jetzt das Gästezimmer ist.

Habt ihr oft Gäste?, fragt sie.

Ich sage: Nein. Niemals. Aber es ist auch das Nähzimmer, füge ich hinzu. In einer Ecke stehen die Nähmaschine, samt Nähkästchen und Stoffstapel, ein Packen *National Geographics* und mehrere Kartons. Ruthie berührt die Kartons mit der Aufschrift: Tilton Klasse 1 – 5, Tilton Klasse 6, Tilton Hausunterricht Klasse 7 – 12, Tilton College.

Sie fragt, ob Eleanor versucht hat, mich auch auf College-Niveau von zu Hause aus zu unterrichten.

Ich berichte ihr, dass ich wirklich gut war. Ich sage, du wärst überrascht, wie gut ich bei den Aufnahmetests abgeschnitten habe.

Wo hast du die gemacht?

Ich habe eine Heimversion.

Und das ist also mein Karton, sagt sie und schaut auf den Karton, auf dem Ruthie – Verschiedenes steht.

Willst du ihn aufmachen?, frage ich.

Als ob ich sehen wollte, wie sich meine gesamte Kindheit in einen blöden Karton quetscht.

Du hast uns verlassen, sage ich.

Aber davor habe ich existiert, oder nicht?

Willst du hier schlafen?, frage ich und zeige auf das kleine Bett. Aber nicht als Gast, erkläre ich. Du bist Familie. Das ist jetzt wieder dein Zimmer.

Klar, sagt Ruthie, was für ein trauriges, verrücktes Haus.

Sag so etwas nicht!

Sie entschuldigt sich, und dann gehen wir in mein Zimmer, in dem es ganz viele Vogelbücher und Reparaturanleitungen für Haushaltsgeräte gibt. Wie in Wee-ettes Zimmer steht auch bei mir eine Schreibmaschine auf einem kleinen Schreibtisch. Hier schreibe ich Gedichte, wenn jemand einen besonderen Anlass hat, erkläre ich Ruthie. Ich schlafe in einem Himmelbett. Ich führe Tagebuch. Es liegt auf meinem Kissen. Und ich male Vögel, so wie John James Audubon, aber nicht so gut.

Ruthie legt die Hand zwischen zwei meiner Bilder flach auf die Tapete – sie stammt aus den Siebzigern, als Amerika zweihundert Jahre alt geworden ist, und hat ein Muster aus kleinen bewaffneten Soldaten, Adlern und Sternen. Sie sagt: Ich erinnere mich gut an die Tapete. Sie hat sich mir ins Gedächtnis eingebrannt. Vielleicht gehe ich doch lieber ins Hotel, schiebt sie nach.

Ich setze mich aufs Bett, dann rutsche ich in den Schneidersitz und auf den Boden. Die weißen Hunde glauben, dass ich mich auf ihre Ebene begeben habe, damit wir uns beschnüffeln können. Doch das stimmt nicht. Tu es nicht, sage ich zu Ruthie. Ich will, dass du hierbleibst.

Sie setzt sich aufs Bett und sinkt genau wie ich auf den Boden. Tilton, sagt sie, diese Reise ist noch viel schwieriger, als ich erwartet hatte.

Ich sage Ruthie, dass sie früher größer war.

Nein, sagt sie, du warst kleiner. Und dann sagt sie, dass sich die Welt verändert hat. Es gibt Mittel und Wege, Menschen zu helfen, die anders sind. Es gibt Mittel und Wege, Menschen mit Ängsten und Krankheiten zu helfen.

Das ist sehr gut, sage ich.

Ich meine nur, dass manche Menschen Krankheiten haben, die überhaupt nicht schlimm sind, und solchen Menschen kann man helfen. Mit einer Therapie.

Geht es dir gut?, frage ich. Gehörst du zu diesen Menschen?

Nein, sagt sie. Ich nicht. Und dann sieht sie mich an und ist ganz traurig in den Augen.

Um sie aufzumuntern, sage ich, dass ich ein neues Ende spüre.

Ein Ende wovon?

Der Gutenachtgeschichte.

Sie sagt: Mein Gott, du liebe Güte. Was habe ich diese Geschichte gehasst. Erzählt sie die etwa immer noch?

Natürlich!, sage ich. Das ist doch unsere Geschichte! Und dann, auch wenn ich nicht weiß, warum, erscheint in meinem Kopf das neue Ende.

Tilty?, fragt sie. Vermutlich merkt Ruthie, dass ich mich verändert habe – dass eine Pfeifente spürt, was die anderen noch nicht spüren können.

Wir werden wieder eine ganze Familie, sage ich. Wir vier. Mutter, Vater und zwei Kinder, so wie es sein sollte. Und ein Großmuttergeist.

Ruthies Lippen bilden ein O. Willst du das wirklich?, fragt sie. Eleanor und George Tarkington? Die beiden sind sich doch jetzt völlig fremd. Und ich ihnen sicher auch.

Ich lege meinen Kopf auf ihre Schulter. Es ist das neue Ende, sage ich. Ob wir es wollen oder nicht, spielt keine Rolle.

Sie streicht mir über mein Haar und macht *Psst*. Niemand weiß, was die Zukunft bringt, sagt sie.

Ich sage ihr, ich wohl, weil ich eine Pfeifente bin. Und ich fahre einem der Hunde über seinen weichen Kopf, so wie Ruthie mir über den Kopf streicht, und sage ihr, ich glaube nicht, dass ich gegen diese Art von Hund allergisch bin!

Ach je, ach je

Und dann, gerade zur Abendessenszeit, erscheint Mrs Gottleib mit einem Spaghettigericht unter Alufolie. Sie spricht mit Ruthie, und ihr Atem stockt dabei, so als ob Ruthie ein Filmstar wäre. Sie will wissen, wo Ruthie all die Zeit gewesen ist. Sie sagt, dass Ruthie bestimmt wirklich viel gereist ist, bestimmt wirklich ein aufregendes Leben geführt hat, bestimmt wirklich viel gelernt und wirklich schöne Hunde hat. Und dann erzählt sie ihr von Alberts Tod, und da sollte ich eigentlich wieder traurig werden. Doch das werde ich nicht. Albert hatte ständig eine Laus auf der Leber, und außerdem, sagt meine Mutter, gibt es Schlimmeres, als dass der Mann geht, im Fall von Albert Gottleib zum Beispiel, dass er bleibt.

Mrs Gottleib sagt, dass meine Mutter morgen früh um elf entlassen wird, und sie besteht darauf, sie abzuholen. Auf diese Weise, sagt sie, habt ihr Zeit, hier aufzuräumen.

Da sehe auch ich die Unordnung. Die Milchflasche aus Plastik ist ein bisschen angeschwollen, weil sie draußen im Warmen gestanden hat. Die Schranktüren gähnen Richtung Küche. Die Müslischalen stapeln sich. Die Butter ist nur noch ein glitschiger Klecks auf ihrem Teller.

Ruthie sagt: Nein, nein, Mrs Gottleib. Sie haben schon genug getan.

Ich mache das doch gerne!, sagt Mrs Gottleib. Und es gibt absolut keinen Grund, warum Tilton ein zweites Mal in dieses Krankenhaus gehen sollte. Dann flüstert sie Ruthie zu, dass ich mich beim letzten Mal so aufgeregt hätte.

Aber schließlich schafft es Ruthie, dass Mrs Gottleib geht. Danach holt sie eine Flasche Wein aus einem übergroßen Leinenbeutel. Sie fragt mich, ob ich auch etwas will.

Nein, danke.

Aber, Tilton, du bist über einundzwanzig.

Ich sage: Okay, okay, okay.

Ruthie hat in ihrem Leben schon so viel gemacht, und ich hätte nichts dagegen, wenn ich ein bisschen mehr wie Ruthie und ein bisschen weniger wie ich wäre. Nichts gegen mich.

Ruthie gießt den Wein in zwei Saftgläser. Wir trinken. Der Wein ist nicht sehr süß, aber er braucht mehr Platz in meinem Mund als ein normales Getränk. Es fühlt sich so an, als könnte man sich damit den Mund reinigen, darum spüle ich den Wein hin und her. Die Hunde haben sich auf das Linoleum fallen lassen.

Wie geht es Hailey?, frage ich. Meiner Mutter sage ich das nie, doch ich denke viel an Hailey. Ich frage mich: Wie sieht sie aus? Was mag sie?

Ihr geht's gut, sagt Ruthie. Glaube ich. Ich sehe sie im August. Sie lebt bei ihrem Dad.

In Tucson, sage ich. Ich will sie kennenlernen.

Der Tag wird kommen, sagt Ruthie, doch es klingt mehr wie ein Wunsch, nicht wie ein Versprechen.

Ich muss Mrs Devlin den Fernseher zurückgeben. Ich habe ihn schon repariert.

Wer bringt denn heute noch einen Fernseher zur Reparatur? Da holt man sich doch einfach einen neuen.

Viele Menschen bringen ihre Sachen zur Reparatur, erkläre ich. Grillöfen, Handrührer, Stabmixer und Plattenspieler. Ich schwenke meinen Wein und nehme noch einen Schluck, aber Hustensaft schmeckt besser. Ich sage: Eleanor bringt mir die Geräte mit. Ich repariere sie, und meine Kunden bezahlen mich.

Siehst du diese Kunden je?

Im Grunde sehe ich niemanden. Du weißt doch, wie sehr mein Immunsystem geschwächt ist.

Glaubst du wirklich, dass dein Immunsystem geschwächt ist? Ich meine, wirst du häufig krank?

Nein, aber wir treffen auch sehr viele Schutzmaßnahmen.

Richtig, sagt Ruthie. Eleanor. Bei ihren Schutzmaßnahmen ist sie eisern.

Ich sage zu Ruthie, dass wir uns vor den Geiern hüten müssen, dass sie jederzeit kommen und nach dem siebten Buch suchen könnten.

Ruthie beugt sich mit ihrem Wein in der Hand am Küchentisch vor und sagt, und dabei blinzelt sie: Glaubst du, dass sie es wirklich geschrieben hat? Dass sie es geschrieben und immer gleich verbrannt hat, so wie Eleanor behauptet?

Das darfst du niemandem erzählen. Das weißt du doch. Wir haben einen Pakt geschlossen. Du, Eleanor und ich.

Sie schüttelt den Kopf. Ich habe es ja niemandem erzählt, aber nur, weil ich ihr das nicht abkaufe, sagt Ruthie. Ich glaube nämlich, dass sie es geschrieben hat, und ich glaube auch, dass es noch im Haus und Millionen wert ist.

Es ist wichtig, dass wir uns an unsere Pakte halten, sage ich zu Ruthie.

Selbst an den, bei dem wir Eleanor versprechen mussten, dass wir nie nach unserem Vater suchen? Den habe ich längst gebrochen.

Du weißt, wo er ist? Und du hast ihn nicht mitgebracht?

Ruthie schüttelt den Kopf.

Warum nicht?

Die Frage lautet nicht, warum nicht. Sondern warum.

George! Ach je, ach je, sage ich. Wo lebt er denn?

In Pennsylvania. Im Champignonland. Direkt im Nachbarstaat – falls er nicht kürzlich umgezogen ist. Ich könnte mit dir hinfahren.

Ruthie greift nach der Weinflasche und gießt sich ein zweites Glas ein. Ich nippe noch an meinem ersten. Sie beugt sich vor. Warst du je verliebt?, fragt sie.

Ich schüttele den Kopf und zucke mit den Achseln. Ich habe Menschen aus der Ferne geliebt. Das ist einfacher.

Das nennt man verknallt sein, sagt Ruthie. Bist du denn in jemanden verknallt?

Ich verneine, doch dann ist da diese Wärme in meiner Brust, und mein Gesicht fühlt sich schweißig an. Und ich sage, dass ich den jüngsten Sohn der Eldermans ein bisschen mag.

Den von gegenüber? Benny Elderman?

Er hat seinen Job verloren.

Den hat mal jemand eingestellt?

Hör auf.

Tut mir leid. Ich freue mich, dass du Benny Elderman ein bisschen magst. Als Kind war das ein richtiger kleiner Angeber.

Er hat einen Fedora-Hut getragen.

Richtig! Jetzt fällt's mir wieder ein. Siehst du, Benny Elderman konnte seinen Hut ziehen, und das mit neun Jahren. Der hatte es drauf.

Jetzt joggt er.

Das ist toll.

Und warst du zwei Mal verliebt, einmal bei jedem Ehemann?

Ich weiß nicht. Ich war entweder Dutzende Male verliebt, oder nie. Keine Ahnung.

Du bist komisch.

Du auch.

12

Ota Benga, das Elektrische Mädchen und die Wolfsfrau

Harriet

Einer glücklichen Kindheit misstraut niemand – obwohl jeder es sollte. Andererseits, welcher Schriftsteller würde dazu stehen? Als meinem Verleger das Gerücht von einer Einweisung zu Ohren kam, wollte er damit gleich den Verkauf meiner Bücher ankurbeln. Ein labiler Autor verfügt über mehr Prestige. Ich habe mich damals bei ihm entschuldigt: »Ich bedaure, mein Leben war leider ziemlich langweilig.« Natürlich hätten die anderen Insassen und die Aufseher die Wahrheit sagen können, doch Gott segne sie: Sie äußerten sich nie. Es gab einmal ein schützenswertes Gut, und das hieß Privatsphäre. Man kann es sich kaum vorstellen, aber damals konnte ein behinderter Präsident der Vereinigten Staaten die Presse darum bitten, ihn nicht zu fotografieren, wenn er in seinem Rollstuhl saß, in seinen Wagen getragen wurde oder sich in einer anderweitig schwachen Position befand, und die Presse ist seiner Bitte gefolgt. Das waren noch Zeiten.

Das Bild, das ich von meiner Kindheit gezeichnet habe, speist sich aus den vier Jahren, die ich gemeinsam mit meiner Mutter in diesem Haus – genau diesem Haus! – verbracht habe, ich habe sie nur ausgedehnt. Nur über diese Zeit habe ich mit meinen Lesern sowie mit Eleanor und den Mädchen gesprochen. Wer wollte mir daraus einen Vorwurf machen? Es sind die Jahre, an die ich mich erinnern wollte.

Und an Eppitt. Immer Eppitt.

Er aber konnte nicht in meinem Selbstportrait erscheinen. Es war unmöglich. Zum Zwecke einer makellosen Jugend musste ich mich auf meine Mutter konzentrieren. Noch heute spüre ich ihre Haut, sehe ich ihre kleinen strahlend weißen Zähne, rieche ich ihr Haar. Unsere Liebe war komprimiert und daher umso greifbarer. Für uns war in der jeweils anderen ein Traumgebilde wahr geworden.

In den Monaten, die der Entdeckung folgten, dass mein Vater mich ihr gestohlen hatte, am Ende doch lebendig – und noch dazu ein Wunderkind –, änderten sich die Machtverhältnisse in meinem Elternhaus. Wenn mein Vater etwas erwähnte, was ihm bei der morgendlichen Zeitungslektüre aufgefallen war – jenseits des Atlantiks drohte der Große Krieg –, sagte meine Mutter nur: »Das klingt ein wenig sonderbar. Bist du sicher, dass du das korrekt gelesen hast, oder hast du dich möglicherweise geirrt?«

Meine Mutter wuchs mit ihrem Selbstbewusstsein. Als sie sich weigerte, mich in die Schule zu schicken – »Sie hat genügend Zeit fern von uns verbracht, meinst du nicht?« –, gab mein Vater augenblicklich nach.

Sie brach aus ihrem Eremitendasein aus und schlenderte mit mir am Arm durch die Stadt. Sie zeigte mir Hemlocktannen, Fichten, Finken und Goldruten. Sie ließ mich erkunden, was immer ich wollte. Ich legte mir eine Sammlung aus Schmetterlingen, Kröten, Maulwürfen und Insekten zu, bewahrte sie in Schachteln und Gläsern mit durchlöchertem Deckel auf und verbrachte Stunden damit, sie zu untersuchen.

Im Sommer verwandelte sich die Veranda in das Studierzimmer einer Naturforscherin. An den Wänden hingen Korkbretter mit meinen Notizen. Wenn der Winter kam, verlagerte ich alles in mein Zimmer.

Sie suchte nach Gelegenheiten, Nachbarn und Bekannten zu begegnen (sie hatte keine richtigen Freunde) und mich als ihre Tochter vorzustellen. Harriet. »Sie war kränklich«, sagte sie dann. »Wir glaubten sie bereits verloren. Doch nun ist sie bei uns! Der Herr hat sich erbarmt.«

Ich stand strahlend neben ihr. Meine Mutter, von der Sonne rosig, blühte auf wie eine satte Knospe im Gewächshaus. Sie war so aufgeladen, glücklich, sprudelnd – ein strahlender Dampf ging von ihr aus, der mich an die Wäscherei erinnerte. Ich werde Dampf immer mit Liebe in Verbindung bringen.

In jenen Jugendjahren, in denen sich die meisten Mädchen von ihrer Mutter abwenden, verliebte ich mich in meine. Sie fuhr mit mir nach Baltimore, dort gingen wir ins Lichtspielhaus und sahen uns Filme mit Fatty Arbuckle und Lillian Gish an. An unseren Geburtstagen aßen wir im Swinging Lantern, einem chinesischen Restaurant, zu Mittag. Die Betreiber hießen Mr und Mrs Ling und hatten im Innern einen Teich mit fetten Koi angelegt. Wir falteten Origami-Kraniche, was damals groß in Mode war.

Meine Mutter ging regelmäßig mit mir in die Kirche. Ich war in der Maryland-Schule für Schwachsinnige Kinder getauft worden – wir waren zwar Debile, aber keine Heiden. Meine Mutter veranlasste, dass ich auch an der ersten heiligen Kommunion teilnahm, samt Schleier und Kopfschmuck aus gekühlten Blüten. Ich liebte das Brutkastenartige des Beichtstuhls. Hingebungsvoll gestand ich Sünden, die ich nie begangen hatte, und schlang den Rosenkranz um meine Hände. Zur Firmung ging ich ebenfalls und wählte – wie die meisten Mädchen – die heilige Theresia, die Kleine Blume, zu meiner Namenspatronin. Die anderen Mädchen liebten sie für ihre klägliche Demut, die sie mit tuberkulöser Inbrunst Fußböden scheuern lassen hatte. Ich liebte sie dafür, dass sie Blut in ein Taschentuch gehustet hatte. Ich war noch immer Bluterin.

Meine Mutter schilderte mir ihre Kindheit in Dún Laoghaire, einer Hafenstadt bei Dublin. Sie erzählte mir vom Killiney Hill, von dem aus man die Berge, die See und die Stadt sehen konnte. Die Iren kannten das Leid, doch das, so sagte sie, schärfte nur ihren Sinn für die Freude. Sie liebte mich umso mehr, weil sie mich verloren hatte.

Obwohl ich über die Maßen glücklich war, war mein Liebeskummer groß. Mir fehlte Eppitt. Mir fehlte es, die Wolfsfrau meines Ehemanns zu sein. Ich schlief neben meiner Mutter, mein Vater allein im elterlichen Schlafzimmer, und sehnte mich manches Mal nach der dampfigen Wäscherei, den Waschbrettern und Mangeln. Mir fehlte der Anblick Eppitts zwischen Laken, die zum Trocknen hingen, mir fehlte die Zeit in unserem Heim unter der Veranda – Eppitts Körper, der sich dicht an meinen drängt.

Doch Brumus' Worte hatten sich mir eingeprägt. »Ein Junge wie Eppitt Clapp« – es gab für ihn in meinem schönen neuen Leben keinen Platz. Ich wurde von der Liebe meiner Mutter aufgezehrt. Wenn ich sie gebeten hätte, Eppitt bei uns aufzunehmen, hätte sie dann Nein gesagt? Hätte das einen Bruch zwischen uns bewirkt? Und falls sie Ja gesagt hätte, wie hätte ich sie beide lieben können? Sicher wäre mir das Herz zersprungen. Ich hatte meine Mutter wieder. Das musste genügen.

Für sie war ich wieder Kleinkind, und ich habe es geliebt. Sie kämmte mir das Haar, fuhr mir mit einem warmen Schwamm über den Rücken und schälte mir die Birnen. Meine größte Angst war, sie noch einmal zu verlieren.

Mein Verlangen, Liebe zu bewahren – sie festzuhalten –, wurde immer stärker und fand ihre Äußerung in dem Verlangen, den Lauf der Welt zu verfolgen. Meine Mutter verdoppelte die Anzahl meiner Abonnements, schenkte mir eine Schere mit einem Griff aus Elfenbein und Klingen, die zu einem Vogelschnabel wurden, und kaufte mir eine Leimdose, an deren Deckel ein Drahtpinsel befestigt war. Es wurde zu meinem Ritual, am Leim zu schnüffeln, ehe ich begann. Doch auch die Zeitungen rochen gut, und sie schwärzten meine verklebten Fingerspitzen, wenn der Leim unter meinen Fingernägeln trocknete.

Manche meiner Ausschnitte aus jenen Jahren künden vom allseits Bekannten: Die *Lusitania* sank innerhalb nur einer Viertelstunde, der Panamakanal, bei dessen Bau sechstausend Arbeiter umgekommen waren, wurde fertig, Ambrose Bierce fuhr, um die Geschehnisse der mexikanischen Revolution zu sehen, nach Chihuahua und ward nie mehr gesehen, die Suffragette Mary Richardson schlitzte in der Londoner National Gallery *Die Venus vor dem Spiegel* auf, Typhus-Mary war die neue Massenmörderin, der Lichtschalter wurde erfunden.

Am meisten aber faszinierte mich das Schicksal Ota Bengas, eines kongolesischen Pygmäen, dessen Frau und beide Kinder die belgische Force Publique im Zuge ihrer Ausbeutung des Kongo und seines Rohstoffs Kautschuk ermordet hatte, während er auf der Jagd war. Ein Amerikaner namens Verner tauschte Ota gegen ein Pfund Salz und einen Stoffballen und wählte eine Gruppe von Pygmäen zur Darbietung auf der Weltausstellung in Saint Louis aus. Im Anschluss kam Ota in den Bronx Zoo, wo er mit Besuchern posierte und eine Weile sogar im Affenhaus leben musste, als Teil einer Schau über die

Evolution. Die öffentliche Empörung über seine Entwürdigung zum Zootier führte dazu, dass Ota, obwohl er zu dem Zeitpunkt schon über zwanzig Jahre alt war, in die Obhut des Howard Waisenheims für Farbige kam.

Ich war zutiefst verstört – der Gedanke, dass sie einen zurückschicken konnten!

Am Ende kam Ota nach Lynchburg, Virginia, wo man ihn der Mode entsprechend kleidete und die Zähne, die man ihm als Kind angespitzt hatte, überkronte. Dort brachte ihm die Dichterin Anne Spencer – die in ihrem Gedicht über das Mädchen aus dem Tauchbecken geschrieben hat: »Schuld befestigt sich ein Feigenblatt, Unschuld ist sich Zierde selbst genug« – Schreiben und Lesen bei. Doch im Jahr 1916 – ich war sechzehn – beging Ota Benga mit einer gestohlenen Pistole Selbstmord.

War ich in meinem Elternhaus der Ota Benga, dem es gestattet war, als menschliches Ausstellungsstück frei umherzuwandeln, war ich das Gefundene Kind? Dazu verdammt, so wie er, mir ins Herz zu schießen?

Damals war Erzherzog Ferdinand bereits ermordet, der Erste Weltkrieg hatte begonnen. Einer der sieben potenziellen Attentäter hatte seine Bombe an einen Laternenpfahl geschlagen, um den Zeitmechanismus auszulösen. Ein Graf, in dessen Wagen der Erzherzog und dessen Gattin chauffiert wurden, glaubte, das Scheppern käme von einem platten Reifen. »Bravo«, sagte er. »Nun müssen wir halten.« Doch dann sah der Fahrer, dass ein schwarzer Gegenstand auf ihn zuflog, und gab Gas. Der Wagen war offen, und als sich der Erzherzog schützend einen Arm vor das Gesicht hielt, prallte die Bombe zunächst daran, dann an dem gefalteten Wagendach ab und rollte in die Menge. Der Attentäter schluckte seine Zyankalipille und sprang in den Fluss. Doch die Pille stammte aus alten Beständen und führte lediglich zu Erbrechen. Außerdem war der Fluss aufgrund geringer Regenfälle kaum einen Meter tief. Die übrigen Attentäter zerstreuten sich, unter ihnen der junge, tuberkulöse Princip. Er ging in das Delikatessengeschäft von Moritz Schiller. Unterdessen bog die Wagenkolonne an einer Abzweigung falsch ab und musste umkehren. Dies tat sie anderthalb Meter von Princips Standort entfernt, der daraufhin seine Pistole aus der Jacke zog und abfeuerte.

Wenn ich mit meiner Mutter über das Attentat sprach (ich war von dem Thema wie besessen), wollte ich stets über das Ende reden. Ich hatte Angst davor. »Es hätte sich vermeiden lassen«, sagte ich. »Das Ganze. Aber sie sind umgekommen – der Erzherzog und seine Frau.«

»Ich weiß«, sagte meine Mutter.

Der Erzherzog und seine Frau hatten gewöhnlich nicht im selben Wagen Platz genommen, da sie standesmäßig als nicht ebenbürtig galt. Doch es war ihr Hochzeitstag. Er wurde in den Hals getroffen, sie in den Bauch.

Manchmal stellte ich mir vor, mein Vater wäre der Erzherzog. Selbst als mittlerweile Jugendliche konnte ich ihn kaum ansehen. Ich schrumpfte, wenn er ins Zimmer kam. Seine Arbeitstage wurden immer länger und dehnten sich auch auf das Wochenende aus. Zu Hause war er nicht länger vonnöten, er musste sich nicht mehr um seine leidende Gattin kümmern. Doch wenn er kam, wartete er immer noch auf Jubel und Begeisterung, als wäre sein Auftritt Teil einer Parade. Wie in einer großen Wagenkolonne, mit seinem trotzigen Stolz im Gefolge, zog er durch das Haus.

Ich wollte ihn erschießen.

In manchen Nächten hörte ich sie streiten. Mein Vater fand, es sei Zeit für eine Eheschließung. »Sie ist mündig.«

»Sie ist ein Genie. Sie sollte studieren.«

»Glaubst du wirklich, sie würde sich dort einfügen?«

»Dann bleibt sie hier.«

»Eines Tages muss sie das Haus verlassen!« In seiner Stimme schwang ein scharfes Näseln mit. Ich hatte keinerlei Verlangen, irgendjemandes Ehefrau zu werden. Ich war Eppitts Frau. Und ich wollte auch nicht aufs College gehen, Genie hin oder her. Ich wollte meine Mutter nicht verlassen, und außerdem würde Eppitt eines Tages zu mir kommen. Bis dahin wollte ich an der Seite meiner Mutter bleiben.

Meine Mutter widersprach, sehr ruhig. »Muss sie das Haus eines Tages verlassen? Steht das fest? Bist du sicher, Liebling? Vielleicht sollten wir Entscheidungen, die die Familie betreffen, mir überlassen. Womöglich bin ich dafür geeigneter.«

Meine Mutter war trotz des leichten Hustens, der sie befallen hatte, eine Streitmacht, so gewaltig wie ein Dampfschiff. Sie war eine ganze Flotte.

Mein Vater war der geschwächte Feind – er war der Erzherzog, ein eitler Geck, ein leichtes Ziel, mit seinem hohen Hut, in dem offenen Wagen. Wenn ich im Bett lag, malte ich mir aus, ihn vor Moritz Schillers Laden zu erschießen. Ich streckte den Arm aus, Daumen und Zeigefinger wurden zur Pistole, meine Hand zitterte – der Erzherzog war immer viel zu nah bei seiner Frau. Ich schob die imaginäre Waffe zurück in meine imaginäre Jacke.

Doch sobald ich die Augen schloss, strahlte mein Schädel wie ein Globus unter Strom auf. Die Bildermaschinerie in meinem Kopf spulte alles ab, was ich hinter mir gelassen hatte. Ein Teil von mir gehörte immer noch in die Maryland-Schule und nicht hierher. Eppitt, Funk, Brumus, die Eule, das Gute Rad, Gillup, Oonagh … Das Leben, in das ich nun geraten war, hatte ich mir nicht verdient, nicht erarbeitet. Ich war allein durch Glück entkommen. Andere hatten kein solches Glück. Manchmal rannte ich davon, wenn ich im Bett lag, dann schnitten meine Beine die Vergangenheit weg, doch wenn meine Furcht am größten war, lag ich ganz still da. Vier Jahre lang wagte ich es nicht, in mein Kissen zu bluten, nicht einen Tropfen.

»Stirb nicht!«

Ich habe mich daran gemacht, alles zu erzählen – und nicht den Ablenkungen und Absurditäten meines trickreichen Verstands zu erliegen. Und dennoch will ich das, was als Nächstes kommt, kein zweites Mal durchleben. Ich will es nicht an die Oberfläche hieven. Ich habe all die Jahre mit dieser Last gelebt, doch sie zu tragen war mir immer auch ein Trost.

Gerade bin ich an mein Fenster gegangen und habe gesehen, wie Tilton und Ruthie nach einem kräftigen Schauer in Regenjacke und Gummistiefeln im Garten spielen. Ruthie hatte ihr Fahrrad auf den Kopf gestellt und kurbelte die Pedale, als wäre es eine Maschine. Tilton spülte in einer Tasse Würmer ab. Zwei transparente Kinderschirme standen einsam da und schwankten im Wind wie Quallen hin und her.

Dann kam Eleanor, eine Jacke über dem Kopf, obwohl es nicht mehr regnete, herbeigeeilt. »Raus aus dem Regen! Wollt ihr euch den Tod holen?«

Ruthie hat erwidert: »Kann schon sein!«

Tilton hat geweint. »Wir retten doch die Würmer!«

Eleanor hat herumgebrüllt und die Mädchen ins Haus gescheucht, um sie vor … ja, vor was zu schützen? Eingebildetem Regen? Würmern?

Ich bin weit größerer Dinge schuldig, Eleanor. Um dich vor den widrigen Wirkmächten der Welt zu schützen, habe ich dich vor den Tatsachen geschützt.

Hier nun eine, über die ich niemals sprechen konnte, selbst jetzt kann ich es nicht: der Tod meiner Mutter.

Als unser neues Hausmädchen Lila meinem Vater sagte, meiner Mutter gehe es nicht gut, boxte er gegen die Anrichte, sodass sein Ring eine Kerbe hinterließ, und rief Dr. Brumus an.

Eppitt hatte mir einmal gezeigt, wie er Wasser auf eine Kerbe tropfen ließ, einen Waschlappen darüberlegte und mit einem Bügeleisen darüberfuhr, das er aus dem Nähzimmer geborgt hatte. Das Holz quoll auf, und die Furche schloss sich. Ich bügelte gerade die Kerbe meines Vaters aus, als Brumus zu mir kam.

»Harriet«, sagte er. »Mein Gott, ich erkenne dich ja kaum wieder.« Er sah mich an, wie er einst die Eule und das Gute Rad angesehen hatte. Trotz meiner schmalen Figur hatte ich mittlerweile Brüste und Hüften. Lila war nach Hause gegangen. Ich wusste nicht, wo mein Vater war. Plötzlich waren wir wieder allein – Brumus und ich.

»Ich bin jetzt achtzehn«, sagte ich.

»Das sehe ich«, sagte er.

Ich setzte das Bügeleisen wieder an. Dampf stieg in die kühle Luft auf. Es war früher Herbst. »Wie geht es meiner Mutter?«

Brumus erklärte mir, was die Spanische Grippe war, doch ich wusste längst, dass sie einen frühen Tod mit sich brachte, wo ihr Ursprung vermutet wurde und welche Folgen sie für das Kriegsgeschehen hatte. Schulen hatten geschlossen. Lichtspielhäuser wurden zwischen den Aufführungen gelüftet. Hotels waren zu Spitälern geworden, um der Massen Herr zu werden. Hochzeiten und Beerdigungen mussten in bescheidenem, privatem Rahmen stattfinden. Eine Frau hatte sich zur Beerdigung ihres Manns eine Blaskapelle gewünscht, sie musste im Hof des Beerdigungsinstituts spielen. Eine Hellseherin war verhaftet worden, weil sie eine Séance abgehalten, der Besitzer eines Billardsalons, weil er zu viele Leute zum Kartenspiel zugelassen hatte. Bankangestellte trugen hinter ihren vergitterten Schaltern Masken. Den Warenhäusern wurde der Ausverkauf untersagt, damit es nicht zu einem Massenandrang kam.

Brumus berührte sanft meinen Arm – so sanft, wie er einst das zerbissene Bein des Guten Rads befühlt haben mochte. »Vielleicht kommt sie durch. Einige schaffen es.«

»Können Sie denn gar nichts tun?«

»Ich fürchte nicht. Es ist ein schwerer Tod. Es kann zu schweren Blutungen kommen.« Und dann zog er den Arm zurück. Vielleicht war ihm eingefallen, dass er mit der Bluterin aus dem Stump Cottage sprach.

»Wussten Sie, dass die Nichte der Lings gestorben ist?«, sagte ich zu ihm. »Sie ist ertrunken. Mit vier Jahren.« Über meinem Zeitungsausschnitt stand: »Mädchen stirbt in chinesischem Fischteich.« Ich wollte damit sagen, dass der Tod uns immer und überall umgibt.

»Das wusste ich nicht.«

»Sie sollten Zeitung lesen.«

»Bleib im unteren Stockwerk, um dich vor Ansteckung zu hüten«, sagte er. »Du könntest dir ein Feldbett im Wintergarten aufstellen.«

Ich hasste Feldbetten. Ich hatte meine Kindheit auf Feldbetten verbracht, Feldbetten in Reih und Glied.

»Bist du glücklich gewesen?«, fragte er.

Ich nickte.

»Eines Tages wirst du es wieder sein.«

Er sagte seine Abschiedsworte, doch ich rührte mich nicht.

Ich stand nur da und hörte, wie er das Quarantäne-Schild an die Fassade hämmerte.

Ich schlief auf einer schmalen Pritsche mit müden Federn und einer Matratze, die nach Schimmel roch. Ich durfte nicht in das obere Stockwerk. Ich ging unserem Hausmädchen aus dem Weg. Lila war robust und ordentlich und rumorte in der Küche. Ich las meine Zeitungen, schnitt aus, klebte ein und umsorgte meine Tiermenagerie, die im unteren Stockwerk blieb. Aus dem Nähkorb meiner Mutter stahl ich einen Faden in Polsterstärke. Ein Pakt. Wir brauchten einen Pakt.

Eines Abends schlich ich mich in das Zimmer meiner Mutter, den Faden in der Tasche. Sie wirkte schmal, ihre Wangen waren rot gefleckt. Ich legte ihr kalte Lappen an Kopf und Füße. Ich wollte ihr eine vertraute Geschichte erzählen, die des Attentats.

Ich flüsterte: »Stirb nicht!« – das hatte Ferdinand zu Sophie gesagt, nachdem sie beide getroffen worden waren. Doch ich wollte nicht Ferdinand sein. Das war die Rolle meines Vaters. Sein Schnarchen, das aus dem anderen Schlafzimmer kam, klang wie ein dröhnender Autokorso. Ich sagte meiner Mutter: »Ich bin verheiratet. Ich habe einen Ehemann, den ich liebe. Eppitt Clapp. Eines Tages werde ich ihn wiedersehen.«

Und dann öffneten sich ihre Lider. Ihre wässrigen, nervösen Augen bewegten sich über ihren Wangen auf und ab.

Ich zog das Garn aus meiner Tasche. Ich drückte ihre Hand an meine und band unsere Hände lose aneinander. Doch welchen Pakt würden wir schließen? Ich wickelte Runde um Runde, und schließlich legte ich die Lippen nahe an ihr Ohr. »Wir dürfen uns niemals wieder trennen«, flüsterte ich. »Versprich mir das.«

Sie lächelte. »Mháthair«, sagte sie auf Gälisch, weil sie mich für ihre Mutter hielt. »Mhamai.« Sie schloss die Augen, sie zuckten unter ihren Lidern.

Ich löste den Faden von unseren Händen und kehrte auf die Veranda zurück. Ich klebte den Faden zusammen und beschriftete das Klebeband: »H. W. und M.W. Niemals trennen. Oktober 1918.«

Danach konnte ich nur noch darauf warten, dass mein Vater eines Morgens zu mir kommen und mir sagen würde, dass sie von uns gegangen war.

Und eines Tages kam er.

Ich fragte ihn bewusst, wohin sie gegangen war, doch er sagte weiter nichts.

Da konnte ich es nicht länger unterdrücken. Das Blut in meiner Nase schwoll. Es floss. Ich schrie unablässig, als ich all das Blut sah. Ich wiegte mich. Ein gellender Schrei, ein Kreischen. Mein Vater packte mich an den Armen und schüttelte mich. Er schlug mich. Das Blut spritzte an die weißen Wände der Veranda, meine Korkbretter mit den Schmetterlingen, meine Schachteln, meine Gläser. Als er mich losließ, sank ich zu Boden, doch ich schrie, ich schwankte und blutete, bis mein Vater mich erneut packte und dann forttrug.

Das Sheppard und Enoch Pratt Hospital

In gewisser Weise brachte er mich heim. Ich war in einer Anstalt aufgewachsen. Als Erwachsene wurde ich an eine andere zurückgegeben, so wie Ota Benga.

Ich kam als blutüberströmte junge Frau. Ich war inzwischen schon zu heiser, um zu schreien. Ich konnte nur noch stammeln. »Ota Benga, Ota Benga …«

Mein Vater rannte zum Hauptgebäude. Es war ein kühler Abend. Mein Atem am Wagenfenster. Ich sah ihm nach. Auch er war voller Blut, er selbst wirkte wie vom Wahn getrieben, das Hemd lose, das Jackett wehend.

Ich lag auf meinem Sitz. Ota Benga, Ota Benga … Die Zeit zerbarst. Die Zeit war nichts. Die Zeit war ein Bräutigam, der mich verlassen hatte, ein See, der mich verschlingen würde, ringsumher flatterten die Kiemen wie Sekunden, die nervös vorüberticktken. Ich trug den Pakt mit meiner Mutter in der Rocktasche. Er war gebrochen. Was sollte er noch nützen? Ich wollte das gewundene Garn meines Ehepakts mit Eppitt, es sollte mich schützen, doch es war fort. Es war bei Eppitt.

Dachte er an mich?

Eine Krankenschwester mit strenger Miene kam auf den Wagen zu. Wie wirkte ich auf sie? Das Blut hatte aufgehört zu fließen, doch es bedeckte mein Gesicht, zu einem spröden Schlamm getrocknet. Als mein Vater die Wagentür öffnete, saß ich reglos da.

»Harriet«, sagte er, »benimm dich. Spiel jetzt nicht die Wilde.«

Die Wilde. Ota Benga.

Er zog mich aus dem Wagen. Ich hasste ihn. Er war der Attentäter. Meine Mutter und ich – wir waren der Erzherzog und seine Frau.

Ich sackte zu Boden und trat ihm vor die Schienbeine. Ich hatte meine Schuhe verloren. Er packte meine schmalen Handgelenke und versuchte, mich nach oben zu zerren. Die Schwester übernahm. Sie wusste mich zu greifen – fest und sicher. Sie nutzte ihr Körpergewicht als Hebel, verkeilte meine Arme und zog mich auf die Beine. Bullig und fleischig, wie sie war, drückte sie mich an ihre Rippen, ein lähmendes und tröstliches Gefühl zugleich. Ich wollte überwältigt werden.

Sie sprach sehr sanft mit mir. »Karten«, sagte sie. »Wir werden Karten spielen.«

Die Eingangshalle machte mir Angst – das weite Offene. Der Teppich und die Korbstühle.

Sie führte mich von meinem Vater fort, durch den Flur. Ein Arztzimmer. Sie sagte: »Anthropometrische Messungen.« Und: »Der diensthabende Arzt ist sehr gut.« Gab es böse Ärzte dort? Ich wurde in ein Zimmer gebracht, zu einem kleinen Bett. Ich drückte mir die Fäuste in die Augen und schlug mir ins Gesicht.

Gurte – wie die, mit denen man die Kinder in der Maryland-Schule arretiert hatte. Ich wurde hingestreckt, ein wildes, blutiges Tier, das festgebunden wird. Der Rock mit dem Pakt wurde mir genommen. Ich sah an die hohe weiße Decke, auf ihr Kranzprofil, und begann erneut zu weinen, die Tränen liefen mir ins Haar.

Irgendwo, in einem anderen Zimmer, befragte jemand meinen Vater und erfuhr, dass ich eine Debile war, an hysterischen Blutungen litt, an Anfällen, Mutismus.

Meine Mutter war tot. Eppitt war verloren. Ich war allein, eine Wolfsfrau.

Eine Krankenschwester prüfte meinen Blutdruck. Die Lippen aufeinandergepresst, zählte sie den Puls. Ich versuchte, sie zu kratzen, doch die Gurte hinderten mich daran.

Es kam die Hydrotherapie. Festgeschnallt brachte man mich vor vier Düsen. Ich kämpfte gegen das Wasser an, doch es drückte mich nach unten. Da war ein hohes, eckiges Fenster – schwarz. Der Raum mit seinen weißen Kacheln hallte. Ich wurde klein und nass und sauber.

Es kam die Lumbalpunktion. Die Krankenschwester sagte: »Das ist zu Ihrem eigenen Wohlergehen. Manchmal gibt es zu viel Flüssigkeit, zu viel Druck.« Eine weitere Schwester assistierte dem Arzt und gab mir Salvarsan. »Ruhig … ruhig …«, sagte sie und hielt den Schlauch hoch.

Danach feuchte Wickel. »Zur Linderung«, sagte die Schwester und verpackte mich, als wären wir im Alten Ägypten.

Ich war keine Kuriosität. Ich war eine Mumie. Ota Benga. Wolfsfrau. Ich war tot.

13
Lebenszeichen

Eleanor

Von meinem Krankenbett aus sehe ich durch das Fenster entfernt die Lichter eines Parkplatzes. Dort draußen leben Menschen ihr Leben. Morgen früh werde auch ich wieder dazugehören und nach Hause gehen.

Ich seufze. Es ist ein heftiger Seufzer. Ein Seufzer, der gehört werden, der ein »Was ist los?« provozieren will. Früher einmal war mir mit einem solchen Seufzer die Aufmerksamkeit von George sicher. Heute kann ich eingestehen, dass das damals nur ein schwaches Flackern war.

Nachdem George mit Marie Cultry fortgegangen war, wollte er, wie er es formulierte, »im Spiel bleiben«. Ich war noch nie gut im *Spielen*. Ich wollte kein Leben führen, das als *Spiel* galt. Ich hätte mit Marie Cultry, neuen Freundinnen, Ehefrauen, weiteren Kindern, George mit Baby und Kinderwagen nicht umgehen können. Wenn George rauswollte, dann endgültig.

Als unsere Scheidung durch war und ich das alleinige Sorgerecht bekommen hatte, suchte er sich einen neuen Anwalt. Ich machte mich auf einen Kampf gefasst. Doch dann, aus Gründen, die ich wohl nie erfahren werde, gab er auf. Von da an hat er jeden Monat kommentarlos seinen Scheck geschickt, in einem Umschlag, in ein leeres Blatt gefaltet. Als Tilton achtzehn wurde, war Schluss mit den Schecks. Thema erledigt.

Nur einmal noch habe ich George gesehen. Das schwöre ich. Es war Winter. Er war ohne Mantel draußen, nur im Jogginganzug, und hatte sich in einem fremden, frostigen Vorgarten mit dem Zu-verkaufen-Schild abgemüht. Es war in einem Viertel nicht allzu weit von meinem, und darum wollte ich erst gar nicht glauben, dass es George war. Wir hatten nie offiziell Grenzen gezogen, trotzdem hatte ich seine Anwesenheit als Eindringen empfunden. Das Ganze war ein Jahr nach Tiltons achtzehntem Geburtstag geschehen, damals hatte ich noch den Chevrolet Impala. Ich hatte an einem Stopp-Schild gehalten und George im Rückspiegel, mit klickendem Blinker, beobachtet. Er hatte einen Bauch und kurz geschorenes dunkles Haar. War das wirklich George? Wenn, dann hatte er sich das Haar gefärbt, eine affige Eitelkeit, die ich mir selbst versagte. Das Haar sollte mit dem Gesicht altern, andernfalls sieht es seltsam aus. Ein Mensch spürt instinktiv, wenn er vor einer Fälschung steht. Und der Kontrast aus Jogginganzug und rundem Bauch war ein Indiz für weit tiefere Lügen. Doch so aufgebracht, wie sich dieser Mann verhielt, war es unbestreitbar George. Dieses ungeduldige Verhalten hatte meine letzten Zweifel ausgeräumt. So war er auch im Bett gewesen. Während ich vor dem Stopp-Schild wartete, hatte ich – wenn auch nur ganz kurz – an uns beide im Bett denken müssen, an das unrhythmische Quietschen der Federn, das unbeholfene Geruckel, genau wie George mit seinem sturen Zu-verkaufen-Schild.

Ich hatte den Impuls, den Wagen zu parken, zu George zu gehen und ihm zu sagen, dass das alles bloß ein Unglück war – der Blitz, der in das Flugzeug eingeschlagen war –, reiner Zufall, dass wir in jener Nacht unterwegs gewesen waren. Andernfalls hätten wir womöglich überlebt. Ich hätte ihm nicht vorgeschlagen, es noch einmal zu versuchen. Nein, nein, nein. In meinem Alter? Wo es mir doch selbst vollkommen an Geduld fehlt? Gott weiß, das hätte in einem Desaster geendet. Ich wollte bloß, dass er es entweder zugibt oder leugnet.

Ich malte mir aus, wie ich mich in meinem Wollmantel mit verschränkten Armen vor ihn stellen und ihm sagen würde: »Leugne oder gib es zu, George. Leugne oder gib es zu.« Er hätte gewusst, was ich damit meine. Wenn dieses Unglück nicht passiert wäre, wenn Marie Cultrys Mann nicht in *diesem* Flugzeug gesessen hätte, hätte unsere Ehe überlebt. Leugne oder gib es zu, George!

Als er das Schild endlich dem gefrorenen Boden entrissen und völlig außer Atem aufgesehen hatte, bemerkte er das wartende Auto. Er blinzelte, Atemwölkchen stiegen in die kalte Luft – wieder der Gedanke an Sex, seine Atemlosigkeit. Ich gab Gas und bog ab.

Sein Erscheinen hatte mich tagelang gelähmt. Ich hatte mir gewünscht, er würde kommen und um mich kämpfen. Ich hatte mir gewünscht, ich würde endlich die Gelegenheit bekommen, ihm zu sagen, es ist aus. Natürlich war es längst aus.

In der Zeit danach habe ich ständig und überall auf ihn gelauert. Monate vergingen, schließlich Jahre, und irgendwann habe ich damit aufgehört. Inzwischen bezweifle ich sogar, dass ich wirklich ihn mit diesem Schild gesehen habe. Die Welt ist voller Männer wie George, Lügner mit gefärbtem Haar und Bauch, den sie in ihre Jogginghose stopfen.

Eine Krankenschwester kommt und überprüft meine Körperfunktionen. Sie schaltet das Licht ein und zieht den Vorhang zu. Genauso hat es immer geklungen, wenn George seine Hemden über die Stange im Kleiderschrank geschoben hat, ein lautes *Kreisch*, und dann jedes Hemd einzeln – *kreisch, kreisch, kreisch* –, bis er sich endlich für eines entschieden hatte. Und ich muss an das Geräusch denken, das der Vorhang in einem Beichtstuhl macht. Meine Mutter hatte mich einmal zu einer Beichte mitgenommen – *kreisch*. Sie war im Beichtstuhl verschwunden und verändert herausgekommen.

Warum muss immer eins zum anderen und so weiter führen? Dass die Gedanken losrattern, liegt an meiner geschwächten Konstitution. Herz oder Kopf?, würde ich meinen Körper gern fragen. Herz oder Kopf? Such es dir aus.

Leugne oder gib es zu. Einfach so. Leugne oder gib es zu.

14
Pakte
Tilton

Ruthie schläft in ihrem alten Kinderzimmer. Ich liege in meinem Bett. Mein Bauch ist warm, und mein Kopf will hüpfen. Ich kann nicht schlafen, darum schreibe ich das Gedicht für die Hochzeit von Mrs Devlins Tochter, Patty Devlin, die vielleicht mal eine Kifferin war und wieder heiratet, auch wenn Mrs Gottleib nichts davon weiß. Ich bin noch nie auf einer Hochzeit gewesen. Ruthie hatte uns zu ihren beiden Feiern eingeladen. Meine Mutter und ich hatten gar nicht gewusst, wo Ruthie lebt, und erst recht nicht, dass sie in einer so ernsthaften Beziehung war.

Meine Mutter hat geantwortet: Wir sind leider verhindert. Glückwunsch. Grüße, Eleanor & Tilton.

Ich habe meine Mutter damals gefragt, ob ich Ruthie ein Hochzeitsgedicht schreiben soll, doch sie hat Nein gesagt. Damit war das erledigt.

Wee-ette hat Gedichte sehr geliebt. Sie hatte ganze Gedichte im Kopf, und manchmal hat sie sie auch aufgesagt – einfach so. Bei Hochzeiten geht es um Herzen, Glocken, Reis und Tauben. Ich muss an meine beiden Herzen denken – das in meiner Brust und das, das ich gegessen habe: das Herz des Stammeskönigs. Manchmal, das schwöre ich, spüre ich, wie es in mir schlägt.

Zwei Herzen. Das schreibe ich gleich auf. Doppelherzen. Dann schreibe ich ein wenig über Nestbau, so wie immer. Wenn Menschen heiraten, bauen sie ein Nest. Schwalbennester sind besonders widerlich – sie bestehen aus Erbrochenem. Schwalben erwähne ich also nicht. Ich schreibe das Gedicht und falte es zusammen.

Ich stelle mich in die Mitte meines Zimmers. Ich spüre Wee-ettes Gegenwart. Ich frage sie, ob sie glaubt, dass es Ruthie gut geht.

Wee-ette glaubt an das Gute. Es gerät nur manchmal in Vergessenheit.

Ich frage sie, ob ich George holen soll.

Sie mag George zwar nicht, doch sie stimmt Ruthie zu. Es ist mein Leben.

Ich gehe hinüber zu Wee-ettes Zimmer. Ich mag es, wenn der Türknauf *klick* macht. Die Tür schwingt langsam auf. Bei Nacht ist mehr von Wee-ette in ihrem Zimmer, so als wäre der Teil von ihr, der ganz sie ist, bei Nacht lebendiger und darum mehr von ihr da. Sie ist da-er.

Ich hole den Schraubenzieher unter der Schreibmaschine hervor und schraube das Gitter vor der Lüftung ab. Es fällt herunter. Ich ziehe den Eierkarton heraus und öffne ihn. Da sind alle unsere Pakte. Ich berühre den, der für Wee-ette der wichtigste war. Den ersten. E. C. und H. W. 1913. Hochzeit. Der Faden ist dunkel vor Schmutz, an einigen Stellen dünn und abgetragen, und an der Stelle, wo er einmal durchgerissen war, sitzt ein kleiner, strammer Knoten. Dann ist da der Pakt zwischen Eleanor, Ruthie und mir, den wir nach Wee-ettes Tod geschlossen haben – niemals darüber zu sprechen, dass das siebte Buch verbrannt worden ist. Auf dem Schild steht E. T., R. T. und T. T., 1984. Stillschweigen. Und dann sind da die Pakte zwischen

Ruthie und mir aus der Zeit, bevor sie weggegangen ist. Ich berühre den mit dem Schild R. T. und T. T. 1985. Rückkehr & Rettung.

Ich bin taumelig und glücklich und traurig. In mir wirbelt es, weil das alles endlich geschieht. Ruthie, endlich, hier. Das neue Ende kommt! Aber wie holen wir unseren Vater? Wir haben die Väter sehr lange Zeit nicht verstanden.

Ich behalte den Pakt mit Ruthie bei mir, stelle den Karton an seinen Platz, setze das Gitter wieder ein und schraube es fest. Ich stehe in Wee-ettes vollster Gegenwart da. Wee-ette, sage ich, danke, dass du so ein gutes Vorbild im Leben warst. Und für all deine Verstecke.

Ich schließe die Tür, achte auf das schöne Klicken und gehe zu Ruthies Zimmer. Ihr Atem schnurrt, ihr Rücken ist rund. Die Hunde liegen eingerollt neben ihr, auf jeder Seite einer. Beide heben den Kopf und sehen mich an. Psst. Ich lege die Garnschlaufe mit dem kleinen Schild auf ihren Nachttisch neben ihre Sonnenbrille.

Dann gehe ich wieder in mein Zimmer. Ich lege mich in mein Bett und schaue auf meinen Stoffbaldachin. Ich erzähle mir selbst die Gutenachtgeschichte – das Büfett, die Zigarre, der Blitz, das dampfende Triebwerk, die Toten, das Farmhaus, Marie Cultry in Tränen, George, der sie am Ellbogen fasst. Vor dem Ende aber höre ich auf. Und sage: Fortsetzung folgt.

Ich bin innerlich immer noch so wirbelig, und darum singe ich. Wee-ette hat zum Schlafen immer ein Lied gesungen. Es hatte keine Worte. Es war sehr *humta, humta*. Sie hat gesagt, dass sie das Lied gehört hat, als sie jung war, eine endlose Leier auf der Orgel. Sie hat mir erzählt, dass ihr von dem Lied immer schwindelig geworden ist, so als würde sie im Kreis fahren. Ich singe das schwindelige Schlaflied und denke an den Wind in

Mrs Gottleibs Kombi. Wie wohl der Wind in Ruthies Cabriolet ist? Ich überlege, ob ich zwei Fedora-Hüte kaufen soll – einen für mich und einen für den Sohn der Eldermans. Ich stelle mir vor, dass ich mir einen Hund kaufe, voller Hautschuppen.

Ich denke an die Garnschlaufe auf Ruthies Nachttisch. Sie liegt da wie ein kleines Vogelnest.

15

Harriet Wolf: Mörderin

Harriet

Trotz meiner größten Befürchtungen erwies sich meine zweite Institution als das Gegenteil der Maryland-Schule für Schwachsinnige Kinder. Zudem hatte das Sheppard und Enoch Pratt Hospital in seinem Namen auf das »Heim« verzichtet. Hier gab es leichte schwedische Massage, Billard, Bowling, einen Neun-Loch-Golfplatz, Tennis und Konzerte. Angeblich, so lautete ein Gerücht, heuerten die Mitarbeiter semiprofessionelle Baseballspieler an, um die anderen Teams aus der Region zu schlagen – den YMCA, die Polizei, die Feuerwehr.

Mein Problem war, ich war schuldbeladen. Wenn ich nicht zu meiner Mutter heimgekehrt wäre, hätte sie dann je das Haus verlassen? Sterben Menschen, die ihr Leben in Zurückgezogenheit verbringen, an ansteckenden Krankheiten? Nein, natürlich nicht. Meinetwegen aber war meine Mutter wieder hinaus in die Welt gegangen und gestorben. Die Maryland-Schule für Schwachsinnige Kinder hatte recht behalten. Ich war »ein störendes Element«, »bösartig und unmoralisch«. Mich konnte man nicht vor »Verbrechen oder einem Leben der Schande« bewahren. Ich war der festen Überzeugung, ich war eine Mörderin, ich hatte meine Mutter getötet.

Ich sagte es niemandem.

Wenn ich daran zurückdenke, wie es mir mit achtzehn im Sheppard Pratt, wie es genannt wurde, ergangen ist, dann denke ich an *uns*. Ich war als ein *Uns* erzogen worden, wir waren *Die Anderen* – die Schwachsinnigen, Abschaum, ein gesellschaftliches Problem, das es zu lösen galt. Unser Leben war das domestizierter Schafe. Wir wurden in Reihen zusammengetrieben. Wir sangen, wenn überhaupt, unisono. Wenn wir als Einzelne gesehen und angesprochen wurden, war das so ungewohnt, dass man uns zur Antwort auffordern musste. Unser Blick war immer nur auf die Bluse in der Reihe vor uns gerichtet. Wenn die Aufseher »du« sagten, glaubten wir, sie meinten uns alle. Ein individuelles *Du* war so selten, dass sich kein *Ich* entwickeln und verfestigen konnte. Ich hatte kein Selbst. Erst Eppitt hatte meine Existenz bestätigt und ich seine, unsere Berührungen waren der lustvolle Beweis dieser Existenz gewesen.

Genauso existierten meine Mutter und ich nur, weil wir beide existierten. Mit ihrem Tod wurde ich auf etwas Anfängliches und mir Fremdes reduziert. Ich schaute in den Spiegel und erkannte mein eigenes Gesicht nicht – es war bleich und schlaff, die Augen waren geschwollen, die Blicke ziellos.

Im Sheppard Pratt waren wir alle Patienten der Psychiatrie, jeder von uns litt, doch dass wir das gemeinsam taten, erlaubte uns, die Last ein wenig zu verteilen; jeder lud sich einen Teil des Gewichts auf seinen Rücken. Wir waren schöne und verstörte Geister – nur suchten wir nicht diesen Ort heim, sondern unseren Körper. Selbstverständlich trauerte ich sehr. Und eine Zeit lang gestand ich mir zu, mich in den Zug der anderen einzureihen: Ihr Sog stabilisierte mich. Ich gehörte dazu. Die Krankenschwestern schwebten in ihren langen weißen Gewändern mit weißem Brustlatz und mit weißen Häubchen ringsumher. Auch die Pfleger trugen sämtlich Weiß. Sah man sie von ferne, am Ende eines langen dunklen Korridors, so glühten sie.

Ich kam ins Norris Cottage. Cottages, Cottages, es war wie eine Rückkehr in die Kindheit. Doch im Norris wohnten lediglich vier Patientinnen und unsere Pfleger. Dr. Brush sagte, kleine Gruppen seien gut für uns. Mein Vater hat dafür bestimmt ein hübsches Sümmchen zahlen müssen – Blutgeld. Es war mir gleichgültig. Einer Patientin hatte die Familie sogar ein Haus auf dem Gelände bauen lassen, das Poe Cottage, ein säuberliches Heim, zu dessen Vordertreppe ein Steg führte. Ich sah sie nie. Erst später erfuhr ich, dass sie dort bis zu ihrem Tod gelebt hatte – vierzig Jahre lang. Das Norris Cottage hingegen war groß, steinern und efeuumschlungen. Die drei anderen Patientinnen verhielten sich sehr still. Eine war Lehrerin, die andere Ehefrau und Mutter von zwei Kindern – sie hatte versucht, sich mit Tabletten gegen Gicht zu töten –, die Dritte war nur wenige Jahre älter als ich. Sie hatte weder Ehemann noch Arbeit. Sie fürchtete ich am meisten.

Als mir mein Rock zurückgegeben wurde, befand sich der Pakt mit meiner Mutter noch in seiner Tasche. Ich erwog, ihn in meinem Nachttisch zu verstecken, doch das war nicht sicher genug. Also schob ich ihn zwischen Matratze und Drahtgeflecht.

Wir wurden jeden Morgen von sieben bis halb acht untersucht. Dann hieß es baden, anziehen, Frühstück bis halb neun. Es kam auf schönem Porzellan, samt silbernem Teekännchen, Stoffservietten, Abdeckhaube, einer Schale Würfelzucker, Pfefferstreuer und einer kleinen Salzdose mit Löffelchen. In das winzige Löffelchen war ich regelrecht verliebt. Ich streute über mein gesamtes Essen etwas Salz, doch insgesamt aß ich wenig und nippte lediglich an meinem Tee.

Danach setzte man uns an die Korrespondenz. Ich hatte

niemanden, also schrieb ich an Eppitt, und zwar das, was alle schrieben. Belanglosigkeiten. Im Anschluss faltete ich die Briefe in Origami-Kraniche, so wie ich es von meiner Mutter gelernt hatte, doch ich besaß keine Adresse, da Eppitt die Maryland-Schule für Schwachsinnige Kinder zu diesem Zeitpunkt sicher schon verlassen hatte. Also versteckte ich die Origami-Kraniche in meinem Ärmel und schob sie dann unter meine Matratze zu dem Pakt.

Von zehn bis dreizehn Uhr wurden wir auf dem Gelände mit Spielen beschäftigt und machten Gymnastik mit Kegeln. Ich schlich um Badminton, Volleyball und Golf herum. An regnerischen Tagen schaute ich den anderen im Kasino beim Bowling oder Billard zu. Zwar setzte man uns auch an die Arbeit, doch Sonnensegel für die Veranda mussten wir nicht nähen. Wir fertigten Dekoratives, Hocker, Schemel. Ich saß an einem Webstuhl. Ich tat dort nichts, doch das musste ich auch nicht. Ich war Teil einer Gruppe, und gemeinsam bewältigten wir alles. Ich sehe die Patienten heute noch vor mir – den Golfschläger unter dem Arm, den Bowlingball an die Brust gedrückt, im Flüsterton Selbstgespräche führend, Märsche singend, sich an die Stirn klopfend, als wollten sie verzweifelt etwas in ihr Gedächtnis zurückholen, das niemals wiederkehren wird. Viele sprachen Gebete und bewegten sanft den Mund. Sie kratzten sich. Manche hatten Wunden, die nicht heilen wollten. Sie weinten vor den anderen und brachen dann in ein stakkatohaftes Lachen aus.

Um dreizehn Uhr aßen wir erneut. Danach weitere Bäder – tonische Bäder, Regenbäder und Duschen mit kräftigen Düsen. Was immer man mit uns versuchte, reingewaschen wurden wir. Die Seele? Wenn sie gelitten hatte, wusste man sie nicht zu heilen, mit ihrem brüchigen Gehäuse aber wusste man umzugehen.

Danach leitete man uns zurück ins Norris Cottage, wo wir Ruhe hielten. Und dann waren wir wieder auf den Beinen. Wir verteilten uns über das Gelände. Wenn es die anderen in die Liegehalle zog, folgte ich. Dort blühte es, obwohl die Jahreszeit schon kühl war. Exotische Farnkräuter, der geflieste Boden, der Schaukelstuhl aus Korb, das Buntglas, es erinnerte mich an den Wintergarten daheim – an das Draußen, das so grün und dampfig werden konnte, und an Liebe, Liebe, sie war immer meine Assoziation. Eppitt in der Wäscherei. Meine Mutter, die Gewächshausblume.

Es gab keine Zeitungen; wir brauchten Abstand von Krieg und Pestilenz. Ich sehnte mich nach Druckerschwärze an den Fingern, der kleinen Schere (ich hatte meine Vogelschere mit dem Elfenbeingriff zurückgelassen) und meiner Leimdose, den tiefen Atemzügen und dem leichten Taumel. Stattdessen wanderte ich durch die Reihen der Bibliothek und ließ die Hand über den Rhythmus der Einbände hinweggleiten. Ich mochte den stillen Staub der Bücher.

Wir spielten Cribbage und Gin Rommé und legten komplizierte Puzzles. Um achtzehn Uhr gab es Abendessen. Wir wurden erneut untersucht, klinisch. Und wieder schickte man uns eine Stunde auf den Rasen, gefolgt von einer Viertelstunde auf unserer Station.

Und dann Nacht.

Die Nacht war am schwersten. Wir fürchteten die Dunkelheit. Die Schwermut – die Melancholie – bedeutet dem Gehirn: *Zu viel, genug von dieser Welt.* Das Gehirn rattert den ganzen Tag, um mit dem Lärmen und den Bildern des Alltagslebens Schritt zu halten, doch sobald man nachts die Augen schließt, schaltet das Gehirn sein Licht ein und meldet sich selbst zu Wort, ohne Bilder oder Laute aus dem Außen. Man kann sich nicht vorstellen, wie viel Macht ein Kopf hat, der aus sich heraus erstrahlt und ungestört ist. Sein Wille ist so groß, und man ist so müde. Man muss sich ihm ergeben.

Was hat er mir gezeigt?

Ich muss es nicht noch einmal nennen – jeder kennt Verlust. Und Sehnsucht. Ich sehe die machtvolle Sehnsucht in Ruthie und in Tilton. Ich habe es dir gesagt, Eleanor, aber du hast schnippisch reagiert. »Ich behalte ihre Sehnsucht schon im Auge – danke für den Hinweis!« Als ob man Sehnsucht im Auge behalten könnte.

In Wahrheit habe ich mich tot gefühlt, verloren, und doch erwachte ich aus meinem Tod. Um mich herum war die Welt. Sie ist hartnäckig. Auch wenn der Kopf bei Nacht aktiv ist und sich in Verlust ergeht, es kommt immer auch der Tag. An dieser Tatsache ist nicht zu rütteln. Dies ist der eigentliche Wahnsinn unseres Lebens.

Das Salz auf meinem Essen funkelte wie Schnee. Meine Briefe bauschten meine Ärmel auf, Sprungfedern bohrten sich in das Papier – meine Voliere aus Origami-Kranichen. Sie waren unter meinem Bett gefangen, doch sie brüteten. Ich hatte viel zu sagen.

Und dann war da das Sein. Ich fuhr mit den Händen über das frisch gemähte Gras auf dem Golfplatz, feucht von Tau. Die Bowlingkugel – mit ihrem soliden Gewicht –, sie warf ich fort und immer wieder fort, um das Gefühl der Leichtigkeit, das rollende Donnern, die stürzenden Kegel zu erleben. Ein Bad erinnert den Leib daran, dass ihn eine Haut umgibt. Ich schlug Bücher auf, ihr Knarzen, ihr Geruch. Ich ließ die Augen auf den Wörtern ruhen. Nur mein Mund bewegte sich. Aus der Tinte erhoben sich die Wörter, sie wurden zu Geschmack und dann zu einem Ding in meinem Kopf. John Donne, Walt Whitman,

Shakespeare, Keats, Shelley, Byron, Coleridge. Meine Wangen glühten. Die Liegehalle atmete. Die Spielkarten waren glatt; die Puzzleteile fügten sich, passgenau, an ihren Platz.

Im November wurde der Waffenstillstand unterschrieben. Wir machten Banner, sangen Lieder, aßen Teegebäck und tanzten auf dem Rasen. Der Erzherzog und seine Frau gehörten der Geschichte an.

Langsam kehrte ich in diese unerschütterliche Welt zurück. Und was fand ich dort? Dr. Wolff. Zwei *F* am Ende seines Namens, also keine Verwandtschaft zu mir und meinen Wolfs oder den vielen anderen Woolfs und auch nicht zu den Wölfen.

Wenn er sprach, und er sprach sehr sanft, tanzte die Fliege an seinem Hals. Er hatte einen rötlichen Teint – kräftiges Kinn, schwarzes, kurzes Haar. Er hatte schöne Augenbrauen, die sich mit dem richtigen Maß an Mitgefühl neigten. Seine Augen waren groß und dunkel. Er hatte volle Lippen, eine kleine Nase. Er war breit gebaut, und im Gegensatz zu Eppitt, so wie ich ihn zuletzt gesehen hatte – hinter den Fensterscheiben des King's Cottage –, war Dr. Wolff ein Mann. Seine Brust war mächtig. Er atmete unter seinem dünnen weißen Anzughemd, als wären seine Lunge und sein Herz eine gigantische Pumpanlage. Ich besah mir seine Hände – starke Hände. Er war jovial, lächelte häufig, doch er war auch schüchtern. Er war zweiunddreißig.

Ich saß in einem Ledersessel und spielte mit einem Knopf an meinem Ärmel.

»Also.« Er blickte auf die Unterlagen vor sich auf dem Tisch. »Harriet, wie geht es Ihnen?«

So wie es einer Mörderin eben geht, hätte ich ihm gern geantwortet, doch ich flüsterte nur: »Mir geht es gut.«

»Wir hoffen, dass es Ihnen besser geht.«

»Ich habe womöglich ein bleibendes Unwohlsein.«

»Das kann eine Gemütsverfassung sein. Womit ist Ihr Gemüt momentan befasst?« Er lehnte sich vor, ein Ellbogen auf dem Schreibtisch, der Rücken krumm. Meine Mutter hatte immer auf eine gerade Haltung geachtet. »Stell dich aufrecht hin«, hatte sie mich einmal im Swinging Lantern aufgefordert. »Du brauchst dich nicht mehr zu verstecken.«

»Mein Vater hat mir nichts bringen lassen, oder?« Ich wollte meine Elfenbeinschere, meinen Leim, mein Buch.

»Nur Ihre Kleidung, die Sie, wenn ich Sie so anschaue, offenkundig erreicht hat. Erzählen Sie mir etwas über sich.«

»Ich mag chinesisches Essen«, sagte ich.

»Sehr schön«, sagte er.

»Es gibt ein sehr gutes Restaurant, das meine Mutter und ich an unseren Geburtstagen besucht haben.«

»Schön.«

»Nun ja, dort hat sich auch eine Tragödie ereignet. Die Nichte der Lings ist dort ertrunken.«

»Im Restaurant?«, fragte Dr. Wolff. »Wie konnte sie in einem Restaurant ertrinken?«

»Wie üblich. Unter Wasser.« Dann erklärte ich es ihm. »Es gab dort einen Fischteich.«

»Ist damit Ihr Gemüt befasst?«

Nun war es damit befasst. Wogendes Haar, ein schlaffer Leib, Goldkarpfen, die stumpfe Kreise ziehen. »Der Tod ist Teil des Lebens.« Diese Plattitüde hatten die Aufseher an der Maryland-Schule für Schwachsinnige Kinder jedes Mal, wenn jemand von uns starb, wiederholt. Manche waren so krank zu uns gekommen, dass sie nur Wochen überlebten.

»Nun, Sie müssen den Tod nicht fürchten. Sie sind jung und gesund.«

»Das Ling-Mädchen war erst vier.« Ich hatte Angst zu weinen und sah an die Decke.

»Warum, glauben Sie, sind Sie hier?«, fragte Dr. Wolff.

»Meine Mutter ist gestorben, und das habe ich nicht gut verkraftet. Ich habe sie geliebt.« Bei diesen Worten verkrampfte ich mich innerlich. Für richtige Anfälle reichte meine Energie nicht mehr, doch in dieser abgeschwächten Form – vielleicht waren es die Nachbeben – traten sie noch immer auf. Sie dauerten nicht lange, doch sie waren heftig.

»Ein solcher Verlust kann traumatisch sein.«

»Und sie hat einen Pakt gebrochen.«

»Welchen Pakt?«

»Dass wir uns niemals wieder trennen. Aber ich will nicht über den Tod sprechen.«

»Sie haben das Thema angesprochen. Zwei Mal.«

»Wirklich?«

»Das Mädchen, das im Fischteich ertrunken ist, und Ihre Mutter. Besteht da eine Verbindung?«

»Es ist nur so, dass der Tod jederzeit kommen kann. Und dann würden wir all das hier versäumen.«

»All was, Harriet?«

Zum ersten Mal in meinem Leben sollte ich erklären, was es heißt zu leben. »Aber, Dr. Wolff, das wissen Sie doch.«

»Nein, ich weiß es nicht«, sagte er. »Nicht so wie Sie. Erklären Sie es mir.«

Mir war die volle Aufmerksamkeit meines Arztes sicher, und erst da wurde mir bewusst, dass meine Art, in der Welt zu sein, nicht zwangsläufig die eines jeden anderen war, mehr noch, dass womöglich jeder von uns seine eigene Art hatte, in der Welt zu sein. Das war eine überwältigende Einsicht. Denkt an die Szene in der Klosterschule, als Daisy in der Kapelle ist und ihr weiter Ärmel Feuer fängt, wie sie wirbelt, brennt und ihr zum ersten Mal bewusst wird, wie sehr sie in ihrem Selbst gefangen ist.

»Was, Harriet? Was würden wir versäumen?«

»Ich weiß nicht«, sagte ich. »Das hier!« Ich wies mit der Hand durch das Zimmer, doch was ich meinte, war: *Alles!*

»Nennen Sie mir doch einige der Dinge, die Sie versäumen würden.«

Und womöglich war dieser kleine Moment der erste auf meinem Weg zur Schriftstellerin. Denn dies ist die vordringlichste Aufgabe eines Autors: das zu nennen, was der Nennung wert ist. »Nun ja, die Welt ist schön und hässlich, und manchmal ist sie sogar schön, wenn sie hässlich ist. Wie bei der kleinen Ling – ich sehe sie inmitten eines Schwarms aus dicken, glühend roten Fischen. Und diese Kinder, die ich von früher kenne, krank und untauglich. Missgebildet. Keines von ihnen wurde alt. Doch man brachte sie auf die Veranda, an die Luft und in die Sonne. Für mich waren sie Engel. Sie waren verkrümmt. Manche hatten eine verdrehte Wirbelsäule, ungleich lange Gliedmaßen. Ihre Mienen waren offen – so zugänglich – mehr Fenster als Gesicht. Verstehen Sie, was ich meine?«

Er nickte. »Fahren Sie fort.«

»Und das sind die, bei denen man die Schönheit nicht erwartet. Dann sind da die, bei denen man sie erwartet. Und da ist es – Hände, Mund.« Ich wies auf seine Hände, seinen Mund.

Er sah mich an, und ich brach ab. »Alles gut«, sagte er. »Fahren Sie nur fort.«

»Es ist, es ist nur so viel Schönheit. Der Blick aus meinem Fenster. Die anderen schreiten durch den Garten, die Bäume wiegen sich, die … Es ist alles so schön.« Ich sprach wie entfesselt. »Ich habe, bevor ich hergekommen bin, vieles aufbewahrt, als Zeitungsausschnitte. Ich wollte alles aufbewahren. Als Beweis.«

»Wofür?«

»Als Beweis dafür, dass das Leben gelebt werden kann«, flüsterte ich. »Ich trage das Leben in mir, ein Leben, das sich nicht ausdrücken kann. Es ist so traurig, dass es sich nicht ausdrücken kann. Vielleicht das Traurigste, das ich mir gerade vorstellen kann. Aber Sie sagen, dass jeder so ein Leben kennt, oder?«

»Ja, das glaube ich. Eine Art wahrzunehmen, eine Erfahrung vom Leben, die für dieses Individuum einzigartig ist.«

»Ich verstehe nicht, wie sich die anderen durch die Welt bewegen können, als wäre alles ganz normal«, sagte ich, »als wäre sie nicht schön und grässlich und gefährlich. Wäschereidampf war mir einmal sehr vertraut. Seine Schwaden waren mir vertraut. Damals war ich so gefangen wie jetzt auch.«

»Wir sind da, um Ihnen zu helfen.«

»Ich vergaß zu sagen, dass ich den Golfplatz mag und die Liegehalle und die kleinen Salzlöffelchen. Wirklich«, sagte ich. »Danke.«

»Nun, ich werde Ihre Wertschätzung gern weitergeben.«

»Meine Mutter hat einen Puder benutzt, der wie ein Blumenfeld gerochen hat! Sie hat einen Schwamm ausgedrückt, und das Wasser hat sie mir über den Rücken laufen lassen.«

Der Blick von Dr. Wolff wanderte an mir vorbei. Er holte scharf Luft und lehnte sich zurück. Er drückte sich Tränen aus den Augen und rieb sie sich in die Schläfen. Er warf eine rasche Notiz auf das Papier, voller Diensteifer. Ich kam zu dem Schluss, dass Dr. Wolff ein sehr reiches Innenleben hatte. Vielleicht war er ein Mit-Leidender, den die Pracht im Alltäglichen berührte, schmerzlich berührte, all die schlichten, hässlichen, wundervollen, strahlenden Dinge, die das Leben ausmachen.

Er flüsterte: »Harriet, bei Gott. Ich schwöre, die richtige Oper, und Sie würden sterben.«

»Was war das?«, fragte ich. Ich wollte es noch einmal hören. Ich wollte die zarte Bewegung seiner Lippen sehen, wenn er meinen Namen sagte.

Doch das gehörte zu den Dingen, die er nicht laut äußern durfte. »Tut mir leid«, sagte er. »Fahren wir fort.«

Ich verheimlichte die Tatsache, dass ich aufblühte. Wenn ich zu gesund geworden wäre, wohin hätte ich mich wenden können? Meine Mutter war tot, alles, was ich hatte, war das Klicken der Billardkugeln, die Dichtung »Kubla Khan«, die weißen Röcke, in denen die Krankenschwestern durch die Luft schwebten – und natürlich Wolff.

Selbstverständlich gab es abgrundtiefen Wahn in Sheppard Pratt – zwei Ausbrüche allein zu meiner Zeit: Ein Patient ertrank in einem nahen Teich, eine Frau schluckte Quecksilberchlorid-Tabletten, die sie in einer Drogerie gekauft hatte. Dieser Wahn machte es mir umso deutlicher, dass ich leben wollte – und das wollte ich. Leidenschaftlich.

Eppitt fehlte mir – das Gewicht seines Körpers unter der Veranda. Ich verlor den Glauben, dass ich ihn je wiedersehen würde. Auch er war mittlerweile achtzehn. Vielleicht hatte er sich freiwillig gemeldet, oder er war eingezogen worden und nun endlich wieder zu Hause – unwiderruflich verändert. Hätte man ihn dienen lassen? War er seinem Keuchen entwachsen? War er als Soldat gestorben? Hatte ihn die Spanische Grippe dahingerafft, so wie meine Mutter, hatte auch er dem Tod entgegengeblutet? Und falls er verblutet war, hatte er dabei an mich gedacht, die Bluterin, in seinen letzten Stunden? War er tot, lebendig, in eine andere verliebt? Dachte er irgendwann an mich?

Meine Origami-Kranich-Briefe, die ich an ihn geschrieben und unter meine Matratze geschoben hatte, wussten nicht, wohin sie fliegen sollten.

Manchmal schwieg ich während meiner Sitzungen mit Wolff. Ich gab vor, einen Tick zu haben. Ich versuchte mich an Eppitts Angewohnheit, Worte zu verschmelzen. Einmal sagte ich »dünkel« anstelle von »dunkel« und »düster«. Ich verbesserte mich zwar, doch ich tat es weiterhin mit Absicht. Ich zupfte am Bund meines Kleides herum, und wenn ich hustete, schaute ich auf meine Hände.

Ich konnte Wolff alles sagen. Ich erzählte ihm von der Eule und dem Guten Rad, sogar von meinen erhitzten Augenblicken unter der Veranda, mit Eppitt.

Dr. Wolff nickte ernsthaft, ein langsames, schlichtes Wippen mit dem Kopf. Manchmal lächelte er auch, und er machte sich viele Notizen.

Manchmal gab er einen kurzen Kommentar von sich, etwas wie: »Sie müssen Ihre Mutter sehr geliebt haben.«

Und diese schlichte Feststellung, laut ausgesprochen, gab mir ein Gefühl, als wäre mein Körper voller Luft und Licht. »Ja«, sagte ich und musste plötzlich weinen. »Ja, das habe ich.«

Im April des Jahres 1919, nach einem halben Jahr im Sheppard Pratt, sagte Dr. Wolff zu mir, es sei nun an der Zeit für mich zu gehen.

»Ich habe kein Zuhause.«

»Im Ort gibt es Menschen, die bereit sind, unsere Patienten aufzunehmen. Eine Mrs Oblatt führt eine sehr ruhige Pension. Manche der jungen Frauen arbeiten im Stahlwerk. Bei ihr bekämen Sie Frühstück und Abendessen.«

Ich wünschte mir zwei Worte herbei, die ich, so wie Eppitt,

verschmelzen und damit mein Empfinden äußern könnte, doch mir kamen keine in den Sinn. Ich zupfte an meinem Bund, hustete in meine Hände, schaute auf meine Handflächen, und zum ersten Mal begriff ich, was ich suchte: Blut, Tod. »Ich kann nicht gehen.«

»Sie müssen in die Welt hinaus, Harriet.«

»Die Welt braucht mich nicht.«

»Sie braucht niemanden. Wir brauchen sie. Ich wünschte, Sie müssten nicht gehen, doch Sie sind bereit. Sie sind gesund, Harriet. Wirklich.«

»Es ist schon verrückt, was dieser Tage als nicht verrückt erachtet wird«, erwiderte ich.

Er gab mir einen Zettel, auf dem die Adresse der Pension von Mrs Oblatt stand. »Ihr Vater ist informiert und hat Mrs Oblatt für die ersten drei Monate bezahlt.«

Ich faltete den Zettel, so wie ich all die unversandten Briefe an Eppitt gefaltet hatte – ein langer Hals, ein Schnabel, Flügel.

Wenige Tage später stand ich in der Halle und wartete auf ein Taxi.

Dr. Wolff war gekommen, um mich zu verabschieden. »Ich wünsche mir«, sagte er, »dass Sie irgendwann, in Jahren, wiederkehren und mich aufsuchen. Dann will ich von dem wundervollen Leben hören, dass Sie sich geschaffen haben.«

Ich schüttelte den Kopf. »Ich werde nicht zurückkehren. Ich brauche die Welt.«

»Sie«, sagte er. »Sie, Harriet Wolf.« Er seufzte. »Vielleicht braucht die Welt Sie doch. Ich glaube, Sie sind bestimmt für …«

»Für was?«

»Große Dinge, Harriet. Wahrlich große Dinge.«

Natürlich glaubte ich ihm nicht.

Die Origami-Kraniche hatte ich entschieden dort zu lassen,

damit ein kleiner Teil von mir verweilte. Flugunfähig, zittrig, von den Sprungfedern zerdrückt.

Mrs Oblatts Pension für gestrauchelte Frauen

Mrs Oblatt war kraftvoll und gedrungen. Sie bewegte sich wie eine Ringerin. Wenn sie innehielt, saß sie still in ihrem Sessel und widmete sich mit Inbrunst der Gobelinstickerei. Im Wohnzimmer hingen derart viele Stickbilder, dass es erdrückend war. Im übrigen Haus herrschten Lärm und ungestümes Treiben. Mrs Oblatt ignorierte den Trubel. Sie war Witwe und kinderlos. Im Zuge der langen Jahre, die in ihrem Haus an mir vorüberglitten, sah ich, wie sie schwand – Hörverlust, eine leichte Demenz, ein Nachlassen in ihrer wahnwitzigen Stickerei.

Sie schätzte an mir, dass ich mich nie beklagte. (Wenn man in einem Heim aufgewachsen ist, lernt man, sich nicht zu beschweren.) Gelegentlich kam eine andere Frau in die Pension, die, wie ich, in Wesen, Haltung und Benehmen das Heim verkörperte. Wir erkannten einander. Wir sprachen uns nicht an, wir grüßten nicht. Ein Nicken genügte. Wir wussten es, auch ohne Worte.

Die Leitungen der Dusche kreischten, in meinem Zimmer roch es überall nach Pisse. Doch sehr zu meinem Erstaunen fand ich großen Gefallen daran, allein zu sein.

Die meisten Frauen arbeiteten in den Baumwollfabriken, die es zuhauf gab. Ich fand eine Anstellung als Büchereigehilfin. Eines Nachmittags ging ich in die Bibliothek, die, wie Sheppard

Pratt, auf eine Stiftung des Geschäftsmanns Enoch Pratt zurückging. Sie hatte luftig-hohe Räume und verfügte über gewaltige Bücherreihen. Es war, als hätte Gott höchstselbst zur Schere gegriffen, und diese Bibliothek wäre sein Archiv. Ein Heiligtum. So großzügig und strahlend, als wäre man in einer Kathedrale. Und während in Mrs Oblatts Haus die Stickereien als Dämmstoff nötig waren, war die Bücherei in sich gedämmt. Staubkörnchen verweilten. Die Angestellten hinter der Ausleihtheke schlugen die Bücherflügel auf, legten sie auf den Rücken und bestempelten sie dann, als würden sie Vögel markieren.

An dem Tag, an dem ich die Bibliothek zum ersten Mal betrat, fragte ich gleich, ob es eine Vakanz gab. Die Frau am Empfang führte mich in ein Büro, wo ich auf den obersten Bibliothekar traf. Er hatte kantige Schultern, ein herabhängendes Kinn und einen platten Haarfladen.

Obwohl ich keine Ausbildung hatte, behauptete ich das Gegenteil und zitierte Gedichte aus der Bibliothek von Sheppard Pratt – selbstverständlich erwähnte ich das Hospital nicht.

Der Bibliothekar sagte, eine der Regalordnerinnen sei vor Kurzem umgekommen. »Umgekommen«. Ein wundervolles Wort. Es klang überhaupt nicht nach Tod. Die Spanische Grippe wütete noch immer, doch die Bibliotheken versuchten, ihre Türen auch weiterhin für den Publikumsverkehr zu öffnen, wenngleich bei beschränkten Öffnungszeiten, trotz der möglichen Gefahr. »Sind Sie sicher, dass Sie diese Stelle wollen?«, fragte er.

»Ich habe keine Angst zu sterben«, entgegnete ich ihm. Ich war schließlich tot geboren worden und noch immer da. »Mit jedem Tag, den man lebt, kommt man doch ein wenig um. Womöglich ist das Leben nur ein Tod auf Raten.«

»Sehr poetisch«, sagte er, und ich bekam die Stelle.

Tagsüber war ich allein. Ich kontrollierte die Bestände und

bestellte und bestellte nach. Ich begann, alles, was ich sah, in Gedanken nach dem Alphabet zu ordnen, sogar die Frauen bei Mrs Oblatt: Bartlett, Dresden, Inger, Martin. Ich mied sie, so weit es mir möglich war. Sie begeisterten sich für Blusen, Hüte und Frisuren – das alles war mir fremd. Manchmal bemühte ich mich zuzuhören, doch ich vernahm nur schrilles Kreischen. Letztlich aber endete jedes Gespräch bei den Männern – diese Schweine mit ihrem dreckigen Verlangen, ihrer körperlichen Kraft, ihrem verfluchten Jagdtrieb, ihren zügellosen Schwänzen – und doch beklagten ebendiese Frauen ohne Ende, dass solche Weichlinge sie verlassen hatten. Sie waren bei Mrs Oblatt in der Mehrzahl, die Verlassenen.

Ich mied die derben Worte. Ich nahm die Mahlzeiten in meinem Zimmer ein, allein.

Außerdem fehlten mir die Männer: Eppitt Clapp, von dem ich hoffte, dass er kein gefallener Soldat war, Dr. George Wolff, sogar der alte Dr. Brumus und die Aufseher, so wie Mr Gillup. Meinen Vater vermisste ich selbstverständlich nicht. Doch überraschenderweise schickte er mir Briefe. Sie waren kurz und trocken. Er wollte mit mir zu Abend essen. Er wollte reden. Er vermisste meine Mutter. Ich sah ihr ähnlich, und so kam ich zu dem Schluss, dass das vermutlich alles war, was er von mir wollte, eine Verbindung zu ihr. Anfangs antwortete ich noch und bat um meine Bücher mit den Zeitungsausschnitten. Sie trafen niemals ein. Und so erwiderte ich seine Briefe bald nicht mehr.

Die Grippeepidemie ebbte ab. Die Hotelspitäler wurden wieder zu Hotels. Die Bankangestellten nahmen ihre Schutzmasken ab, die Bewohner die Quarantäne-Schilder von den Häusern. Das Leben kehrte zurück. Doch meine Mutter blieb tot. Vielleicht war Sheppard Pratt doch mehr Ablenkung als Heilung gewesen. So sehr ich dort auch aufgeblüht war, nun fühlte ich mich leer und beraubt. Manchmal kam es mir vor, als hätte ich die Glieder, den Kopf verloren. Ich blickte hinaus auf die Welt, die sich vor meinen Augen wandelte, sich motorisierte und modernisierte; sie dampfte ohne mich voran.

Eines Tages ergab ich mich und ging an Mrs Oblatt mit ihrer Stickerei vorbei, hinaus in die Kälte. Mantellos suchte ich nach einem Schreibwarenladen und kaufte Leim, Schere und ein neues Buch mit leeren, weißen Seiten. Ich erneuerte so viele Abonnements, wie es mein Einkommen zuließ, Zeitungen und Magazine, die täglich, wöchentlich und monatlich erschienen. Ich konnte am Wandel der Welt nicht teilnehmen, doch ich konnte ihn vermerken. »Reine Verschwendung!«, nannte Mrs Oblatt das. »Warum sollte man den Unsinn lesen?« Warum? Damit man den Unsinn zu etwas Sinnigem ordnen kann.

Während dieser Zeit las ich auch, dass Dr. Wolff erschossen worden war. Ermordet, um präzise zu sein. Ein Kollege, Dr. Ishida, den ich hin und wieder in Sheppard Pratt gesehen hatte, hatte ihn getötet. Die *Baltimore Sun* nahm sich des Falls mit seinem »Schleier des Orientalischen Mysteriums«, wie es dort hieß, an. Demnach hatte Dr. Ishida den Eindruck gewonnen, Dr. Wolff habe ihn einen Spion und Verräter genannt, und außerdem, so wurde angedeutet, sei die Ehre einer Frau mit im Spiel gewesen. Dr. Ishida hatte Dr. Wolff im Hospital erschossen; Wolff hatte sich im Korridor noch an das Bein eines Korbstuhls geklammert und dabei auf den Teppich geblutet. Allein diesem Mord widmete ich ein ganzes Buch. Die Welt hatte Dr. Wolff nicht gebraucht, aber ich. Nach seinem Tod zog ich mich noch tiefer in mich selbst zurück. Der wütende Verlust, der Tod mit seiner Gier – er zeigte sich als unersättlich.

Mit besessenem Eifer sammelte ich das Absonderliche dieser Welt – Robert Ripleys Ausstellung von Schrumpfköpfen des oberen Amazonas, mittelalterliche Keuschheitsgürtel, ein Mann, der auf der Weltausstellung in Chicago lebende Mäuse schluckte und wieder hervorwürgte. Bühne frei für das Insulin, das Yankee Stadium, das Eskimo-Eis und Flugzeuge! Das Ende für den Berberlöwen, den Amurtiger, den kalifornischen Grizzly – und so viele Menschen. All die Völkermorde (Assyrer, Griechen), das Rosewood Massaker, das große Kanto-Erdbeben, Todesfälle durch riesengroße Hagelkörner.

Was ich damit sagen will – die Jahre vergingen, erst langsam, doch dann nahmen sie an Fahrt auf. Die Jahreszeiten flimmerten vor meinen Augen. Erst war es feucht, und plötzlich war die Hitze wie aus der Luft gewrungen und es wieder kühl und dunstig. Der Winter eilte derart rasch in den Sommer über, dass ich manches Mal von der drückenden Sonne überrascht meinen warmen Mantel abwarf.

Mir war bewusst, dass eine junge Frau auf diesem Weg zu einer alten Jungfer wird – aus Angst vor ihrem Verlangen, aus Angst vor ihrer Macht. Ich lebte zwischen meinen Zeitungen. Ich versteckte meine Brüste und Hüften unter sackartigen Kleidern und schweren Mänteln. Wenn ich auf der Straße war, drückte ich die Bücher aus der Bibliothek an meine Brust, zog das Kinn ein und murmelte »Entschuldigung, Entschuldigung«. Ich huschte wie eine Verbrecherin durch die Menge.

Ich arbeitete mich durch die Regale und las vor dem Licht der Fenster. Ich suchte nach den Schriften von Dr. Wolff, von Dr. Brush, nach Titeln wie »Hysterische Geistesstörung«, »Geistesstörung und Entwicklungshemmung«, »Eine Analyse von einhundert Fällen akuter Schwermut«. Mitunter empfand ich mich als hysterisch – empfand ich, dass meine Entwicklung gehemmt, meine Schwermut eine akute war. Auf meinem Weg durch die Staubpartikel diagnostizierte ich mir sogar mein Nasenbluten. Ich stieß auf das Werk eines finnischen Arztes namens Erik Adolf von Willebrand, der an der Universität Helsinki studiert hatte und dort auch arbeitete und der sich mit dem Fall einer Fünfjährigen beschäftigt hatte, die an einer schweren Blutgerinnungsstörung litt.

Was man dagegen tun konnte? Nichts. Mein Fall gehörte zu den leichten, wenn man den Forschungen von Willebrand glaubte. Die unbeholfenen Versuche meiner Blutplättchen, sich nach einer Verletzung wieder zu verkleben, meine Unfähigkeit zu heilen – die Symbolik blieb mir nicht verborgen.

Ich sammelte die Überlebenden der Spanischen Grippe – Lillian Gish, Walt Disney, Franklin D. Roosevelt, Woodrow Wilson, Katherine Anne Porter, Mary Pickford, Edvard Munch, Georgia O'Keeffe. Ich machte mich für den Tod meiner Mutter auch weiterhin verantwortlich. Die Namen der Überlebenden waren der Beweis: Hätte ich mich klüger oder besser, würdiger verhalten, hätte sie überlebt.

Ich weilte in der Poesie. Wo sonst sollten die Unheilbaren weilen?

Man könnte vermuten, dass ich in jener Zeit unzählige Romane gelesen hätte, um mich zu der Romanautorin auszubilden, die ich eines Tages werden sollte. Tatsächlich aber habe ich mich nie für Romanciers begeistern können. Sie wissen nicht, wie man sich auf das Wesentliche konzentriert. Ihnen mangelt es an Selbstbeschränkung. Wenn man in der komprimierten Form eines Gedichts keine Gefühle wecken kann – nicht zwei Seelen aneinanderbinden kann –, dann verdient man es nicht, mit Worten zu arbeiten. Romanautoren empfinde ich als grobschlächtig, sie zimmern ihre Geschichten aus Wortnägeln zusammen. Lyriker hingegen lassen zu, dass die Worte sie benutzen. Lyriker sind rein. Sie sind wie Jazzmusiker, die sich zum Schluss nicht verbeugen, sondern ihr Saxofon über den Kopf halten, damit das Instrument bejubelt wird. So bildete ich mich auf meine Weise aus.

Zu diesem Zeitpunkt lebte ich schon über ein Jahrzehnt bei Mrs Oblatt. Es kam mir vor, als hätte ich eine lange Zeit gelebt. Eine Zeit des Einatmens. Ich musste ausatmen – etwas schaffen –, doch ich wusste nicht, wie. Noch waren das Leben selbst und jedes Wort, das ich gelesen hatte, ein Einatmen, das den inneren Druck erhöhte. Ich verfolgte den Gerichtsprozess um Giuseppe Zangara, der den Bürgermeister von Chicago getötet hatte, obwohl er vermutlich auf Präsident Roosevelt zielen wollte. Als das Todesurteil fiel, sagte er: »Gebt mir den elektrischen Stuhl. Ich hab keine Angst vor dem Stuhl!« Und als Zangara auf den Stuhl geschnallt wurde, rief er laut: »Pusha da butt. Pusha da butt!«, was hieß, legt den Schalter um, nun macht schon. Ich verstand seine Furchtlosigkeit, einerseits. Ich hatte keine Angst vor dem Tod – mein Körper war doch kaum lebendig – und auch wenn ich mich überwiegend in die Verbannung eines Lebens in der Fantasie begeben hatte, so war es doch zum ersten Mal in meinem Leben mein Leben. Meines.

Wenn frühere Bewohnerinnen mit ihren Kindern im Gefolge der Pension von Mrs Oblatt einen Besuch abstatteten, habe ich mich immer gefragt, wie ich wohl ausgesehen habe. Das rundliche Gesicht, der vibrierende Kopf des Babys, und darüber mein Gesicht – die hässliche Fratze des Wahnsinns –, das wie eine grelle Blume schwang und wippte, wenn ich mich an einem Lächeln und an Koseworten versuchte. Ich blickte diesen Babys in die Augen – aus Lachen wird Ernst, wird Angst. Und ich fragte mich: *Wonach rieche ich für sie? Haftet an mir der Geruch von*

Furcht, Verlust und Untergang wie ein alter, moderiger Puder? Meine Gebärmutter war so heiß und hohl wie ein Schmortopf. In mir saß der tiefe Zweifel, ob ich überhaupt ein Kind verdient hatte. Nach einem Leben als Debile und vergebliches Genie, den schwärenden Wahnsinn im Leib, der nach den Jahren mit meiner Mutter zum Ausbruch gekommen war und zu meiner Einlieferung geführt hatte, sah ich in mir eine Geringe, eine Geißel, und niemand war mehr da – nicht Funk oder Brumus oder Eppitt oder meine Mutter oder Wolff –, der mir widersprochen hätte.

Mir war, als wäre ich in jedem Teil meines Lebens von den anderen abgeriegelt worden. Ich hatte Eppitt verlassen und ihn seither nie mehr gesehen. Er hatte, anders als versprochen, nicht nach mir gesucht. Meine Mutter war gestorben, und ich war von ihr fort. Ich würde nie zu Dr. Wolff zurückkehren, Jahre später, um ihm von meinem wundervollen Leben zu berichten.

Ich wusste nicht, ob ich je aus diesem todesgleichen Schlaf erwachen würde.

16

Tief in meinem Herzen. Wo? Tief in meinem Herzen

Ruth

Ich bin ziemlich groggy, als ich am nächsten Morgen die Augen aufschlage. Sofort begrüßen mich die Hunde mit erwartungsvollem Blick. Ich hatte abends noch eine Schlaftablette genommen. Eigentlich nehme ich die nur gegen die durchwachten Nächte im Anschluss an Cocktailpartys, Preisverleihungen und Fakultätsfeste. Ich hasse diese Ereignisse. Ich hasse die Fakultät. Natürlich hatte ich Klischeehaftes erwartet – ich bin schließlich mit Bildern von arroganten und eitlen Professorentypen groß geworden, von unerträglich langweiligen Phrasendreschern mit ihren unterschwelligen Komplexen, die vor allem die männlichen Exemplare dieser Gattung dazu bringen, auf die Jagd nach Studentinnen zu gehen. Zu meinem traurigen Erstaunen sollte es sich ganz und gar bewahrheiten. (Und auch ich habe mich erbeuten lassen und meinen Jäger sogar geheiratet.)

Es gibt selbstverständlich Ausnahmen. Wissenschaftler, die ihr Leben der Erforschung von Krebs, Selbstmord, Umweltschäden et cetera gewidmet haben, sind in der Regel ausgeglichener als solche, deren Forschungsgegenstand keinen voraussichtlichen Effekt auf die Menschheit haben wird – eine akribische Lektüre von George Eliots *Middlemarch* oder Harriet Wolfs Romanen zum Beispiel. Literaturprofessoren müssen ihren gesellschaftlichen Wert ständig unter Beweis stellen. Das erklärt ihren Bombast. Wer an etwas arbeitet, was tatsächlich einen Einfluss auf die Welt haben könnte, ist schon deshalb ausgeglichener, weil für Petitessen schlicht die Zeit fehlt. Entsprechend sporadisch gehen diese Professoren auf Partys, Dinners und Büfetts – sie sind wie die seltenen Spezies, die sie mitunter schützen und erforschen. Sie picken an der Käseplatte, trinken ein Glas Wein und gehen. Es ist eine Überlebensstrategie – die der Stärksten.

Ron liebt den großen Auftritt, deshalb kommt er immer bewusst zu spät und bleibt bis zum bitteren Ende. Sogar über das bittere Ende hinaus – über den Punkt, an dem die Kellner wütende Blicke in die Runde werfen. Ich würde ihn gern allein auf diese Partys gehen lassen, doch er trinkt, und wenn er trinkt, flirtet er hemmungslos, und ich muss gestehen, dass ich eifersüchtig bin. Auch wenn Ron und ich uns trennen, wird er wohl immer eine gewisse Macht über mein Herz haben. Wenn man ihn entsprechend anstachelt, singt er auch – und er lässt sich leicht anstacheln. Wir haben ein Zeichen entwickelt, das *Du gehst zu weit* signalisiert: Dann streiche ich mit dem Zeigefinger über eine Augenbraue. Wenn er das sieht, wird sein Gesicht ganz weich und wulstig – ein flüchtiger Moment der Dankbarkeit. Er hat schließlich nicht die Absicht, sich zum Idioten zu machen. Für mich besteht das Problem nicht darin, dass er so etwas macht, sondern dass es eine tiefe Unsicherheit verrät – Ron braucht Bewunderung, er hungert regelrecht danach.

Im Laufe der Jahre habe ich versucht herauszufinden, welche Fakultätsmitglieder Akademiker in zweiter oder dritter Generation sind, wer gewissermaßen im Familienunternehmen arbeitet. Sie haben die wahren Einblicke in die Zunft. Sie wissen, wer bleiben wird, wer heimlich auf dem Markt ist, wer wem und warum in den Rücken fällt. Sie betreiben weniger Konversation, als dass sie Pointen anbringen. Ich bin gut darin geworden, solche Pointen auf ihre tiefere Bedeutung hin zu lesen. Vor allem aber möchte ich das lernen, was diese Menschen meistern: wie man sich innerlich löst, über den Dingen schwebt und sich nach Kräften amüsiert.

Wenn ich von solchen Anlässen heimkehre, verfolgen sie mich stundenlang – ich bin dazu verdammt, jeden Moment des Abends noch einmal zu durchleben: das ständige place dropping (ein Auslandssemester in London, ein Stipendium für Indonesien), die Analysen der Popkultur in Hinblick auf Foucault, eine Jung'sche Interpretation von *Buffy – Im Bann der Dämonen*, eine gezwungene Betrachtung der *Simpsons* vor dem Hintergrund der postkolonialen Diskurse, eine brillante Disambiguierung von 50 Cent, ein neues Forschungsfeld im Stil von »Die Rückeroberung des weiblichen Anus durch die postmoderne Literatur des späten 19. Jahrhunderts«. Oh, all diese schmerzlichen Details.

Mir fällt dazu nur ein Wort ein: *Sünde*.

Ich bin nicht religiös erzogen worden. Eleanor war viel zu geizig, um ihr Geld in einen Klingelbeutel zu werfen, außerdem hat es ihr immer schon an Gemeinschaftssinn gefehlt. Einmal hat sie mich in den Sommerferien in die Bibelschule geschickt, aber nur weil die Teilnahme kostenlos war. Dort habe ich Schmelzbilder der Madonna mit Kind gemacht, auf Flickenteppichen gehockt und gesungen. »I've got that joy, joy, joy, joy down in my heart. Where? Down in my heart. Where? Down in my heart«, auf Englisch und auf Spanisch – »Dónde?« Die Melodie ist ungeheuer einprägsam. Ich singe sie selbst jetzt noch manches Mal. *Tief in meinem Herzen. Wo? Tief in meinem Herzen.*

Trotzdem war mir immer bewusst, dass der akademische Betrieb ein Leben im Zustand der Sünde ist – brillante Geister ohne Sinn und bedeutungsvolles Ziel. Ohne bedeutungsvolle Aufgabe. Ich habe irgendwo gelesen, dass Hunde, die man einpfercht, neurotisch und aggressiv werden und sich selbst in die Pfoten beißen. Manche Professoren sind wie eingepferchte Schoßhündchen mit ihrer scheinbar endlosen Produktion kleiner, ärgerlicher Scheißhäufchen – die Munition ihres Missvergnügens. Sie (die Männer zumindest) tapsen mit baumelndem Pimmel durch die Gegend und beschnuppern jeden Arsch, hecheln allem hinterher und rammeln jede Wade. Die schlimmsten Aggressoren unter den pirschenden Professoren aber sind die, die auf der Highschool zu kurz gekommen sind. So wie Ron. Zeit der Vergeltung. Sobald die Schwächsten ein wenig Macht in Händen halten, drehen sie den Spieß um. Dann gleichen sie die ungerechte Welt ihrer Jugend aus.

Ich streiche den Hunden über den Kopf und frage mich, wie Ron wohl heute wäre, wenn ich in der Zeit zurückreisen und dafür sorgen könnte, dass er eine Highschool-Liebe hat. Es müsste nicht einmal eine Cheerleaderin sein. Eine Klarinettistin würde reichen – die dritte Stimme. Jemand, der sich einen Kosenamen für ihn ausdenken und ihm auf dem Parkplatz, der für die älteren, verdienten Schüler reserviert ist, einen runterholen würde. Womöglich wäre er heute ein besserer Mensch. Ansatzweise.

Das eigentliche Thema meiner Doktorarbeit war: Zeitgenössische amerikanische Professoren-Arschlöcher. Hat sich Eleanor durch ihre Ehe mit George Tarkington nicht einen Ehrendoktor in Arschloch-Kunde verdient? Vielleicht bin ich auf meine Weise auch zweite Generation.

Die Hunde winseln, weil sie vor die Tür müssen. Da fällt mir ein, was ich Tilton am Abend angeboten habe: dass ich mit ihr zu George fahren würde. Wieso habe ich das getan? Ich war eindeutig beschwipst.

Was, wenn ich mit Tilton einen Ausflug machen würde, damit sie George wiedersieht und feststellen müsste, dass er wirklich ein Arschloch ist, bona fide? Ich müsste meine Hoffnung – entgegen allen bisherigen Erfahrungen – aufgeben, die Hoffnung, dass George Tarkington mich liebt, vermisst, die Ehe mit Eleanor bedauert, aber nicht, dass er zwei Töchter hat.

Und Tilton? Würde sie zusammenbrechen?

Ich erwäge, erneut zur Schlaftablette zu greifen und durch den Tag zu dämmern. Schlaftabletten sind ein wunderbar verlässliches Präparat. Anfangs: nichts, doch dann: ein leichtes Zupfen am Gehirn. Es fängt oben an, dann wird etwas Dichtes, Wolliges herabgezogen, das sich erst über die eine und dann über die andere Gehirnhälfte legt. Das Wollige spüre ich, bis ich es nicht mehr spüre, und wenn ich es nicht mehr spüre, schlafe ich. Tief und fest. Und das Beste daran ist, der Schlaf ist traumlos. Der Tag beginnt nicht gleich mit einem Freud'schen Rätselbild. Manchmal mit einem Prickeln in Arm oder Bein, doch selbst das ist angenehm; das kribbelnde Fleisch einmal kurz geknetet, und schon nimmt das Leben ringsumher langsam Gestalt an.

Von diesen Fenstern her kommt nur ein schwaches Licht. Ich reibe mir den rechten Arm, der vom Ellbogen abwärts taub ist. Die Zwergspitze haben sich wieder zu meinen Seiten eingerollt. Ich streichle sie. Ich besitze Hunde. Ich bin Hundebesitzerin.

Ich bin in dem Haus, aus dem ich damals ausgerissen bin. Mrs Gottleib wird meine Mutter aus dem Krankenhaus holen und nach Hause bringen. Meine Mutter will mich hier nicht haben, und dennoch bin ich hier. Wahrscheinlich lasse ich mich scheiden, von meinem *zweiten* Mann.

Es ist kurz nach zehn. Ich sollte Ordnung schaffen, ehe Mrs Gottleib mit meiner Mutter kommt. Dabei sollte es umgekehrt sein, meine Mutter hätte mich einladen und in ihrer Vorfreude selbst Ordnung schaffen sollen. »Geh nur, wenn du gehen willst, aber glaube ja nicht, dass ich dich jemals wieder hier willkommen heiße! Für eine undankbare Tochter schlachte ich kein Lamm!« Eine gute Mutter würde einen solchen Satz bedauern, anrufen und sagen, dass es ihr leidtut. Die Entschuldigung ist nie erfolgt, und ich will verdammt sein, wenn ich für diese Frau putze.

Vor mir stehen die Kartons. Tiltons Kindheit – geliebt, mein eigener Karton – klein und zerdrückt. In ihm sehe ich den verknöcherten Rest an Liebe, die meine Mutter für mich empfunden hat.

Ich muss an Daisy Brooks denken. Sie hätte den Karton in den Garten geworfen. Sie ist schön und skandalös und irgendwie verloren. In ihrer tragischen Mischung aus Aufrichtigkeit und Überdruss gibt sie die unglaublichsten Dinge von sich. Ihre Liebe aber gilt allein Weldon Fells, der männlichen Hauptfigur – verrückt, aber auch berückend.

Seltsamerweise waren Wee-ettes Romane zu meiner Zeit in diesem Haus nirgendwo zu sehen. Es muss sie gegeben haben, in Kartons, Schränken und der Dachkammer. Ich habe mich immer geweigert, danach zu suchen, selbst als ich ins Teenageralter kam und neugierig wurde. Ich habe mich geweigert, meiner Mutter und auch Wee-ette die Genugtuung meiner Aufmerksamkeit – welcher Art auch immer – zu verschaffen. Stattdessen habe ich die Romane in der Schulbücherei gelesen, im muffigen Keller meiner Highschool. Ich habe mir die Bücher nicht einmal ausgeliehen, sondern mich in den Freistunden in einem stillen Winkel der Bibliothek verkrochen und gelesen. Ich wollte keine Spuren in den Akten hinterlassen.

In der elften Klasse habe ich mich eine Zeit lang an Daisys Sprachtick versucht, mehrere Worte zusammenzuziehen. Aus »Hirn« und »Kopf« habe ich zum Beispiel »Hopf« gemacht, dann die Beschämte gespielt und mich verbessert.

Einmal bin ich aufgeflogen. Ein Junge, den ich auf einer Party kennengelernt habe und der Saxofon in einer Blaskapelle spielte, hat mich erwischt. »Die Masche kenn ich. Das ist die Masche von dieser Daisy Brooks aus diesem Wolf-Buch.« Einer der Englischreferendare hatte ihr erstes Buch auf die Leseliste für die Sommerferien gesetzt, und weil es lediglich 185 Seiten umfasst, war es sehr beliebt.

Ich war rot angelaufen. »Ich weiß. Ich bin die Enkelin von Harriet Wolf.« Später im Verlauf des Abends hat der Junge mich geküsst. Wir waren bekifft und hockten auf einem Balkon über einem Swimmingpool.

Über eines wird bei uns nie gesprochen – die Bücher von Harriet Wolf sind schön. Sie sind aus gutem Grund berühmt. Sie sind voller Anmut, Weisheit und Verrätseltem, und ich habe, als ich sie gelesen habe, manches Mal geweint.

Ich werde mich mein Leben lang an die Szene im Kanu erinnern, als Daisy zu Weldon sagt: »Liebe – durch sie sind wir gesamt.«

Und Weldon sieht sie an. »Gesamt?«

»Habe ich ›gesamt‹ gesagt? Ich meinte doch ›gesegnet‹ und ›verdammt‹.«

An der Stelle habe ich das Buch geschlossen, das Gesicht auf den Einband gelegt und »Mein Gott« geflüstert. Es war in mir. Diese Sehnsucht nach Gesamtheit. Nach diesem unerreichbaren Gefühl.

Vielleicht ist das der Grund, warum ich Ron hasse. Weil er mit einer solchen Distanz über das Werk meiner Großmutter spricht. Er hat mir kein einziges Mal gesagt, was er empfunden hat, als er Daisy und Weldon zum ersten Mal begegnet ist. Aber umgekehrt habe ich das auch nie angesprochen; es wäre das Eingeständnis meiner Schwäche. Für Ron ist Literatur nichts, was man empfindet, sondern etwas, das man seziert und kontextualisiert. Hätten Ron und ich eine andere Ehe geführt, wenn wir einander solche Dinge eingestanden hätten? Vielleicht. Aber dann wäre es auch eine Ehe zwischen einer anderen Frau und einem anderen Mann gewesen.

Wenn ich daran denke, dass ich Tilton nach dem siebten Buch gefragt habe, schnürt sich mir der Magen zu. Noch mehr bereue ich, dass ich ihr gegenüber geäußert habe, was es wert wäre – dass wir uns im Millionenbereich bewegen würden. Letztlich ist mir all das Geld egal, obwohl das sicher schön wäre, oder? Ich habe all das nur gesagt, um Tilton aufzurütteln, ihr bewusst zu machen, dass sie der Welt womöglich etwas von großem Wert zu schenken hat.

Um ehrlich zu sein: Ich will das siebte Buch. Ich will es unbedingt. Jetzt kann ich es zugeben. Auch aus diesem Grund bin ich hier – nicht nur um meiner sterbenden Mutter willen oder um Tilton zu retten.

Ein Teil meiner Seele ist gekommen, um das siebte Buch zu finden, aber nicht wegen seines ökonomischen oder intellektuellen Werts. Ich will wissen, was aus Daisy und Weldon wird. Ich will wissen, wie es ausgeht.

Am Ende liegt Ron mit seinem Instinkt doch richtig. Es könnte wirklich hier sein. Bei dem Gedanken werde ich endlich wach. Ich stehe auf und hocke mich vor Tiltons Kartons. Auf Überraschungen stoße ich nicht: Im ersten Karton befinden sich Zeichnungen, Masken aus Papier, Wortlisten, Schnittbilder des menschlichen Herzens, Bruchrechnungen, Aufsätze – die meisten über Vögel.

Tilton wird mit jedem Karton, den ich durchsuche, älter – ich komme zu Geometrie, Aufsätzen über die Geschichte Irlands, Yeats, die Evolution, einem Fotoalbum mit Bildern, die sie in Haus und Garten aufgenommen hat, Nahaufnahmen einer schlafenden Eleanor mit Fältchen im Gesicht und viele, viele Vögel. Die Hunde beschnüffeln die Kartons, beschnüffeln mich, beschnüffeln einander.

Am Ende ist nur noch mein Karton übrig. »Ruthie – Verschiedenes.« Ich robbe darauf zu und lege die Hände auf den verstaubten Pappdeckel. Ich kann ihn nicht aufklappen. In diesem Karton würde meine Mutter sowieso nichts Wichtiges verstecken. Er dürfte die kläglichen Überbleibsel meiner Kindheit enthalten, die Relikte und Produkte eines Kindes, das nicht gemocht, geschweige denn geliebt wurde. Ich fürchte die Erkenntnis, dass ich in diesem Haus nicht Tochter, sondern Fremde war.

Da fährt ein Auto vor. Ich gehe zum Fenster. Es ist der Kombi von Mrs Gottleib. Ich sehe die Schulter meiner Mutter, nur ihre starre, strenge Schulter. Allein dieser Anblick ist mir schon zuwider.

Vor mir stehen die Kartons, deren Ruhe ich gestört habe. Hier ist nichts für mich zu holen. Was hatte ich erwartet? Ich werde meine Mutter zum ersten Mal seit vierzehn Jahren wiedersehen.

Ich schaue auf mein Handy. Zwei Nachrichten von Ron.

Die erste lautet schlicht: »Ruf an, wenn du reden willst.« Die zweite: »Justin und ich sehen uns vermutlich die Towson-Uni an. Regionalliga, ich weiß. Aber wir wären in der Nähe. Wir könnten bei euch reinspringen! Melde dich. Bis später.«

Ron und Justin im Haus meiner Mutter? Ich rufe umgehend zurück. Das Handy schaltet auf die Mailbox. »Hey«, sage ich bemüht ruhig. »Komm nicht. Bitte.« Dann aber habe ich Angst, Ron könnte nun glauben, ich hätte eine Wolf-Devotionalie, wenn nicht gar das Manuskript gefunden, würde behaupten, er habe meine Nachricht nicht bekommen, und hier auftauchen. Er würde das Ganze auf seinen Provider schieben. Also füge ich noch rasch hinzu: »Sie liegt im Sterben.« Zu guter Letzt tue ich noch so, als ob mich jemand anrufen würde. »Ich muss Schluss machen. Ich melde mich wieder.«

Der Tod ist Ron verhasst. Als sein Stiefgroßvater gestorben ist, der einzige Großvater, den er je hatte, hat er sich geweigert, zur Beerdigung zu gehen. »Die brauchen da nicht noch mehr Gaffer.« Daraufhin habe ich seiner Oma eine Karte geschickt, die er mit den Worten kommentiert hat: »Du hast hoffentlich nicht Opas Tod erwähnt!«

Worauf ich gesagt habe: »Ich dachte, darum ginge es bei einer Beileidskarte.«

»Ich finde es besser, die Dinge positiv zu sehen«, entgegnete er darauf. »Das Leben ist für die Lebenden und so weiter, wie es so schön heißt.« Der Tod. Um ihm aus dem Weg zu gehen, würde Ron weder Kosten noch Mühen scheuen.

Sollte ich ein schlechtes Gewissen haben, weil ich aus meiner Mutter eine Sterbende gemacht habe? Eines Tages muss sie sterben. Ich glaube, das haben mir Harriets Bücher deutlich vor Augen geführt. Schlagartig fällt mir die Szene ein, in der Weldon an einem gewöhnlichen Tag Teppichmuster aussucht und vor seinen Augen eine fremde Frau stirbt. Ihr Herz stolpert, krümmt sich und gibt auf. In einer späteren Passage vergleicht Weldon die Seele dieser Frau mit einem Boot, dessen Motor plötzlich ausfällt, woraufhin das kleine Schiff unbeirrt seine Fahrt über den See fortsetzt, bis es schließlich langsam kreisend zum Erliegen kommt. Weldon wünscht sich, ihren Leichnam – so wie die Leichname der vielen Soldaten, die neben ihm in den Schützengräben umgekommen sind – an einen Wiesengrund zu übergeben. Abends, auf dem Weg zu einem Fest, fragt er Daisy: »Wirst du mich begraben?«

Daisy malt sich aus, wie Weldons Leib mit einer Erde eins wird, aus der die giftigen, wächsernen Kapseln der Seidenpflanze ihre Nahrung ziehen. Und wie auch sie verrottet, neben Weldon, samt ihrer Handtasche, und sich eines Tages ein Präriehund in das Leder gräbt – als kröche er in eine erhärtete Gebärmutter.

Die Hunde klackern mit den Krallen auf den Dielen. Ich muss sie rauslassen. Ich ziehe mich rasch an, gehe zur Tür, mache noch einmal kehrt und greife nach Handtasche und Sonnenbrille.

Da sehe ich ihn – den kleinen ringförmigen Faden. Ich erkenne es sofort. Es ist ein Pakt. Sein Schildchen ist mit meiner holprigen Kinderschrift beschrieben: »R. T. und T. T. 1986. Rückkehr & Rettung.« Das schlechte Gewissen peinigt mich. Behutsam greife ich nach dem kleinen Fadenring. Ich sehe jetzt noch vor mir, wie wir unsere Hände aneinandergedrückt und mit dem Garn verbunden haben. Ich halte es mir an die Nase und rieche das Parfüm – das Parfüm meiner Mutter. Tilton hat es auf das Garn gesprüht, damit es immer gut riecht.

Es hatte noch nicht dagelegen, als ich eingeschlafen bin. Mir ist, als hätte das Haus mir diese Gabe überbracht, oder Weeette, wenn sie des Nachts durch alle Zimmer schleicht. Oder Tilton. Natürlich war es Tilton. Dieses kleine brüchige Etwas hat sie all die Jahre aufbewahrt.

Wenn schon so etwas all die Jahre – sorgfältig – gehütet worden ist, was ist dann noch alles hier? Dieses Haus ist voller Kammern, Nischen, Löcher. Ich kenne sie. Ich habe selbst wochenlang unter dem Esstisch und der langen weißen Tischdecke mit den gelben Blümchen gehaust – ein Haus in einem Haus. Dieses Haus könnte alles in sich bergen.

17
Herzen und Nester

Tilton

Ich stehe in der Küche und denke an: Coach Flynn. Kegelförmige Nase, große Nasenlöcher, buschige Augenbrauen, schwerer Unterkiefer, breiter Rücken, aufgepumpter Brustkorb, schwerer Rumpf, lange Arme, dichter Unterarmpelz, spärlicher Kopfflaum.

Als ich klein war, war er für das Theatertraining in der Turnhalle meiner Grundschule zuständig. Er hat immer viel geraucht und Minzbonbons gekaut. Und er hatte gar nichts Dramatisches an sich, außer wenn er grundlos wütend war.

Ich war in der vierten Klasse. Coach Flynn hat uns eine Schauspielübung aus einem Buch vorgelesen: Jeder von uns sollte eine imaginäre Pille schlucken, die er aus einer imaginären Flasche herausgeschüttelt hat, und so tun, als würden wir schrumpfen.

Alle Kinder haben ihre Pillen geschluckt und sind geschrumpft. Ich stand nur da.

Was ist denn, Tilton, hat Coach Flynn gefragt. Was ist los?

Es war mir peinlich, ihm die Wahrheit zu sagen. Er war in irgendeinem Krieg gewesen. Irgendwann hat er in unserem Kurs das Lehrbuch weggelegt, von da an mussten wir tödliche Schießereien in Reisfeldern nachstellen. Es war babyhaft, dass ich die

Pille nicht schlucken konnte. Darum habe ich geflüstert: Ich kann keine Pillen schlucken.

Er hat gesagt: Meine Güte, Tilton, du kannst doch *vortäuschen*, dass du wüsstest, wie man eine *vorgetäuschte* Pille schluckt, oder?

Damit hatte er alles verdorben. Wir schauspielerten nicht. Wir täuschten nur vor.

Haben Sie etwas Flüssiges oder etwas Kaubares?, habe ich gefragt.

Na schön! Er hat vorgetäuscht, einen Medizinschrank zu öffnen, eine Flasche herauszunehmen und den Saft in die Kappe zu gießen.

Ich fragte ihn, ob er die Einnahmehinweise gelesen hätte. Ich wiege achtundzwanzig Kilo, sagte ich.

Da hat er mich angebrüllt. Jetzt schluck schon!

Später, bei den erfundenen Schlachten, die Coach Flynn so viel Spaß gemacht haben, hat er mich von allen Kindern am häufigsten getötet.

Aber ich hatte gelernt, dass Schauspielern manchmal auch Vortäuschen heißt, und dass man vortäuschen kann, man könnte Dinge tun, die man sonst nicht tun kann. In seinem Unterricht habe ich das nie geschafft – ich habe mich immer geweigert, zur Waffe zu greifen, weil Waffen gefährlich sind und ich das auch nicht darf, deshalb war ich immer das Ziel – doch in der Küche, jetzt, wo meine Mutter auf dem Heimweg ist, beschließe ich, zu ihr zu werden. Wie sonst sollte die Küche wieder zu der Küche werden, die sie haben will? Eine dreckige Küche kann nicht so tun, als wäre sie sauber. Küchen können nichts vortäuschen. Also muss ich das tun.

Über mir quietscht Holz. Ruthie ist wach. Ich könnte sie bitten, mir zu helfen. Aber sie weiß bestimmt nicht mehr, was wo hinkommt. Ich muss das allein machen.

Ich eigne mir die raschen Wischbewegungen meiner Mutter an. Ich schrubbe das Geschirr mit einer kleinen Drahtbürste und pfeife wie sie, schrill und wütend. Ich kehre nicht. Ich stoße den Besen gegen Sachen. Meine Mutter wird immer wütend auf das Haus und lässt es an den Böden aus. Ich schließe die Schränke mit der flachen Hand und gebe ihnen einen kleinen Extraschubs, damit die Türen einrasten. Manchmal sage ich auch völlig grundlos: Mist! Verdammt!

Dann steht Mrs Gottleibs Wagen in der Einfahrt. Ruthies Schuhe kommen über die Treppe, die kleinen Hunde mit ihr. Ich habe keine Zeit mehr!

Ich schaue aus dem Küchenfenster. Die Wagentür öffnet sich, und Mrs Gottleibs Stimme erklingt. Seht mal, wer hier bei mir ist!

Hat sie meine Mutter etwa vergessen und einen fremden Gast mitgebracht? Doch da öffnet Mrs Gottleib schon die Küchentür. Meine Mutter hält sich mit einer Hand am Türrahmen fest, mit der anderen am Ellbogen von Mrs Gottleib. Das Gefieder meiner Mutter ist ganz plattgedrückt. Das kommt davon, dass sie mit dem Kopf so lange auf einem Kissen gelegen hat.

Ich warte auf den Liebeswirbel. Kreisel, kreisel tief in mir. Doch ich fühle mich nur steif und klein. Eigentlich will ich, dass meine Mutter einen Liebeswirbel für Ruthie empfindet – kreisel, kreisel. Und Ruthie ein Kreisel, Kreisel für meine Mutter.

Ruthie kommt in die Küche. Die Hunde tapsen über das Linoleum.

Tiltons Allergie!, sagt meine Mutter.

Ich habe die Hunde eingeatmet, und mir geht es gut!, erkläre ich ihr rasch.

Offenbar ist sie auf Hautschuppen gar nicht allergisch, sagt Ruthie.

Das ist wahrscheinlich die Art von Hund, die man hautschuppenfrei gezüchtet hat, sagt meine Mutter.

Pudel haben keine Hautschuppen, sagt Mrs Gottleib. Das habe ich irgendwo gelesen.

Das sind Zwergspitze, und die haben Hautschuppen, sagt Ruthie. Tilton hat keine Allergie.

Ich stehe dazwischen. Das verläuft gar nicht so, wie ich mir das gewünscht habe. Überhaupt nicht. Ich sehe meine Mutter an und dann Ruthie. Wenn wir Käfigvögel wären, würden wir jetzt hin und her laufen, krall, krall, krall über unsere Stangen.

Meine Mutter kann gut gehen, aber Mrs Gottleib hält sie am Ellbogen fest, weil Mrs Gottleib immer das Gefühl haben muss, dass sie gebraucht wird.

Tilton, sagt meine Mutter mit einem Lächeln.

Ich bin so froh, dass du zu Hause bist, sage ich – doch darin steckt ein Lügensplitter.

Sie umarmt mich, ich erwidere die Umarmung, doch sie spürt, dass ich etwas in mir trage. Sie spürt jeden noch so kleinen Splitter. Ich trage luftige Cabrios, Fedora-Hüte und einen eigenen hautschuppigen Hund in mir, und Wein.

Sie fasst mich an den Schultern. Ich war nur drei Tage fort, sagt sie, doch du wirkst um Jahre älter. Wie kann das sein? Bist du in der Zwischenzeit erwachsen geworden?

Ich habe die Küche geputzt und vorgetäuscht, ich wäre du, so wie ich es bei Coach Flynn gelernt habe, weil Schauspielern im Grunde Vortäuschen ist, damit ich alles in Ordnung bringen kann.

Coach Flynn war ein Idiot, sagt meine Mutter.

Ich warte immer noch darauf, dass Ruthie und meine Mutter sagen, dass sie sich, wow, seit vierzehn Jahren nicht gesehen haben! Vögel sprechen sich mit unterschiedlichen Rufen an. Einige lernen diese Rufe von den übrigen Vögeln ihrer Art, bei anderen sind die Rufe in die DNA eingeschrieben. Bei Vogelgruppen derselben Art können unterschiedliche Dialekte auftreten. Das ist eine Tatsache. Das hat Professor Kroodsma bewiesen. Er hat an der Universität von Massachusetts in Amherst gearbeitet und zu dem Thema ein Buch mit Begleit-CD gemacht.

Ich trete zur Seite, damit zwischen Ruthie und meiner Mutter nur noch Luft ist. Sie stehen sich von Angesicht zu Angesicht gegenüber.

Meine Mutter sagt: Ich habe schon zu Mrs Gottleib gesagt – dass Ruthie zu Hause ist, glaube ich erst, wenn ich es sehe.

Und da bin ich, sagt Ruthie.

Und da bist du.

Ruthie bietet meiner Mutter einen Stuhl am Küchentisch an.

Alles gut, sagt meine Mutter.

Du hattest einen Herzanfall. Es ist nicht alles gut. Setz dich.

Meine Mutter schlägt mit der Hand auf die Anrichte. Sag mir ja nicht, was ich tun soll.

Einen Augenblick lang wird es still. Vögel werden auf diese Weise still, wenn ein Waldbrand droht.

Gott steh uns bei, sagt Mrs Gottleib. Und wendet sich zum Gehen.

Bye, Mrs Gottleib!, rufe ich fröhlich, so wie ich es gelernt habe.

Viel Glück, sagt sie. Sie schließt die Tür, und die Gardinen vor dem Küchenfenster plustern sich auf.

Ruthie geht zum Kühlschrank, holt den Spaghettitopf heraus, den uns Mrs Gottleib gestern gebracht hat, reißt die Folie ab, nimmt einen viel zu großen Löffel aus der Schublade, stößt ihn wie eine Schaufel in die Nudeln und stellt alles auf den Tisch. Es ist Mittagessenszeit.

Du hast es noch nicht mal aufgewärmt, sagt meine Mutter.

Das geht auch so, sagt Ruthie. Hast du Hunger, Tilton?

Du musst nur essen, wenn du Hunger hast, sagt meine Mutter.

Ich will mich nicht für eine Seite entscheiden. Ich habe keinen Hunger, aber wir sollten zusammen essen, so wie Familien das tun, also helfe ich Ruthie, den Tisch mit Gabeln und Löffeln und Messern zu decken, obwohl man für ein Nudelgericht eigentlich nur eine Gabel braucht.

Und das sagt meine Mutter auch: Wir brauchen weder Messer noch Löffel, oder?

Ruthie gibt keine Antwort.

Bald darauf sitzen wir am Küchentisch – auch meine Mutter.

Ich habe den Fernseher für Mrs Devlin repariert, sage ich.

Gut, sagt meine Mutter.

Da wartet sie bestimmt schon dringend drauf, sagt Ruthie. Soll ich ihn ihr bringen?

Lass nur, sagt meine Mutter.

Und das Gedicht für die zweite Hochzeit ihrer Tochter habe ich auch geschrieben.

Schön, sagt meine Mutter. Es wird ihr bestimmt gefallen.

Wovon handelt das Gedicht?, fragt Ruthie

Von Herzen und Nestern, sage ich.

Perfekt, sagt meine Mutter. Damit schlägst du die richtigen Saiten an.

Wirst du zu der Hochzeit gehen? Oder hast du mit einer kurzen handschriftlichen Nachricht abgesagt?, fragt Ruthie.

Wir haben bei Ruthies Hochzeiten mit einer kurzen handschriftlichen Nachricht abgesagt, und ich bin sicher, dass meine Mutter den Hinweis versteht.

Und uns unter all die Leute mischen?, sagt meine Mutter. Machst du Witze? Tiltons Immunsystem würde implodieren.

Sie ist doch nur ein Sorgenpüppchen, das du plattgedrückt hast, murmelt Ruthie.

Was war das?, fragt meine Mutter. Red deutlich!

Ich frage mich, ob ich für meine Mutter nur ein Sorgenpüppchen bin. Hält Ruthie mich dafür?

Ruthie wiederholt ihren Satz nicht. Sie sieht mich an und fragt: Wie lauten deine Diagnosen eigentlich genau, Tilton? Wer ist eigentlich dein Arzt?

Dazu musst du dich nicht äußern, sagt meine Mutter zu mir. Krankheiten sind ganz allein deine Angelegenheit. Soweit ich weiß, ist das hier immer noch Amerika!

Klar, sagt Ruthie. Amerika.

Es ist ruhig.

Ruthie sagt: Soweit ich weiß, hat Coach Flynn diverse Mädchen aus meiner Klasse missbraucht.

Das ist nicht wahr, sagt meine Mutter.

Es überrascht mich, dass du Tilton erlaubt hast, bei seinem Theaterkurs mitzumachen. Schauspielern? Hallo? Coach Flynn?

Er ist in Ordnung, sagt meine Mutter. Ich kenne ihn noch von früher. Er hat sich immer aus allem rausgehalten.

Er hat ständig versucht, mich zu erschießen, sage ich.

Dich zu erschießen?, fragt meine Mutter.

Das hat zu unserem Schauspielunterricht gehört. Ich musste ständig in einem Reisfeld sterben.

Posttraumatische Belastungsstörung, sagt Ruthie. Klassischer Fall.

Tja, sagt meine Mutter zu Ruthie, du warst damals ja schon weg, von daher weiß ich nicht, was du in dieser Angelegenheit beizutragen hättest. Meine Mutter hält den Kopf sehr hoch und schaut Ruthie an, nur um nachzusehen, ob sie Schaden angerichtet hat. Denn sie will bei Ruthie Schaden anrichten. Wir alle wissen das – selbst Ruthie. Wahrscheinlich hat auch Ruthie vor, Schaden anzurichten.

Das ist alles so lange her, sage ich.

Zum Glück ist Tilton bald danach zu Hause geblieben, ergänzt meine Mutter. Die Schule war am Ende nichts für sie.

Wenn man zu Hause unterrichtet wird, kann man in seinem eigenen Tempo lernen, sage ich.

Mit der richtigen Behandlung durch einen Spezialisten, sagt Ruthie, können sich Menschen mit allen möglichen Krankheiten sehr gut in Situationen wie Schule und College und Job und eigene Wohnung und Freunde und Leben zurechtfinden.

Meine Mutter sagt: Ist. Das. So?

Um sie abzulenken, sage ich zu Ruthie: Wen hat Coach Flynn missbraucht? Hat er dich missbraucht?

Doch das macht meine Mutter nur noch wütender. Natürlich hat er Ruthie nicht missbraucht!, sagt sie.

Nein, nein, sagt Ruthie. Da lag das Leben des Missbrauchens und Missbraucht-Werdens ja noch vor mir.

Tilton hat eine sehr lebhafte Fantasie, sagt meine Mutter. Du musst ihr nicht auch noch sexuelle Perversionen in den Kopf pflanzen. Wir sitzen, verdammt noch mal, immer noch beim Mittagessen.

Dann bestimme du das Gespräch, sagt Ruthie, und ihre Stimme imitiert Ruhe.

Ich wüsste gern, ob die Geier schon kreisen oder nicht, sagt meine Mutter.

Die Geier?, fragt Ruthie.

Die Geier sind die Leute, die Wee-ettes siebtes Buch wollen, erkläre ich.

Die werden das Haus auseinandernehmen, sagt meine Mutter. Wenn die erfahren, dass ich angeschlagen bin, rücken die gleich an und stürzen sich auf Tilton mit ihrer Freundlichkeit und Arglosigkeit.

Ruthie sagt: Wir haben keine Pressemitteilung rausgeschickt und die Medien über deinen Zustand informiert, falls du das meinst.

Das meine ich nicht, sagt meine Mutter.

Ruthie beugt sich vor und sagt zu meiner Mutter: Willst du mich vielleicht irgendetwas fragen? Es ist eine Weile her.

Tilton hat mich auf dem Laufenden gehalten, sagt meine Mutter.

Wirklich? Über vierzehn Jahre?

Meine Mutter schiebt sich ein Stück Spaghettigericht auf die Gabel und sagt: Wenn du etwas zu ergänzen hast, bitte schön. Dann steckt sie den Bissen in den Mund.

Ruthie schneidet ihre Spaghetti mit dem Messer, als wollte sie beweisen, dass das Messer nötig ist. Wie soll ich etwas ergänzen, sagt sie, wenn ich gar nicht weiß, was du weißt? Sag's mir. Wie ist deine Tochter Ruthie so?

Sie ist immer noch sie selbst, sagt meine Mutter sehr rasch. Sie hat sich nicht verändert.

Da wird Ruthies Stimme ganz weich, als ob sich die Luft im Zimmer verändert hätte. Habe ich mich nicht verändert? In vierzehn Jahren? Schau mich an!, sagt sie.

Meine Mutter schüttelt den Kopf, es ist ein ärgerliches Schütteln, und isst unbeirrt weiter.

Ruthie schiebt den Stuhl zurück, steht auf und sagt es noch einmal: Schau mich an!

Meine Mutter sagt: Also wirklich, Ruthie.

Schau mich endlich an!

Meine Mutter schaut Ruthie an und verzehrt sie mit ihren Blicken. Sie liebt Ruthie. Als Ruthie weggelaufen ist, war meine

Mutter nur noch ein Schatten ihrer selbst. Sie hat nichts gegessen. Sie hat ihr Haar fettig werden lassen. Sie wollte keine Kleidung mehr an ihrer Haut spüren. Sie hat nackt im Bett gelegen. Als Wee-ette sie gefragt hat, wie es ihr geht, sagte meine Mutter, sie würde sich krank fühlen. Sie sagte, ihr ganzer Körper würde schmerzen. Der Arzt hat nichts gefunden. Sie war seither nie mehr so wie früher. Ich sehe meine Mutter an, die Ruthie ansieht, und ich sehe Ruthie an, die mit ihren hängenden Schultern, ihrer kleinen Nasenspitze, ihren blauen Augen viel zu dünn ist – und ich hoffe sehr, dass meine Mutter weint. Ich will, dass sie Schwäche zeigt und sich ergibt. Genau das will auch Ruthie, und deshalb kann sich meine Mutter nicht ergeben. Meine Mutter sagt nichts.

Überhaupt nicht verändert?, fragt Ruthie. Sie drückt sich ihre Papierserviette an die Lippen und kneift die Augen zusammen. Um zu beurteilen, ob ich mich verändert habe, hättest du mich kennen müssen, sagt sie, *wirklich* kennen müssen. Oder?

Meine Mutter hat vor Ruthie Angst. Sie täuscht vor, dass es nicht so ist, doch das war schon immer so. Es ist zu spät, meine Mutter kann nichts mehr sagen. Sie hat den richtigen Moment verpasst. Ruthie setzt sich und legt die Papierserviette auf ihren Schoß.

Es ist still. Der Kühlschrank springt an und summt.

Nach einer Weile sagt Ruthie: Danke, Tilton, für das kleine Geschenk, das du mir hingelegt hast.

Ich hätte das Garn, unseren Pakt, beinahe vergessen. Ich wünschte, sie hätte das nicht vor meiner Mutter angesprochen. Sehr gern, sage ich. Ich lächele breit, dann beuge ich mich wieder über mein Essen, womit ich sagen will, dass sie das Thema fallen lassen soll.

Meine Mutter lässt den Blick von mir zu Ruthie und zurück schweifen.

Wie viele Pakte wir als Kinder wohl geschlossen haben, sagt Ruthie.

Sechs, sage ich.

Sie sieht mich an, als hätte ich eine von den Fragen beantwortet, auf die man keine Antwort geben soll. Sie sagt: Es ist komisch, dass du den noch immer hast, hier im Haus, nach all den Jahren. Das Haus jedenfalls hat sich nicht verändert.

Um zu beurteilen, ob es sich verändert hat oder nicht, hättest du das Haus damals kennen müssen, sagt meine Mutter, *wirklich* kennen müssen. Stimmt's?

Wee-ette ist da. Sie ist bei uns. Niemand kennt das Haus so gut wie sie, so gut wie ich. In ihm steckt eine ganze Welt. Ein Universum. Ich habe ein seltsam ruhiges Gefühl wegen Wee-ette.

Ich sage: Manchmal dehnt sich mein Körper bei Nacht so weit aus, dass ich zu dem Haus werde.

Ich werde zu seinen knochigen Knie-Balken, seinem pickeligen Putz, den schulterigen Dachsparren, dem einzigen, starren Lungenflügel unseres Staubsaugers – zu alt, zu aufgebläht –, der ausgebleichten Schüssel der Toilette. All das bin ich, bis hin zur Nabelschnur des Telefons, dem einen Staubkorn, das im Sonnenlicht erstrahlt.

Ich frage Ruthie, ob sie sich daran erinnert, wie sie sich das Haus als Kind vorgestellt hat. Du hast es dir als eine Frau mit einem großen Rock vorgestellt, sage ich. Und als du mir das gesagt hast, habe ich mir Wee-ette als diese Frau vorgestellt, wie sie sich in ein Nest kauert wie ein Vogel, fürsorglich und wachsam. Aber du hattest immer Angst vor ihr. Du hast schlecht geträumt.

Wirklich?, sagt Ruthie.

Auch meine Mutter sieht mich an, als ob das, was ich als Nächstes sage, ihr Urteil entweder vollstrecken oder aufheben würde. Doch was ist ihr Verbrechen?

Du hattest Angst, das Haus könnte aufstehen und weggehen und uns sitzen lassen.

Ich sehe es in meinem Kopf, so wie sie es damals beschrieben hat, zwei Frauen und zwei kleine Mädchen, im Halbkreis, völlig schutzlos, den Rücken blass der Kälte zugewandt.

Das ist doch kindisch, sagt meine Mutter.

Ich war ja auch ein Kind, sagt Ruthie.

Ich lege beide Hände flach auf den Tisch. Das ist die Mitte der Geschichte, sage ich. Es gibt ein neues Ende.

Ruthie sieht meine Mutter an. Sag Tilton die Wahrheit.

Welche Wahrheit?, fragt meine Mutter.

Über Mrs Devlin und ihre Tochter.

Was ist denn mit den beiden?

Niemand lässt heutzutage einen Fernseher reparieren. Niemand lässt Plattenspieler oder Mixer neu verkabeln. Woher hast du all das Zeug? Und gibst du all die Gedichte wenigstens irgendjemandem zu lesen? Ich blicke von meiner Mutter zu Ruthie und dann wieder zu meiner Mutter, die mir nicht in die Augen schauen kann. Da weiß ich, dass das alles eine Lüge war. Ich weiß es so, wie ich weiß, dass ein bestimmter Vogelruf an einem bestimmten Morgen von einem bestimmten Vogel kommt, noch bevor ich aus dem Fenster schaue und ihn auf dem Ast sehe, wo er mich mit seinem feuchten schwarzen Auge mustert.

Meine Mutter sagt: Sei still, Ruthie. Warum bist du so?

Ehrlich?, sagt Ruthie. Warum ich so ehrlich bin?

Ich sehe meine Mutter an, und ich stelle ihr dieselbe Frage. Woher hast du das ganze Zeug?

Meine Mutter holt tief Luft und lässt sie dann heraus. Von Goodwill, sagt sie.

Ich sage: Gibst du die Gedichte wenigstens jemandem zu lesen?

Mrs Gottleib, sagt meine Mutter. Sie liebt deine Gedichte. Manchmal weint sie sogar dabei.

Gottleib?, sage ich.

Sie nickt, zerknirscht.

Du hast mich belogen, sage ich.

Hier muss sich etwas ändern, sagt Ruthie zu meiner Mutter. Es hat schon angefangen. Hast du mich verstanden?

Oh, das ist mir klar, sagt meine Mutter. Sehr klar.

Ob sie dann noch weiterreden, weiß ich nicht, weil mein ganzer Körper schlägt, als ob Millionen Herzen in mir wären und sie alle fast zerspringen würden.

18

Das nächste Wunder

Harriet

Ich hatte mich allerdings geirrt. Eppitt hatte doch nach mir gesucht. Warum ich nie nach ihm? Vielleicht wollte ich nicht erfahren, dass er tot oder im Krieg wahnsinnig geworden war.

Manchmal aß ich nach der Arbeit in der Bibliothek in einem dämmerigen Restaurant ein spätes Mittagsmahl. Ich bestellte immer dasselbe: ein Streichkäsesandwich und eine Zwiebelsuppe, die grundsätzlich zu heiß war. Während sie abkühlte, las ich. Doch an einem grauen Frühlingstag des Jahres 1935 war es schlicht zu dunkel, um zu lesen, und die Lampen auf den Tischen waren fort.

»Was ist mit den Öllampen passiert?«, fragte ich den Kellner.

»Gibt's nicht mehr am Mittag. Nur noch am Abend.«

Da ich nicht lesen konnte, schaute ich mich, ganz gegen meine Gewohnheit, um. Der einzige Gast außer mir war ein großer, kantiger Mann am Ende der Bar, der nach dem Kellner rief. »Hiram, kann ich einen Salzstreuer haben?«

Der Fremde beugte sich über eine Suppenschüssel. Ich konnte nur den Rücken seines weißen Hemdes sehen, so dünn und leicht, dass man hindurchschauen konnte bis auf das Unterhemd. Hosenträger klemmten das Oberhemd zwischen beiden Schulterblättern fest, an den Schultern bauschte es sich auf.

Als Hiram ihm den Salzstreuer gab, sah der Mann zu mir herüber. Ich griff eilig nach meinem Buch und tat, als würde ich lesen. Nach einer Weile spähte ich erneut hinüber. Der Mann sah mich immer noch an, er war wie erstarrt, den Salzstreuer in der Hand. Ich senkte den Blick, doch ich hörte, wie sich Schritte näherten, und bald schon spürte ich, dass er vor mir stand.

»Ich brauche kein Salz«, sagte ich.

Er hatte nicht bemerkt, dass er den Salzstreuer noch immer in der Hand hielt. Er stellte ihn auf meinen Tisch und sagte: »Nein, nein, das ist es nicht. Wir kennen uns.«

»Sicher aus der Bibliothek.« Das kam vor. Bibliotheken ziehen Wahnsinn magisch an – sind es die Bücher und ihr Inhalt oder die Luft und das Licht, die Ruhe, der öffentliche Raum, der Schutz vor Wind und Wetter bietet? Es war nicht ungewöhnlich, dass Verrückte durch die Reihen irrten, was auch ein Grund war, warum ich mich dort so heimisch fühlte.

»Harriet«, sagte er.

»Miss Wolf«, korrigierte ich seine Dreistigkeit.

Er griff in seine Tasche und zog sein Portemonnaie hervor. Ich nahm an, dass er nun im Restaurant eine Strafgebühr entrichten wollte.

»Nein, Sir«, sagte ich. »Nur in der Bibliothek, nur zu den Ausleihzeiten. Ich bin für Mahnungen nicht zuständig. Darum kümmert sich Miss Price.«

Doch dann hielt er mir die Hand entgegen, und da lag ein Faden, der sich lose wand. Er war beklebt, und das Klebeschild beschrieben. »E. C. und H. W. 1913. Hochzeit.«

»Miss Price?«, sagte er. »Nein. Ich bin gekommen, weil du meine Frau bist.«

Die Hochzeitsnacht

Der todesgleiche Traum war ausgeträumt. Ich wachte auf. Lasst es euch eine Lehre sein, meine Wolfsfrauen. Nur weil ihr in einem todesgleichen Traum lebt, heißt das nicht, dass ihr nicht daraus erwachen könnt. Eppitt war noch in der Welt. Er kam zu mir zurück.

Ich stand auf. Die Serviette fiel mir auf die Schuhe. Ich sah in sein Gesicht und nahm es in die Hände. Ich musste ihn spüren, erfahren, dass er wirklich war. Seine Augen waren wunderschön – blau und sanft. Seine Haut war weich, frisch rasiert. Seine Lippen waren voll, seine Nase leicht gekrümmt. Er war noch immer dünn, doch er war in dieses überaus dramatische Gesicht und diese langen Glieder hineingewachsen.

»Harriet«, sagte er.

Und erst in diesem Moment keuchte ich, kam verspätet eine Reaktion. Es war nicht nur ein Keuchen: Es war ein heftiger, schroffer Atemzug. Mein Herz wurde wach geschockt. »Eppitt. Eppitt. Eppitt.«

Er fasste mich an der Taille und hob mich zu sich hoch. Er küsste mich auf den Mund, mitten im Restaurant. Mein Mund auf seinem Mund. Tränen strömten mir über die Wangen, er wischte sie mit beiden Daumen fort. »Harriet. Harriet. Harriet.«

»Ich will, dass meine Mutter dich endlich zu Gesicht bekommt.«

»Ich will sie kennenlernen«, sagte er.

Natürlich war es dafür viel zu spät.

Hiram, der von der Bar aus zugesehen hatte, rief den Tellerwäscher und den Koch. »Das müsst ihr sehen!«

Sie tauchten aus dem Hintergrund auf und wischten sich die Hände an der Schürze ab.

»Meine Frau!«, rief Eppitt ihnen zu.

»Sie haben gerade Ihre Frau gefunden?«, sagte Hiram.

»Ich hatte sie verloren, und nun ist sie gefunden!«, rief Eppitt.

Wir setzten uns an die Bar und tranken mit den Männern. Wir erzählten ihnen, dass wir zwischen wehenden Laken einen Schwur geleistet hatten. Wir erwähnten nicht, dass wir Debile waren.

»Wie wurden Sie getrennt?«, fragte Hiram.

»Der Krieg?«, fragte der Tellerwäscher, dem eine Hand fast völlig fehlte.

Eppitt und ich sahen einander an und nickten. Wie sollten wir erklären, was geschehen war? Dies kam der Wahrheit nahe genug. »Der Krieg«, sagte ich. »Ja, wir wurden durch den Krieg getrennt.«

Eppitt brachte mich nicht in die Pension von Mrs Oblatt mit all den Frauen, schrillen Wasserrohren und dem widerwärtigen Gestank. Arm in Arm gingen wir durch die Kälte bis zu seiner Wohnung. Das Apartment war klein, es bestand nur aus einem Zimmer mit angeschlossener Küche, doch es hatte ein eigenes Badezimmer, was ein großer Luxus war. Die Wandfarbe war alt und blätterte. Es gab keine Vorhänge, keine weiche Note. Doch das war mir einerlei. Ich war seine Frau.

Eppitt legte mich auf sein Bett. Ich war nun älter. Eine Frau von Mitte dreißig galt damals als uralt. Eine Frau wie mich heiratete niemand mehr. Eine alte Jungfer. Eine Bibliothekarin, die durch die Bücherreihen schlich. Eine alte Schachtel.

»Erinnerst du dich an die Wolfsfrau?«, sagte ich. »Ich habe ihre Geschichte damals ausgeschnitten. Sie war allein, und man hat sie erschossen.«

»Ich erinnere mich«, sagte er.

»Ich war sehr lange Zeit allein.«

»Es ist gut, dass man dich nicht erschossen hat.«

Wir zogen uns ganz langsam aus. Nun hatten wir Zeit. Wir waren keine Kinder, die sich hinter Laken versteckten und von einem Windstoß offenbart wurden, keine Kinder, die sich unter den Dielen einer Veranda verbergen mussten.

Eppitt hatte breite Knöchel und lange Finger. Er knöpfte meine Jacke und meine Bluse auf – eine Reihung falscher Perlen. Ich staunte selbst über meine Brüste, meine eingekerbte Taille, meine vollen Hüften. Woher kam dieser Körper? Er hatte sich unter Wäsche und Baumwolle und noch mehr Stoff verborgen. Eppitt grub mich aus der Erde. Die Mumie, nun ausgepackt, erwachte.

Ich hatte noch nie einen Männerkörper bei Tageslicht gesehen. Eppitt war kein Junge, der im Dampf bleiben musste. Sein lamellierter Brustkorb wuchs aus einem strammen muskulösen Bauch und endete in breiten Schultern. Hier und da waren Leberflecken, was seinem Körper den Anschein gab, als hätte ihn ein Kartograf erdacht.

Als wir uns als Kinder aneinandergedrückt hatten, hatten wir nie auch nur ein einziges Kleidungsstück abgelegt. Männerkörper kannte ich nur aus der medizinischen Fachliteratur, von anatomischen Zeichnungen. Ich hatte nur eine vage Vorstellung von dem, was da steif werden würde, doch selbst die war falsch. Ich war überrascht von der elastischen Festigkeit, dem gummiartigen Gefühl von Haut und Härte, wie perfekt es passte, als er es an seinen Hüften zwischen meine Beine schob.

Unser Liebesspiel war still und drängend. Die Frauen bei Mrs Oblatt klagten immer, die Männer wären wie grunzende Tiere, doch Eppitt war schön und sanft und mein. Mein Ehemann. Endlich.

Hinterher lagen wir nur da. Ich war gerissen. Wieder gab es Blut. Auch das wusste Eppitt noch.

»Die Bluterin aus dem Stump Cottage«, sagte er. Er holte Handtücher, ich stopfte sie mir zwischen die Beine, und dann legten wir uns wieder hin.

Ich flüsterte: »Unsere Hochzeitsnacht.«

Er schnupperte an meinem Hals. »Hat lang gedauert bis dahin.«

Wir konnten, wenn wir den Kopf zur Seite neigten, vom Bett aus den Mond sehen.

»Wie verdient mein Ehemann sein Brot?«, fragte ich.

»Dein Ehemann ist Geschäftsmann und hat einen Geschäftspartner. Du musst den Geschäftspartner deines Ehemanns kennenlernen. Er gibt große Feste für seine Kunden, für Alliierte und Verbündete.«

»Ist mein Ehemann ein Kriegsheld?«

»Nicht wirklich, nein. Kein Held.« Er wandte sich zu mir. »Und meine Ehefrau …«

»Ist Bibliothekarin.« Das stimmte nicht ganz. Ich war nur eine Hilfskraft, doch es kam dem nahe.

»Meine Ehefrau, die Bibliothekarin – wo ist sie all die Jahre nur gewesen?«

»In der Sehnsucht«, sagte ich. »Allein, verloren, in der Sehnsucht.«

»Aber jetzt ist meine Ehefrau gefunden und glücklich und niemals mehr allein.«

»Schiebst du immer noch Wörter ineinander?«, fragte ich.

»Manchmal«, sagte er. Und dann rief er: »Oh, was liebe ich meine ehevolle Wunderfrau!«

Der professionelle Verstecker

Offiziell zu heiraten erschien uns wie Verrat, so als würden wir den Ehebund, den wir mit einem Garn geschlossen hatten, nicht anerkennen. Trotzdem fragte Eppitt mich am nächsten Morgen, als ich Eier gebraten hatte und wir sie im Bett verspeisten: »Willst du es auf Papier?«

»Nein, ich glaube nicht.«

»Vielleicht will es irgendwann mal irgendjemand sehen.«

»Wird man je nach einer Urkunde gefragt?«

»Ich habe nie erzählt, dass ich verheiratet bin, und darum musste ich es nie beweisen.«

»Was ist mit deiner Familie? Hättest du gern, dass sie zu einer Hochzeit kommt?

»Nein.« Sein Kiefer spannte sich beim Kauen an. »Manche leben. Manche nicht. Ich hab damit abgeschlossen.«

»Was ist mit deiner Schwester Meg?«

Er schüttelte den Kopf. Sie war tot. »Würde sich deine Familie eine Hochzeit wünschen?«

Ich wischte mir den Mund mit einer Serviette ab. »Meine Mutter ist gestorben«, sagte ich.

»Du hast doch gesagt …«

»Ich will, dass sie dich kennenlernt«, sagte ich. »Und das tut sie auch, auf ihre Weise. Sie ist immer noch bei mir.«

Seine Augen wurden feucht. »Ich weiß noch, wie sie dich ergriffen und umarmt hat, damals, auf der Wiese. Ich war noch nie so eifersüchtig.«

»Es tut mir leid«, sagte ich. Ich hatte ihn so abrupt verlassen.

»Wieso? Du konntest nicht bleiben. Du musstest fort und glücklich werden.«

»Ich habe meine Mutter sehr geliebt.«

»Was ist mit deinem Vater?«

»Es gibt keinen Grund für mich, mit ihm zu sprechen. Er schickt Mrs Oblatt das Geld für die Miete. Ich hätte nichts dagegen, wenn er eines Tages einen Brief von ihr erhielte, in dem steht, dass ich fort bin. Ich hätte aber auch nichts dagegen, wenn sie es ihm nie sagen und das Geld behalten würde.«

»Ich habe deinen Vater gehasst«, sagte Eppitt.

»Kanntest du ihn denn genug, um ihn zu hassen?«

Er stand auf und ging zum Fenster. »Ich bin mit fünfzehn rausgekommen, und am Anfang war es hart. Doch dann wurden in den neuen Baumwollfabriken Arbeiter gebraucht, da war niemand wählerisch. Danach bin ich auf die Docks gegangen. Ich hatte etwas Geld gemacht, genug, um mit Stolz zu sagen, dass ich für uns sorgen könnte. Ich bin in den Bus gestiegen und habe mir dann ein Taxi zum Haus deiner Eltern genommen. Es war nicht allzu schwer, deinen Vater ausfindig zu machen. Ich habe mich draußen hingestellt und auf die Fenster geschaut. Dann ist dein Vater aus dem Haus gekommen und in sein Auto gestiegen, ein Model T. Ich bin zu ihm gegangen und habe ihm meine Absichten erklärt, ihm gesagt, dass ich dich liebe und dich heiraten will.«

Ich versuche, mir Eppitt mit fünfzehn vorzustellen, und meinen Vater neben seinem alten schwarzen Stadtauto. Ich selbst saß wahrscheinlich gerade hinter einem der Fenster und träumte von Eppitt. »Was hat er gesagt?«

»Er hat mich gefragt, wer ich bin und woher ich dich kenne, und da habe ich gesagt: ›Aus der Schule‹. Doch dann hat er gesagt: ›Dieser Ort? Der verdient den Namen Schule nicht. Lassen Sie sie in Ruhe. Ihre Mutter und ich wollen keinen Ärger. Sie ist endlich glücklich. Lassen Sie ihr dieses Glück.‹« Eppitt hatte mir den Rücken zugewandt, ich konnte sein Gesicht nicht deuten. »Ich bin dir und deiner Mutter gefolgt – hin und wieder. Du warst glücklich. Ich habe dich in Ruhe gelassen. Es war das Mindeste, was ich tun konnte.«

»Du hast mich mit meiner Mutter gesehen?«

»Bei euren Ausflügen, Spaziergängen, auf dem Weg ins Lichtspielhaus. Ich habe gesehen, wie ihr euch eingehakt und wie wild unterhalten habt.«

»Sie war schön, nicht wahr?«

»Euch beide zusammen zu sehen war schön«, sagte er. »Aber es war nicht gut für mich, dich zu beobachten. Ich glaube, es war eine Sünde. Aber ich konnte es nicht lassen. Doch dann ist mir Isley Wesler begegnet, und mit ihm hat sich mein Leben verändert. Er hat mir eine bessere Arbeit besorgt. Ich hatte Geld, und du bist älter geworden und ins heiratsfähige Alter gekommen. Also bin ich mit siebzehn noch einmal zu eurem Haus gegangen. Und habe der Haushälterin eine Nachricht übergeben.«

»Die Krankenschwester meiner Mutter?«

»Ich weiß es nicht. Ich habe ihr nur die Nachricht in die Hand gedrückt und gesagt: ›Würden Sie das bitte Harriet geben?‹ Doch sie hat mich mit leerer, bleicher Miene angeschaut und gesagt: ›Oh, das geht nicht. Harriet hat uns verlassen, mein Junge.‹« Eppitt hustete, und ich hatte Angst um seine schwache Lunge, doch dann sprach er weiter, leise, kläglich. »Ihr Blick hat mich glauben lassen, dass du uns wirklich verlassen hättest. Gestorben wärst. Ich habe aufgeschaut und das Schild gesehen, die Warnung vor der Spanischen Grippe, da habe ich angenommen, dass du auf diese Weise umgekommen bist.«

»Es war meine Mutter, sie ist gestorben«, sagte ich. »Vier Jahre lang war ich bei ihr, doch nach ihrem Tod konnte ich nicht bleiben, also habe ich mir meinen eigenen Weg gesucht.« Meine Einlieferung erwähnte ich mit keinem Wort. »All die Jahre, und du hast nie geheiratet?«

»Ich war doch schon mit dir verheiratet.«

»Obwohl du geglaubt hast, ich sei tot?«

»Ich habe das niemals wirklich hingenommen. Was ist mit dir? Du hast auch nicht geheiratet.«

»Ich? Nein«, sagte ich. »Also, wo hast du in all den Jahren gesteckt?«

Eppitt erzählte mir, dass Isley ihn entdeckt hatte, als er auf den Docks Bananen für Antonio Lanasa schleppte. Ich kannte Lanasa aus meinen Artikeln. Er verschiffte Bananen aus Jamaika. Die Zeitungen waren voll mit Geschichten über ihn, weil es einen Bombenanschlag auf das Haus seines Konkurrenten DiGiorgio gegeben hatte. Dort waren zwei Stangen Dynamit explodiert, in einem leeren Zimmer – nur DiGiorgios Papageien waren, unversehrt, aufgeflogen. Lanasas Partner, ein Jamaikaner namens Goffe, wurde vor Gericht gestellt, kam aber frei. Eppitt erklärte mir, dass die Bananen mit den Dampfschiffen eintrafen und dann auf einem Laufband aus dem Rumpf kamen. Die Arbeiter legten sich die Stauden auf den Rücken, sie hievten jedes Mal mehr als hundert Pfund. Gekämpft wurde auch auf den Docks – und zwar hässlich: mit Messern und Beilen. Trotzdem war Eppitt froh gewesen, dass er Arbeit hatte. An einem Zahltag dann hatte es ihn in einen Billardsalon gezogen. Dort war auch Isley gewesen, in einem bodenlangen Waschbärmantel. Er wog noch keine 60 Kilo, doch er hatte volle Wangen und einen butterigen Fettring um die Taille, was Eppitt dahingehend deutete, dass dieser Mann gut aß und nicht schwer hob. Isley hatte ihn gefragt, was er zu verbergen habe. Nichts, hatte Eppitt geantwortet, und Isley hatte erwidert, dies sei die Antwort eines Menschen, der etwas zu verbergen habe.

»Ich habe viel für mich behalten. Aber Isley hat gesagt, für jemanden, der klug und verschlossen ist, hat er Arbeit, und so bin ich zum professionellen Verstecker geworden.«

Ich musste an die Origami-Kraniche denken, die ich in ganzen Schwärmen, alle für Eppitt, unter meiner Matratze versteckt hatte. Auch ich war zur Versteckerin geworden, doch was ein professioneller Verstecker tat, wusste ich nicht.

»Jemand will etwas verstecken, etwas Wichtiges«, erklärte er. »Er geht weg, und ich finde in der Zwischenzeit ein absolut sicheres Versteck. Wenn er nach Hause kommt, gebe ich ihm eine Stunde. Wenn er es findet, bekommt er sein Geld zurück. Wenn er es nicht findet, verrate ich ihm das Versteck, und er gibt mir die restliche Summe.«

»Verdienst du damit viel Geld?«

»Es reicht. Ich bin vertrauenswürdig, und mein Kopf ist jetzt viel wert«, sagte er. »Ich kenne die Orte in der ganzen Stadt, an denen Dinge versteckt sind. Ist alles hier drin.« Er tippte sich an die Schläfe. »Jedes einzelne Versteck, das ich je gebaut habe.«

»Verbirgst du etwas vor mir?«, fragte ich.

»Nein«, sagte er. »Bei dir muss ich das nicht.«

»Das ist die Antwort eines Menschen, der etwas zu verbergen hat.«

»Damit hast du sicher recht.«

Umsorger und Umsorgte

Meine Mutter hatte mir einmal davon erzählt, dass Jesus einen Soldaten geheilt hatte, dem das Ohr abgeschnitten worden war. Ich hatte mir vorgestellt, wie sich das neue Ohr entfaltete, rosa, fleischig, kein Schmuck, keine Brosche, ein richtiges Ohr, mit dem man wieder hören konnte. Ich war wie das Ohr. Ich war neu und hörte.

Nur Tage nachdem Eppitt mich gefunden hatte, packte ich meine Habseligkeiten. Eppitt wartete im Salon von Mrs Oblatt, nachdem er sich unter einer ausgeschalteten Deckenlampe hindurchgeduckt hatte. Mrs Oblatt machte still ihre Stickerei. Ihre Stiche blieben zu dem Zeitpunkt nicht mehr innerhalb der Muster. Mrs Oblatt starrte Eppitt immer wieder an, als wäre er jedes Mal aufs Neue, ohne Vorankündigung, erschienen.

»Was wollen Sie hier? Zu wem wollen Sie?«

Er erklärte ihr immer wieder, dass er mein Ehemann sei. Ich konnte ihn gut hören, weil Mrs Oblatt zu dem Zeitpunkt beinahe taub war – vielleicht aus Selbstschutz – und er brüllen musste, was die anderen Frauen aufschreckte, die in dem Moment aus ihren Zimmern kamen, als auch ich das tat, mit meinem kleinen Koffer. Sie blinzelten in die Runde, wollten wissen, wann die Hochzeit stattgefunden hatte, wo mein Ring war und warum ich nie erzählt hatte, dass ich verheiratet war.

»Entschuldigen Sie uns«, sagte ich. »Wir müssen los.«

Diese Frauen waren meine dritte Garnitur Ausgestoßener: ungewollte Kinder, ungewollter Wahnsinn, ungewollte Frauen. Würde ich der Gesellschaft all der Ungewollten je entfliehen? Ich war sicher, dass der Zeitpunkt nun gekommen war. Eppitt wollte mich.

Bevor ich mich verabschiedete, sagte ich zu Mrs Oblatt, dass ich meine Abonnements umbestellen würde, es aber eine Weile dauern könnte, bis sie mich erreichten.

Sie sagte nur: »Nun verschwinden Sie schon!«

Als Nächstes gingen wir in die Bibliothek. Dort reichte ich meine Kündigung ein, mit sofortiger Wirkung. Eppitt fühlte sich unwohl in der großen, weiten Offenheit. Er suchte die Nähe des Karteikatalogs und hielt sich an meiner Tasche fest.

»Ich bin jetzt verheiratet«, erklärte ich den Frauen am Ausleihschalter.

Der Oberbibliothekar war außer Haus. »Sie müssen schon warten und es ihm selbst sagen«, erwiderte eine der Frauen, so als würde sie mir den Mut dazu nicht zutrauen.

»Ich hinterlasse ihm eine Nachricht.«

Ich schrieb: »Ich habe endlich meinen Ehemann gefunden und benötige keine Anstellung mehr.« Doch entsprach der zweite Teil der Wahrheit? Verdiente Eppitt mit dem Verstecken von Dingen genug? Ich wurde rot, doch es war zu spät. Ich schob die Notiz über den Tresen, und wir gingen fort.

Von dem Moment an hatte ich das sichere Gefühl, dass mich jemand führte. Und ich benötigte eine führende Hand, denn ich fühlte mich wie eine Wilde. Ich liebte Eppitt wie wild, so wie ein Gibbon sein Geschaukel und sein Grölen liebt.

Ich beschied, dass ich Bücher nicht mehr brauchte. In Wahrheit tragen sämtliche Schriftsteller die heimliche Überzeugung in sich, dass ein jedes Buch ein Fehlschlag ist. Wir versuchen uns an etwas, das unmöglich ist. An Worten. Auf mehr verlassen wir uns nicht? Auf Seiten voller Tintenspuren? Auf fahle Andeutung und Kleckse? Auf ein Textgerüst, das Welten aufrechthält?

Aber nein, nicht nur darauf. Unser Vertrauen in die Leser ist noch schlimmer. Als Autor ist man in ein wechselseitiges Verhältnis eingebunden. Es ist, als würde man eine Brücke von beiden Ufern eines Flusses bauen – bröckelige Worte von unserer Seite und eine Fantasie ohne Fundament von ihrer. Die beiden Teile dieser Brücke werden sich nie treffen. Das ist ausgeschlossen. Manchmal bauen wir nicht einmal am selben Fluss. Der Gateway Arch in Saint Louis hat beim ersten Versuch die Mitte um Zentimeter nur verfehlt. Beim zweiten Mal ist es gelungen. Wir Schriftsteller aber wissen, dass es uns nie gelingen wird.

Meine Zeitungsausschnitte. Auch dafür hatte ich nun keinerlei Bedarf mehr. Ich bewahrte meine Bücher auf, doch nur einsame Menschen schneiden Artikel aus Zeitungen aus – die Dokumente der Lebenden. Ich gehörte nicht mehr zu den Einsamen. Ich war nun eine Lebende.

Eppitt verließ das Haus, um Verstecke für Isley Weslers Klienten zu erfinden, ich blieb in unserem kleinen Apartment in einem alten Haus, das man in das Heim von fünf Familien zerschlagen hatte. Innerhalb weniger Tage nähte ich für die drei Fenster Vorhänge. Immerhin das hatte mich die Maryland-Schule für Schwachsinnige Kinder gelehrt. Und sobald Eppitt nach Hause kam, liebten wir uns. Ich war wund von so viel Liebe.

Manchmal machte er verschieden große Schachteln – aus dünnem Spanholz, Nägeln, Epoxyd. An einigen brachte er kleine Ösen und Griffe an. Er machte sie nach Maßangaben, die auf einem Zettel standen. Ich bettelte ihn an, mir zu verraten, wo eine solche Schachtel Platz finden könnte.

»Da, wo du sie am wenigsten erwarten würdest.«

Manchmal sägte und malerte er und fertigte Türen mit falschen Paneelen an.

Und manchmal spielten wir Karten – ich im Unterrock, er

in Unterhose, und versuchten, nicht übereinander herzufallen. Und dann fielen wir übereinander her.

Eines Tages kam er mit einem roten Umschlag heim, in dem sich die Einladung zu einer Party in Isley Weslers Haus befand. Das Papier war cremefarben. Die Party stand unter dem Motto »Zur Feier von Freud und Liebe«.

»Was bedeutet das?«, fragte ich. Selbstverständlich kannte ich Freud. In Sheppard Pratt hatte es einige Freudianer gegeben.

»Das weiß man bei Isley Wesler nie«, sagte Eppitt.

»Abendkleidung erbeten«, las ich laut. »Das Fest ist heute Abend. Ich habe kein Abendkleid.«

»Das spielt keine Rolle.«

»Aber Abendkleidung ist ausdrücklich erwünscht«, sagte ich.

»Wesler wäre es ebenso recht, wenn du nackt kämst.«

Ich zog ein blaues Kleid mit breitem Gürtel und einem Kragen an, der das Schlüsselbein bedeckte, das Kleid einer Bibliothekarin – meine Uniform. Das Haar trug ich offen, in losen Locken. Ich kaufte einen roten Lippenstift, trug ihn vor dem Badezimmerspiegel auf und wischte ihn gleich wieder ab. Ich kam mir wie ein Clown vor. »Ich kann keinen Lippenstift tragen«, rief ich Eppitt zu. »Mein Gesicht verweigert sich.«

»Komm her«, sagte er. Er nahm mir den Stift aus der Hand und sagte: »Zieh die Lippen straff.« Mit wenigen geschickten Strichen – zwei auf der Oberlippe, von der Mitte aus, einer auf der Unterlippe – malte er mir einen kunstvollen Bogen. »Reib die Lippen aneinander.«

Und das tat ich.

Er hielt mir ein Papiertuch hin. »Abtupfen.«

Ich tupfte ab. »Woher weißt du, wie das geht?«

»Vom Zusehen.« Eppitt hatte nie geheiratet, doch Frauen hatte er gekannt. Er hatte eine Vergangenheit. Ich beschloss, ihn nicht danach zu fragen. Wesentlich ist etwas anderes. Ich erinnere mich deshalb so lebhaft an diesen Moment, weil er zeigt, wie wir miteinander umgingen. Wir umsorgten uns im Kleinen. Wir waren niemals nur Liebende. Wir erfüllten sämtliche Rollen füreinander – Mutter, Vater, Bruder, Schwester, jeder der Umsorger und Umsorgte des anderen.

Isley Wesler

Isley Wesler hielt seine Partys in seinem Haus in der Joppa Road ab. Viele Jahre später sollte er dort ein weißes Schild anbringen: »Willkommen im Isley Wesler Antiquitäten-Museum. Eintritt frei.«

An jenem warmen Herbstabend des Jahres 1935 aber, als Eppitt und ich in einem Buick, den er von einem seiner Kunden geliehen hatte, in die Auffahrt fuhren, befand sich dort lediglich ein Briefkasten, der an einen Baum genagelt war. Der Baum trug eine rosa Schärpe, die vom Frohsinn, oder der Wunderlichkeit, des Hausbewohners künden sollte, doch sie hatte sich bereits gelöst und rutschte herunter.

»Ich bin nervös«, gab ich zu. »Sag mir, was hier auf mich zukommt.«

»Unmöglich«, erwiderte Eppitt.

Wir folgten einem langen weißen Zaun bis hin zu einem Kreisel, der vollständig zugeparkt war, wie auch die angrenzende Wiese. Vor uns stand ein mächtiges steinernes Haus. Der Sommer war vorüber, es war kühl. Ich trug einen blauen Umhang, der zu meinem Kleid passte. Als mir Eppitt aus dem Wagen half, hörte ich Musik, mehrere Songs zugleich.

Eppitt flüsterte: »Das hier ist das wahre Leben, Harriet. Hier können wir die verlorene Zeit nachholen. Hier können wir sein, wer und was wir wollen.«

Das letzte Fest, das ich besucht hatte, hatte in Sheppard Pratt stattgefunden, als wir zur Feier des Waffenstillstands auf dem Rasen gesungen und getanzt hatten. Ich hatte Eppitt nicht erzählt, dass ich in einer Nervenheilanstalt gewesen war, und erst recht nicht, dass ich mich für den Tod meiner Mutter verantwortlich fühlte. »Wir können sein, wer und was wir wollen«, wiederholte ich.

Ein Bellen erklang in unserer Nähe, doch für einen Hund war es zu hoch. Das Tier erhob sich schwerfällig einen Meter in die Höhe und flatterte dann wieder auf den Boden.

»Pfauen«, erklärte Eppitt und drückte meine Hand.

Mein Blick erkundete die verkniffenen Gesichter und geschmückten Köpfe, die wogenden Körper, mit denen die Vögel ihre Schwanzfedern durch den Dreck schleiften. Ich hatte noch nie einen Pfau gesehen. Ich musste an Ota Benga denken, der im Bronx Zoo unter Pfauen gelebt hatte. »Echte Pfauen!«, sagte ich.

»Sie nisten im Kamin.«

»Sie sind wunderschön!«

»Und dreckig.«

»Das macht sie nur noch schöner.«

Ein betrunkenes Paar stolperte von der Veranda her auf den dunklen Rasen und bahnte sich seinen Weg zwischen den parkenden Autos hindurch. Die Frau wirkte sehr glamourös, ihr Kleid war kunstvoll mit Perlen bestickt, ihr Haar schimmerte. Sie wedelte vor mir mit den Fingern herum und sagte: »Tschüssi, Junie!« Ihr Kleid war am Schenkel gerissen, die Schnalle eines Strumpfhalters blitzte.

»Tschüssi!«, erwiderte ich. Wir konnten sein, wer und was wir wollten.

In der Haustür, die sperrangelweit offenstand, erschien mit einem Mal ein Mann in einem grünen Abendkleid. Er krallte sich an den Türrahmen, so als hätte es ihn aus dem Haus geschleudert. Um seine Knöchel bauschte sich der Rock. »Eppitt Clapp, Darling! Da bist du ja!«

»Isley!« Die Männer umarmten sich und klopften sich laut auf den Rücken.

»Und das ist meine Frau«, sagte Eppitt.

Doch Isley hörte gar nicht hin. Er war bleich, seine blauen Augen waren viel zu groß für sein rundliches Gesicht. Das Oberteil, bis zum Bersten mit Taschentüchern ausgestopft, blähte sich gewaltig auf, der Ausschnitt offenbarte eine unbehaarte Brust. Sein rundlicher Bauch bedrohte die engen Taillennähte. »Ich höre nicht einen verdammten Ton. Fünf Radios auf fünf verschiedenen Sendern in fünf verschiedenen Räumen!« Er wirkte geradezu entzückt. »Ich habe gerade ein Dutzend Tauben freigelassen. Das hast du verpasst! Komm, ich will dich vorstellen.« Er drückte begeistert seine künstlichen Brüste, zog einen zusammengelegten Fächer aus dem Dekolleté und eilte voran in das verrauchte Innere.

So etwas wie Isley Wesler hatte ich noch nie gesehen. »Das ist er?«

»Wie er leibt und lebt«, erwiderte Eppitt.

Im Haus öffnete sich eine marmorne Eingangshalle zu einem großen Wohnraum hin, in dem dichtes Gedränge herrschte. Luftschlangen in Blau und Rosa wehten vor den Gittern rotierender Ventilatoren. Trotzdem strömte Feuchtigkeit aus den gedrängten Leibern. In einer Ecke saß ein riesiger Mann an einem Flügel und spielte eine traurige Fassung von »I've Got a Right to

Sing the Blues«. Er erinnerte mich an ein wehmütiges Gnu. Aus einem Radio flötete nervös ein Song. Die Senderskala strahlte wie ein Mond. Ein kleiner Trupp verschwitzter Tänzer hüpfte wild im Kreis.

Isley war sichtlich stolz auf seine Radios: »Alle haben vier Wellenbereiche, Bassausgleich, Super Class A Audiosystem, zusätzliche Lautsprecher und beleuchtete Speichertasten.« Er griff nach meinem Tuch und legte es sich um die Schulter. Eine Frau ging mit einem verspiegelten Tablett voller Getränke an uns vorüber. Isley nahm zwei Gläser und reichte sie Eppitt und mir. Ich hatte noch nie Alkohol getrunken.

Isley schlug Eppitt den Fächer vor die Brust. »Ich dachte, auf der Einladung stand Abendgarderobe?«

»Hätte ich ein Ballkleid anziehen sollen?«

»Hört denn niemand mehr auf mich?«

»Was ist das da auf dem Flügel, in dem großen Glasgefäß?«, fragte ich.

»Ein achtbeiniger Kalbsfötus«, sagte Isley und zeigte auf das Wesen in der trüben Flüssigkeit. »Eine Totgeburt. Wir haben ihn konservieren lassen. Eines Tages hoffe ich, eine Ausstellung daraus zu machen, ›Die Wunder dieser Welt‹.« (*Wunder* – das Wort setzte sich in meinem Kopf fest.) Dann stellte er uns einer blonden Frau vor. »Das ist Beryl Wallace«, sagte er. »Ich habe sie aus dem fernen New York kommen lassen. Sie ist in Carrolls *Sketch Book* aufgetreten.« Er neigte sich vor und sprach zum ersten Mal zu mir. »Ein buntes burlesques Treiben.« Dann wandte er sich erneut an Eppitt. »Aber mit Anspruch. Stimmt's, Beryl?«

Beryl wirkte gelangweilt. Wie konnte man sich hier langweilen? Die Musik vibrierte in meinen Rippen. Der Rauch erfüllte meinen Kopf. Der Alkohol erhitzte meine Brust. Beryl wies mit der Zigarette auf Eppitt und mich. »Und wer sind diese zwei?«, fragte sie Isley.

»Ganz gewöhnliche Leute.« Er sah uns beide an, als ob allein die Tatsache, dass wir gewöhnliche Leute waren, uns für seine künftige Schau der Wunder dieser Welt qualifizierte. »Gewöhnliche Leute« war besser als »Debile«, »Wahnsinnige« oder »Mörderin«. »Wahre Raritäten, Beryl.« Dann wies er auf mich. »Und die hier?«, fragte er Eppitt. »Wie heißt die eigentlich?«

Ich nippte nervös an meinem Drink. Er war stark und fuhr mir in die Nase.

»Das ist meine Frau Harriet.«

»Deine Frau! Mein Gott! Du bist verheiratet? Bist du sicher?« Isley wandte sich an Beryl. »Diese gewöhnlichen Leute sind verrückt, Beryl, siehst du? Vollkommen verrückt.« Zu Eppitt sagte er: »Dann belästige Beryl lieber nicht, wenn du verheiratet bist. Verschwende ja nicht ihre Zeit.«

Er führte uns zu einem Haufen düsterer Gestalten, die sich auf Stühlen mit hohen Rückenlehnen krümmten. Alle hielten ihre Zigarette fest zwischen Daumen und Zeigefinger gepresst, selbst die Frau in ihrer Mitte. Ich hatte sie zunächst gar nicht als Frau erkannt. »Und hier drüben hätten wir die Kommunisten«, erklärte Isley. »Ein düsteres Volk ist das. Wenn ich nicht müsste, um des Scheins willen – ich würde sie mir nicht ins Haus holen.« Zum Gruß rief er ihnen zu: »Mitbürger! Dies hier sind ganz gewöhnliche Leute. Eppitt Clapp und wer noch mal?«

»Harriet!«, sagte ich.

»Harriet Clapp«, sagte Eppitt. Offenbar wirkte ich erstaunt, denn er fragte: »Wie sollte ich dich sonst vorstellen?«

»Als die ehrwürdige Mrs Eppitt Clapp«, sagte Isley, der die Spannung spürte und noch anheizte.

»Kennen Sie Leo Trotzki?«, fragte ich, denn ich hatte viel über ihn gelesen.

»Nicht persönlich«, erwiderte die Frau matt.

Isleys Aufmerksamkeit wanderte zur Zimmerdecke, als wollte er prüfen, ob sie hielt. Er griff nach Eppitts Arm und wies nach oben. »Kannst du sie hören, da über dir? Sag es mir.«

Auch Eppitt schaute an die Decke. »Nein. Ich höre sie nicht.«

»Na, mit fünf Radios! Ich hatte gehofft, dass die sie übertönen würden! Ich muss hochgehen. Hoffentlich ist da niemand reingeplatzt! Wir haben schließlich den einen oder anderen aus Amsterdam hier. Bei denen weiß man nie, ob sie nicht an die intimen Orte vordringen, die üblicherweise der sexuellen Begegnung vorbehalten sind. Ich habe ein Faible für solche Leute. Eine meiner Schwächen.«

Isley ging fort, blieb aber kurz bei drei Zwergwüchsigen stehen: zwei Männern und einer Frau. Die Männer trugen Stetson-Hüte, vermutlich für Kinder, obwohl ich mir nicht vorstellen konnte, warum man einem Kind einen Stetson kaufen sollte. Dann trottete ein schwarzer Hund vorüber und leckte der Frau das Gesicht. Sie schlug ihm wütend auf die Nase.

Isley rief in den Raum: »Holt mich, wenn Moss Hart auftaucht. Oder Fay Wray, die DeMarcos und der Braune Bomber. Zeig diesem Mädchen das Herz des Stammeskönigs, Eppitt!« Isleys Kleid entblößte seine Knöchel, so glatt und dünn wie die Fesseln einer Frau. Er trug noch immer meinen blauen Umhang.

Fay Wray, die DeMarco Sisters. Es waren Stars. Und würde ich wirklich Joe Louis treffen, den Braunen Bomber? »Ich mag Boxen«, sagte ich. »Ich bin ein Fan von organisierter Brutalität.«

»Besser als die unorganisierte«, erwiderte Eppitt.

Ich folgte Eppitt zum Kamin. Er holte ein silbernes Kästchen vom Sims. »Kommt irgendjemand davon wirklich?«, fragte ich.

»Hier könnte jeden Augenblick Huey Long im Schlafanzug hereinspazieren.«

»Huey Long ist tot.«

»Das meine ich.« Eppitt klappte den Deckel auf. Im Innern der Dose ruhte etwas Kleines, Dunkles, einer getrockneten Pflaume gleich, auf Samt.

»Was ist das?«

»Ein Herz.«

»Wessen Herz ist denn so klein?«

»Ich glaube, es war mal viel größer. Es ist das Herz eines Stammeskönigs. Ein Wesler-Erbstück.«

»Wer bewahrt denn das geschrumpfte Herz eines Fremden auf?«

»Vielleicht ist es ein Ersatzteil.« Eppitt machte das Kästchen wieder zu und stellte es zurück auf den Kaminsims.

Es rumorte über mir. »Wen will er denn übertönen?«

»Seine Mutter, sie ist bettlägerig. Sie kann keinen Muskel mehr bewegen, außer wenn sie Schecks für Isley ausstellen muss oder mit dem Besenstiel auf die Dielen pocht.«

»Er hat Glück, dass er eine Mutter hat.«

»Da würde er dir vermutlich widersprechen.«

Neben uns machte eine Frau mit Federhut und schwarzem Umhang Fotos mit einer neuen Kodak. Sie zwinkerte Eppitt zu. »Kommen Sie«, sagte sie. »Machen wir ein Bild.«

Eppitt fragte mich, ob ich einverstanden sei. Ich nickte. In der Ecke stand nur ein Stuhl. Eppitt nahm Platz.

»Setzen Sie sich auf seinen Schoß«, sagte die Frau.

»Unser Hochzeitsfoto«, flüsterte ich Eppitt zu und setzte mich.

Eppitt sah mich an und lächelte. »Frann und Mau.«

»Und was bist du?«, fragte ich.

»Wir sind beide beides.«

Die Fotografin zückte ihr Notizheft. »Wie heißen Sie?«

»Mr und Mrs Eppitt Clapp«, gab ich zur Antwort.

Dann verschwand sie hinter ihrer Linse. »Hierherschauen!« Sie hob die Hand. Meine Augen folgten ihr. Eppitt tätschelte meinen Hintern, den fleischigen Teil, der über seinen Schoß ragte. Ich war schockiert über diesen kleinen Klaps. Ich riss die Augen auf. War Eppitt schon betrunken? Sein Glas war fort. In dem Moment blitzte die Kamera. Ich schaute mich im Zimmer um. Jedes Mal, wenn ich blinzelte, pulsierte das grelle Licht von Neuem. Ich war betrunken. Mir war heiß, das Zimmer schwankte.

Wir standen auf. Eppitt begab sich auf die Suche nach der Frau mit den Drinks. »Bleib hier«, sagte er, doch ich wanderte durch die Menge. Ich holte die verlorene Zeit nach. Ich konnte sein, wer und was ich wollte.

Ein Mann sagte: »Hast du *Baboona* gesehen? Die haben gefilmt, wie Paviane vor wilden Geparden fliehen.«

Eine Frau mit äußerst gespitzten Lippen erwiderte: »Nein, aber ich habe Greer Garson in *Accent on Youth* auf der Bühne gesehen. Und Nicholas Hannen! Da hast du deinen Pavian!«

Neben einer Schale voller Bowle sagte eine andere Frau: »Meine Güte! Können Sie sich das vorstellen? Wachsköpfe. Mussolini.«

»Wo gibt es das denn?«, fragte ich die Frau. Ich konnte jemand sein, der sich in Gespräche einmischte.

»Bei Madame Tussaud! Ich habe mir sagen lassen, dass Mussolini ziemlich attraktiv aussieht.«

Dr. Wolff. Aus irgendeinem Grund tauchte plötzlich er vor

meinem geistigen Auge auf. Vielleicht weil Mussolini auf seinem Polizeifoto aus dem Jahr 1903, das gerade in allen Zeitungen gewesen war – er war damals wegen Landstreicherei verhaftet worden –, Wolff geähnelt hatte: dunkles Haar, dunkle Augen, ein überraschend sanftes Gesicht. »Das mag sein«, sagte ich. Wolff, Wolff. In meiner Trunkenheit durchströmte mich eine tiefe Liebe zu ihm. Er war tot, und es war, als hätte ich gerade erst davon erfahren.

Wo war Eppitt? Hatte er mich verlassen? Ich beschloss zu bleiben, mochte er auch fort sein. Ich wollte ewig bleiben. Ich bewegte mich wie eine einsame Motte auf eines der leuchtenden Radios zu, wedelte mit den Händen und tanzte ein wenig. Außer auf dem Klinikrasen hatte ich noch nie getanzt.

Da zupfte mich ein junges Mädchen, dessen wirrer Haarknoten nur lose von einem Band gehalten wurde, am Ärmel. »Haben Sie Mistol-Tropfen?« Sie rieb sich die Nase. »Die Süchtigen sind alle draußen. Kuda Bux will über glühende Kohlen laufen. Haben Sie nun Mistol-Tropfen oder nicht?«

»Glühende Kohlen?«

»Glühende Kohlen«, sagte das Mädchen. »Also? Mistol-Tropfen?«

»Nein«, sagte ich, »hätte ich aber gerne.« Ich hatte noch nie davon gehört.

»Oh«, sagte die junge Frau. »Stellen Sie sich hinten an!«

Ich stieß auf eine Flügeltür, die auf eine Terrasse und eine große Wiese führte. Eine Menschenmenge hatte sich um einen Pfad aus flammenden Kohlen herum versammelt – ein Garten aus brennenden Blumen. »Ein Beet in Flammen!«, sagte ich laut. Auch Isley war dort, er trug nun eine Gasmaske, die seine Stimme so sehr dämpfte, dass man ihn kaum hören konnte. Er führte einen dunkelhäutigen Mann zu den Kohlen – vermutlich Kuda Bux. Kuda war barfuß, trug eine lange Hose und ein glattes weißes Hemd. Als er über die Kohlen ging, applaudierte die Menge, immer lauter, immer schneller. Er selbst blieb vollkommen gelassen. Als er das Ende der Glut erreichte, verbeugte er sich kurz.

Der dicke Pianist wollte ebenfalls sein Glück versuchen. Er trat mit einem Schuh auf den Absatz des anderen, schwankte kurz, als er den Schuh auszog, und bückte sich, um seinen Socken abzustreifen.

»Har-low! Har-low!«, skandierte die Menge.

Isley eilte auf mich zu. Plötzlich stand er viel zu nah vor mir und keuchte durch die Maske, ein übergroßes Insekt mit einem feinen Haarflaum auf dem Kopf. Er hatte den Arm voller Masken. »In London ist das der letzte Schrei!« Er gab mir eine. »Probier sie an!«

Ich legte die Maske an. Sie war zu eng, ich zog sie gleich wieder aus.

»Magst du mich?«, fragte Isley durch die Gasmaske hindurch.

»Das ist die tollste Party, auf der ich jemals war!«, sagte ich.

»Ich habe Eppitt das Leben gerettet. Wenn ich nicht gewesen wäre, läge er jetzt tot in einem Schützengraben.«

»Sie waren zusammen im Krieg?«

»Natürlich nicht! Ich habe ihn davor bewahrt. Ich habe ihn zu den Burlesque-Shows gebracht und ihm seine jetzige Arbeit besorgt. Er kann ziemlich gut mit Gangstern umgehen. Wenn man in seiner Kindheit gar nichts hat, so wie er, dann hat man auch nichts zu verlieren, oder? Als er mich kennengelernt hat, war er noch der reinste Milchbubi.«

»Ich habe keine Ahnung, wovon Sie sprechen.« Eppitt hatte zwar gesagt, dass er kein Kriegsheld war, aber dass er überhaupt nicht gedient haben sollte? Burlesque-Shows? Gangster?

Hier konnten wir sein, wer und was wir wollten. Eppitt war ein anderer. Ich sagte: »Ich habe früher auch getanzt.«

»Auf der Bühne? Du? Wirklich?«

»Natürlich!«

»Vielleicht kannst du uns ja später eine kleine Kostprobe geben.«

Da entdeckte ich Eppitt, der sich suchend umsah, vielleicht nach mir. »Gut«, sagte ich, zwinkerte, spitzte die Lippen und öffnete an meinem züchtigen Kleid den obersten Knopf.

Eppitt eilte auf uns zu.

Isley sagte: »Ich hatte ja keine Ahnung, was das für eine ist, Mann! Keine Ahnung.«

»Wo warst du?«, keuchte Eppitt aufgeregt. »Ich habe dich überall gesucht.«

»Eppitt mag es nicht, wenn er verlassen wird«, sagte Isley. »Sag ihr, dass du mir diese alte Sache verziehen hast. Sag mir, dass alles vergeben und vergessen ist.«

Eppitt wich einen Schritt zurück. Er schob die Hände in die Hosentaschen. »Na klar!«, sagte er. »Natürlich ist das alles verziehen, Isley. Wovon redest du? Vom Krieg?«

»Ach, das!« Isley seufzte müde. »Singst du immer noch das alte Lied, Clapp? Sie weiß Bescheid. Ich habe es ihr erzählt. Hier, nimm eine Gasmaske.« Er drückte sie Eppitt so gewaltsam in die Hände, dass er sie nehmen musste. »Vielleicht brauchst du sie ja irgendwann. Man weiß nie!« Damit kehrte er zu den anderen zurück, die noch immer bei den Kohlen standen.

Eppitt hielt die Maske sanft mit beiden Händen fest, als wäre es ein junges Kätzchen. Mir war schwindelig. Eppitt verschwamm.

»Sag mir die Wahrheit«, flüsterte ich.

»Welche Wahrheit?«

»Such dir eine aus«, sagte ich.

»Wirst du mich dann trotzdem lieben?«

»Natürlich.«

Er sah zu Harlow hinüber, der über die Kohlen trippelte, sich dann rasch umdrehte und auf dem Hintern im Gras landete. Sein Gesicht zog sich dunkelrot zusammen und wurde zu einem lauten Geheul.

»Ich war nicht im Krieg. Isley hat jemanden bestochen, damit ich wegen körperlicher Mängel ausgemustert wurde. Vielleicht wäre ich ja sowieso ausgemustert worden. Er hat mir Arbeit bei den Burlesque-Shows besorgt. Als Aufpasser. Einmal, als ich Alkohol geschmuggelt habe, hat er mich im Stich gelassen, und ich habe Ärger mit dem Gesetz bekommen. War eine Zeit lang im Gefängnis. Danach hat er mir den Job mit dem Verstecken besorgt, weil ich die Sache für ihn abgesessen habe.«

Ich verstand Gefängnis auf meine Weise. »Sind es Gangster? Sind das die Leute, die Verstecke brauchen?«

»Diese Familien und auch ganz normale Leute.« Er legte die Hände auf meine Hüften und ließ sie bis zur Taille wandern. »Aber hier ist das okay. Wir können ein Leben am Rand der Gesellschaft führen. Niemand kümmert sich darum, was die am Rand tun.«

»Ich fühle mich als Mörderin.«

Er lachte. »Wen hast du ermordet?«

»Meine Mutter.«

Er sah mich an. »Sag mir, Harriet, bist du dir da sicher?«

»Sie hat immer nur im Haus gelebt, und dann bin ich gekommen, und wir sind rausgegangen. Sie ist wegen mir an Ansteckung gestorben. Danach war ich im Irrenhaus. In Sheppard Pratt.«

»Du hast deine Mutter nicht getötet, Harriet. Ganz und gar

nicht. Du hast sie zum Leben erweckt. Siehst du das denn nicht?«

So hatte ich das noch nie gesehen.

Er war noch nicht fertig. »Und mit einer Zeit im Irrenhaus kann man hier angeben. Meine Güte, wusstest du, dass auch Zelda Fitzgerald mal im Pratt war? Scott und Zelda waren hier bei einer Gartenparty. Und haben sich über ein Croquetspiel gestritten.«

Am Rand. Das war unser Platz. Das Mädchen, das Mistol-Tropfen von mir gewollt hatte, hatte seine Süchtigen offenbar gefunden. Sie alle standen bei den Kohlen und rauchten, darunter einer der Zwergwüchsigen mit seinem Stetson und einer aus der Gruppe der Kommunisten. Es roch süßlich.

»Lass uns tanzen«, sagte Eppitt.

Im Haus wurde wie besessen getanzt. Beryl ließ sich von einem Mann herumwirbeln, und als sie wieder auf den Füßen landete, hüpfte eine ihrer Brüste aus dem Kleid. Sie schob die Brust zurück in ihren Ausschnitt und ging mit einem kriecherischen kleinen Mann davon, dessen Adamsapfel weiter vorsprang als sein Kinn. Eppitt und ich versuchten uns an einigen Schritten, doch wir waren ungeübt. Unsere Hände glitten auseinander. Eppitt wurde von einer Gruppe Shimmy-Tänzerinnen umringt. Ich wirbelte im Kreis, und als ich mich wieder zu Eppitt drehte, hatte er eine schiefe Nase und viel zu dunkle Augenbrauen. Er war es nicht.

Der Fremde lächelte mich an. »Hallo.«

»Harriet!« Eppitt rief nach mir. Ich drehte mich hin und her, doch ich fand seine Stimme nicht. »Harriet! Hier!«

Dann sah ich ihn, hinter dem Flügel. Ich schob mich durch die tanzende Menge. Als ich endlich bei ihm war, war ich außer Atem. »Ich muss auf die Toilette«, sagte ich. Mir war flau.

»Oben!«, rief er.

Ich ging die Treppe hinauf und kam in einen dunklen Flur mit vier verschlossenen Türen. Unter einer Tür leuchtete ein Lichtspalt. Ich klopfte an.

»Besetzt!«, rief eine Männerstimme.

Ich klopfte an die nächste Tür. »Isley! Isley Wesler!« Es war die Stimme einer alten Frau. »Ich höre dich! Ich höre alles!« Mir fiel mein Umhang ein. Ich hatte ihn zuletzt an Isleys Arm gesehen, als er nach oben gegangen war, zu seiner Mutter.

»Hier ist nicht Isley«, sagte ich durch die Tür hindurch.

»Kommen Sie rein! Kommen Sie rein!«, rief die Frau.

Ich schloss die Augen. Die Wände fuhren Karussell. Ich griff nach dem Türknauf, um mich an irgendetwas festzuhalten, dann drehte ich daran und öffnete die Tür. Das Zimmer war nur schwach erleuchtet, das Bett hoch aufgepolstert. Es roch nach alten Laken und etwas, das mir vertraut war. Die alte Dame lag im Bett. Ihre Augen waren feucht und halb geschlossen, die Lider so stramm und klein, als würden sie ihr den Blick verschließen. Die Augäpfel bewegten sich hin und her, milchiges Weiß offenbarend.

»Mein Name ist Harriet Clapp.«

»Sind Sie hinter meinem Sohn her?«

»Nein, ich bin verheiratet.«

»Halten Sie Ihre Börse immer schön geschlossen. Sorgen Sie für sich selbst. Sonst stehen Sie am Ende mittellos da. Männer sterben, Harriet Clapp. Männer gehen. Auf Männer kann man sich nicht verlassen. Nur auf Geld. Geld ist altbewährt. Haben Sie Kinder?«

»Nein.«

»Wirklich?« Ihre Augen schienen durch mich hindurchzusehen. Die Frau war weniger blind als ich unsichtbar. »Beten Sie für Töchter, Harriet Clapp. Jungen taugen nichts. Mein Isley ist die reinste Landplage. Ich würde ihn verprügeln, wenn ich ihn in die Finger bekäme.« Sie klatschte so heftig in die Hände, dass eine der Wände flatterte. Da sah ich, dass an der Decke Vogelkäfige hingen – Isleys Tauben. Der strenge Geruch war Vogeldreck gewesen, und das Vertraute waren: Zeitungen. Die Käfige waren damit ausgelegt.

»Ich werde nun gehen«, sagte ich.

»Schön. Gehen Sie!«

Ich verließ das Zimmer und schloss leise die Tür. Ich ging in das Badezimmer am Ende des Flurs. Es war riesig. Eine Badewanne mit Krallenfüßen stand darin, an der Wand dem Spiegel gegenüber hingen ein gewaltiges Schwert und darunter die Fotografie eines Soldaten – mit seinem bleichen Schweinegesicht und den dürren Beinen eindeutig ein Wesler –, der mit sichtlichem Stolz den abgeschlagenen Kopf eines »Eingeborenen« an den Haaren hielt. Ich sank schwerfällig auf die Toilette und pinkelte. Als ich mir die Hände wusch, sah ich Schwert und Fotografie verzerrt im Spiegel. Ich war so müde. Ich setzte mich in die Badewanne. Ich wollte mich nur ein wenig ausruhen.

Eppitt fand mich in der Badewanne schlafend. Er hob mich hinaus und trug mich nach unten, wo die Tänzer wild wie Drahtgebilde zuckten. Sie bleckten die Zähne und schüttelten sich epileptisch. Sie erinnerten mich an die Kinder aus der Maryland-Schule mit ihren Anfällen.

»Unsere Engel!«, sagte ich zu Eppitt. »Sieh nur!«

»Ganz ruhig.« Er führte mich an die frische Luft und sank, ich auf seinem Schoß, in einen Stuhl.

Isley setzte sich, als wäre er vom Thron gestürzt, zu uns auf den Boden, sein Kleid lotterte um ihn herum. »Wollt ihr nicht die ganze Nacht bleiben?«, fragte er.

»Es ist fast Morgen«, sagte Eppitt.

»Ich will bleiben, immer nur bleiben«, sagte ich.

»Cole Porter ist nicht gekommen! Und Luigi Pirandello auch nicht. Sind wir die drei Personen, die einen Autor suchen? Und dieser Halliburton, überquert die Alpen auf einem Elefanten wie einst Hannibal. Auch er ist nicht erschienen. Vielleicht ist er noch gar nicht zurück. Ich habe gehört, dass er am Zoll Probleme hatte. Und den Duke of Gloucester und seine Verlobte habe ich erst gar nicht eingeladen. Wie ich hörte, gab es ein Gartenfest in Bowhill. Meine Einladung ist offenbar in der Post verloren gegangen!«

»Es ist auch so eine großartige Party«, seufzte Eppitt.

»Als wäre es unsere Hochzeitsfeier«, sagte ich. »Wir haben noch gar nicht gefeiert.«

»Ich weiß nichts von deiner Braut.« Isleys Lider waren angeschwollen, seine Augen blutunterlaufen. »Kommst du auch aus Sparrows Point, so wie Eppitt? Da war mal wunderschönes Marschland, vor der Verschandelung durch Industrie und Armut. Daher der Name, von den Spatzenschwärmen! Es war wunderschön! Als würde die Luft von tausend Flügelschlägen angetrieben!« Er sah Eppitt an. »Jedes Mal, wenn du mich völlig abgeschrieben hast, sage ich etwas, das sich lohnt!«

»Die Gegend wurde nach Thomas Sparrow benannt«, widersprach ich. Ich hatte zu viel gelesen. »Nicht nach den Vögeln.«

Isley ignorierte meinen Einwand. »Wie gern wäre ich jetzt auf dem Dach des RCA-Gebäudes! Da gibt es japanische Bäume, einen Tudorbogen und einen gepflasterten spanischen Innenhof mit einem Brunnen aus Granada. Und Zitronenbäume, Eppitt!«

»Es war eine großartige Party, Isley! Jeder wird darüber sprechen.«

»Wirklich?«, fragte Isley und zog gleich wieder einen Schmollmund. »Trotzdem, lieber wäre ich jetzt in dieser schrecklichen Tanzhalle in der Vierzehnten!«

»Wie konnten Sie Ihre Mutter nur verlassen?«, sagte ich zu ihm. Ich schob meine Finger zwischen zwei Knöpfen an Eppitts Hemd hindurch – er war Napoleon und ich Napoleons Hand.

»Abercrombie & Fitch verkauft Reithosen aus Kavalleriedrillich!« Isley wurde schwermütig. »Und den ganzen Sommer lang gab es bei Tripler einen Hut aus Kokosfaser, so wie man ihn auf den Bahamas trägt. Nur ich komme nie hier weg.«

»Du könntest dir richtige Arbeit suchen«, schlug Eppitt vor.

Isley richtete sich auf und wandte den Kopf zur Seite, als ob er etwas Strenges riechen würde. »Arbeit und ich, das passt nicht zusammen. Deshalb werde ich mich auch nie mit diesen Kommunisten verstehen.«

Da erschien das Mädchen, das mich nach Mistol-Tropfen gefragt hatte. Es hielt irgendetwas in den Händen. Das Band, das sich um ihr Haar gewunden hatte, war fort. Das Mädchen öffnete die Hände. Eine Taube lag darin. »Sie ist tot!«, sagte sie.

»Nein, sie ist nicht tot, Liebes«, sagte Isley. »Sie schläft nur.«

»Sie ist tot«, versicherte das Mädchen.

»Wenn du nach Tragödien suchst, wirst du sie auch finden! Frag Clapp. Er hat geheiratet. Wo bleibt nur die Vernunft?«

Eppitt reagierte nicht. Er beugte sich zu dem Vogel und dann wieder zu mir.

»Sie ist tot, Isley.«

Sie war tot, schlaff und leblos.

»Sie ist bestimmt nur *fast* tot«, sagte Isley.

»Sie ist tot tot«, sagte das Mädchen.

»Begraben wir die Taube! Halten wir einen Ritus ab. Bist du noch Jungfrau?«, fragte er das Mädchen.

Es sah ihn mit irrem Blick an.

»Keine Angst. Ich glaube nicht an Jungfrauenopfer!«, beruhigte Isley das Mädchen. »Nicht doch, Liebes. Das ist albern und überflüssig. Du wirst feststellen, dass ich recht zivilisiert bin.«

Er ging mit dem Mädchen fort, fort vom Haus, zu den Süchtigen, hinüber zu einer weit entfernten Baumgruppe. Ein Windstoß blähte sein grünes Kleid wie einen Ballon auf. Mir kam seine Mutter in den Sinn, die in ihrem Zimmer gemeinsam mit den Käfigtauben scharrte. »Männer sterben. Männer gehen. Auf Männer kann man sich nicht verlassen.« Geht nicht jeder irgendwann – oder sehen wir nur, wie andere fortgehen? Hatte mich das Leben dieses eine nicht gelehrt? »Beten Sie für Töchter.« Es war mir noch nie in den Sinn gekommen, für irgendetwas zu beten, und von der Vorstellung, ein Kind zu bekommen, hatte ich mich längst verabschiedet. Doch wenn ich sein konnte, wer und was ich wollte, wenn das mein Zuhause sein konnte, was sprach dann gegen eine Familie? Gegen Kinder?

Ich war betrunken. Alles toste. Mein Leben war ein anderes. Dies war eine neue Welt, und ich war in ihr, ob sie mich brauchte oder nicht. Ich griff mit beiden Fäusten Eppitts Hemd und hielt mich daran fest.

19

Wolpes Methode der systematischen Desensibilisierung

Ruth

Ich stehe am späten Nachmittag im Supermarkt und warte auf das Ende eines Regengusses. Ich trödele herum, um es mit Eleanors Worten zu beschreiben. Sie hätte sich längst über ihre Einkäufe gebeugt, wäre nach draußen gerannt und bei Regenrauschen davongerauscht. Sie taucht ständig in meinem Denken auf und zwingt mich zum Vergleich. Es ist, als würde ich mein Leben und das meiner Mutter zugleich leben.

Es ist nun einige Tage her, seit ich Tilton versprochen habe, mit ihr zu George zu fahren. Ständig fragt sie mich, ob ich ihn schon ausfindig gemacht habe, im Flüsterton, damit Eleanor nichts hört. Ich sorge mich um Tilton. Sie ist so aufgeregt und rastlos, doch das Haus verlässt sie nicht – aus Fügsamkeit gegenüber Eleanor?

Ron hat ein paar Mal angerufen und Nachrichten hinterlassen, auf die ich nicht reagiert habe. Er fragt immer wieder, ob ich zur Hochzeit und zur Gala komme. Einmal wollte er auch wissen: »Und wie sieht es mit unserem gemeinsamen Leben aus? Machst du da weiter mit?«

Ich muss ihn aber anrufen, weil er für mich Georges Adresse recherchieren muss, die ich mir damals nicht notiert habe, und irgendwann muss ich mich bei ihm melden. Auf Dauer kann ich ihm nicht ausweichen.

Er geht gleich ans Handy. »Ja?« Er klingt gehetzt.

»Alles in Ordnung?«

»Ich dachte nur, es wäre Justin. Ich habe ihn losgeschickt, Eis holen. Gibt es in den Hotels denn keine Eismaschinen mehr? So ein Mist. Er hat sich garantiert verlaufen.« Dann wechselt er den Tonfall. »Ich bin froh, dass du zurückrufst. Es tut gut, deine Stimme zu hören.«

Ich erwidere, es tue auch gut, seine Stimme zu hören, weiß aber nicht, was ich empfinde. »Hast du Internetzugang?«

»Du etwa nicht?«

»Ich bin im Jahr 1974. Hier hätte ich nicht mal Telefoneinwahl.«

»Ich habe das Laptop an. Was brauchst du denn?«

»George Tarkington.«

»Hattest du dir nicht geschworen, diesen Mann zu ignorieren?«

Ich schlendere an Säureblockern und Tamponschachteln vorbei. »Ich tue das für Tilton. Und weil es meine Mutter wahnsinnig aufregen wird.«

»Verspürst du immer noch den Drang, deine Mutter aufzuregen?«

»Das ist eine lebenslange Berufung«, erwidere ich.

Während er nach George sucht, wird es still, doch plötzlich sagt er: »Ich hatte erwartet, dass du ihr gegenüber etwas weicher werden würdest, so kurz vor ihrem Ende.«

»Oh, richtig«, sage ich. Ich hatte meine Lüge ganz vergessen. »Das tut mir leid. Sie liegt nicht im Sterben. Ich habe das nur gesagt, damit du hier nicht reinplatzt.«

»Du hast mich angelogen?«

»Streng genommen liegen wir alle im Sterben.«

»Verdammt, Ruth! Ich habe Susan Burchard schon Bescheid gesagt.« Susan Burchard ist die Mitbegründerin der Harriet-Wolf-Gesellschaft. »Sie versucht verzweifelt, dich zu erreichen. Verdammt!«

»Meine Mutter liegt nicht im Sterben. Das ist eine *gute* Nachricht.«

»Tut mir leid. Es ist nur … Sie hatte gedacht, dass Eleanor vor ihrem Tod womöglich einen Hinweis geben würde. Du weißt schon …«

»Eleanor wird niemals einen Hinweis geben.« Wir mussten unserer Mutter seinerzeit versprechen, das verlorene Buch niemals zu erwähnen, all die Seiten, die zu Asche wurden. Darf ich einen Pakt brechen, der möglicherweise auf einer Lüge beruht? Ich kratze mir mit der Kante des Handys die Stirn. Was wirklich zählt, ist der Pakt mit Tilton. Das gewundene Garn, das so lange überlebt hat – es steckt im Reißverschlussfach meiner Brieftasche.

»Weißt du, was ich glaube?«, sagt Ron. »Tilton weiß es. Sie ist ein Savant, oder?«

»Such einfach nach George Tarkington. Oxford, Pennsylvania, das ist das Letzte, was ich weiß.« Mittlerweile stehe ich vor der langen Reihe beschlagener Eisschränke und muss an das Winterfest in einem von Harriets späteren Büchern denken: Die Party hatte sich hinaus in den Garten ausgedehnt, weil es zu schneien begonnen hatte. Daisy beobachtet das Geschehen von einem eisumkränzten Fenster im oberen Stockwerk aus. Wenn die Harriet-Wolf-Gesellschaft Feste geben würde, wie sie in den Büchern meiner Großmutter geschildert werden! Tanzhallen, Bootsfahrten, alkoholisierte Picknicks, ein Gin in der Hand, Daisy weint in einer Badewanne, die Küche voller Kommunisten, Männer, die im Smoking auf einen Baum klettern – *das* würde sich lohnen!

»Oh, da haben wir ihn ja«, sagt Ron. »Dein Vater arbeitet immer noch als Makler und zeigt immer noch Gebiss.«

»Das breite Lächeln gehört zum Maklerwesen. Das ist eine Grundkompetenz.« Ich ziehe einen Stift aus dem zerfransten Innenleben meiner Tasche. Ron nennt mir Adresse und Telefonnummer, ich schreibe beides hinten auf den Kassenzettel. »Danke.«

»Warte«, sagte er. »Wie geht es dir wirklich?«

»Meine Mutter dringt ständig in mein Denken ein.«

»Die berühmte Gedankenfalle«, sagt Ron. »Daraus musst du dich befreien.« Dann erinnert er mich daran, wie seine erste Frau mit ihrer Zwangsstörung gekämpft hat. »Hast du sie mal laut ›Stopp‹ sagen hören, so als ob sie mit sich selbst spricht?«

»Nein.«

»Früher hat sie das ständig getan. Manchmal sind Leute in ihrer Nähe stehen geblieben, weil sie dachten, sie wären gemeint. Wolpes Theorie, eine Frucht der Fünfziger. Ich weiß genau, was du jetzt denkst – ein Höhepunkt in der psychologischen Tiefenforschung, oder?« Der Gedanke war mir nicht gekommen. »Man sagt ›Stopp‹, atmet tief ein, wieder aus und lenkt die Aufmerksamkeit auf etwas anderes.«

»Hat es funktioniert?«

»Mittlerweile nimmt sie hoch dosierte Medikamente.«

»Ich denke auch oft an Hailey.«

»Hailey«, sagt er. »Tja, Hailey.« Ron hat nie versucht, Haileys Vater zu spielen, und das rechne ich ihm hoch an. Auch hat er immer schon verstanden, was ich nie sehen konnte oder wollte, dass mein Verhältnis zu Hailey meine Person ausmacht, sei es im Guten oder Schlechten. Er ist schon länger Vater und kennt die Tiefen und Untiefen dieser Gewässer. »Geht es dir gut?«

»Ich stehe zwar ein wenig neben mir, aber sonst geht es mir gut.«

»Ich selbst habe Wolpes Methode erst vor ein paar Tagen angewandt, und zwar jedes Mal, wenn ich an dich denken musste. Dabei will ich damit gar nicht aufhören.«

Eine Gruppe von Teenagern rettet sich laut und nass vor dem Regen. »Findest du, dass wir unsere Ehe entspannt angegangen sind?«, frage ich. »Lässig?«

»Ausgelassen, das ja.«

»Und wenn wir uns scheiden lassen, werden wir das dann auch entspannt angehen?«

»Auf keinen Fall«, sagt er. »Ich muss wissen, wie sich mein restliches Leben gestaltet. Du etwa nicht?«

»Ich muss Tilton helfen.«

»Ich könnte mich immer noch mit Justin auf den Weg machen. Wir würden gerne kommen, aber natürlich sollst du nicht den nächsten Sterbefall erfinden.«

»Tu es nicht.«

Ich schaue auf den Zettel mit Georges Adresse und Telefonnummer. Ich werde mich nicht ankündigen. Ich werde ihn überraschen. Hat er uns damals angekündigt, dass er uns im Stich lassen würde?

Rons Stimme kommt etwas entfernter aus dem Handy. »Der geschlagene Held kehrt heim! Kein Eis?« Im Hintergrund dröhnt Justins Stimme. »Kein Eis«, sagt Ron zu mir.

»Kein Eis.«

20

Das Herz des Stammeskönigs

Tilton

Ich habe zwei Herzen, Wee-ette, und du weißt, wieso. Sie schlagen beide, immer noch, in mir. Eins ist das Herz des Stammeskönigs, das Ausstellungsstück, das ich gegessen habe, als du neben mir gestanden hast, und eins mein richtiges Herz. Aber da ich sie beide in mir trage, gibt es keinen Unterschied. Mir ist klar, was du denkst: dass das Herz, das ich damals gegessen habe, bloß ein vertrocknetes, lederiges Etwas war, das sich längst durch meinen Verdauungsapparat hindurchbewegt hat. Doch da irrst du dich. Es ist in mir geblieben. Es sollte meinen Vater zum Erscheinen bringen. Doch es hat versagt. Irgendwann versagt jedes Herz. (Nimm meine Mutter – ihres wurde angefallen. Und dich, deines ist stehen geblieben.) Ich hätte gerne noch mehr Herzen – eins für meine Mutter, eins für meinen Vater und ein Herz nur für dich, Wee-ette, und eins für Ruthie. Und auch eins für Benny Elderman? Vielleicht. Und eins für Hailey, obwohl ich ihr noch nie begegnet bin. Meine beiden Herzen haben wirklich viel zu tun: Sie vermissen meinen Vater, sie vermissen dich, Wee-ette. Eins will mit Ruthie hinaus in die Welt, und eins will hierbleiben und sich um meine Mutter kümmern.

Ich brauche unbedingt mehr Herzen.

Ich bin in Ruthies Zimmer. Das dürfte ich eigentlich nicht.

Sie ist nämlich unterwegs. Aber ich habe die Hunde bei mir, und da es auch deren Zimmer ist, darf ich eintreten. Einer der beiden Hunde hat sehr feuchte Augen, und mit einen Auge zwinkert er die ganze Zeit. An ihm ist alles kürzer, Schnauze, Beine, Schwanz, sein Brustkorb breiter. Das ist Pim. Der andere hat einen breiter gefächerten Schwanz, viel mehr Kopffell, und seine Ohren sind kürzer. Das ist Pom. Beide legen sie den Kopf schief, wenn ich Vogelrufe nachmache. Diese Sprache verstehen sie am besten. Sie ist deutlicher, dringender, ehrlicher.

Ich öffne ein Fenster und schaue nach draußen, obwohl meine Mutter einen Anfall bekäme, wenn sie mich an einem offenen Fenster sähe. Sie wäre von einem Fenster fast verschlungen worden. Doch das stimmt nicht. Es hat nur so gewirkt. Es war eine Herzattacke. Wenn eins meiner Herzen attackiert würde – oder, genauer gesagt, sich selbst attackieren würde –, hätte ich immer noch ein zweites. Wenn sie sich gegenseitig attackieren würden, wäre ich tot.

Stehe ich an einem offenen Fenster, weil ich es meiner Mutter heimzahlen will, weil sie eine Lügnerin ist?

Das Fenster liegt direkt über dem Dach, das die Leute schützt, die im Regen an die Haustür klopfen. Doch an unsere Tür klopft niemand, egal bei welchem Wetter, abgesehen von irgendwelchen untergeordneten Lokalpolitikern und den zwei Mädchen aus der Highschool, die in ihren Band-Uniformen kommen und Schinken-Käse-Sandwiches verkaufen, damit sie zu irgendeinem Wettkampf nach Ontario reisen können.

Wie das wohl ist, wenn man in einer Band-Uniform nach Ontario fährt?

Ruthie ist aus diesem Fenster und auf dieses Dach geklettert und mit sechzehn mitten in der Nacht davongelaufen. So etwas könnte ich nie tun. Ich bin viel zu schwach und kränklich, meine Haut ist netzartig gezeichnet. Ich hatte schon so viele Krankheiten: Fieber, Erbrechen, Husten, Schnupfen. In der Sonne wird meine Haut ganz rot. Manchmal bildet sie sogar Blasen und schält sich. Gegen die meisten Pflanzen und Tiere bin ich allergisch, aber nicht gegen diese Hunde. Ich habe nicht genügend Körperfett, um zu treiben, geschweige denn zu schwimmen. Von Milch bekomme ich Blähungen. Ich bin asthmatisch, manchmal gerate ich völlig außer Atem. Nach einem Bienenstich schwillt die betroffene Region an. Auch bei einem Mückenstich – mein Körper überreagiert, alles juckt und schwillt.

Die Bitumenschindeln sind von der Sonne warm und noch feucht von einem kurzen Regen. Ich hebe die beiden Hündchen an, damit auch sie nach draußen schauen können.

Weißt du, was alles wirklich passiert ist?, frage ich den Zwinkerigen.

Er weiß es nicht.

Ruthie hat uns wirklich verlassen, erkläre ich dem Hund. Da hat meine Mutter nicht gelogen.

Und dann sehe ich Benny, den jüngsten Sohn der Eldermans. Ihn beschreibe ich so: Kopf länglich und von mittlerer Größe, langer Hals, Arme und Beine schlaksig, knochige, hervorstehende Kniescheiben, das Haar wirr, dunkel, wellig, die Augen blau mit langen Wimpern, hoher Nasenrücken mit Höcker, die Ohren unauffällig, die Lippen schön. Es ist fünfzehn Uhr. Er streckt sich im Garten aus. Er ist ein Jahr älter als ich, sieht aber viel älter aus. Vielleicht altert man, wenn man in der Welt lebt – durch Sonne und Wetter – so wie Gartenmöbel. Er trägt eine Schirmmütze – rot, weiß und blau, wie ein stolzer Amerikaner.

Ich lehne mich aus dem Fenster. Ob er mich bemerken wird?

Ja. Er blinzelt und legt sich eine Hand über die Augen, beschattet sie. Dann winkt er, es sieht aus, als wäre seine Hand nur lose an seinem Arm befestigt.

Ich wedele mit der Hand nach oben und nach unten, ziehe mich rasch durch das Fenster zurück und lehne mich an die Wand.

Auch das ist wirklich passiert. Gerade eben.

Meine beiden Herzen schlagen wie wild. Auch der Ausflug, den ich mit dir, Wee-ette, zu diesem Museum unternommen habe, ist wirklich passiert. Meine Mutter hatte sich furchtbar aufgeregt. Du hast das Haus seit Jahren nicht verlassen! Warum jetzt? Warum da hin? Warum mit Tilton? Tilton ist erst sieben Jahre alt! Meine Mutter ist mit so vielen Warums gekommen – mit legitimen Fragen, so hat sie das genannt. Aber du hast ihr keine Antwort gegeben, Wee-ette. Du hast immer nur gesagt: Meine Aufgabe besteht darin, Bücher zu schreiben, nicht, sie zu erklären. Du hattest dich daran gewöhnt, nichts zu erklären, auch dich selbst nicht.

Da du nicht Auto fahren konntest und meine Mutter nicht gebeten hattest mitzukommen, haben wir den Bus genommen. Damals hatte ich solche Dinge wie den öffentlichen Nahverkehr noch nicht aufgegeben. Ich war noch in der Schule. Ich war noch fast normal.

Der Bus hat uns durch den weiten Raum bis hinaus aufs Land befördert, und am Anfang hat es wie ein Film aus Feldern und Bäumen ausgesehen, die an den Fenstern vorüberruckeln. Ich habe mich auf den Kunststoffsitzen so ungebunden gefühlt. Als ob man sich von seinem Sitz erheben und wie in einer Testrakete schwerelos umherschweben könnte. Ich hatte dir angeboten, deine Handtasche zu halten, damit sie mich mit ihrem gewaltigen Gewicht auf meinen Sitz drückt. Manchmal habe ich mich gefragt, ob du darin eine Bowlingkugel trägst. Die Tasche war so dick und schimmernd wie der Hintern einer Biene. Sie war wie ein Teil von dir, die Riemen fest unter dem Ellbogen eingeklemmt. Da konnte ich dir noch so viel Creme in die Ellbogen reiben, es waren und blieben schwielige Knoten, und einer hat immer schützend vorgeragt; die Riemen jedenfalls sind tief in der zarten weißen Haut im Innern deiner Arme verschwunden, da, wo sich die blauen Äderchen winden.

Der Bus ließ seine Bremsen einsam bellen, und dann sind wir durch den Gang mit den Gummimatten gelaufen. Du, Wee-ette, weißt, dass es deshalb schwer für mich ist, aus dem Haus zu gehen: Alle haben sie gewartet – jedes Gesicht hat zu uns hochgelauert – und ich habe jedes einzelne erfasst, denn so bin ich nun einmal. Die Gesichter waren: glänzend, stumpf, traurig, hoffnungsvoll, verzweifelt. Ich habe mich an jedem, so lange es ging, festgehalten. Meine Mutter versteht das nicht. Sie weiß nur, dass das zu viel für mich ist. Und das ist es wirklich!

Selbst jetzt, in dieser Minute, wo ich hier in diesem Zimmer bin und auf den Karton schaue, auf dem »Ruthie – Verschiedenes« steht, erinnere ich mich an ein Gesicht aus dem Bus, das dicker als die anderen war, mit einem wabbeligen Kinn, das mit dem dröhnenden Motor im Takt gewackelt hat.

Siehst du, was ich meine, Wee-ette? Du weißt, wie es ist. Meine Mutter sagt immer, dass mein Gedächtnis eine meiner größten Bürden ist. Doch es ist mehr als das. In guter wie in schlechter Hinsicht.

Die Bustüren sind aufgegangen, und wir sind über die großen Stufen nach unten gestiegen. Die Bustüren sind wieder zugegangen. Dann hat uns der Bus hinter einer stöhnenden Staubwolke am Ende einer langen Straße stehen lassen. Es war spätes Frühjahr, überall hat es nach Heckenkirschen gerochen – auf eine Art süß, bei der ich an meine Lehrerin Mrs Blaskow denken musste, an ihr steifes Haar und ihre Leberflecken.

Ich war noch niemals auf dem Land gewesen. Diese offene Weite hat mich sehr beunruhigt. Überall erhob sich grün-gefahrvoll das Gras. Stachelige, dickhalsige Blumen am Wegesrand glotzten mich mit ihren Knospen an. Meine Mutter hätte mir gesagt, dass ich nicht so dicht an die Pflanzen gehen soll. Da könnte Giftefeu sein. Doch da waren Vögel. Mit ihrem Gezwitscher und Geflatter.

Wir sind gegangen, bis irgendwann ein Haus kam. Das war gar kein Museum. Davor waren wilde Pfauen, deren staubige Federn sich ineinander verstrickt hatten. Neben einer Statue des hl. Franziskus, auf der ganz viel Vogeldreck eingetrocknet war, haben Hunde geheult.

Auf einem kleinen weißen Schild stand: »Willkommen im Isley Wesler Antiquitäten-Museum. Eintritt frei.«

Du hast an die Tür geklopft, Wee-ette, und wir mussten unseren Schritt vor den staubigen Hunden schützen.

Isley Wesler war alt und lispelnd. Er hatte einen Arm an die Brust gepresst und sagte, das Museum sei für Kinder in meinem Alter nicht geeignet. Sie wird nichts verstehen, hat er gesagt. Sein Schädel war voller Leberflecken.

Sie versteht alles, hast du ihm geantwortet. Nicht wahr, Tilton?

Tue ich, habe ich gesagt.

Irgendetwas ging da vor. Die Atmosphäre wurde eine andere. Wee-ette, mir war klar, dass du irgendetwas von Isley Wesler wolltest. Wir waren aus einem ganz bestimmten Grund da.

Isley Wesler hat uns durch das Haus geführt, halb schlurfend, halb einknickend. Er hat uns Gemälde von toten Weslers gezeigt, die sehr verhalten ausgesehen haben. Er hat alte kuriose Dinge aus Glaskästen geholt, darunter ein hölzernes Gebiss, das sein Urgroßvater getragen hatte. Stolz war er auf die Fotografie eines Weslers in Jodhpurs und Netzhelm, wie ein Imker, der einen abgeschnittenen Kopf hochgehalten hat – nur den Kopf. Über der Fotografie hing das Schwert, mit dem der Kopf angeblich abgeschlagen worden war. Dieser Wesler hat nicht gewirkt, als wäre er gelangweilt. Da habe ich begriffen, dass einiges nötig ist, um die Aufmerksamkeit eines Weslers aufrechtzuerhalten.

Daneben war ein kleiner Raum, wie eine Speisekammer, voll mit ungeöffneten Briefen.

Warum haben Sie die nicht aufgemacht?, habe ich gefragt.

Oh, ich habe losgelassen. Das alles ist Geschichte.

Wee-ette, deine Augen haben sich wie wild darauf gestürzt.

Dann ist er nach oben gehumpelt. Wir sind ihm gefolgt. Isley Wesler hat gesagt: Das ist das Bett, in dem meine Eltern Beziehungen hatten und ich in meiner Mutter gekeimt und gewachsen bin, bis ich knapp zwei Kilogramm erreicht hatte. Das ist auch der Ort meiner Geburt. Hier hat sie mich aus sich heraus in die Welt gepresst. Ich war so klein, dass man eine Art Brutkasten erfinden musste, zwischen Ziegelsteinen, die man abwechselnd im Ofen aufgewärmt hat. Das ist auch der Ort, an dem die Weslers sterben.

Ich hätte gerne gewusst, ob er der letzte lebende Wesler war. Wartete das Bett nur noch auf einen? Und was, wenn er auf der Toilette oder in der Badewanne starb? Ich habe ihn nicht gefragt. Ich hatte schließlich behauptet, ich würde alles verstehen, und darum habe ich den Mund gehalten.

Das Todeszimmer war klein, da war nur Platz für ein Doppelbett unter einem Moskitonetz, das hochgeschlagen und an einem Deckenhaken befestigt war. Ich habe mir vorgestellt, wie

Isley Wesler dort stirbt. Ich habe mir vorgestellt, wie ich dort sterbe.

Er hat uns auf ein achtbeiniges Kalb in einem Glaskasten hingewiesen. Ich habe mir vorgestellt, wie es mir beim Sterben zusieht. Aber ich habe auch an Zeugung denken müssen, Wee-ette. Da ist es aus mir herausgeplatzt. Was heißt das eigentlich, sie hatten Beziehungen?

Der alte Mann hat dich angefunkelt, Wee-ette, als ob er sagen wollte: Ich habe Ihnen doch gesagt, sie ist nicht alt genug! Er hat sogar die Augen verdreht.

Du aber, Wee-ette, du hast dich zu mir gewandt und gesagt: Ach, das ist nichts Besonderes, Tilton. Da sind ein Mann und eine Frau. Der Mann buckelt und ruckelt wie ein mechanisches Pony vor einem Kaufhaus, grunzt ein wenig, und schon wächst ein Baby.

Das, Wee-ette, ist bis heute so ziemlich alles, was ich in der Sache weiß.

Sie schildern das ja sehr verlockend, hat Isley Wesler daraufhin gesagt. Sein Tonfall war so aufgeladen, es hat regelrecht geknistert.

Und du hast dich zu ihm gedreht und ihn angeschaut, du hast dich vorgebeugt, bis du beinahe umgefallen bist, und hast gesagt: Sie haben doch noch nie Ihr Herz verzehrt, Mr Wesler.

Ich weiß nicht, was du damit sagen wolltest, nur, dass das ein Grund war, weshalb wir da waren. Du warst Isley Wesler, lange bevor wir in sein Haus gekommen waren, schon begegnet. Er war Teil deiner Vergangenheit. In dem Moment wurden seine Augen riesengroß, und du hast ihn angesehen, als ob du wüsstest, dass er wusste, wer du bist. Du und Isley Wesler, ihr wart wie ineinander verbissen, unfähig, Luft zu holen.

Über all das habe ich erst später nachgedacht, als ich es in meinem Kopf noch einmal abgespult habe. Denn in dem Moment habe ich nur unter euch existiert. Und darüber nachgedacht, was es heißt, ein Herz zu verzehren. Entstanden so die Babys? War ich so entstanden? Hatte meine Mutter ein Herz verzehrt? War mein Vater, George Tarkington, jetzt herz-los?

Geht das so?, habe ich gefragt. Muss das passieren, damit es eine Mutter und einen Vater gibt?

Da hast du dich plötzlich zu mir gewandt.

Ja, ruhig jetzt, hast du gesagt, den Griff um meine Hand fester geschlossen und mich aus dem Zimmer und dann die Treppe hinunter gescheucht.

Warte!, hat Isley Wesler gerufen. Geh noch nicht!

Und an der Stelle wird es in meinem Kopf seltsam nebelig. Du bist am Fuß der Treppe stehen geblieben, Wee-ette, und hast dich umgedreht, weil du noch immer irgendetwas von Isley Wesler wolltest.

Und er hat gesagt: Eines noch – mein Herz!

Ich habe gedacht: *Ein Herz?* Es konnte kein Zufall sein, dass Isley Wesler uns genau in diesem Augenblick ein Herz zeigen wollte.

Er ist die Stufen herunter und an uns vorbei in den Salon gehuscht. Mir nach!, hat er gesagt, und wir sind ihm gefolgt. Er hat aus einer unteren Schublade an einer Kommode ein silbernes Kästchen hervorgezogen, das ganz grau war, weil ihm Politur fehlte.

Regardez!, hat er gesagt, das ist Französisch. Isley Wesler hat uns das Kästchen mit seiner guten Hand hingehalten, weil die andere runzelig, jeder Finger krumm, und fest und schützend an seine schwächliche Brust geheftet war. Er hat das Kästchen aufgemacht und geflüstert: das Herz eines Stammeskönigs!

Das Herz war eine ledrige Pflaume auf einem Bett aus Samt.

Als die Gräber geplündert worden sind, hat Mr Wesler uns erklärt, ist einer meiner Vorfahren mit diesem Herz geflohen, bevor es in dem Tohuwabohu verlorengehen konnte.

Du bist zurückgewichen, Wee-ette. Das war nicht, was du wolltest, doch ich habe mich nicht vom Fleck gerührt. Ich wusste nicht, was ein Stammeskönig war, doch ich wollte einen Vater. Und du hattest zu diesem Mann gesagt, er hätte noch nie sein Herz verzehrt, und als ich gefragt hatte, ob es so zu einem Vater und einer Mutter kommt, hast du Ja gesagt.

Und nun war da ein Herz.

Sicher wäre es besser gewesen, wenn meine Mutter das Herz gegessen hätte. Doch sie war nicht da. Es war also an mir. Und dann habe ich in das Kästchen gefasst, mir das Herz in den Mund gestopft und auf einen Vater gehofft.

Das Herz war übrigens nahezu geschmacklos und sehr staubig, falls du dich das fragst.

Du hast nach Luft geschnappt. Tilton, spuck das sofort aus! Du hast mir auf den Rücken geklopft und an meinem Arm gezerrt. Tilton! Tilton!

Aber ich habe es heruntergeschluckt, so schnell es ging – oh, hat das gedrückt, als es durch meinen Hals gewandert ist.

Mr Wesler konnte kaum atmen. Wer, wer bitte tut denn so etwas?, hat er gebrüllt. Wie rücksichtslos!

Aber du hast mich wie ein Baby an deinen Busen gedrückt, obwohl ich dafür viel zu groß war. Wie können Sie einem Kind so etwas hinhalten? Sie sind ja krank! Sie halten einem Kind ein Herz hin, als wäre es ein Bonbon! Du hast Isley Wesler angestarrt und gesagt: Sie waren rücksichtslos, Mr Wesler. *Sie* sind rücksichtslos mit den Herzen anderer umgegangen!

Und das war wohl der Grund, weshalb wir da waren. Du musstest diese Worte sagen, und nun waren sie draußen. Du kanntest Isley Wesler, weil du mal ein richtig großes Leben hattest. Woher ich das weiß, weiß ich nicht. Ich weiß es einfach.

Du hast mich nicht belogen, so wie meine Mutter, aber du hast mir die Wahrheit vorenthalten. Das Leben ist wie ein Pakt, der von den Händen einer Generation an die nächste gebunden wird, und wenn man sein Leben nicht erzählt, wenn man es nicht weitergibt, schneidet man den Faden durch. Dann hat die nächste Generation kein Halteseil. Dann schwebt sie wie ein Astronaut davon, ganz allein.

Wir haben einen Pakt. Gib ihnen das Buch nur dann, wenn es einen Notfall gibt. Nicht, wenn alles gut läuft. Doch es läuft nicht gut. Vielleicht lief es noch nie gut.

Daran erinnere ich mich noch: Du hast mich aus dem Museum herausgeführt, meinen Kopf noch immer fest an deine Brust gedrückt. Ich konnte nur mit einem großen, entsetzten Auge sehen – die glotzenden Blumen, die tödliche Kirschhecke, das Grünzeug, das nach mir griff, die Hunde, die Pfauen!

Isley Wesler ist uns keuchend nachgekommen: Er lebt! Hast du das gewusst? Er lebt noch!

Der Stammeskönig?, habe ich gefragt. Sein Herz schlug in mir – lebendig!

Eppitt!, hat er gerufen. Eppitt Clapp!

Heißt der Stammeskönig so?, habe ich gefragt.

Er liebt dich immer noch!, hat Isley Wesler gesagt. Es war nicht meine Schuld! Ich habe ihm doch das Leben gerettet!

Der Stammeskönig liebt dich?, habe ich gesagt. Und mich gefragt, auf welche Weise Isley Wesler dem Stammeskönig das Leben gerettet hatte. Indem er das Herz all die Jahre in einem Kästchen aufbewahrt hatte? War es nun an mir, ihn am Leben zu erhalten – in mir? Würde er zu uns kommen, um sein Herz zurückzuholen, ein für alle Mal? Eppitt Clapp, habe ich zu mir gesagt. Eppitt Clapp, der Stammeskönig.

Du hast kein Wort gesagt. Dein Atem klang heiser. Deine Lippen waren zusammengepresst. Ich hatte den Namen Eppitt Clapp noch nie gehört, doch ich sollte an ihm festhalten – mein Gehirn hält an so vielem fest.

Wir sind die Auffahrt hinuntergegangen und haben auf den Bus gewartet, eine halbe Stunde Stille. Dann ist eine neue wirbelnde Staubwolke erschienen, in die ich dir gefolgt bin. Wir sind zurückgefahren. Hierher zurück in dieses Haus.

Ich könnte meiner Schwester auf das Dach hinaus folgen, auf den Rasen springen und über die Straße verschwinden. Es sind schon seltsamere Dinge geschehen. Ich bin auf die Hunde meiner Schwester nicht allergisch. Benny Elderman hat mir zugewunken, und ich habe zurückgewunken.

Das Buch ist immer noch versteckt, doch das muss nicht so bleiben.

21

Ein Beichtstuhl in Wildwood, New Jersey

Eleanor

Ich sitze vor dem Fernseher, der mich beinahe umgebracht hätte, vor dieser großen, hässlichen Kiste. Ihr breites, selbstgefälliges Gesicht flimmert mir blaustichig entgegen. Der Fernseher reckt seine Antennenfühler munter in die Welt und spricht und singt vergnügt mit sich selbst. Eine solche Unterhaltung verlangt nicht nach Publikum. Doch in den letzten drei Tagen war mir der Fernseher keine schlechte Gesellschaft. Wahrscheinlich, *weil* er kein Publikum braucht. Ich kann zuhören oder wegnicken. Er braucht kein Lob, keine sanfte Ermahnung, keine tadelnden Blicke. Er hat kein Haar, das gebürstet werden muss, verlangt nicht nach Nahrung und sieht in mir auch keine Enttäuschung – oh, so wie Ruthie, mit jedem Blick! – oder Kriminelle, so wie Tilton neuerdings, so als könnte man mir plötzlich nicht mehr trauen, als wäre ich die Verdächtige bei einer laufenden Ermittlung.

Im Fernsehen schreit eine Richterin ihr Gegenüber an. Warum befasst sie sich mit kleinlichen Streitereien, wenn sie Kleinlichkeiten hasst? Was würde die Richterin dazu sagen, dass ich Tilton angelogen, Geschichten von defekten Grillöfen und bestellten Gedichten erfunden habe? Schuldig im Sinne der Anklage, weiß Gott.

Ich habe Tilton zu ihrem eigenen Besten angelogen. Erst Ruthie hat daraus ein Verbrechen gemacht. Mrs Devlins Fernseher *hätte* defekt sein können. Sie *hätte* ihn zur Reparatur bringen können. Ihre Tochter ist zwar schon verheiratet, doch sie *hätte* sich scheiden lassen und ein zweites Mal heiraten können. Nichts von alledem war bewusst verletzend.

Ruthie fragt Tilton ständig, ob sie mit ihr in den Lebensmittelladen, die Drogerie oder den Hundepark gehen will. (Ich musste mir auf die Zunge beißen, aber, oh mein Gott! Gibt es jetzt schon gesonderte Parks für Hunde?) Tilton sagt zwar immer Nein, doch ich merke an der Art, wie sie mich ansieht, dass sie auf ein ermunterndes Nicken, meinen Segen wartet. Wenn Ruthie wüsste, was alles passieren könnte, würde sie das Mädchen nicht immerzu bedrängen! Und doch beweist mir Tilton jedes Mal, wenn sie Nein sagt, ihre Ergebenheit. Tilton will ein gutes Kind sein. So ein Wunsch kommt Ruthie offensichtlich nicht in den Sinn. Heute nicht, und damals nicht.

Welchen Zweck erfüllt Erziehung überhaupt, wenn Kinder in einer bestimmten Weise auf die Welt kommen und sich nicht verändern? Ich wünschte, mir hätte jemand gleich zu Beginn einen Zettel in die Hand gedrückt, auf dem das zu lesen steht. Dann hätte ich mich weniger bemüht, Ruthie zu formen. Ich hätte sie in Ruhe gelassen, sie mehr wie George sein lassen. Ich hätte weniger gedrängt und häufiger mit den Schultern gezuckt. Meine Mutter hat nie versucht, mich zu formen. Sie hat oft mit den Schultern gezuckt. Ich habe ihr das immer als Mangel an Aufmerksamkeit verübelt, aber vielleicht hatte sie den Erziehungsratgeber erhalten, der mir gefehlt hat.

Ruthie macht irgendwelche Besorgungen mit den Hunden. Tilton ist oben. Normalerweise würde sie sich dort den Dingen widmen, die sie mag, Vogelbücher lesen, Vogelrufe üben, Bilder malen, Gedichte schreiben oder an Elektrogeräten basteln. Mit alldem war Tilton zufrieden, bevor Ruthie wieder aufgetaucht ist. Aber jetzt nimmt Tilton lange Bäder. Jetzt schaut sie aus dem Fenster und klopft an die Scheibe, als wäre sie in einem Aquarium und hinter dem Glas ein Fisch. Jetzt folgt sie Ruthie durch die Küche und stellt ihr seltsame Fragen. »Warst du je bei einem Erdbeben dabei?« »Glaubst du an Mormonen?« »Rutschst du im Sommer im Bett herum, bis du eine kühle Stelle findest?« Manche dieser Fragen beschämen mich. Ich trage schließlich die Verantwortung für Tiltons Bildung. Und bestimmt habe ich mit ihr die Mormonen durchgenommen.

Tilton spricht mit Ruthie auch über ihre gemeinsamen Kinderjahre. Tiltons Stimme läutet – wie eine kleine Glocke – aus der Küche. »Erinnerst du dich noch an unser Würmerkrankenhaus?« »Weißt du noch, dass deine Socken Aufkleber hatten und an kleinen schwarzen Bügeln waren?« »Erinnerst du dich noch an die Lippenstiftproben in den kleinen weißen Hülsen?« Sie singen Lieder, die mir nicht im Mindesten vertraut sind. Es ist, als ob Ruthie und Tilton ein gemeinsames Leben gehabt hätten, in dem ich überhaupt nicht vorgekommen bin. Ist das unter Schwestern so? Ich habe keine Ahnung.

Die Richterin schlägt mit dem Hammer, verdreht angesichts des Verteidigers die Augen und erklärt einer Frau, die kurz vor dem Tränenausbruch steht, dass sie dämlich ist. »Sie mit Ihrem Flimmerkastendenken«, sage ich der Richterin.

Ich schließe die Augen. Vom Sportplatz in der Nähe kommt der Klang von Baseballschlägern. Vor Jahren noch hat es beim Schlagen so schön sonor gedröhnt. Heute klingt es hohl. Aluminiumschläger. Das immerhin weiß ich, auch wenn ich von Baseball nichts verstehe. Im Allgemeinwissen meiner Mutter hatten bei den simpelsten Dingen enorme Leerstellen gegähnt. Es war, als wäre ich von einer Immigrantin aufgezogen worden. Ihr Geschichtswissen war mehr als lückenhaft gewesen, und auch an grundlegenden Geografiekenntnissen hatte es gemangelt – Nebraska? Aber über ausgestorbene Tiere, die irgendwann im afrikanischen Dschungel gelebt haben, darüber konnte sie reden. Sie konnte auch sämtliche Gedichte von Yeats auswendig aufsagen, doch von den Büchern, die ich in der Schule lesen musste, kannte sie kein einziges.

Wenn ich in diesen Jahren einen Vater gehabt hätte, wäre mir das lückenhafte Weltverständnis meiner Mutter womöglich gar nicht aufgefallen. Er hätte eine Ergänzung, ein Gegengewicht bieten können. Vielleicht hätte alles, wenn ich meinen Vater, wie flüchtig auch immer, gekannt hätte, einen Sinn ergeben. Ich war so gar nicht wie Harriet, also stand zu vermuten, dass ich das *genaue* Abbild meines Vaters war. (Eine Theorie, die sich nach Ruthies Geburt bestätigen sollte.) Es war, als wäre ich in einem Haus ohne Spiegel aufgewachsen. Nein, das stimmt nicht ganz. Meine Mutter war mir eine Art Spiegel, doch wenn ich dort hineinsah, habe ich nie mich gesehen.

Ich greife nach der SMDMDFS-Pillendose, die Ruthie mir bei einem ihrer vielen Ausflüge in die Drogerie besorgt hat. SMD sind leer. Demnach ist heute Mittwoch. Aus irgendeinem Grund erinnern mich die leeren Fächer an Wahlkabinen oder nein: an Beichtstühle. Wie seltsam, dass sich Wahlkabinen und Beichtstühle so ähnlich sind.

Ich wusste von Harriet, dass ihre Mutter katholisch war und aus Irland stammte – eine O'Keeffe aus Dún Laoghaire in der Grafschaft Dublin. Der Gottesdienst, hatte Harriet immer gesagt, würde ihr nicht fehlen, wohl aber die Beichte, das Gefühl der Sicherheit, das ihr die Enge des Beichtstuhls vermittelt habe. Sie habe dem Priester immer gern berichtet, wo sie fehlgegangen war, obwohl sie als Kind dabei gelogen habe. Sie sei immer der Meinung gewesen, dass den Priester ihre vermeintlichen Sünden nichts angingen. »Ich glaube an Gott«, hat meine Mutter oft zu mir gesagt, »an den Gott hier drin«, und auf ihr knochiges Brustbein gepocht.

Wir waren nie Mitglied einer Kirchengemeinde. Ein Mal aber hat Harriet mich zur Beichte mitgenommen, während eines Urlaubs in Wildwood, New Jersey. Es war schon seltsam, dass wir überhaupt einen Urlaub machten, von der Beichte einmal abgesehen. Meine Mutter hatte sich zwar damals noch nicht ganz zurückgezogen, doch gern war sie nicht aus dem Haus gegangen, und erst recht nicht weit. Eine Fahrt nach Wildwood aber hatte bedeutet, dass wir ein Auto mieten und die Fähre nehmen mussten.

Es sollten beschwerliche, bittere, stürmische Tage mitten im Oktober werden. Meine Mutter und ich sind am Strand entlangmarschiert, das Kinn an die Brust gedrückt, und haben einem garstigen Wind und strömenden Regen getrotzt. Ich hatte das Meer noch nie gesehen. Es war grau wie der Himmel. Meine Mutter hat versucht, es mir unter sommerlichen Verhältnissen zu schildern, Frauen in Badekleidern, Männer, die Tüten mit Erdnüssen verkaufen, eine warme Sonne, die die Haut der Menschen rosig färbt, die hellen Segel der Promenade, der Vergnügungspark, die Fahrbetriebe, die Straßenhändler mit Jackett und Fliege. Ich habe versucht, mir meine Mutter in jungen Jahren dort vorzustellen. Sie hat immer behauptet, glückliche Urlaube mit ihrer Familie verlebt zu haben, doch ihre Erinnerungen an Wildwood klangen eher schmerzlich als verklärt. Ich mochte den Sand, den Ozean, seine Unergründlichkeit. Aus irgendeinem Grund war er wütend, und mir hat gefallen, dass er aufrichtig war.

Meistens aber sind wir in unserem Ferienhaus einige Straßen vom Strand entfernt geblieben, wo meine Mutter über einem kleinen Gaskocher das Essen zubereitet hat. Es hätte auch Häuser mit Meerblick gegeben, doch Harriet hatte behauptet, dass sie den Klang der See nicht mochte – ihr sei dann immer, als würde der Ozean nach ihr greifen. Meine Mutter hatte so verletzt geklungen, es war kalt, und das Meer mochte sie auch nicht, warum also waren wir an diesen Ort gereist? Meine Mutter hat es nie gesagt.

Am letzten Tag hat meine Mutter plötzlich meine Hand gepackt. Wir waren an einer Bar vorbeigekommen. »Mein Gott«, flüsterte sie. »Sieh nur.«

Im Fenster lag ein Löwenkopf. Von einem echten Löwen. Ausgestopft.

»Wer macht denn so etwas?«

»Vermutlich Jäger«, habe ich erwidert.

Meine Mutter erschauderte, sie hat nicht mehr aufgehört zu zittern. Das Beben ist durch ihre Hand zu mir gewandert. Dann ist sie sehr rasch weitergegangen. Auf meine Frage, wohin wir gehen, bekam ich keine Antwort. Doch es war ein weiter Weg.

Schließlich haben wir vor einer Kirche Halt gemacht. Dort fand die Beichte statt. Es war mitten in der Woche, am Nachmittag, der Andrang war groß. Soweit ich mich erinnere, gab es drei Beichtstühle – mit sechs kleinen Vorhängen, für die Priester und die Sünder. Alle haben in den Bänken gewartet, bis sie an der Reihe waren. Bevor Harriet hineingegangen ist, hat sie mich in den Beichtstuhl schauen lassen – eine kleine, dunkle Kammer mit einem Sitz und einem Gitter mit Lichtlöchern.

Sie hat mir gesagt, ich solle mich in eine Bank setzen und beten. »Es wird nicht lange dauern.« Ich musste hinter ihr den Vorhang schließen, ein samtenes Etwas, das *Kreisch* gemacht hat.

Ich habe mit einem Liederbuch herumgespielt und das Kniebänkchen eine Weile herauf- und heruntergeklappt. Dann ist meine Mutter zurückgekehrt, unter Tränen, eine Hand vor dem Mund. »Na komm«, sagte sie. »Gehen wir!«

Ich habe das Kniebänkchen zurückgetreten und das Liederbuch an seinen Platz geschoben. Beides hallte tönend nach. Auch meine Schuhe waren laut. Alle haben aufgeschaut. Meine Mutter hat mich am Ellbogen gepackt, und wir sind hinaus in den grauen Nachmittag gegangen.

Jahre später bin ich nach Wildwood zurückgekehrt, ein Mal, mit George.

Er ist in New Jersey aufgewachsen – in Trenton, um genau zu sein. Zu Beginn unserer Liebe habe ich ihm erzählt, dass ich nur ein Mal in meinem Leben ans Meer gefahren bin, in der Nebensaison. Wenige Wochenenden später hat er zu mir gesagt, ich solle eine Tasche packen. Es war mitten im Sommer. Er wolle mit mir für eine Nacht verreisen. Er ist mit mir nach Wildwood gefahren, hat vor einem kleinen Hotel mit Meerblick angehalten und gesagt: »Das ist doch schon besser, oder?« In meiner Erinnerung war es ein grauer Ort, verriegelt, regnerisch und trostlos – voller alter Menschen. Dass der neue Eindruck am Sommer lag, habe ich damals nicht gesehen. Ich dachte, es läge an George. Mit meiner Mutter war die Welt farblos und verriegelt, doch mit George würde sich das ändern.

Wir holten uns einen leichten Sonnenbrand, die Haut, salzig, spannte, und haben in einem Zimmer mit getrennten Betten übernachtet. Ich habe den Wasserhahn im Badezimmer aufgedreht, damit George mich nicht beim Pinkeln hört. Ich hatte da noch nicht mit ihm geschlafen, auch wenn er darauf drängte. Ich war eine Spätzünderin und habe mich erst mit dreißig verliebt, so wie meine Mutter, die mich mit Ende dreißig erst bekommen hat. Ich war damals eine alte Jungfer, die sich um ihre Mutter kümmerte, und das seit meinem elften Lebensjahr, seit sich meine Mutter zu Hause eingeschlossen hatte. Ich war zuerst Hausfrau, dann Teenager.

In George habe ich damals meine letzte Chance gesehen. Auch meine Mutter hatte eine letzte Chance gehabt, oder? Doch dieser Mann war nicht geblieben. Dieses Schicksal wollte ich nicht mit meiner Mutter teilen. Ich wollte einen Ehemann, einen Ausweg. An jenem Wochenende habe ich George beim Schlafen zugesehen.

Ping.

Ping.

Der Aluminiumschläger meldet sich zurück. Noch einmal schließe ich die Augen. Ich sehe den Löwenkopf – sehr deutlich – vor mir. An seinem Halsstumpf trägt der Löwe eine Fliege, ein Zylinder drückt ihm seine Mähne platt. Am grässlichsten aber ist sein Ausdruck – nicht grimmig, auch nicht wild. Es ist der fassungslose, sehnsuchtsvolle Blick des Liebesleids.

Ping.

22
Mörder

Harriet

Drei Jahre lang lebten wir im Fleisch. Eppitt und ich waren ganz auf unsere Körper reduziert. Mir tat es gut, ein Körper zu sein, mich aus dem Käfig meines Schädels zu befreien. Meine Haut war regelrecht elektrisiert. Sie fröstelte, glühte oder kribbelte – wie ein Bein, in das, nachdem es eingeschlafen war, unangenehm prickelnd wieder Blut fließt.

Das Essen schmeckte salziger, süßer, würziger.

Es war die Zeit der Großen Depression, viele Wünsche waren unerfüllbar, und doch waren Eppitt und ich durch Isley Wesler und seine kranke Mutter, durch die Unterwelt und ihren Bedarf an Verstecken gegen viele Entbehrungen gefeit. Isley versorgte uns mit Gänseleberpastete, Rebhuhneiern und süßen Nachspeisen. Die Prohibition war vorüber, und wir tranken, was wir wollten, und das in großen Mengen. Isley bevorzugte das heimische Gebräu. Wir fuhren ins westliche Maryland, um uns bei privaten Destillerien einzudecken, die während der Prohibition entstanden waren und dank Mundpropaganda auch weiterhin an der Steuer vorbei betrieben wurden. »Hinterwäldler«, sagte Isley, »mit hochwertigem Fusel.« Er hatte auch Beziehungen nach Portugal und importierte kistenweise Madeira, ebenso wie Pflaumenwein aus Asien, den er uns aus

Pipetten trinken ließ. Wir legten den Kopf zurück und öffneten den Mund.

Es gab viele Partys –Tauben flogen, Tänzer wirbelten. Einmal ritt Isley nackt auf einem weißen Hengst auf sein Fest. Er heiratete ein sechzehnjähriges Mädchen, Mabel, bei einer Schnellhochzeit in Elkton, Maryland, jenem Ort, an dem später meine Eleanor, George und die Mädchen sehen sollten, wie ein Blitz ein Flugzeug trifft, der Unfall, der die Familie auseinanderreißen sollte. Wenn ich höre, wie Eleanor den Mädchen diese Geschichte auch Jahre später noch erzählt, denke ich an Hochzeitspaare, die vom Himmel fallen, all die Bräute und Bräutigame, die sich einst in Elktons winzige Kapellen drängten; es war eine regelrechte Industrie.

Eppitt und ich waren Isleys und Mabels Trauzeugen. Bei der Gelegenheit fragte Eppitt mich erneut, ob ich es offiziell machen wolle.

»Für mich ist es das«, sagte ich. Doch mehr noch hinderte mich meine Furcht, dass wir in irgendeiner Form als Debile registriert waren. Denn Debile sollten nicht heiraten, erst recht keine anderen Debilen, und schon gar nicht Nachwuchs zeugen. Ich konnte meine Angst nicht äußern, aber vielleicht hatte Eppitt ähnliche Befürchtungen, oder er wollte glauben – so wie ich –, dass der Pakt, den wir hatten, ehrlicher und wahrer war. Es war der schönste Moment aus unserer Kindheit. Wenn wir wirklich geheiratet hätten, hätte das bedeutet, dass dieser Pakt keine Rolle spielte, und vielleicht scheuten wir beide den Gedanken.

Ich hätte meinen Anspruch auf Eppitt geltend machen sollen. Dann wäre alles anders gekommen.

Wenn wir uns geliebt hatten, legte ich meinen Kopf auf seinen Bauch, und Eppitt spielte meinen Phrenologen und folgte mit den Fingern den Rillen meines Schädels. »Da bewahrst du die Wäscherei auf, wo wir uns begegnet sind.« Er rieb den Knoten hinter meinem Ohr und sagte: »Hier lagern Mrs Funk und das Stump Cottage.« Er rieb mir die Schläfen und sagte: »Da sitzt dein Genie. Eingesperrt. Du solltest es herauslassen.«

»Um was zu tun?« Was hatte es mir eingebracht, ein Genie zu sein? Als Frau hatte ich nichts, wofür ich meine Gaben verwenden konnte.

»Eines Tages«, sagte er. »Eines Tages.«

»Und wo sitzt die Erinnerung an meine Mutter?«, fragte ich ihn irgendwann.

»Sie hat sich in jeden einzelnen Knochen eingebohrt«, sagte er, weil er es wusste.

»Und wo bist du?«

Eppitt fand sich stets in meinem Nacken, in jener winzigen Kuhle, wo sich die allerzartesten Härchen fächern. Dann küsste er die Stelle, und wir fingen wieder an.

Ich betete für eine Tochter, dem Rat von Isley Weslers Mutter folgend – vermutlich, weil ich mütterlichen Rat nicht kannte. Ich hinterfragte ihre Worte nicht. Ich betete für eine Tochter, weil ich mich nach einem neuen Mutter-Tochter-Verhältnis sehnte, hier auf Erden. Auch das war Teil unseres Lebens im Fleisch. Ich wollte mit meinem einen neuen Körper schaffen.

Meine Gebete dauerten die gesamten drei Jahre an. Zu Eppitt sagte ich kein Wort. Wusste er, dass ich ihn vor der Operation bewahrt hatte, dem Schnipp-Schnapp, dem alle Jungen in der Maryland-Schule unterzogen wurden? Und wusste er, dass mir der Eingriff, dem alle Mädchen unterzogen wurden, erspart geblieben war? Oder hielt er mich für unfruchtbar? Ich hatte Angst, dass Brumus ihn doch erwischt hatte.

Und dann, ich hatte beinahe schon aufgegeben, wirkten

die Gebete. Meine Periode – die immer pünktlich und heftig war – blieb aus. Noch war es nur Vermutung, keine Tatsache. Ich wollte erst zu einem Arzt gehen, ehe ich es Eppitt sagte, zur Sicherheit.

Doch eines Sommerabends kehrte er mit Schlamm an seinen dünn besohlten Schuhen und am Hosenbein von einem Auftrag wieder. Er goss sich in der Küche einen Drink ein, kippte ihn hinunter und verschloss die Augen.

»Willst du mir erzählen, was passiert ist?«, fragte ich.

Er sah mich an. Seine Augen waren glasig. Er rieb sich Schmutz von seinen Händen. »Ich weiß mehr, als ich sollte«, sagte er. »Mein Kopf ist zu voll. So viele Verstecke, die Dinge, die Orte. All die Jahre.«

»Du brauchst ein heißes Bad«, sagte ich, obwohl der Abend schwül war. »Dampf.« Vielleicht würde ihm die Kur aus Kindertagen guttun.

Ich wusste, dass er einen Toten gesehen hatte. Ich wusste, dass er ihn durch einen Wald getragen hatte. Ich wusste es, obwohl er kein Wort sagte. Ich sah es vor meinem geistigen Auge, wie er sich mit Händen und Füßen mit der toten Last abmühte.

Ich führte ihn ins Badezimmer und ließ Wasser ein. Ich zog ihm Schuhe und Hemd aus, half ihm aus der Hose. Blut. Es war eingetrocknet, darum von dem Dreck schwer zu unterscheiden, doch es war durch den Stoff gesickert, und als Eppitt in der Badewanne lag, färbte sich das Wasser dunkel, rötlich. Kleine Wirbel strudelten, so wie es nur Blut tut.

Er sagte: »Wenn ich irgendwann mal nicht hier bin und du Geld brauchst, es ist dort.« Er wies auf die Bretter über der Badezimmertür.

»Hör auf damit«, sagte ich. »Schließ die Augen.«

»Was ich dann sehe, gefällt mir nicht.«

Ich wusch ihm das Gesicht und rubbelte ihm Kopf, Arme und Beine. Ich ließ das Wasser ab und füllte die Wanne ein zweites Mal. Ich wrang einen Waschlappen über seinem Rücken aus, so wie meine Mutter es bei mir getan hatte. Ich setzte mich auf den Rand der Badewanne: »Wir sollten ein Baby bekommen.«

»Ein Baby?«

»Damit du etwas anderes siehst, wenn du die Augen schließt.«

»Ein Baby«, sagte er. »Das wäre schön.«

»Aber bin ich für ein Baby nicht zu alt?« Plötzlich hatte ich Angst.

»Meine Mutter war über vierzig, als sie mich bekommen hat.«

»Ach, Kater!«, nannte ich ihn bei dem Kosenamen aus unserer Zeit unter der Veranda. »Nach all den Babys war sie doch daran gewöhnt!« Ich war nicht bereit, es ihm zu sagen – ich wollte erst Gewissheit haben.

Er schaute auf. »Du willst wirklich ein Kind? Mit mir? Meinst du das ernst?«

Ich nickte.

Er fasste mich an der Taille und zog mich zu sich in die Badewanne. Das Wasser schwappte über. Mein Kleid blähte sich, dann klebte es sich an mich. »Ein Baby«, sagte er und küsste mich. Dann legte er den Kopf zurück. »Ein richtiges, lebendiges Baby.«

Ich legte meinen Kopf an seine nasse Brust und den nassen Flügel meines Rocks über seine Beine. »Ja.«

»Ich war es nicht«, flüsterte er. »Man hat mich nur gerufen, um ihn zu verstecken.«

»Ich weiß«, sagte ich. »Ganz ruhig.«

»Dieser Kerl hat fast hundert Kilogramm gewogen. Es war so viel an ihm dran.«

»Ein Baby wiegt nur drei oder vier«, sagte ich zu ihm.

Gangster

Dass Eppitt mit Blut und Erde am Leib nach Hause gekommen war, war ein Warnsignal, auf das wir hätten hören sollen. In der Woche darauf kehrte er eines Abends gar nicht heim. Ich stand am Fenster, als einer von Isley Weslers Wagen vorfuhr. Es war beinahe Mitternacht. Ein rothaariger Junge mit bulligen Schultern lief auf unser altes Haus zu und klopfte dann an unsere Tür. Ich riss sie auf.

»Wo ist er?«, fragte ich. »Was ist schiefgegangen?«

»Mr Isley Wesler hat eine Nachricht für Sie.« Der Junge rieb sich die rechte Hand mit seiner linken, so als ob er gerade zugeschlagen hätte und den Schmerz lindern wollte.

»Wer bist du? Wo ist Eppitt?«

»Ich bin Gerald.«

»Okay, Gerald«, sagte ich. »Also, erzähl.«

»Er ist im Krankenhaus. Wegen ein paar Rippen und seinem Kiefer. Sieht nicht gut aus. Mr Wesler sagt, er kann nicht im Krankenhaus bleiben. Er holt ihn raus und schickt ihn weg. Zu seinem und zu Ihrem Schutz.«

»Was ist passiert?«

»Mr Wesler wartet im Wagen. Er sagt, Sie müssen packen. Sie haben fünf Minuten. Ich fahr Sie raus. Eppitt kommt, sobald er kann.«

»Wohin fahren wir?«

»Mr Wesler bringt Sie irgendwo unter. Keine Sorge. Aber Sie dürfen nicht versuchen, ihn oder Eppitt von da aus zu erreichen. Das wär zu gefährlich. Für alle.«

»Fünf Minuten?«

»Jetzt sind es nur noch vier.«

Panisch sah ich mich in der Wohnung um. Eppitt lebt, musste ich mir ins Gedächtnis rufen. Sein Kiefer, ein paar Rippen – das konnte so schlimm doch nicht sein?

»Ich warte am Wagen«, sagte der Junge und schloss die Tür.

Ich griff mir meinen alten Koffer. Ich hievte ganze Kleiderbündel, Bügel inbegriffen, aus dem Schrank und faltete sie klein. Ich packte das Foto ein, das auf meiner ersten Isley-Wesler-Party entstanden war.

Eppitt hatte sich all die Jahre an unserem Hochzeitspakt von 1913 festgehalten, nun aber brauchte ich das Band. Ich hatte es, wie seinerzeit im Norris Cottage, gemeinsam mit dem meiner Mutter in den Bettrahmen geschoben. Ich ging auf die Knie und fühlte über das Metall, bis ich erst den einen und dann den anderen Pakt fand. Ich steckte beide in die seidene Innentasche meines Koffers.

Ich eilte ins Badezimmer und schaute auf die Tür. Eine Autohupe erklang. »Ich komme ja«, murmelte ich. »Ich komme ja.«

Ich klopfte auf die beiden oberen Planken. Die eine gab ein hohles *Klonk*, die andere ein dumpfes *Donk* von sich. Ich zog einen Stuhl heran, stellte ihn vor die Badezimmertür und fuhr mit der Hand über die Planke. Ich stieß auf eine Kerbe. Ich drückte darauf, bis ein Ring herausklappte – ein Griff, wie Eppitt ihn für seine Schubladen gemacht hatte. Ich hakte einen Finger ein und zog. Eine Kiste kam mir entgegen. Ich stopfte sie in meinen Koffer, schnallte ihn rasch zu und hob ihn vom Bett. Ich griff nach meiner Handtasche.

Die Hupe röhrte erneut.

Isley saß auf dem Rücksitz. In seiner Trunkenheit hielt ihn nur sein Mantel aufrecht, der am Kragen offenstand. Seine Krawatte war lose und zur Seite geschoben. Mit glasigem Blick schaute er nach vorn. Ich setzte mich neben ihn.

»Haben Sie Eppitt gesehen?«, fragte ich. »Geht es ihm gut?«

»Es ist schiefgelaufen.« Er gab sich selbst eine heftige Ohrfeige, als ob er sich ausnüchtern wollte.

»Mr Wesler«, sagte Gerald vom Fahrersitz her, »woll'n Sie, dass ich Sie wo absetze, oder kommen Sie die ganze Strecke mit?«

»Zu Igor«, grunzte er. Gerald fuhr los.

Ich packte Isleys Arm. »Was geht hier vor? Nun sagen Sie schon.«

Isley schaute aus dem Fenster. »Es ist Geld verschwunden, und anderes auch. Es hat Leuten gehört, die Einfluss haben, und diese Leute sind darüber sehr wütend.« Er kratzte sich die Stirn mit perfekt manikürten Nägeln. Er begann zu weinen, dann aber hustete er und fasste sich an die Beine. Ich dachte, er würde sich erbrechen, doch er richtete sich wieder auf. »Sie sind auf Eppitt losgegangen. Er ist der Einzige, der das Versteck kennt.«

»Eppitt würde diese Gangster nie bestehlen.«

»Nicht dieses Wort.« Er funkelte mich an. »Hör zu, die glauben ja auch nicht, dass er sich was genommen hat, sondern, dass er die Information womöglich an andere interessierte Parteien verkauft hat.«

»Er hat die Geheimverstecke nicht verkauft.«

»Wirklich? Weißt du, wohin er geht und was er treibt?«

»Ich kenne ihn, so etwas würde er nie tun«, erwiderte ich.

Wir fuhren schweigend weiter, bis Gerald sagte: »Wir sind da, Mr Wesler.« Er parkte vor einem bescheidenen Haus in einem eleganten Viertel Baltimores.

Isley boxte in den Sitz. »Das hier ist kein Scherz, Harriet. Die hätten uns alle umbringen können. Ist dir das klar? Ein falscher Schritt, und das kann immer noch passieren.« Er packte mein Gesicht mit einem derart festen Griff, dass sich die Innenseiten meiner Wangen an den Backenzähnen rieben. Isleys Atem stank nach Alkohol. Seine Augen waren blutunterlaufen. »Präg dir das verdammt gut ein«, flüsterte er. »Du suchst nicht nach Eppitt oder mir. Du tust, was Gerald sagt. Kapiert?«

Ich nickte, seine Hand hatte mich noch immer fest gepackt.

Er schubste meinen Kopf zurück und ließ dann los. Ich hatte Isley so noch nie erlebt. »Gerald«, sagte er. »Mach ihr klar, dass es uns ernst ist.« Und damit rutschte er aus dem Wagen, knallte die Tür zu und taumelte die Stufen zu dem Haus hinauf. Er hatte sich den Hut tief in das Gesicht gezogen, und bevor er klopfte, schaute er sich um.

Margaret Shipley

Es war drei Uhr morgens, als Gerald vor einem Cottage aus Zedernschindeln hielt, das drei Straßen vom Strand entfernt in Wildwood, New Jersey, lag. Über Wildwood wusste ich nur, dass es dort Tanzmarathons gab. Das Siegerpaar aus dem Jahr 1931 hatte vom 25. Juni bis zum 14. September durchgetanzt. Ich konnte es mir nicht anders vorstellen, als dass jeweils einer den anderen gehalten hatte, damit er oder sie ein wenig schlafen konnte. Und ich hatte von dem Mann gehört, der acht Wochen lang am Stück getanzt und dann vom Pier aus einen Jungen gesehen hatte, der zu ertrinken drohte. Der Tänzer war in Hemd und Hose ins Meer gesprungen, um das Kind zu retten. Der Junge hatte überlebt. Sein Retter nicht.

Wartete so etwas auf mich? Ertrinken in Trance?

Gerald schloss die Tür auf. Das Haus war, bis auf einige wenige Möbelstücke, leer. Meine Absätze klapperten und hallten. Ich hatte während der dreieinhalbstündigen Fahrt nur an Eppitts Rippen und Kiefer denken können. Ich wollte seine Heilerin sein und meine Hände auf seine Haut legen. Sobald er käme, würde ich ihn im Bett aufrichten, ihm Kissen in den Rücken stopfen und ihm Brühe kochen, damit er nicht kauen musste. Ich konnte ihn nicht suchen, doch er würde mich finden. Wir hatten uns einmal wiedergefunden. Wir würden es erneut.

Ich ließ mir von Gerald den Koffer ins Haus tragen. Schließlich war ich, sehr wahrscheinlich, schwanger. (Ich musste noch ein, zwei Zyklen abwarten, um wirklich sicher zu sein. Laut der Frauen, die bei Mrs Oblatt gewohnt hatten, war es das, was die Ärzte sagten.) Also durfte ich nichts Schweres heben. So sollte sich eine gute werdende Mutter doch verhalten, oder?

»Das kann 'ne Weile dauern, bis Clapp auftaucht«, sagte Gerald, »aber falls er es nicht schafft, erfahren Sie's.«

»Du hast doch gesagt, es sind bloß die Rippen und sein Kiefer.«

»Falls es schlimmer wird.«

»Dann wird mich jemand holen, stimmt's?«

»Stimmt.«

»Sag Isley Wesler, dass er mich hier nicht vergessen soll.«

»Shipley«, sagte Gerald. »Das hätte ich ja fast vergessen. Sie heißen von jetzt an Margaret Shipley.«

»Wer ist das?«, fragte ich.

»Sie«, sagte er und sah sich in dem kleinen Wohnzimmer um. Er schlug die Spitzengardinen hoch. »Sie sind wie 'ne Katze. Sie landen schon auf Ihren Füßen. Und, woll'n Sie mir nicht Ihre Dankbarkeit beweisen?«

»Dankbarkeit?«

»Sie wissen schon.« Er nahm den Hut ab. Stacheln in Orange

blickten mir entgegen. »Ich hab Sie schließlich bis hier rausgefahren.«

»Ich habe kein Geld.«

»Das hab ich nicht gemeint.«

»Ich will dir meine Dankbarkeit nicht beweisen.«

Er kam sehr nah. Ich wich zurück, stieß mit dem Schuh an eine Wand. Gerald legte drei Finger an mein Gesicht. »Mr Wesler hat gesagt, ich soll dir klarmachen, dass es uns ernst ist.«

»Das ist mir klar.«

»Mr Wesler will, dass es glasklar ist.« Er griff mit einer Hand an meinen Rücken und presste sich fest an mich. Seine Brust war hart vor Muskeln.

Als er mein Gesicht erneut berührte, knurrte ich und biss ihm, so fest ich konnte, in die Finger, kniff und zwirbelte ihn durch sein dünnes Hemd hindurch – mit einem Mal war ich wieder der Haarige Wolf aus der Maryland-Schule für Schwachsinnige Kinder. Gerald schrie und versuchte auszuweichen. Ich rammte ihm ein Knie zwischen die Beine. Er sank zusammen. Ich rannte ins Badezimmer und verriegelte die Tür.

»Verschwinde!«, schrie ich. »Verschwinde!« Ich schlug den Duschvorhang zurück. Da war ein kleines, hohes Fenster.

»Du Schlampe! Du bist irre!«

»Ja«, schrie ich, kletterte in die Badewanne und kämpfte mit dem Fensterriegel. »Ich bin verrückt. Eine Mörderin! Debile! Eine Wilde! Eine Wolfsfrau!«

Er tobte im Haus umher, doch als ich den Riegel endlich gelöst hatte, stampften seine Füße schon nach draußen, und die Tür schlug zu. Ich rutschte an der Wand nach unten und kauerte mich in die Badewanne. Ich schmeckte Blut. Eppitt hatte mich auf Isley Weslers erster Party aus der Badewanne gehoben.

Diesmal kam er nicht. Mir ging auf, dass ich Gerald brauchte. Wie sonst sollte ich erfahren, was mit Eppitt geschah?

»Margaret Shipley.« Ich hatte schon so viele Persönlichkeiten gehabt. Kam es da auf eine weitere an? Ich drückte mich nach oben, stieg aus der Wanne, ging zur Haustür und verschloss sie.

Ich legte meinen Koffer auf die Seite und löste die Schnallen. Obenauf lag Eppitts Kiste. Ich schob einen Finger in den Ring und zog daran. Bündel eng gerollter Dollarscheine fielen mir entgegen – Fünfer und Zehner, in großer Zahl. Hatte Eppitt ein Versteck verkauft? War er ein Krimineller, der unter Kriminellen lebte?

Ganz unten, am Boden, wand sich ein Faden – so braun, als hätte er in Blut gebadet. Mein erster Gedanke war, dass Eppitt noch einen Hochzeitspakt geschlossen hatte, mit einer anderen Frau. Doch auf dem Schild stand »E. C. und I.W., Blutsbrüder, 1922.« Isley Wesler, natürlich. Das Garn war brüchig. Ich war Margaret Shipley. Doch wer war Eppitt Clapp?

Ein weites Meer

Ich blieb im Bett, bis ich das Gefühl hatte, meine Beine wären in die Laken eingenäht. Ich war ohne Lust und leer von Liebe, nur mein Herz hämmerte: Ist er tot? Ist er tot? Ist er tot? Mir kam Sheppard Pratt mit seinen Wasserdüsen in den Sinn, die kalten Laken, die Lumbalpunktur. Mir war schwindelig. Fiebernd fantasierte ich altmodische Kuren für mein altmodisches Liebesleid herbei – Schröpfen, Blutegel, die sich fest an meine Haut saugen. Doch ich war bereits geschröpft worden.

So oft geschröpft.

Herz, Liebe, Atem, alles war geschröpft.

Die Fehlfunktion meiner Blutplättchen hatte an der Stelle, wo Isley meine Wangen gegriffen hatte, fleckige Hämatome blühen lassen. Konnte ich so sterben – dürr, im Bett, allein? Nein. Ich wurde Mutter. Mein Blut war nicht mehr allein meines. Und mein Körper wusste es.

Die Gardinen blähten sich zu vollen Segeln auf. Am Strand war Sommer. Alles flanierte.

Ich zog mich an und ging zu einem kleinen Lebensmittelladen, der von Polinnen geführt wurde. Sie erinnerten mich an Mrs Funk. Sie hatte Gott in mir gesehen. Das kleine Jesus-Mädchen von den Träumenden Wunden. Was war aus Mrs Funk geworden? Was aus dem kleinen Jesus-Mädchen? Ich kaufte mir Zitroneneis und salzige Kartoffelchips – es war das Einzige, was ich bei mir behielt. Ich ging zum Strand, er war lang und breit und voller Menschen. Badekleider mit kurzem Rock schlossen sich um Frauenbeine. Mancher Mann gürtete seinen Badeanzug in der Taille. Eltern und Kinder tippten einander auf die verbrühte Haut und riefen über das Dröhnen des Ozeans hinweg.

Isley war einige Male mit uns in die Bucht gefahren. Wir besaßen keine Badekleidung, und so hatte ich meine Strümpfe abgelegt und war in Kleidern ins Wasser gegangen. Isley und Eppitt hatten ihre Unterhosen angelassen. Und dann, eines Abends, nachdem wir aus einem Picknickkorb gegessen hatten, hatten wir uns ausgezogen und waren nackt in das mondbestrahlte, spiegelglatte Nass geglitten. Weder Eppitt noch ich konnten schwimmen. Wir waren mit den Zehen am schlickigen Grund geblieben und sachte auf- und abgehüpft. Isley hatte einen Wasserstrahl zwischen seinen Schneidezähnen sprudeln lassen und gesungen, operngleich. Das war nicht der Mann, der mein Gesicht brutal gepackt hatte.

Langsam verwischte sich der Strand zu beiden Richtungen, nur der Ozean reichte bis in die Ewigkeit. Eltern und Kinder packten ihre Schaufeln ein, die Sandwichdosen, Klappstühle und Bücher.

Mich verfolgten Geralds Worte. Eppitts Zustand könnte sich verschlimmern. Wenn Eppitt wüsste, dass ich schwanger war, würde er vielleicht instinktiv stärker um sein Leben kämpfen. Ich fühlte mich wie ausgehöhlt, auch wenn ich das nicht war.

Als der Strand menschenleer und es beinahe dunkel war, zog ich meine Schuhe aus, hob meinen Rock und ging auf die Wellen zu, bis sie mir über die bestrumpften Knie spülten.

Eppitt Clapp gehörte Isley Wesler und nicht mir. Ich war niemandes Frau. Ich war Margaret Shipley, und wahrscheinlich war auch Margaret Shipley im Besitz von Isley Wesler.

Das kleine Mädchen, das im Teich der Lings ertrunken war, kam mir in den Sinn, der Marathontänzer, wie er mit den Armen rudert, mit den Beinen strampelt, und es doch nicht reicht, er doch nicht oben bleibt. Ich stellte mir vor, wie einer seiner Schuhe langsam auf den Meeresboden sinkt. Wie es wohl wäre, wenn die See mich tragen, in der Schwebe halten würde wie das achtbeinige Kalb auf Isleys Flügel? Wie es wäre, in Meersalz konserviert zu sein?

Ich dachte an das Baby, das wie wild in meinen Wassern trudelte und schwamm. Jedes Mal, wenn ich über eine Welle hüpfte, spürte ich, wie es mich zurück zum Ufer zog.

Ich kniff mir die Nase zu und tauchte ein. Dunkel war das Wasser, kalt. Dort herrschte ein anderer Sog.

Ich erhob meinen nassen Kopf über das Wasser und sah zurück zur Promenade mit ihren Irrlichtern des menschlichen Erfindergeists. Ich dachte an Dr. Wolff. Die Welt braucht mich nicht, doch ich brauche sie. Das war nicht länger Grund genug – du aber, Eleanor, du warst jeder Grund. Ich war nicht allein. Ich trug ein Baby in mir. Für dich musste ich leben. Und so hast du mir das Leben gerettet – und auch dir. Ich konnte meine Mutter nicht retten, Eleanor. Doch du hast deine gerettet.

Der Ozean drängte sich in meinen Rücken und strömte fort an meinen Beinen. Ich stand schwer und schwankend wie ein junges Fohlen. Ich stolperte, dann mühte ich mich an den Strand und suchte meine Schuhe.

Sie waren fort.

Eppitt

Einige Nächte später spürte ich im Schlaf eine Hand an meiner Schulter. Ich schaute auf, und da war Eppitt, eine Monstrosität, die mir im schwachen Licht entgegenschimmerte – der Kiefer verdrahtet, die Nase gebrochen, die Augenlider so stark angeschwollen, dass sie fast verschlossen waren. Die Blutergüsse waren schwarz. Eppitt neigte sich zu einer Seite, die linke Hälfte seines Brustkorbs war verzogen.

»Leg dich hin«, sagte ich. »Komm her.«

Er setzte sich aufs Bett. Ich stand auf und löste seine Schnürsenkel, zog ihm seine Socken aus. Ein Fuß war dunkelviolett. Eppitt zuckte.

»Mein Gott«, sagte ich.

Er sagte nichts.

»Leg dich hin«, sagte ich. Ich knöpfte ihm das Hemd auf. Ich hakte seine Hose auf. Ich zog ihn aus, bis sein Körper vor mir lag – roh, blutig, eine geschundene Masse, innerlich gebrochen.

Was hatte solches Unheil angerichtet? Vermutlich Schlagstöcke und Ketten. »Eppitt, was haben sie dir angetan?«

Sein Hals spannte sich an. Die Sehnen in seinem Nacken gaben nach. Er sprach. Ich legte ein Ohr an seine Lippen. »Weißt du noch …« Er wies auf seine Brust und dann auf meine. »Schwachsinnig«, flüsterte er. »Verrückt.«

»In der Schule, ja. Als wir Kinder waren«, sagte ich.

»Liebe«, murmelte er durch seinen starren Kiefer, »durch sie sind wir gesamt.« Ich beugte mich ganz nah über sein Gesicht. »Gesamt?«, sagte ich. Er schüttelte den Kopf. Nein, er hatte die Silben verschluckt. Er hatte etwas anderes gemeint. »Verdammt«, kam sein Flüstern, »und gesegnet.« Er wollte noch mehr sagen. Ich legte das Ohr an seine Lippen. »Ich liebe dich«, sagte er.

Bleib. Das war das Wort, das ich ihm sagen wollte. Bleib. Ich musste fragen, ob er bleiben würde. Wenn er Ja gesagt hätte, hätte ich ihm erzählt, dass ich schwanger war. Und wenn nicht, dann nicht. »Wirst du bleiben?«

Doch ich hatte die Frage kaum ausgesprochen, da kannte ich die Antwort. Er konnte nicht bleiben. Weil es zu gefährlich war, er einem anderen gehörte. Es war mitten in der Nacht. Er hatte sich davongestohlen, wie auch immer, und es war ein flüchtiger Moment. Ich legte ihm meine Finger auf den Mund. »›Gesamt‹ gefällt mir besser als ›gesegnet‹ und ›verdammt‹.«

Er hob die Hände. Er legte sie aneinander und formte einen Kreis. Dieser Kreis umfasste alles. Gesamt.

Ich wusch Eppitt mit einem weichen Tuch und einer Schüssel Seifenwasser rein. Ich spülte alles von ihm ab. Ich hatte so viele Fragen: Wie war er hierhergekommen? Wohin würde er nun gehen? Doch ich wollte ihn nicht nötigen zu sprechen. Ich küsste seinen Körper. Ich sagte: »Nur ein Pakt noch.«

Ich stand auf und zog einen dünnen roten Faden aus dem Gürtel eines meiner Kleider. Ich drückte meine an Eppitts verschorfte Hand, an seine blauen, geschwollenen Knöchel. Er hatte um sein Leben gekämpft. Ich wickelte und wickelte, bis der Faden an sein Ende kam, dann flüsterte ich Eppitt zu: »Stirb nicht.«

Er sah mich an.

»Stirb nicht«, wiederholte ich. »Versprich es mir. Das würde ich nicht überleben.«

»Stirb nicht«, wanderten die Worte schwer durch seinen Hals und über seine Zunge.

Ich schlief ein. Am nächsten Morgen war er fort.

Das Motodrom

Wenige Tage später klopfte es an die Tür. Es war ein Mann. Mir wurde augenblicklich übel. Es gab Neuigkeiten. Ich öffnete die Tür einen Spalt weit und blinzelte in die grelle Sonne.

»Sie sind Margaret Shipley?«

»Ja«, sagte ich. »Bitte sagen Sie es. Sagen Sie es rasch.« Wenn Eppitt tot war, würde ich dann wieder zu dem Mädchen auf der Veranda meines Elternhauses werden, das vom Tod der Mutter hört? Wer würde mich diesmal fortbringen? Wo würde man mich diesmal festschnallen?

»Was denn?«, erwiderte der Mann verblüfft. Er war gedrungen und fast kahl. Mit einer kleinen, wütenden Kreisbewegung rieb er sich die Nase. »Ich bin Dobish. Mr Dobish. Und das soll ich Ihnen so rasch sagen? Ich betreibe das Motodrom.«

»Haben Sie eine Nachricht für mich?«

»Ich habe einen Job für Sie. Wir haben einen gemeinsamen Freund, und der hat mir gesagt, dass ich Ihnen einen Job geben soll. Meine Frau wird manchmal krank. Krank und müde. Unser gemeinsamer Freund schuldet mir was, und darum hat er gesagt, sollen Sie einspringen. Können Sie am Samstag kommen? So um zwölf? Es sei denn …« Er legte den Kopf auf die Seite. »Es sei denn, Sie brauchen kein Geld.«

Hatte man ihm diese Frage aufgetragen? War das eine Anspielung darauf, dass ich möglicherweise Geld besaß, das nicht meines war? »Natürlich brauche ich Geld«, erwiderte ich. »Wer nicht?«

»Viel ist es nicht. Aber Sie können in dem Haus hier bleiben, als Dreingabe.«

Ich wollte nicht in diesem Haus bleiben, doch es war das einzige Band zwischen mir und Eppitt. Falls er nach mir suchen würde, würde er es hier tun. »Wohin soll ich am Samstag kommen?«, fragte ich.

»Wie ich schon sagte. Zum Motodrom. Wissen Sie, wie man Motorrad fährt?«

»Nein.«

»Sie müssen nur im Kreis fahren. Ist nicht schwer. Haben Sie Angst vor Tieren?«

»Eigentlich nicht«, sagte ich. »Meinen Sie Haustiere? Hunde oder so?«

»Hunde!« Er lachte. »Glauben Sie, dass die Urlauber aus Philly zahlen würden, um zu sehen, wie Sie einen Hund durch die Arena fahren? Die aus Philly – das kann ich Ihnen sagen, die woll'n was für ihr Geld. Also, kommen Sie am Samstag oder nicht?«

»Ich komme«, sagte ich. »Ist unser gemeinsamer Freund …« Ich nannte Isley Weslers Namen nicht, obwohl ich sicher war, dass er es war. Ich durfte nicht. »Hat unser gemeinsamer Freund eine Nachricht für mich hinterlassen? Etwas Persönliches?«

»Nein«, sagte er. »Keine Nachricht. Tut mir leid.« Ihm war nicht anzusehen, ob er mehr wusste, als er sagte. »Samstagmittag. Im Motodrom. Die Wand des Todes. Tragen Sie Make-up. Machen Sie sich hübsch. Sie wissen schon, für die Leute.« Dann drehte er sich um und ging.

Ich rief ihm nach: »Wenn es kein Hund ist, was denn dann?«

Er machte kehrt und sah mich an. »Na, ein Löwe selbstverständlich. Alles andere wär den Eintrittspreis nicht wert.« Ein Löwe.

Das habe ich gemeint. Die Welt ist schon erstaunlich, und ihr Fortbestand erst recht. Es geht immer weiter, irgendwie, doch manchmal muss sie einen Löwen schicken, damit wir überhaupt noch hinsehen und nicht vergessen, dass wir Menschen sind.

23
Chauncey
Ruth

Streng genommen handelt es sich hier um Hausfriedensbruch. Allerdings zähle ich darauf, dass George Tarkington nicht seiner eigenen Tochter die Polizei auf den Hals hetzen wird. Und falls er sieht, wie sich jemand durch seinen welkenden Rhododendron schleicht und doch die Polizei ruft, werde ich einfach behaupten, dass es sich hier keinesfalls um Hausfriedensbruch handelt. Dass ich auf dem Weg zur Haustür war und lediglich kurz an dem taillenhohen Maschendraht neben dem Haus pausiert habe.

Selbstverständlich sollte ich an die Haustür klopfen, doch der Blick in den Garten ist gerade viel zu gut: mein Vater in seiner natürlichen Umgebung – er fährt mit einem Kescher durch den Pool, in Speedo-Badehose, offenem Hemd und Slippern, keine Socken. Ein Windstoß weht das Hemd auf. Mitten über Georges Bauch zieht sich ein rosa Streifen, der zu den runden Seiten hin verblasst. Demnach ist das seine übliche Aufmachung, zumindest im Garten. In der anderen Hand hält er einen Scotch, der halb auf seinem Bauch ruht. »Kessel« wäre der passende Begriff zu diesem Bauch. Er ist so fest, als hätte George darauf hingearbeitet, sich eine schützende Rüstung aus Fett zuzulegen, als gehörten er und sein Bauch in eine Ära, in der noch Met getrunken und der Koch mit Flatulenzen gepriesen wurde. Zu Ron würde ich sagen: »Ich könnte meinen Vater besser charakterisieren, wenn ich damals an Marcus' Seminar in alten Sprachen teilgenommen hätte.«

George geht zu einem Schuppen und zieht die Tür auf. Das schabende metallische Geräusch schreckt einen Collie auf, der, wenn auch arthritisch, in Richtung Schuppen springt. George holt einen Eimer mit alten Tennisbällen hervor und stellt ihn auf den Boden. Er redet mit dem Hund und zerzaust ihm die Ohren. Er spornt den alten Jungen an. Habe ich das richtig verstanden, Chauncey? George wirft einen Ball fort. Er fliegt in hohem Bogen und landet außerhalb meines Blickfelds. Der Collie rennt, sein Fell kräuselt sich. George steht da, eine Hand in die Hüfte gestemmt, beinahe matronenhaft.

Das Haus wirkt, als stammte es aus den 1980ern – dunkle Ziegel, Giebeldach, im Vorgarten Zierhölzer, ein gewundener Weg zur Tür. Das Grundstück umfasst mehrere Tausend Quadratmeter. Im Schuppen wartet bestimmt ein fahrbarer Rasenmäher.

Ich stelle mir meinen Vater auf dem Rasenmäher vor, in seinem kurzärmeligen Sporthemd, der Badehose und den Slippern, in einer Hand ein Glas. Wieso hatte ich Angst, dass mich dieser Mann erneut zurückweist? Ein Mann, der gerade mit dem Finger in seinem Scotch rührt? Ein Mann im Borat-Badehöschen?

Ich richte mich auf und beuge mich über das Metalltor, wie eine Nachbarin, die mal kurz vorbeischaut, weil sie über die Ameisenplage eines anderen Nachbarn reden will. »George!«, rufe ich. »George Tarkington!«

Er dreht sich um und winkt, doch er erkennt mich nicht. Wahrscheinlich hat er eine Brille, die er niemals trägt, und nachdem er sich schon so lange gegen die Sehhilfe gesträubt hat, hat er sich daran gewöhnt, verschwommenen Gesichtern zuzuwinken. »Hallo!«, ruft er zurück. »Was kann ich für Sie tun?« Bei seiner eingeübt geselligen Art fällt mir wieder ein, dass er seinen Lebensunterhalt mit dem Verkauf von Immobilien verdient.

»Ich bin es, Ruth«, rufe ich beiläufig.

Er macht einige Schritte auf mich zu, dann durchfährt es ihn. Offenbar kommt mein Gesicht nun in den Fokus. Ruth. Vielleicht rechnet er schnell nach, wie alt ich jetzt wohl bin. Sechzehn plus wie viele Jahre ist es her? »Ruth?«

»Ja«, sage ich. »Ruth, deine Tochter.«

Er bleibt stehen. Der Collie stürmt heran und drückt George den Ball in die schlaffe Hand. »Hör auf, Chauncey. Nicht jetzt.«

»Chauncey, hm?« Ich halte eine Hand an den Zaun, damit Chauncey daran schnüffeln kann. »Ein Collie.«

»Ruth. Liebe Güte. Willst du reinkommen? Ich könnte mir was anziehen, Scheiße noch mal.« Seine rosigen Beine sind nahezu unbehaart.

»Ich will ja nicht einfach so in deine häusliche Situation platzen. Es war doch *heikel*, oder?«, sage ich. »Du weißt schon, an der Beziehungsfront.«

»Ich bin allein«, sagt er. »Edie ist vor drei Jahren gestorben. Bauchspeicheldrüsenkrebs.«

»Edie«, sage ich. »Das tut mir leid.« Und um ihm bewusst zu machen, seit wie vielen Jahren er nicht mehr an meinem Leben teilgenommen hat, schiebe ich gleich nach: »Sie war deine Frau, nehme ich an? Edie?«

»Ja, ja«, sagt er. »Willst du einen Drink? Sellerie mit Frischkäse?«

»Äh, nein danke.« Auf einmal bin ich wütend. Hatte ich eine größere Zerknirschtheit erwartet? Und was ist eigentlich aus

Marie Cultry geworden? »Tilton will dich sehen«, sage ich in der Hoffnung, dass ihn das ein wenig schmerzen wird. »Ich meine, ich habe vage Erinnerungen aus Kindertagen, und außerdem habe ich dich danach noch einmal kurz gesehen. Aber für Tilton, na ja, für sie existierst du gar nicht. Und Eleanor ist es in letzter Zeit gesundheitlich nicht gut gegangen.«

»Ist mit ihr alles in Ordnung?«

»Alles bestens«, sage ich. »Sie ist, was soll ich sagen, eben Eleanor.«

»Das habe ich immer an ihr gemocht.« Er lächelt versonnen.

»Bist du betrunken? Wenn du betrunken bist, komme ich später wieder.«

»Nein, nein. Ich bin stocknüchtern, mehr oder weniger.«

»Was hältst du davon, zu uns zu kommen?«, frage ich ihn unumwunden.

»Wenn Eleanor da ist? Das macht sie nicht mit. Ihr *alle* nicht, hätte ich gedacht. Persona non grata!« Chauncey läuft zur anderen Gartenseite und bellt ein Eichhörnchen an. »Chauncey!«, ruft George. Der Hund hört nicht.

»Tilton geht nicht oft nach draußen, aber es wird mir wohl gelingen, sie aus dem Haus zu locken. Für den Anlass.«

»Geht nicht oft nach draußen? Du meinst, wie Harriet?«

Ich zucke mit den Schultern. »So in der Art. Und können wir diesmal bitte nicht in ein Fastfood-Lokal gehen?«

»Natürlich nicht. Gott!«

Chauncey bellt noch immer. George ruft ihn erneut. Georges Slipper sind oberhalb der großen Zehen abgetragen, vielleicht weil ihn seit Edies Tod niemand mehr hinreichend geliebt und darauf geachtet hat, dass er sich die Zehennägel schneidet. Sieht so meine Zukunft aus, wenn ich Ron verlasse? Lange Zehennägel?

»Deine Mutter«, sagt George. »Ihr Dasein macht sich in der Welt bemerkbar! Mir war immer klar, dass ich es spüren würde, wenn sie stirbt. Es gäbe zwar keinen Blackout – aber dunkler würde es.« Er schwenkt seinen Scotch, nippt daran und verzieht das Gesicht. »Ich wollte ja Kontakt halten, aber das hat sie nicht zugelassen. Anteilig wäre mir vielleicht gelungen. Wochenenden oder so ein Mist. Aber es hätte mich umgebracht zu sehen, wie ihr hin- und hergerissen werdet. Also war ich gezwungen, mich anderweitig zu engagieren.«

Er hatte Kontakt halten wollen? »Und wie war das damals, als ich sechzehn war? Und zu dir gekommen bin? Da wusstest du doch, dass ich mich von ihr befreit hatte.«

Er streckt die Hände aus. Mea culpa. »Was hätte ich tun können?«

»Edie«, sage ich. »Verstehe. Heikel. Und das ist es immer noch, obwohl sie tot ist? Seit, wie lange, drei Jahren? Weißt du, wie ich dich gefunden habe? Über Google. In Sekunden. Warum hast du dich nicht gemeldet?«

»Worüber hätten wir denn reden sollen?«

»Wir reden doch jetzt«, sage ich. Und dann reißt der Gesprächsfaden ab. Ich schaue mich in seinem Garten um, betrachte die Blätter im Pool, den großen Ziegelbau. »Du hattest niemals vor, es wiedergutzumachen. Oder?«

George drückt mit einer Hand die Stirn zusammen. »Ich kann mir Anzug und Krawatte anziehen. Wir könnten essen gehen. Ich mach mich schick.«

»Na, das muss dann aber bald passieren«, sage ich. »Ich bleibe nicht mehr lange in der Stadt. Ich muss in mein altes Leben zurück. Oder mir ein neues aufbauen, was viel Zeit kosten wird. Über so etwas hätten wir vermutlich reden können, wenn wir all das früher schon geklärt hätten.«

»Mir ist nicht ganz klar, was du damit sagen willst.«

»Du bist für mich in vieler Hinsicht auch ein Problem«, erwidere ich.

Und dann, beinahe so, als besäße er doch einen väterlichen Instinkt, legt er mir über den Zaun hinweg eine Hand auf die Schulter. Ich wusste gar nicht, dass er zu solchen Gesten fähig ist. »Eure Mutter schafft das schon«, sagt er. »So bald stirbt sie nicht. Das ist nicht ihr Stil.«

»Eines Tages müssen wir alle sterben«, erwidere ich tonlos.

Er zieht die Hand zurück und hält das Glas mit verschränkten Fingern fest. Sein Blick schweift zum hinteren Ende des Pools, zu Chauncey, der an den Büschen schnüffelt, und erneut zu mir, ein Blick, aus dem Verletztheit spricht. »Erzähl das ja nicht meinem Collie«, sagt er. »Das ist eine sehr sensible Rasse.«

24

Tuffy

Harriet

Ich bin Mrs Dobish nie begegnet. Mr Dobish sagte nur: »Sie ist nicht ganz richtig im Kopf, aber da kann sie nichts für. Kein bisschen.« Der Subtext war, dass sie sich im Motodrom – im Kreis – mit einem Löwen im Beiwagen um den Verstand *gefahren* hatte. Kein Problem. Ich war ohnehin nicht richtig im Kopf.

Der Gedanke an den Löwen hätte mir Angst einjagen müssen, doch ich war jenseits jeder Angst. Totgeboren, ins Leben zurückgeholt, abgetötet, wiederum zurückgeholt ... Ich war nicht fähig, mich zu fürchten, weder vor Verletzung noch Tod, vor Zähnen oder Pranken. Eppitts Verschwinden hatte mich für alles andere blind gemacht. Die Idee, dass diese Arbeit eine sehr sonderbare Wendung in meinem Leben bedeutete, kam mir gar nicht in den Sinn. Ich hatte keinen Blick dafür; in gewisser Weise sah ich kaum besser als die bettlägerige Mutter von Isley Wesler mit ihren milchigen, halb-lidrigen Augen.

Der Löwe hieß Tuffy. Er hatte einen Körper von unfasslichem Umfang, gewaltige Pranken und einen Schwanz so dick wie ein Tau. Dennoch schien er den Boden mit seinen dreihundert Pfund kaum zu berühren. Seine Mähne war grob, der dicke, faltige Pelz über seiner knotigen Wirbelsäule aber war sehr weich. Er war in Gefangenschaft geboren, aufgezogen und so derb behandelt worden, dass er vollkommen unterwürfig zu Dobish gekommen war und, wie Dobish es formulierte, für sein Futter Männchen machte. Tuffy und Dobish arbeiteten gleichermaßen resigniert zusammen.

Dobish zeigte mir zuerst draußen auf einem Feld, wie man Motorrad fährt, dann ging es auf die Straßen Wildwoods und schließlich in den kreisförmigen Wall des Motodroms. Eines Tages hatte er Tuffy in den Beiwagen gesperrt.

Dobish gab mir ein altes Schutzleder, sagte, ich solle es mir über den Kopf ziehen und mich aufrecht halten. »Sieh ihm in die Augen«, flüsterte er. »Und rede mit ihm.«

»Worüber will er denn reden?«

»Dem kannst du erzählen, was du willst. Der ist besser als ein Priester. Nur achte darauf, dass du mit fester Stimme sprichst. Was du auch sagst, sag es mit Überzeugung.«

Dobish sollte recht behalten. Ich fuhr im Kreis und legte mit großer Überzeugung die Beichte bei dem Löwen ab. Über das Dröhnen des Motors hinweg hörte niemand, was ich sagte, also war ich aufrichtig. Ihr wisst ja nun, was ich ihm erzählt habe – all die Last, die ich mit mir herumgetragen hatte. Meine Schuld, meine große Schuld. Ich liebte diesen Löwen, weil er allem lauschte, und wenn er brüllte – so laut, dass ich es bis in meine Rippen spürte – war es nicht Tadel, sondern die Anerkenntnis meines Leids. Und er kannte Leid. Mit seiner Melone und der Fliege, in einen Beiwagen gezwungen, musste auch dieser Löwe sein wahres Selbst verleugnen.

Das Motodrom war ein hölzerner, kreisförmiger Schacht. Wir fuhren im Kreis, denn es ging nirgends hin. Ich trug Lippenstift, Mrs Dobishs enge Hose und eine Jacke mit sehr vielen Haken und Ösen. (Wie lange würde mir das passen? Irgendwann würde sich mein Bauch zeigen.) Dazu ein Paar hoher, glänzender Stiefel und eine Reitgerte. Ich war halb Puppe, halb Löwenbändigerin.

Wenn Tuffy brüllte, schrie die Menge – selbst die Männer. Doch sie reizten ihn auch. Für mich aber waren ihre Mienen nur verschwommen, eine Folge rasch wechselnder Farben hoch über uns.

Mir war oft schwindelig und flau, und ich erbrach mich manches Mal.

Gelegentlich träumte ich, dass ich das Wesen mit dem gewaltigen Leib war, das sich die Melone aufschnallte und den Boden kaum berührte.

In den Pausen machte ich eine Runde über die Promenade. Eltern glitten mit ihren Kindern die riesigen Rutschen hinunter oder sausten mit dem Autoscooter über dessen Bahn. Am Schießstand knallten die Gewehre, ein falsches nach dem anderen. Besonders gern verweilte ich beim Dorf der Vögel und Kaninchen, wo die Kinder an den Drahtkäfig tatschten. Die leuchtend bunten Vögel flitzten unbeeindruckt und mit lauten Gekreisch über kleine Wege und Lattenzäune, während die Kaninchen die Ohren fest an den Kopf anlegten und sich unter den Brücken versteckten.

Es gab auch eine Ausstellung afrikanischer Kuriosa, aber keinen Ota Benga: Er war tot. In Wildwood gab es nur Schrumpfköpfe, Speere und Affenschädel.

Bei den lebenden Affen ließ ich mir immer Zeit. Im Gegensatz zu Tuffy durften sie auf dem Monkey Speedway ihren eigenen Wagen steuern. Im Vorsommer waren fünfunddreißig Affen entflohen, angeblich hatte die Stadt nach den Pfadfindern rufen müssen, um sie wieder einzufangen.

Dann passierte ich den »Liebestunnel« mit seinen Booten und das Riesenrad, das, wie jedes Riesenrad, das ich je gesehen habe, davon träumte, sich aus seinen Halterungen zu befreien und hinaus ins Meer zu rollen. Bei Nacht vermehrten sich die Fischerboote, wenn die Mondlichttouren wie ferne Glühbirnen am Horizont vorüberglitten. Am Ocean Pier spielte Glenn Miller mit seiner Band. Im Vorübergehen hörte ich den Bass, die Hörner, die bebenden Becken und das Schlagzeug.

Der neunzig Zentimeter große Major C. Nowak, der den Polizisten gab, grüßte in seiner kleinen Uniform Passanten, während man Mario Lanza als Schaffner in der elektrischen Straßenbahn entdecken konnte. Damals hieß er noch Cocozza und sang mit seinem lieblichen Tenor die Namen der Stationen vor. Einmal habe ich ihn gehört. Einen solchen Klang vergisst man nie.

Die Revuen, der Krawall, die Biergärten, die Wahrsager. Auf die eine oder andere Weise waren sie dort alle Freaks. Und mitten unter ihnen wurde ich zur Schau gestellt. Margaret Shipley. Doch im Gegensatz zu den Marathontänzern war ich mit meiner Erschöpfung allein, mich hielt niemand aufrecht.

Die Zeit schritt voran. Der Sommer gelangte an sein Ende. Etwas Kühles strich durch die Nacht. Die Stadt verkümmerte. Die Geschäfte schlossen, der Strand leerte sich. Die Straßenbahn verkehrte nach einem eingeschränkten Fahrplan. Mein Bauch wuchs. Mrs Dobishs Anzug wurde stramm.

Und dann, eines Tages, bemerkte ich, dass mir ein Mann folgte. Seine Kleidung passte nicht auf die Promenade. Er trank Cola und behielt mich unentwegt im Auge. Zuerst hielt ich es für Einbildung. Es war, als hätte ich mir Eppitt derart dringend herbeigewünscht, dass ein Mann erschienen war. Der falsche Mann. Doch er war da. Und ich fürchtete, dass er mich um Eppitts Taten willen töten wollte. Mir kamen die Black Hand Gang, die Mafia, der Bananenkrieg, die Docks, die Arbeiter mit Beilen in den Sinn. Würde jemand unter meinem Cottage – das nicht einmal mein Cottage war – zwei Stangen Dynamit entzünden? Wollte er das Geld aus der versteckten Kiste? Ich hätte es ihm gegeben, aber ich wollte ihn nicht merken lassen, dass ich ihn entdeckt hatte.

Wenn ich ihn heute sehen würde, ich würde ihn immer noch erkennen. Drahtig, klein. Ein Kinn, das beinahe aufrecht ragte. Eingefallene Wangen. Er aß aus gefalteten Servietten, rasch und wütend – seine Wangen blähten sich wie Blumenzwiebeln auf. Er schluckte derart große Brocken, dass ich fürchtete, er würde seine Zunge dabei verschlingen. Ich hoffte es.

Peggy Peg-Peg

Eines Abends in jenem Herbst, nach der letzten Show der Saison, ging ich in den Umkleideraum. Man sah noch immer wenig – es wäre niemandem aufgefallen –, mir aber wurde es immer bewusster. Ich hatte gehört, dass gerade die erste Schwangerschaft oft monatelang unsichtbar blieb, dennoch gab mir mein Kostüm ein klaustrophobisches Gefühl. Der Umkleideraum war nur eine kleine Kammer, in der Eimer, Mopp und Bleiche standen. Ich zog mich rasch aus und warf mir mein Kleid über.

In dem Moment klopfte Mr Dobish an. »Da will ein Mann zu dir.«

Ich hatte die Hoffnung aufgegeben, dass Eppitt jemals wieder auftauchen würde. Ich war überzeugt davon, für den Rest meines Lebens Margaret Shipley bleiben zu müssen. Und der Mann, der mir gefolgt war, wirkte nicht wie jemand, der mich aufsuchen würde.

Ich öffnete die Tür, und da stand Isley Wesler in seinem langen Waschbärmantel, obwohl es noch nicht Winter war. Ich hasste Isley Wesler, wie sehr jedoch, wurde mir erst da bewusst. Aber er war auch derjenige, der mir Eppitt wiedergeben konnte, und deswegen hätte ich ihm auch um den Hals fallen können. Neben ihm stand Dobish und wrang seine Schürze, auf der dunkles Blut trocknete. Er hatte gerade Tuffy gefüttert.

»Herzchen!«, sagte Isley mit einem breiten Lächeln. »Was für eine hinreißende Frisur!«

Ich war sicher, dass er gekommen war, weil Eppitt tot war.

»Wir haben gerade über einen gemeinsamen Freund gesprochen, Mr Wesler und ich«, sagte Dobish. »Einen einflussreichen Freund, der dir diesen Job ermöglicht hat.«

Ich war überrascht, dass Isley Wesler nicht der gemeinsame Freund von mir und Dobish war. »Und wer ist das?«, fragte ich.

»Ramagosa«, sagte Dobish. »Der König. Wer denn sonst?« Ramagosa war der König der Promenade. Ihm gehörte alles.

»Ein Freund von Ramagosa«, sagte Isley und klopfte Dobish auf die Schulter, »ist ein Freund von mir. Und auch du zählst dazu, richtig, Peg-Peg?«

»Ich bin wegen der Arbeit hier sehr dankbar«, sagte ich, obwohl mich die Erwähnung von Ramagosa nervös gemacht hatte. Ich wollte wissen, wie es um Eppitt stand, aber selbstverständlich nicht vor Dobish.

»Also! Zeig mir diesen Löwen«, sagte Isley. »Ich war in Afrika. Großwildjagd.«

Das bezweifelte ich. Dobish führte uns hinter das Motodrom, vorbei an großen Eimern, an Ölfässern und einer Reihe kleiner Wagen, die unter einer Plane standen. Tuffy hockte hinter dicken Eisenstäben. Der Platz in seinem Käfig reichte kaum, um darin einmal hin und her zu gehen. Tuffy lag am Boden, die Lenden müde, das Fell zerschlissen.

»Ein Untier«, sagte Isley.

»Ein Prachttier«, sagte Dobish. »Und sanft wie ein Lamm.«

Ich bückte mich und schaute Tuffy in die Augen – sie waren feucht, klebrig, womöglich leicht entzündet. Tuffys Blick war stets derselbe – voller Liebe und auch voller Leid. Er kannte keinen anderen Ausdruck. Tuffy wusste um Verlust. Etwas anderes besaß er nicht.

»Bei dem Kerl schaudert es mich!«, sagte Isley.

»Wirklich?«, sagte ich. »Und das nach einer Großwildjagd?«

Isley schniefte beleidigt.

»Bei dem Anblick soll man ja auch schaudern«, sagte Dobish. »Der könnte dich mit einer Pranke ausweiden.«

»Ich bin mit dem Wagen da.« Isley sah sich um, sein Waschbärmantel wogte. »Soll ich dich nach Hause bringen, Peg-Peg?«

»Ich kann dich nach Hause bringen, Margaret«, sagte Dobish, der Isley offenbar nicht traute.

»Ist schon gut«, sagte ich. »Ich komme mit.«

Isley war mit einem Fahrer gekommen, doch zu meinem Glück war es nicht Gerald. Wir setzten uns auf den Rücksitz. Ich strich mit einer Hand über das Leder. »Wo ist Eppitt?«

»Auf dem Weg der Besserung.«

»Warum ist er nicht hier?«

»Ist Teil der Abmachung. Ich hab das Beste draus gemacht. Er lebt, Harriet. Das ist gut.«

Der Fahrer schaute, sehr nervös, in alle Spiegel.

Isley klopfte eine Zigarette gegen das Fenster. Wir fuhren an imposanten viktorianischen Villen vorbei. »Es ist gut, dass ihr beide es niemals offiziell gemacht habt.«

»Was offiziell gemacht?«, fragte ich.

»Die Ehe«, sagte er.

»Woher wissen Sie das?«

»Euer Pakt aus der Schwachsinnigenschule?«, sagte er. »Ach komm, Peggy, Peggy, Peg-Peg! Eppitt hat mir alles erzählt.«

Der Fahrer hielt und ließ eine Straßenbahn passieren. Dunkle Profile glitten vorüber.

»Sagen Sie, was Sie mir zu sagen haben, Isley.«

»Jemand aus dem Kreis der einflussreichen Leute, bei denen Eppitt jetzt in der Schuld steht – da man ihn netterweise nicht sofort getötet hat –, hatte eine indiskrete Beziehung mit einer Frau. Sie ist in anderen Umständen. Und der Vater des besagten Kinds ist bereits verheiratet. Nun zu Eppitt. Sagen wir, er würde diesen Leuten den Gefallen tun, dann wäre alles wieder gut.«

Ich wandte mich von Isley ab und lehnte den Kopf ans Fenster. Wir holperten an einer Reihe kleinerer Häuser entlang. Jemand führte ein Pony über die Straße. Ich sah die Hand meiner Mutter, die sich gegen meine drückt, kurz vor ihrem Tod. Ich sah mich auf der Veranda – wild in meiner Trauer. »Liebt er sie?«

»Du darfst ihn niemals wiedersehen.«

»Liebt er sie?«

»Das muss er.«

»Was ist mit mir?«

»Na, für dich ist es hier doch gut gelaufen. Aber jetzt lassen sich Eppitt und seine Frau in der Stadt nieder. Und diese Leute sind sehr auf Familie bedacht. Mach es nicht kaputt, hörst du? Mach uns keinen Ärger.«

Ich presste beide Hände auf die Ohren. »Hören Sie auf, Isley! Hören Sie auf!«

»Ich schätze es gar nicht, wenn man so mit mir redet!«

»Und mir gefällt es gar nicht, dass Sie Gerald angewiesen haben, mich zu vergewaltigen.«

»Das war ein Missverständnis. Ich habe ihn nicht angewiesen, dich auf diese Weise anzupacken. Er sollte dir bloß Angst machen – zu deinem eigenen Besten, damit du weißt, wie ernst es ist. Aber hast du ihn wirklich gebissen? Stimmt das?«

Ich machte die Augen zu und sagte sehr ruhig: »Ich glaube kein Wort, solange ich es nicht von Eppitt höre.«

Isley fasste mich am Handgelenk. »Mach keinen Scheiß, Harriet. Die schneiden dich in Stücke und verfüttern dich an den Löwen. Diese Ehe muss makellos sein! Vollkommen unbefleckt.«

Ich wand meinen Arm aus seiner Hand und rieb ihn. Das Auto hielt vor dem Cottage; die Fenster waren dunkel.

»Ich habe ein paar Sachen für Sie«, sagte ich. »Drinnen.«

»Dann hol sie.«

Ich ging rasch ins Haus, ins Schlafzimmer, kniete mich vor das Bett und suchte mit zitternden Händen nach den Garnen. Als ich wieder nach draußen kam, schaute mir Isleys bleiches, pausbäckiges Gesicht durch ein offenes Wagenfenster entgegen. Während ich langsam zum Auto ging, sah ich wieder den drahtigen Mann, den ein anderes Paar Scheinwerfer ins Licht tauchte.

»Warum folgt er mir?«, sagte ich zu Isley. »Er folgt mir schon seit einer Woche.«

Isley sah zu dem Fremden hinüber. »Den hab ich noch nie gesehen.«

»Kennt der Fahrer ihn?«

»Nee«, sagte der Fahrer.

Ich war sicher, dass sie mich anlogen. Ich reichte Isley den Blutsbrüderpakt. »Hier.«

»Gott. Da waren wir noch Kinder.«

Das Garn unseres Pakts, »E. C. und H. W. 1913. Hochzeit«, hatte in den vielen Jahren in Eppitts Portemonnaie gelitten. Ich zog den Faden stramm, bis er in der Mitte zerriss. Eine Hälfte gab ich Isley, die andere, mit dem Zettel, blieb bei mir.

»Geben Sie ihm das«, sagte ich. »Das ist meine einzige Bitte.«

Isley schob den Faden in seine Brusttasche. Ich fragte mich, wo Eppitt, der berühmte Verstecker, den anderen Faden verborgen hatte. *Stirb nicht.*

»Ich würde gern berichten, dass du ein braves Mädchen bist«, sagte Isley. »Und nicht versuchen wirst, mit ihm Kontakt aufzunehmen. Dass du kooperierst.«

»Sonst was?«

»Sonst wird man dir eine unangenehme Nachricht schicken.«

Ich beugte mich zu ihm hinunter und fasste mit beiden Händen an die Wagentür. »Wir werden sehen, was ich tue! Sagen Sie, was Sie sagen müssen.«

Isley warf mir einen kühlen Blick zu. »Deine Entscheidung.« Dann wies er den Fahrer an: »Verschwinden wir!«

Der Fahrer legte den Gang ein und fuhr los.

Ich sah mich nach dem Mann um, der mir gefolgt war. Er drückte sich auf der Straße herum, die Hände in den Taschen, den Hut tief ins Gesicht gezogen. Das Herz schlug mir bis zum Hals und zu den Ohren. »Hey, Sie!«

Er schaute auf.

Ich rannte auf ihn zu. Durfte ich überhaupt noch rennen? Als werdende Mutter? »Was wollen Sie von mir?«, rief ich.

Unruhig fasste er in sein Jackett. Nach seiner Waffe, dachte ich. *Schieß doch.* Ich blieb dicht vor ihm stehen und breitete die Arme aus.

Er zog einen Umschlag hervor. »Sind Sie Harriet Wolf?«

»Wer will das wissen?«

»Wenn Sie Harriet Wolf sind, ist Ihr Vater tot. Es gibt ein Testament. Sie haben etwas zu erwarten.«

»Mein Vater ist tot?«

»Sind Sie Harriet Wolf?«

»Mein Vater ist tot.«

25

Große Erwartungen an George Tarkington

Ruth

Zwei Abende nachdem ich das Grundstück meines Vaters unerlaubt betreten und über einen Drahtzaun hinweg mit ihm gesprochen habe, machen Tilton und ich uns in der Küche bereit, George im Howard House zu treffen, einem Restaurant in der Innenstadt von Elkton, Maryland.

Eleanor hat darauf bestanden abzuwaschen. Sie seift das gewundene Mittelteil einer Saftpresse ein. »Du hast hoffentlich nicht vor, mit offenem Verdeck zu fahren«, sagt sie. »Eine Sardinenbüchse ohne Deckel. Offenbar willst du dich köpfen lassen.«

»Ich rechne nicht damit, dass ich geköpft werde«, sage ich.

»Womit rechnest du denn?«, fragt Tilton. Sie tätschelt die Hunde, die mit ausgestreckten Hinterläufen auf dem Linoleum liegen und sich kühlen. Tilton wirkt sehr elegant. Sie trägt ein Vintagekleid aus den 1920er- oder 1930er-Jahren, eng, blau, mit züchtig hohem Kragen und passendem Umhang. Es stammt aus Wee-ettes Kleiderschrank. Tilton teilt sich mit Wee-ette die schmale Taille, die eckigen Hüften, die anmutigen Brüste und die zierlichen Gliedmaßen. Ich hätte auch gern anmutige Brüste. Doch so dünn ich dieser Tage auch bin, meine Brüste wirken immer massig und ziehen mich, in puncto Schwerkraft, runter.

»Ich würde von George Tarkington nicht allzu viel erwarten«, sagt Eleanor. »Schließlich hat er sich einfach aus dem Staub gemacht.«

Das stimmt, wie ich nun weiß, so nicht. Er wollte sich nicht »aus dem Staub machen«. Sicher, er hat zu früh und zu vollständig aufgegeben. Aber das verstehe ich. Da erklärt einem jemand, was das Beste ist, und das glaubt man dann. Ich muss an Haileys erdbeerduftenden Brief in meinem Portemonnaie denken. Vielleicht war er in Wirklichkeit eine Aufforderung, um sie zu kämpfen, und ich habe alles falsch verstanden. Ich lasse den Kommentar meiner Mutter an mir abgleiten. »Okay, hol deine Handtasche, Tilton. Wir sind so weit.«

»Ich hab keine«, sagt sie.

Eleanor wischt sich die Hände an einem Tuch über dem Griff der Ofentür ab, greift an die Rückenlehne eines Stuhles und hält mir einen Leinenbeutel hin. »Hier.« Ich schaue hinein und sehe nur Medikamente, ein EpiPen, einen Inhalator und diverse Salben. »Die Anweisungen sind auch dabei«, sagt Eleanor. »Wie man was nimmt.«

»Das braucht sie doch alles gar nicht«, sage ich.

»Sei so gut«, sagt Eleanor, streckt den Arm aus und rappelt mit dem Beutel.

Tilton nimmt ihn ihr ab, rollt ihn ein und klemmt ihn sich unter den Arm. »Ich bin fertig.«

»Du siehst wunderschön aus«, sage ich.

»Sehr hübsch«, sagt Eleanor widerwillig.

»Du weißt ja, dass Mrs Gottleib dir Gesellschaft leisten kann«, sage ich zu meiner Mutter. »Sie hat sich angeboten.«

»Bitte, Gott, nein.«

»Okay«, sagt Tilton aufgeregt. »Gehen wir.«

Eleanor schiebt Tilton eine Haarsträhne hinter das Ohr. »Erhoff dir bloß nicht zu viel. So wie ich dich liebe, wird dich dein Vater niemals lieben. Das kann er einfach nicht.«

»Musst du ihr das Ganze schon vermiesen, noch ehe sie das Haus verlassen hat?«, frage ich.

»Ich äußere nur eine Tatsache«, erwidert Eleanor.

»Allein in den letzten drei Minuten hast du ihr erklärt, dass sie geköpft werden könnte, ihr suggeriert, dass sie, sollte sie wider Erwarten überleben, spätestens im Restaurant aufgrund irgendwelcher eingebildeter Allergien über ihrem Teller kollabieren wird, und wenn sie wundersamerweise auch das überlebt, ihr Vater ihr das Herz brechen wird.«

»Gerade du solltest mittlerweile wissen, dass das Muttersein nicht nur aus Blumen und Liebkosungen besteht!«, sagt Eleanor. Aber auf meinem Gesicht muss sich irgendetwas Schreckliches und Grausames gezeigt haben, denn Eleanor verstummt und wendet sich ab.

»Ihr regt Pim und Pom auf«, sagt Tilton leise. Sie schließt die Augen, legt sich die Hände über die Ohren und beginnt zu pfeifen – keine Melodie, nur seltsame kurze Vogelrufe.

»Du hast ihr Leben ja vollkommen entgleisen lassen«, sage ich. »Aus irgendeinem Grund kannst du sie nicht loslassen. Ich hingegen? Oh, mir ging's immer prima. Mich hast du wochenlang unter dem Esstisch leben lassen! Du hast nicht ein Mal versucht, mich da rauszulocken! Du hast mir Essen hingestellt, das ja, aber du bist nicht ein Mal gekommen, um mich unter dem Tisch hervorzuholen! Für dich war ich weg und gut.«

»Ah, es geht also um dich! Nicht um Tilton. Richtig? Egoistisch. Das warst du ja immer. Wie dein Vater!«

Ich ziehe Tilton die Arme von den Ohren weg. »Zeit zu gehen.«

»Das kann sie in dem Zustand nicht!«, kreischt Eleanor. »Nicht wenn sie in die Vogelsprache zurückfällt!« Dann schlägt sie derart lustvoll mit der Faust auf den Tisch, dass ich zum ersten Mal in meinem Leben denke: *Mein Gott, meine Mutter hatte wirklich Sex.* »Verschwindet endlich!«, brüllt sie.

Ich erstarre. Eleanor ist wirklich furchteinflößend. Das ist einer der Gründe, weshalb ich fortgelaufen bin; meine Mutter hat mir Angst gemacht.

Dann lenke ich Tilton Richtung Küchentür, und wir entschwinden in die feuchte Abendluft. Tilton flattert mit den Armen. »Abflug.«

26
Ausgebrochen
Harriet

Dass mein Vater tot war, hieß, ich konnte heimkehren. Ich war das einzige überlebende Kind. Das Haus gehörte mir.

Ich ging in das Cottage, legte mich mit dem großen Umschlag auf das Bett und schaute an die Decke. Ich wollte nicht nach Hause gehen. Ich wollte von Eppitt die Wahrheit hören. Mein Bauch würde wachsen, und wenn Eppitt mich so auf der Straße sehen würde, wüsste er, dass das Baby seines war, und wir würden durchbrennen.

Vor meinem geistigen Auge erschien mein Vater – wie er in den Verwaltungstrakt kommt, mit seinem Bart, seinem affektierten Stock. Seine Tochter war ein Wunderkind – doch ihn hatte das nicht berührt.

Am nächsten Abend, gegen halb sieben, klopfte es an meine Tür. Vor mir stand ein dünner, braungebrannter Teenager, völlig außer Atem, das Kinn mit Pickeln übersät. »Ich komm von Dobish«, sagte er. »Ich bin sein Neffe. Ich soll Ihnen sagen, Tuffy ist weg. Ausgebrochen!« Der Junge blickte gehetzt nach hinten. »Kann ich reinkommen?«

Ich ließ ihn ins Haus. Er trat mit zwei raschen Schritten vor, ich verriegelte die Tür hinter ihm. »Fang von vorn an.«

Dobish, so berichtete der Junge, habe Tuffy füttern wollen,

wie immer um Punkt achtzehn Uhr. Doch der Löwe war fort. An seiner Stelle hatte dort irgendein Strolch gehockt. »Der Kerl war völlig außer sich und hat gesagt, dass da jemand einem andern mit Gewalt Vernunft beibringen wollte. Mein Onkel hat gefragt, wem. Und dann hat er einen Namen genannt, den mein Onkel noch nie gehört hat. Also hat er diesen Kerl gefragt, wer das ist. Und der hat gesagt, das Mädchen auf dem Motorrad.«

Da wusste ich, dass übermittelt worden war, ich würde nicht kooperieren und verlangen, mit Eppitt zu sprechen. Hatte Isley zu Ramagosas Männern gesagt, man müsse mir mit Gewalt Vernunft beibringen? Vielleicht hatte wirklich jemand vorgeschlagen, mich in Stücke zu schneiden und an den Löwen zu verfüttern. Mir durch Tuffy Angst einzujagen war womöglich nur ein Kompromiss. »Wo ist der Löwe?«

»Er hat einen Straßenhändler getötet und unter die Promenade gezerrt. Der Kerl wollte gerade in einen Wagen steigen, den Fuß schon auf dem Trittbrett, da ist Tuffy gekommen und hat ihn am Hals gepackt. In dem Wagen war ein Kind, ein Zehnjähriger – seinem Vater gehört das Auktionshaus. Der Kleine hat alles mit angesehen. Er ist ausgestiegen und hat sich heulend auf den Wagen gesetzt. Dann haben sie Tuffy erschossen. Er ist tot.«

Offenbar hatte ich geschwankt, denn Dobishs Neffe berührte mich an der Schulter.

»Ist alles in Ordnung?«

Tuffy, seine Mähne, sein Brustkorb, seine Wirbelsäule, sein weiches Fell. Seine Zähne, seine Klauen. So majestätisch. Wie er mich angesehen hatte. Diese Augen starrten nun in den Tod. Der Straßenhändler, tot. Ich sah den kleinen Jungen vor mir, der wie erstarrt auf der Motorhaube hockte.

»Mein Onkel glaubt, dass jemand Tuffy in Ihr Haus bringen

wollte, ihn in Ihrem Garten loslassen wollte oder Schlimmeres. Tut mir leid, dass ich das sagen muss, aber Dobish hat's von mir verlangt.«

»Ist schon gut«, sagte ich.

»Mein Onkel ist total am Boden zerstört. Aber er hat gesagt, dass Sie verschwinden sollen. Dass Sie hoffentlich irgendwo wen haben. Er sagt, dass Sie nie über Ihre Familie gesprochen haben, doch dass er hofft, dass Sie irgendwo hinkönnen, Miss Shipley. Sie haben doch Familie?«

27

Geier

Eleanor

Ich setze mich kurz an den Tisch. Meine Töchter sind fort, und das Haus ist ruhig, doch mein Herz ist laut, und zum ersten Mal seit dem Infarkt schlägt es Zuversicht. Ruthie. Natürlich erinnere ich mich, wie sie damals, sie war erst acht, unter dem Esstisch gehaust hat. Sie hatte sich ein Sofakissen gemopst, Kissen und Laken von ihrem Bett, und sich unter der weißen Tischdecke mit den gelben Blumen ein Haus gebaut. Sie hatte eine Taschenlampe, Bücher, einen kleinen Stapel von Wee-ettes leerem, weißen Papier und ein Bündel Stifte mitgenommen, um das ein Gummiband geschlungen war. Das war, kurz nachdem wir zu Wee-ette gezogen waren, nachdem ich die Hoffnung auf Georges Rückkehr aufgegeben hatte. Meine Mutter hatte mich gewarnt, ich solle mich nicht auf George verlassen, doch meiner Meinung nach hatte sie sich nie auf einen Mann verlassen. Auf meinen abwesenden Vater jedenfalls war kein Verlass. Über ihren Vater hat Harriet nie ein gutes Wort verloren – allerdings auch kein böses. Das einzige Wissen, auf das ich bauen konnte, entstammte dem an Melancholie und Mysterium so reichen Leben von Weldon und Daisy. Meine Mutter hat mich gebraucht, und ich glaube, anfangs hat auch George mich gebraucht. Doch vielleicht hatte ich Liebe mit Bedürftigkeit verwechselt. In seinem jugendlichen Überschwang hat George einmal gesagt: »Du erdest mich, Eleanor. Bei dir habe ich das Gefühl, dass ich mit beiden Füßen auf dem Boden stehe.« Aus heutiger Sicht würde ich das, was zwischen uns gewesen ist, nicht Liebe nennen. Wenn überhaupt, dann einen schwachen Abglanz. Ob mit oder ohne Flugzeugabsturz, unsere Beziehung war von vornherein zum Scheitern verurteilt. Ich glaube, mir war das schon früh bewusst, aber ich konnte es mir selbst nicht eingestehen.

Als ich meine Mutter angerufen und gesagt habe, dass ich nach Hause kommen wolle, dass George fort und seit einiger Zeit nicht mehr gesehen worden sei, hat sie etwas geflüstert, was ich damals und bis heute nicht verstanden habe. »Also hat es auch bei dir zugeschlagen.« Was hat sie damit gemeint? Dass bei mir die Liebe zugeschlagen hatte? Das Schicksal? Aber welches?

Meine Mutter hat die Haushaltshilfe entlassen, die sie nach meiner Hochzeit eingestellt hatte, und wir haben in einen Alltag gefunden – Harriet hat sich mit mir um Tilton und Ruthie gekümmert, ich habe, wie früher schon, die Kommunikation mit der Außenwelt übernommen, die Literaturwelt inklusive. Und obwohl man mir das Herz gebrochen hatte, hat unsere Regelung ziemlich gut funktioniert.

Und dann hat Ruthie beschlossen, unter dem Esstisch zu leben. So etwas tun Kinder hin und wieder. Das ist vollkommen normal. Ruthie wäre am liebsten fortgelaufen, doch weiter ist sie damals nicht gekommen. Das Problem war, dass sie den ganzen Tag unter dem Tisch geblieben ist, und den nächsten auch. Meine Mutter hat mir geraten, ich solle unter den Tisch kriechen und Ruthie aus ihrem Versteck ziehen, doch ich habe mich geweigert. George hatte mich verlassen. Ich konnte nicht vor meiner Tochter winseln. Emotional habe ich Ruthie gehen lassen, das wusste sie und hat es nie vergessen. Ich habe zugelassen, dass sie zwei Wochen lang unter dem Esstisch hauste. Natürlich war mir klar, dass sie eigentlich wollte, dass ich um sie kämpfe. Doch ich war zu stur. Tilton wurde zu meiner einzigen Hoffnung auf die Liebe, nach der ich mich sehnte.

Ich stehe auf und gehe zum Treppenhaus. Langsam erklimme ich die Stufen, das Geländer ist mein Halteseil. Auf halber Strecke bleibe ich stehen und hole Atem. Mein Herz – seine rasende Zuversicht. Ich marschiere weiter und gehe in Ruthies altes Kinderzimmer. Ich greife mir den Karton »Ruthie – Verschiedenes«, stelle ihn auf das Bett und mache ihn auf. Das Tischtuch ist schnell gefunden. Ich ziehe den weißen Stoff hervor. Die kleinen gelben Blumen sind verblichen.

Ich drücke mir das Tischtuch an die Brust, verlasse das Zimmer und steige die Stufen wieder abwärts – langsam und bedächtig. Als ich am Fuß der Treppe eine kurze Pause mache, kommen mir die kleinen, bauschig weißen Hunde entgegen. Ihr Gehirn muss winzig sein.

Ich gehe ins Esszimmer, voller Kraft, und lege eine Hand auf das satte, dunkle Holz des Mahagonitischs. Auf der polierten Oberfläche schimmert mir schwach mein Spiegelbild entgegen – die Hautsäcke an den Mundwinkeln, die schlaffe Haut an meinem Hals. Mir kommt meine Enkelin in den Sinn, diese Hailey. Sieht sie uns ähnlich? Mit welchen Problemen schlägt sie sich herum? Hat sie meiner Tochter schon das Herz gebrochen? Ich falte die Decke auseinander, lege sie auf den Tisch und schiebe sie – das Holz ist glatt – mal in diese, mal in jene Richtung, bis sie zu allen Seiten gleich lang herabhängt.

Ruthie.

Ich hätte sie niemals gehen lassen dürfen. Meine Augen brennen. Meine Tränen überraschen mich. Sie laufen mir die Nase hinunter und malen Punkte in das Tischtuch. Ich bin wirklich keine Heulsuse. Genau wie meine Mutter. Tatsächlich habe ich meine Mutter nur ein Mal weinen sehen – während einer Signierstunde für ihr zweites Buch, der letzten Signierstunde, die sie jemals abgehalten hat. Es war damals der reinste Zirkus. Einmal hat ein Mann ihr die Jacke gestohlen, sie zerschnitten und in Einzelteilen verkauft. In New York hatte man ihr Polizisten an die Seite gestellt, damit Ruhe und Ordnung herrschten. Meine Mutter ist mitten in der Signierstunde aufgestanden, hat sich ihren Mantel gegriffen und ist rausgegangen. Und das in New York! Ich habe sie überallhin begleitet, sie hätte mich niemals allein gelassen. Ich bin ihr nachgelaufen, auf die Straße, in graue Schneeklumpen. Meine Mutter hat am Pfahl eines Straßenschilds gelehnt und atemlos geweint.

»Was ist passiert?«, habe ich gefragt.

Sie wollte es mir nicht sagen. Sie hat nur den Kopf geschüttelt und geflüstert: »Geister.«

Seit diesem Augenblick hasse ich die Leser meiner Mutter, und auch ihre Bücher. Schon damals habe ich beschlossen: Sollte meine Mutter verrückt werden – ihre Blicke Richtung Himmel irren, so wie Daisys – und mich nie mehr so ansehen wie früher, dann wären ihre Leser und ihre Bücher daran schuld.

Mit einem Mal fühle ich mich instabil. Ich muss mich setzen. Die Nacht des Flugzeugunglücks kommt mir in den Sinn, Ruthie mit Helm und verschwitztem Ponyhaar, wie sie sich windet und gegen den Sitz tritt.

Ich greife nach der Tischdecke, lasse wieder los, rutsche langsam vom Stuhl auf die Knie, krieche unter den Tisch und lehne mich mit dem Rücken an eines seiner Beine. Es ist wie in einem weißen Zelt. Da klopft es an die Küchentür. Gottleib? Geier? Zum ersten Mal in meinem Leben ist es mir egal. Sollen sie doch kommen und die Schnäbel wetzen. Ich lege mich hin, schiebe die Beine unter Tisch und Tuch hervor und schaue von unten auf den Tisch – wo das Holz heller ist. Es klopft erneut, jetzt kläffen auch die Hunde. Genau das hätte ich damals tun sollen – ich hätte nicht versuchen sollen, Ruthie unter dem Tisch hervorzuziehen. Ich hätte mich zu ihr legen sollen.

28

Zuhause

Harriet

Ich nahm den Bus und dann ein Taxi. Regen kam und ging. Als ich endlich eintraf, wirkte mein altes Heim so klein, vor dem grauen Himmel so geduckt.

Ich ging zur Haustür, die von der kleinen Gaube überragt wurde. Ich legte meine Hand an die Tür. Ich drehte am Knauf. Die Tür war nicht verschlossen. Im Haus war es kalt, die Luft war abgestanden, und es roch entfernt nach Medizin. Ich wusste nicht, wann und woran mein Vater gestorben war, doch nun kam ich zu dem Schluss, dass es wahrscheinlich eine langwierige Krankheit gewesen war.

Klobige Gespenster warteten in jedem Zimmer – weiße Laken über Sesseln, über Sofas. Ich zog sie fort und legte sie auf einem Haufen in die kahle Küche. Dort hatte ich Brumus zuletzt gesehen, als ich die Kerbe ausbügelte, die mein Vater mit seinem Ring geschlagen hatte. Vielleicht war Brumus auch schon tot.

Ich ging zur Treppe und erwartete Bewegung, Menschen – wenigstens die Krankenschwester, die alles aufräumte. Auf dem Weg in mein einstiges Zimmer entdeckte ich neue Wasserflecken an der Decke. Mein Zimmer war mit Ausnahme von Bett, Nachttisch, Kommode und ovalem Standspiegel leer. Ich stand dort eine Weile mit geschlossenen Augen und atmete den schwachen Duft von Klebstoff ein.

Als ich mich in meinem großen Spiegel sah, drehte ich mich zur Seite und drückte den Rock an mein Becken. Und da war es. Ein Bauch. Ein Baby. Es ließ sich nicht mehr leugnen. Ich wurde Mutter. Als meine Mutter im Sterben gelegen hatte, hatte sie mich für ihre Mutter gehalten. Mutter oder Tochter – spielte es wirklich eine Rolle?

Am Ende des Flurs öffnete ich die Tür zum Zimmer meiner Mutter und trat ein. Das hohe Bett – wo sie ihre toten Babys, wo sie mich geboren hatte, auch ich tot, so jedenfalls hatte man es ihr erzählt, und wo auch sie gestorben war. Ich legte mich hinein und rollte mich zusammen. Als Waise hatte ich gelebt, doch nun war ich es wirklich.

Und nun ist dies mein Zimmer. Mein Bett. Dies ist der Ort, an dem auch ich eines Tages sterben werde. Das wusste ich in diesem Moment. Wenn ich sterbe, werde ich dann eine von euch für meine Mutter halten – dich, Eleanor, Ruthie, Tilton?

Dieses Bett ist meins – es sind meine ersten und meine letzten blutigen Laken. Mein Zuhause.

29

Als der Stammeskönig sich sein Herz holen wollte

Tilton

Ruthie fährt uns mit offenem Verdeck in das Restaurant. Die Musik ist sehr laut. Eine Frau singt ein Lied über gebrochene Herzen, was mich an meine zwei Herzen erinnert, und auch daran, dass die zwei nicht reichen. Ich lege die Hand auf den Fensterrahmen und lächele mir in dem kleinen Spiegel zu. Ich erkenne mein eigenes Gesicht kaum, so viel Haar peitscht darum herum.

Ruthie ruft über Radio und Wind hinweg: Es gibt da was, was ich dich schon lange fragen wollte!

Ich rufe: Was?

Und sie ruft: Warum hast du mir damals, als du kleiner warst, im Schlaf das Haar abgeschnitten? Ich habe so dämlich ausgesehen!

Ich wollte im Garten einen Baum wachsen lassen, sage ich, und dafür habe ich dein Haar gebraucht, als Samen!

Sie sieht mich an.

Ich rufe: Ich würde so gerne die Hände in die Luft strecken!

Mach es!, ruft sie.

Also denke ich darüber nach, und dann tue ich es. Ich rolle meine Hände ein, und sie klappen wieder auf. Ruthie löst eine

Hand vom Lenkrad und streckt sie in den Himmel. Sie singt laut zur Musik. Ich kenne den Text nicht, aber das ist gar nicht nötig. So ein Lied ist das nicht. Auch ich singe mit. Als das Lied zu Ende ist, ziehe ich die Hände wieder ein. Es kommt wirklich vor, dass jemand in einem Cabrio geköpft wird. Mir fällt das Köpfungsfoto bei Isley Wesler ein, das Herz des Stammeskönigs. Isley Wesler hat gesagt, dass der Stammeskönig zu uns kommen würde, und den Namen Eppitt Clapp habe ich mir auf ewig eingeprägt.

Ich sage zu Ruthie: Weißt du noch, dass ich damals das Herz eines Stammeskönigs gegessen habe?

An diese seltsame Geschichte erinnere ich mich, sagt sie.

Er war eines Tages bei uns, sage ich.

Der Stammeskönig?, fragt sie.

Er hat an die Tür geklopft, und Eleanor hat aufgemacht, ich war, so wie immer, hinter ihr, du warst da schon weg. Wee-ette war oben in ihrem Zimmer, krank. Sie ist sogar kurz darauf gestorben. Er hat gesagt, dass er Harriet Wolf sehen wollte.

Ich schließe die Augen, der Wind wirbelt durch mein Haar, und ich sehe Eppitt Clapp vor mir. Er war alt, drahtig, irgendwie nervös, so wie alle Leute, die zu uns gekommen sind und zu Wee-ette wollten. Er hatte einen Hut in den Händen.

Er hat überhaupt nicht wie ein Stammeskönig ausgesehen, sage ich zu Ruthie. Und gelogen hat er auch. Als Eleanor ihn gefragt hat, ob er einer von den Wolf-Jüngern sei, hat er Ja gesagt. Dabei hat er gar nicht wie ein Wolf-Jünger ausgesehen, denn er hatte weder Notizblock noch Kassettenrekorder noch ein Buch zum Signieren dabei. Eleanor hat gesagt, dass er verschwinden soll, und dann hat er gesagt: Sagen Sie zu Harriet, dass Eppitt Clapp hier ist. Sagen Sie nur das. Der Name ist wie ein Springteufelchen in meinem Kopf hochgeschnellt.

Eppitt Clapp?, fragt Ruthie.

So heißt der Stammeskönig, sage ich. Eleanor hat dann so getan, als würde sie zu Wee-ette gehen. Natürlich hat sie nur eine Minute lang im Wohnzimmer herumgestanden. Sie ist nicht nach oben gegangen. Aber während sie weg war, habe ich dem Stammeskönig gesagt: Ich habe Ihr Herz. Er hat mich sehr erstaunt angesehen. Er hat gesagt: Ach ja? Und da habe ich gesagt: Ich kann es nicht zurückgeben. Woher hast du es denn?, hat er mich gefragt. Und ich habe ihm gesagt, dass ich es aus dem Isley Wesler Antiquitäten-Museum habe. Da hat er gesagt: Wesler ist inzwischen tot. Das ist traurig, habe ich gesagt. Und er: Wird sie mich zu ihr lassen? Ich habe gesagt: Nein. Wee-ette empfängt niemanden mehr. Er hat gesagt: Sag ihr, Eppitt Clapp … Und ich habe gesagt: Ich weiß. Ich weiß. Dann ist Eleanor zurückgekommen und hat gesagt: Es tut mir leid, Sir, sie ist nicht in der Verfassung. Er hat nur dagestanden und hat mich angesehen, und ich habe ihm zugenickt. Er hat zurückgenickt und ist gegangen. Sein Auto hatte er auf der Straße geparkt, aber er hat noch eine Weile dagestanden und auf das Haus gestarrt, so als hätte er das schon einmal erlebt, und die Erinnerung würde ihn blenden.

Ruthie sagt: Eppitt Clapp? Hm. Hast du das Wee-ette erzählt?

Ich habe ihr gesagt, dass der Stammeskönig gekommen war, um sich sein Herz zu holen, doch sie hat es nicht verstanden, weil sie sich schon der anderen Seite entgegenträumte. Doch als sie gestorben ist, Eleanor und ich waren bei ihr, hat sie seinen Namen gesagt. Sie hat nach ihm gerufen. Sie hat es immer wieder gesagt. Eppitt. Und sie hat aus dem Fenster geschaut. Die schweren Vorhänge waren offen. Ich weiß noch, dass sich eine Rosenknospe aus dem Spalier gelöst und an das Fenster geschlagen hat. Die Scheiben waren ganz hell, und Wee-ette hat gesagt: Ja, Eppitt, ja. Dann hat sie mich und Eleanor angesehen und gesagt: Meine Engel schauen zu.

Und?, sagt Ruthie.

Ich habe ihr gesagt, dass Eppitt gekommen war, um sie zu sehen. Ich habe es ihr immer und immer wieder gesagt. Sie hat nur einen Satz gesagt.

Und das war?, fragt Ruthie.

Nun sind wir gesamt, sage ich. Und dann ist sie gestorben.

Ruthies Augen werden nass, aber mir ist nicht klar, ob das daran liegt, dass sie traurig ist, oder daran, dass es im Auto zieht. Gesamt, sagt sie. Gesegnet und verdammt. Und dann hustet Ruthie und setzt sich aufrechter hin. Sie sagt: Die Geschichte habe ich noch nie gehört.

Du warst nicht da, sage ich.

Bald darauf halten wir auf einem Parkplatz, nicht weit von dem Restaurant entfernt. Ich kann das Schild erkennen. Ruthie macht den Motor aus und öffnet ihre Handtasche. Ich will schon aussteigen, doch sie sagt: Warte. Sie öffnet ihr Portemonnaie und zieht einen kleinen rosa Zettel hervor. Sie faltet ihn auseinander und reicht ihn mir. Es ist ein Brief, adressiert an *Mom* und mit *Alles Liebe, Hailey* unterzeichnet.

Soll ich das wirklich lesen?, frage ich, und sie nickt.

In dem Brief erklärt Hailey, dass sie bei ihrem Vater leben will, weil er weiß, wer sie ist und sie sich bei ihm wohler fühlt. So etwas Trauriges habe ich selten gelesen.

Er riecht nach Erdbeeren, sagt Ruthie. Riech mal.

Ich sage ihr, dass ich auf Erdbeeren allergisch reagiere. Doch noch während ich das sage, bin ich nicht mehr sicher, ob es wirklich stimmt, und selbst wenn, da sind ja keine richtigen Erdbeeren. Also halte ich das rosa Papier an meine Nase und schnuppere daran. Der Erdbeergeruch ist verflogen, doch ich sage: Stimmt, man riecht es noch. Noch ein ganz klein wenig.

Ein Vater

In Restaurants ist es so: laut, voll, Stühle voller Sprechgesichter, ein kleiner Esstisch nach dem anderen, Nischen, alle an die Wand gedrängt, Fenster, die auf eine Veranda gehen, Kellner, Kellnerinnen, runde Tabletts, perlende Wassergläser.

Wir gehen auf ein Pult zu, als ob wir eine Rede halten müssten, doch dann tritt jemand hinter dieses Pult und fragt: Wie viele?

Ruthie sagt, dass jemand auf uns wartet.

Unser Vater, sage ich, als ob ich beten wollte. Ich erkläre mich. Ich meine nicht das Gebet. Sondern die Person. Den Mann.

Oh, sagt die Frau. Ja, er ist bereits hier.

Sie führt uns durch einen Raum. An den Wänden hängen Bilderrahmen mit Zeitungsausschnitten. Wee-ette hätte ein Restaurant voller Zeitungsausschnitte gefallen. Und auf einem, das schwöre ich, auf einem steht: Vom Himmel stürzen Tote, in fetten, großen Druckbuchstaben.

Also sage ich zu Ruthie: Vom Himmel stürzen Tote!

Fang nicht damit an, Tilton, sagt sie. Nicht jetzt.

Ich frage mich, ob ich verrückt bin. Selbst wenn ein Restaurant berühmte Artikel aufhängt, vor allem aus der Region, warum gerade *den*? Wer will beim Essen von toten Menschen lesen, die vom Himmel stürzen?

Wir folgen der Frau, die sich zwei Speisekarten unter den Arm geklemmt hat. Vor einem der vielen Tische bleibt sie stehen. Da sitzt ein Mann. Aber das ist nicht George Tarkington. Es ist ein alter, dicker Mann. Seine Nase ist nicht mehr spitz und abwärts gekrümmt, sondern rundlich, als ob er an der Nasenspitze fett geworden wäre, so wie an allen anderen Stellen auch, und außerdem hat er eine Furche zwischen den Augenbrauen, so als hätte er sich sein Leben lang Sorgen gemacht, aber vielleicht hat er auch bloß sehr viel geblinzelt, weil er so verwirrt ist.

Doch der Mann steht auf und sagt: Ruth! Und umarmt sie.

Danke, dass das klappt, sagt sie.

Und dann greift Ruthie meine Hand und zieht mich nach vorn. Tilton, das ist George.

Ich reagiere nicht.

Also sagt sie: Dad.

In dem Moment sagt die Frau mit den Speisekarten: Ich lasse sie Ihnen da. Sie legt die Speisekarten auf den Tisch und ergänzt: Ihre Kellnerin ist gleich bei Ihnen, und dann watschelt sie davon, entenartig, schlapp, schlapp, schlapp.

Ich hatte gedacht, das wäre unsere Kellnerin, aber vielleicht sind wir ihr nicht gut genug. Warum verlässt sie uns?, frage ich.

Sie verlässt uns nicht, sagt Ruthie. Sie hat noch andere Gäste.

George sagt: Es ist wirklich schön, dich zu sehen, Tilton. Ich hätte dich überall erkannt! Du warst so ein hübsches Baby, und sieh dich jetzt an!

Ich kann mich nicht ansehen, sage ich. Hier gibt es nirgendwo eine Spiegelfläche.

Wir setzen uns in unsere Nische, ich neben Ruthie, rutsch, rutsch. Vor George steht ein goldbrauner Drink, der schwitzt. George schwitzt ebenfalls. Ich auch. Der Schweiß sammelt sich unter meiner Achselhöhle. Ich werde Wee-ettes Kleid durchnässen. Das weiß ich. Niemand sagt etwas. Sie nehmen ihre Speisekarten, also mache ich das auch, aber ich kann mich nicht auf die Worte konzentrieren, weil sie so herumspringen.

George legt seine Karte hin. Wollen wir alle Krebse essen?, fragt er. Die sind hier wirklich gut.

Klingt großartig, sagt Ruthie. Mit scharfer Sauce, damit es schön an den Lippen brennt. Sie sieht mich an.

Ich nicke und lächele, dabei will ich gar nicht, dass es an den Lippen brennt.

Und, habt ihr Fragen?, sagt George.

Du nicht?, sagt Ruthie.

Wollen wir unser Leben bis heute hin abspulen?, fragt George.

Ich könnte das, sage ich. Aber das würde viel zu lange dauern.

Genau, sagt George. Also, die Schnellfassung mit den Highlights?

Himmel, sagt Ruthie.

Ach je, sage ich. Ach je, ach je.

George sagt, dass er gerne Golf spielt. Und schon in vier europäischen Ländern gewesen ist. Einmal ist er aus einem Skilift gefallen, ein sehr schlimmer Unfall, und er hat dem Kerl, mit dem er damals unterwegs war, nie verziehen, obwohl er das vor seinem Tod wohl sollte.

Die Kellnerin, eine andere Frau als die, die uns an dem Pult in Empfang genommen hat, sagt, dass sie sich um uns kümmern wird. Sie heißt Janie. George erklärt ihr, dass wir Krebse wollen. Sie geht, und George macht mit seinen Highlights weiter. Er mag Sushi und hat mehrmals die Rolling Stones live gesehen. Er vermisst Edie.

Wer ist das?, frage ich.

Seine zweite Frau, sagte Ruthie.

George sagt: Nein, meine dritte.

Also hast du Marie Cultry damals geheiratet?, fragt Ruthie.

Ja. Ja, habe ich, sagt er. Aber sie hat mich verlassen, ist in ihre Heimatstadt zurückgekehrt und hat ihre Highschool-Liebe geheiratet. Jemand aus der Zeit, bevor sie ihren ersten Mann kennengelernt hatte, der bei dem Flugzeugabsturz umkam.

Hast du sie geliebt?, fragt Ruthie, was mir sehr persönlich vorkommt.

Eure Mutter habe ich mehr geliebt, sagt er, aber manchmal trifft man eine überstürzte Entscheidung und muss dann damit leben.

Das ergibt überhaupt keinen Sinn, es sei denn, ich hätte meine Hände in dem Cabrio hochgehalten, und sie wären mir abgeschnitten worden, und ich müsste damit leben. Mir wird ein wenig übel, so als müsste ich gleich eine Entscheidung treffen und dann für immer damit leben. Janie, die Kellnerin, bringt uns Wassergläser. Ich bin froh, dass sie sich um uns kümmert, weil ich das kalte Wasserglas an meine Handgelenke drücken muss. Dann legt sie Zeitungen aus – mehr Geschichten, mehr Papier, mehr Tinte. Ich denke an Wee-ette. Ruthie redet über den Universitätsbetrieb, so als ob sie es toll fände, ihn schrecklich zu finden.

Die Krebse kommen in einem großen Haufen. Alle Körper dicht übereinander – in hellem Rosa und Rot – die schönen gezahnten Scheren, die Stielaugen. Sie sind heiß. Wir bekommen Hammer und Pickel.

Schlagen Sie zu, sagt Janie.

Dann geht es los. George und Ruthie reißen Scheren ab und beißen in das weiße Fleisch. Ruthie sagt, dass Hailey Fußball und Zelten mag. Sie erzählt von ihrem ersten und ihrem zweiten Ehemann. Die Krebse haben einen blassen Bauch, der bläulich schimmert. George zieht an dem weichen Exoskelett, als wäre es die Lasche einer Getränkedose. Die Schale löst sich, und ich sehe das aufgeblähte Lungenfell, zarte, schnörkelige Eingeweide und einen Brei aus senffarbenen Innereien. George und Ruthie tauchen abwechselnd weißes Fleisch in kleine Schälchen mit geschmolzener Butter.

Ach je, flüstere ich. Ich halte immer noch meinen toten Krebs in der Hand.

Willst du nichts essen?, fragt George.

Ich trinke an meinem Wasser, doch meine Hand zittert, und das Wasser spritzt auf Wee-ettes Kleid.

Tilton?, sagt George. Ist alles in Ordnung? Ich dachte, es läuft gut. Hab ich mich geirrt?

Nein, sagt Ruthie. Es läuft gut.

Doch dann beginne ich, laut zu sprechen. Ich sage: Einmal habe ich das Herz eines Stammeskönigs gegessen. Wee-ette hat gesagt, meine Engel sehen zu, und nachdem sie tot war, hat Eleanor ihren Körper gerieben und versucht, sie warm und bei uns auf der Erde zu behalten. Und dann hat meine Mutter Vögel gekauft und versucht, sie freizulassen. Doch die Vögel haben nur im Garten herumgepickt.

Buch fünf, *Ein Heim für die Ermatteten*, flüstert Ruthie. Als Daisys Mutter gestorben ist, haben sie Vögel freigelassen.

Ich habe vor vielen Sachen Angst, sage ich, aber nicht vor Vögeln. Vögel atmen mit den Knochen. Aber das Haus hat versucht, meine Mutter zu verschlingen. Albert Gottleib ist tot. Ich kann viele mechanische Sachen reparieren. Coach Flynn hat Kinder missbraucht oder auch nicht, aber er hat versucht, mich zu erschießen. Ich vermisse Wee-ette. Das ist ihr Kleid. Ich weiß mehr, als ihr glaubt. Benny Elderman hat früher Fedora-Hüte getragen, aber jetzt hat er keine Arbeit mehr und geht um drei Uhr joggen. Ich bin eine Pfeifente. Und ich bin nicht überzeugt, dass du mein Vater bist.

In dem Moment beginnt das Zittern am ganzen Körper. Der Krebs in meiner Hand schlägt auf die Zeitung.

Ruthie nimmt mir den Krebs aus der Hand und legt ihn auf den Tisch. Sie sagt: Alles gut, Tilton. Sie schiebt mich aus der Nische, rutsch, rutsch. Sie nimmt einen Ellbogen, George den anderen.

Mein Körper bebt von innen nach außen. George gibt der Frau hinter dem Pult einen Stapel Geldscheine.

Warum hast du uns verlassen?, schreie ich sie an.

Doch die Antwort kommt von George: Das wollte ich doch nicht. Glaubt mir, wirklich. Das wollte ich doch nicht.

Ich zittere so sehr, dass Ruthie ihre Schlüssel George gibt. Er wird fahren, sie wird mich sicher auf dem Rücksitz halten. Halten, halten, halten. So wie meine Mutter mich gehalten hat, wenn mir das als Kind passiert ist.

Ruthies Handy klingelt. Sie sagt: Hallo? Ron? … Was? Wieso guckst du in fremde Fenster? … Ich hab dir doch gesagt, du sollst nicht kommen … Ich kann dich nicht verstehen! Ist das Justin? … Wie kommt er darauf? Ihre Stimme wird leise und rau. Geh nach nebenan zur Nachbarin, sagt sie. Sie hat einen Schlüssel. Wir sind unterwegs. Und dann ruft Ruthie George zu: Fahr langsamer! Gott! Du bringst uns alle um!

Ich denke an die Gutenachtgeschichte, George fährt, es regnet in Strömen. Der Himmel ist bedeckt. Wolken ziehen vorüber. Wir kommen an einem großen Feld vorbei, auf dem ganz viele Grackeln sitzen. Es war so ein Feld, sage ich.

Ruhig, sagt Ruthie. Ganz ruhig jetzt.

Es war so ein Feld, sage ich erneut, auf das die Toten vom Himmel gefallen sind. Wir kommen an das neue Ende.

30
Eine Gans im Flug
Harriet

In diesem Haus habe ich mit dem Schreiben begonnen. Ich habe mir einen kleinen Schreibtisch gekauft, eine Schreibmaschine und einen Stapel Papier. Ich würde die Seiten füllen, genau wie in dem Buch, das mir mein Vater einst gegeben hatte. Die Bücher mit den Zeitungsausschnitten aus den vier Jahren bei meiner Mutter hatten überlebt, in Kartons in meinem alten Schrank. Ich trug sie hinaus in den Garten, warf sie in eine Tonne und verbrannte sie. Ich entschied, mir mein Leben zu rekonstruieren. Aus dem, was war, etwas anderes zu machen. Ich wollte eine andere Wahrheit erzählen, eine wahre Lüge.

Aber vielleicht ist es auch ganz simpel: Als die Vergangenheit zu mir gesprochen hat, habe ich sie nicht wortwörtlich übersetzt. Die Menschen in meinem Leben haben sich erst rasch und dann langsam durch die Zeit bewegt. Sie sind in ihr vorgesprungen. Haben sich zum Kind zurückentwickelt. Sie alle wurden neu geboren, immer wieder. Tot ist niemand mehr. Das ist doch Realismus, oder? Ist irgendjemand, den ich jemals kannte, tot? Tuffy, der Löwe, streicht durchs Haus und trägt Zylinder. Der Straßenhändler mit der Fliege handelt seine Ware: »Kommen Sie! Sehen Sie!« Dr. Wolff läuft im Korridor auf und ab. Meine Mutter, sie erzählt mir Geschichten von Killiney Hill.

Und mein Vater flüstert, dass mein Genie an mich verschwendet war – ein Mädchen, Mädchen, Mädchen.

Also habe ich wie ein Mädchen geschrieben, und das heißt, über Sex und Tod. Seht euch mein Werk an, und ihr seht eine Maskerade meines Lebens. Es ist alles da. Beine, die zu blutigen Flügeln werden, ein Wald, in dem die Eule klagt, Dampf, der aus einem dunklen See aufsteigt und die Lunge heilt, verrückte Vaterfiguren, Partys, Tauben, Gefangenschaft, Schusswunden, blinde Mütter, wilde Tiere in Anzug und Krawatte, Straßen, die sich nur im Kreis winden. Eppitt und ich haben uns verwandelt, und schon bald küsste Weldon seiner Daisy in den Nacken, auf ihr Stammhirn. Ihr Geliebter, Phrenologe.

Großer Gott, was habe ich geschrieben.

Eleanor rührte sich in mir. Die Medizin und mein Verstand sagten mir, dass ich ein menschliches Wesen schuf, und doch war es für mich unvorstellbar. Es war zu absurd. Wie sollte ich denn glauben, dass aus mir Knorpel, Muskeln, Sehnen wuchsen, netzartige Flaschenzüge, marmorierte Haut, teigig weiche Schenkel, zarte Aderröhren, gummiartige Gelenke, elektrische Verdrahtungen und auch Emaille – jeder Zahn eine weiße Maschine, die sich eines Tages wie eine Schwertmuschel bewehren würde. Gott, es sind die alltäglichsten und die größten Wunder überhaupt.

Im Krankenhaus sagte ich, mein Ehemann sei tot. Ich litt allein, wie ein Tier, das aus seiner Haut kriechen will – entbinden oder entbunden werden. Und dann war sie da – das Gesicht von Angst umdunkelt. Sie weinte, weil sie existierte. Es war eine existenzielle Krise, für uns beide. Diese Existenz, sie ist es wert, dass man darum weint.

Habe ich Eleanor genug geliebt? Ich glaube nicht, dass ich anfangs dazu in der Lage war. Ich hatte jeden, den ich je geliebt hatte, verloren. Ich hatte Angst, sie zu lieben, weil ich Angst hatte, noch mehr zu verlieren. Dennoch war ich hingerissen. Wenn ich nicht schrieb, sah ich ihr sich runzelndes Gesicht an, ihre Hände – wie sie sich ballten und lösten. Ich lernte, dass sich ihre Augenlider vor einem Hustenanfall rosa färbten. Wenn sie hungrig war, trank sie gierig. Sie war schäumend, rosig, wie ein tollwütiges Ferkel, eine Beißerin, vom Wahn nach Fleisch getrieben. Sie drückte mir blaue Flecken und Kerben in die Haut. Ihre Fingernägel waren scharf. Schorfstiche überzogen meine Brüste. Ihre Zunge war ein weiser Muskel, der feuchte Antrieb ihrer Bedürfnisse. Sie saugte sich mit einer Spuckeperle fest, während sich ihre Hände elegant um ihre Wangen legten oder manchmal auch die Pumpe drückten. Und ich hatte das Gefühl, dass sie meine Trauer in sich aufnahm. Wenn sie sich vom Trinken losgestrampelt hatte, aß sie Kummer. Stets drehte sich ein geballtes Händchen hin zu ihrem Mund, und sie nagte ihre Faust. Sie schlief mit dem Ohr an meine Sommersprossenbrust gedrückt, gleich an meinem Herzen. Und wenn sie wach war, schaute sie mich an. Ihre Gegenwart war laut. Das Leben hatte sich von Anfang an für sie entschieden, und sie schrie, um es zu behalten. Rotgesichtig brüllte sie ihren Widerspruch. Manchmal heulte ich mit ihr.

Und dennoch schrieb ich. Ich wickelte Eleanor in meinen Bademantel, schlang die Arme um sie und hämmerte auf meine Tastatur ein.

Bevor sie in das Alter kam, sich zu erinnern, fuhr ich mit ihr im Taxi zur Maryland-Schule für Schwachsinnige Kinder. Ich spielte mit dem Gedanken, mich als Autorin vorzustellen, doch zu dem Zeitpunkt hatte ich noch nichts publiziert. Also behauptete ich, ich sei auf der Suche nach meiner verschollenen Zwillingsschwester, der verschollenen Hälfte meiner selbst. Das war nicht ganz falsch. Ich durfte mich in Begleitung eines Aufsehers umsehen. Es waren noch immer Kinder da, viele Kinder. Hatte sich überhaupt etwas verändert? Wenig. Man sah keine schwere Arbeit mehr. Sie war stiller, diente der Beschäftigung. Aber davon abgesehen, nein, es hatte sich nichts verändert. Gar nichts. Die Welt schob, wenn sie nicht wusste, was sie sonst mit ihnen machen sollte, ihre Kinder immer noch irgendwohin ab.

Und dann sah ich Eppitt in der sechsteiligen Fensterblume oben in King's Cottage. Es war so lange her und dennoch nicht vorbei. Ich war nun Schriftstellerin.

In einem Kellerraum ließ man Eleanor und mich allein. Ich fingerte durch Fotografien, bis ich die fand, die ich stehlen wollte. Im ersten Moment dachte ich, es wäre nur eine Wiese voller Gänse, so hell leuchteten unsere weißen Blusen. Doch als ich nach Hause kam und die Fotografie unter das Vergrößerungsglas meines Vaters legte, strahlte eines der Gesichter auf. Es hatte sich aus der Gruppe gelöst und lief den Hügel hinunter, in Richtung Kamera und Fotograf, die Arme weit geöffnet.

Es war mein Gesicht. Ich als kleines Mädchen. Die einzige Fotografie, die es von mir aus jener Zeit gab. Eine Gans, die fliegen will. Ich habe das Bild Tage später nur verbrannt, auch diesen Schnipsel meiner wirklichen Vergangenheit vernichtet.

Die Zeit verging, und Eleanor kam in das Alter, das ich auf der Fotografie gehabt hatte. Ich konnte ihr die Wahrheit nicht erzählen. Ich wusste keine Worte. Ich konnte mein Leben nicht verarbeiten. Ich habe es versucht – indem ich mir einen anderen Entwurf erdacht habe. Doch sie hat die Falschheit gespürt. Das weiß ich. Sie hat mich dafür verachtet, doch ich war, wenn ich ehrlich bin, neidisch. Sie hatte eine Mutter. Das, was ich immer gewollt hatte. Wie konnte sie es wagen, einen Vater zu verlangen?

Und doch tat sie es. Eines Nachmittags, sie war sieben Jahre alt, sang ich eine ziemlich gewagte und entfernte Interpretation von »Danny Boy«; die Halbtöne ließ ich konsequent aus. Eine zähe Brühe kochte auf dem Herd. Der Deckel ruckelte und vibrierte wie ein leises, fernes Becken.

Eleanor – da schon eine hervorragende Schülerin mit sehr viel muskulöser Energie – stand auf und sagte: »Ich habe keinen Vater. Ich weiß aber, dass ich einmal einen hatte.«

Ich stellte mich der Herausforderung mit gynäkologischer Sterilität – mit der Förmlichkeit, die ich aus Institutionen und Büchereien kannte. »Eine Frau hat eine Vagina«, setzte ich an. »Und ein Mann hat einen Penis. Und … und dann …« Es war so lange her, ich hatte Angst, ich würde alles durcheinanderbringen und am Ende über die Eule und das Gute Rad und Brumus sprechen. Ich geriet ins Stammeln, fasste mich wieder und fuhr fort. »Und dann führt der Mann seinen Penis in die Vagina der Frau ein, und das Sperma …«

»Was ich wissen will«, unterbrach mich Eleanor, »wo ist dieser Penis heute?«

»Du meinst …«

»Der Penis meines Vaters. Das meine ich.« Sie hatte kein Empfinden dafür, wie sie klang, und später, als sie merkte, in welchem Ton sie sprach, wie unverblümt sie war, war es schon zu spät, das noch zu ändern. Oder sie war schlicht zu stur.

Ich sagte tonlos: »Du bist ein uneheliches Kind, Eleanor. Daran ist nichts falsch.«

Es war eine Kapitulation, doch ich machte das Beste daraus. »Tatsache ist«, fuhr ich fort, »es ist sogar gut. Väter können sehr viel Schaden anrichten. Ich kannte einmal einen Psychologen, der mir erzählt hat, wie viele Menschen sich unsicher sind, ob ihr Vater sie geliebt hat.« Selbstverständlich sprach ich über Wolff.

»Viele Erwachsene gehen deswegen zu einem Psychologen und weinen wie ein Baby. Das Problem wirst du nie haben. Dein Vater hat nie von dir erfahren. So konnte er dich auch nicht verletzen, weil er dich womöglich nicht geliebt hätte. Du wirst sehen, das ist von Vorteil.« Funk hatte stets die Vorteile gesehen, die eine Kindheit in der Maryland-Schule für Schwachsinnige Kinder mit sich brachte. Das ließ sich doch bestimmt auch jemandem verkaufen, dem es so viel besser ging, jemandem wie Eleanor?

»Was ist mit *deinem* Vater?«, fragte sie.

»Von ihm haben wir all das hier. Das Haus, etwas Geld. Man kann ihm nicht vorwerfen, dass er uns nicht versorgt hätte!«

Das war gelogen. Und Eleanor wusste es. Aber aus heutiger Sicht, glaube ich, hat sie weniger die Lüge als solche oder die Tatsache erzürnt, dass ihr Vater, wer er auch war und warum auch immer, fort war. Sie war verletzt, weil ich versucht hatte, der Situation etwas Positives abzugewinnen. Also stampfte sie in das Zimmer, das heute wiederum ihr Zimmer ist.

Ich war dir keine gute Mutter, Eleanor. Aber du gleichst meine Schwächen aus. Ich sehe doch, wie du im Sog dieser Kinder hin und her getrieben wirst, und niemals klagst du, weil du sie allein großziehen musst, doch ich weiß, wie sehr du ringst. Diese Kinder, diese wundervollen Mädchen, haben Möwen in der Kehle. Sie kreischen nach dir. Im Sommer knüppelt dich die Sonne, der Winter folgt mit rasselnder Kälte und einem klammen Bett. Du machst weiter, auch wenn die Erschöpfung sich dir in die Haut gräbt. Auf den Knien schrubbst du Böden. Du schaufelst ganz allein den Schnee beiseite und streust Salz. Du kümmerst dich um diese Kinder, so wie du dich stets um mich gekümmert hast. Warst du jemals Kind? Vielleicht habe auch ich die Tochter für die Mutter gehalten, so wie meine Mutter auf dem Totenbett. Liegt hierin meine größte Sünde?

Ich habe nach deinem Vater gesucht, nachdem du mir all diese Fragen gestellt hattest. Ich hatte ein schlechtes Gewissen, ich wusste, dass ich es versuchen musste – um deinetwillen, nicht um meinetwillen. Es war Winter, und wir sind nach Wildwood gefahren. Es war nass und grau, ein niedriger Himmel hat auf uns gedrückt. Ich wollte nicht, dass du den Zweck dieser Reise kennst, daher habe ich in den Geschäften kleine Zettel herumgereicht und mich nicht laut nach Eppitt erkundigt. Doch ich habe nichts als Kopfschütteln geerntet.

Stattdessen habe ich den Löwenkopf gefunden. Tuffy, ausgestopft und ausgestellt, hinter einer Fensterscheibe. Tot, weil mich ein Gangster einschüchtern wollte. Das schlechte Gewissen hatte mich an diesen Ort getrieben, und das schlechte Gewissen hat mich dort heimgesucht. Ich ging in eine Kirche, setzte Eleanor in eine Bank und beichtete.

»Ich war nie wirklich verheiratet«, sagte ich dem Priester, »obwohl ich es geglaubt hatte.«

»Warst du in den Augen Gottes, der Kirche denn verheiratet?«, fragte er.

Ich dachte an die sonnenweißen Laken, den Kirchturm, die Engel, die uns von der Veranda aus zugesehen hatten. »Ja«, sagte ich.

Ich ging hinaus und hielt mich an deinem Arm fest, Eleanor. Du Geschenk Gottes.

Halt sie fest, dachte ich. *Halt sie fest.*

Ich spüre schon den Tod in mir. Er ist nicht mehr fern. Doch manchmal fühlt er sich wie Gänseflügel an – stark, weit, ein abschüssiger Rasen, und ich werde fliegen.

31

Kleiner Knoten

Tilton

Das Auto hält. Ich öffne die Tür, werfe mich auf den Rasen, und schon bin ich auf den Beinen. Ich renne, so schnell ich kann.

Ein Mann und ein großer Junge sind im Haus. Mrs Gottleib ist auch da und ruft: Tilton! Keine Angst! Deiner Mutter geht es gut! Sie hatte sich nur aus irgendeinem gottverdammten Grund unter den Esstisch gelegt!

Meine Mutter sitzt am Esstisch. Ich sehe mir die Form ihrer Wirbelsäule an, eine knotige Stütze, die sich über ihren Rücken zieht – die Schulterblätter, wo ihr Flügel wachsen würden, wenn sie welche hätte. Doch sie stehen nur skeletthaft und verkümmert unter ihrem Kleid hervor. Unsere Knochen atmen nicht, so wie Vogelknochen. Wir sind auf ewig an den Grund gefesselt.

Jetzt kommt Ruthie, George gleich hinter ihr. Er atmet schwer.

Oh mein Gott!, sagt Ruthie. Was zur Hölle ist hier los, Ron? Was machst du hier?

Ich schreie, und alle drehen sich um.

Meine Mutter erschreckt sich nicht. Da sind ja meine Mädchen, sagt sie nur.

Ich renne aus dem Zimmer, die Treppe hinauf, meine Mutter sagt: Lasst sie. Lasst sie sich in Ruhe abreagieren.

Schon bin ich in Wee-ettes Zimmer. Sie hat gesagt, dass ich das siebte Buch nur dann freigeben soll, wenn wir es brauchen, wenn der Ernstfall eintritt. Das ist der Ernstfall! Das neue Ende rast auf uns zu! Wee-ette!, rufe ich. Wee-ette! Es ist an der Zeit! Jetzt!

Ich eile zum Fenster, fasse die Vorhänge und ziehe mit meinem ganzen Gewicht, bis die Stangen wie hohle Vogelknochen aus den Wandhaken brechen. Das hat mir Wee-ette beigebracht, wenn sie mir aus Vogelbüchern vorgelesen hat – dass es in jedem Hohlraum einen weiteren Hohlraum gibt.

Ich ziehe die Stangen auseinander. Die Vorhänge schnaufen und sinken. Ich rüttele an der ersten Stange. Dicht gerollte Seiten rutschen heraus, lösen sich und zittern auf den Boden.

Ich rüttele an der zweiten Stange. Bündelweise landen Seiten auf dem Teppich. Ich greife einen Stapel und werfe ihn hoch in die Luft – er löst sich auf, und sie fliegen, fliegen.

Was ich danach tun soll, weiß ich nicht. Doch eigentlich gibt es nur eines.

Gehen.

Ich bin an der Reihe.

Ich eile in Ruthies Zimmer. Ich öffne das Fenster. Ich klettere hinaus auf das kleine Dach. Es regnet. Ich spüre die kalten Tropfen auf der Haut. Ich trete ganz dicht an den Rand. Wenn ich gehe, wird es meine Mutter und Ruthie zueinanderziehen und verknoten. Das Verlangen meiner Mutter wird zu Ruthie wandern, und dann wird, endlich, Ruthie umsorgt.

In Benny Eldermans Zimmer brennt Licht. In seinem Körper ist ein Raum, ein Hohlraum, den er mit sich trägt – vielleicht für seine Seele. Ich stelle mir vor, ich wäre auch in Bennys Zimmer, Seite an Seite, zwei Seelengehäuse mit Fedora-Hüten auf dem Kopf. Das ist möglich, denn das Buch ist in der Welt – das siebte Buch.

Ich trete einen Schuh von mir. Er fällt. Ich trete den anderen fort, auch er fällt.

Vom Himmel stürzen Leiber.

Ich hole tief Luft, breite die Arme aus – und springe.

Ein Mensch. Ein Mädchen, und auch wieder nicht. Eine Frau. Eine Frau in einem blauen Kleid. Kein Vogel. Dann kommt der Boden.

Mir schlägt es allen Atem aus der Lunge. Ich liege da.

Wee-ette, jetzt sind deine Worte frei. Die Geschichte kann nun da hingehen, wo sie hingehen muss. Als ob ein Faden, der gerissen war, wieder ganz ist. Der kleine Knoten, das bin ich. Es wird einen Pakt geben, der alles neu machen wird. Ich keuche, als sich meine Lunge füllt. Ich stelle mich auf meine eigenen Beine, und ich laufe los.

32

Liebesbeweise

Ruth

»Ich habe deiner Mutter fast das Leben gerettet!«, sagt Ron. Seine Blicke irren wild umher; nach all den Jahren ist er endlich da, im Haus von Harriet Wolf. Er verschränkt die Arme vor der Brust, als ob ihm sonst das Herz aus dem Leib springen würde, aber vielleicht muss er sich auch nur davon abhalten, Dinge zu berühren, die einst Harriet Wolf berührt haben könnte. Pim und Pom kratzen an seiner Hose. »Wenn du das gesehen hättest!«

»Das war richtig übel«, sagt Justin, der sich seine Baseballmütze schräg aufgesetzt hat. »Da haben nur noch ihre Beine rausgeguckt, voll blass, echt wie tot.«

»Es war alles bestens!«, sagt Eleanor. »Meine Güte! Ich kann mich hinlegen, wo ich will. Das ist verdammt noch mal mein Haus.«

»Ich warte im Wagen«, sagt Justin. Einen solch rüden Ton ist er nicht gewohnt. Ron nickt zustimmend, und schon ist Justin fort.

Hinter mir steht George, halb von der Küchentür verdeckt. »Eleanor«, sagt er, doch niemand hört ihn.

Über uns ist Ruhe eingekehrt. Hat sich Tilton hingelegt? Unter Tränen? Ich habe ihr zu viel abverlangt. Eleanors Sorge war zum Teil berechtigt. Tilton ist eine zarte Haut.

Ich schiele zu meinem Vater hinüber. Was denkt er über dieses Haus mit seiner Stagnation, seiner völligen Erstarrtheit? Begreift er, dass dieses Haus auch seinetwegen nicht in der Lage ist, sich vorwärts durch die Zeit zu bewegen?

Eleanor setzt sich an den Esstisch, mit dem Rücken zur Küche, den Kopf gesenkt, nur eine Faust greift immer wieder nach der Tischdecke.

Die Tischdecke – weiß mit blassgelber Blumenstickerei. Meine Mutter muss danach gesucht haben. Angeblich hat Ron meine Mutter unter dieser Decke vorgefunden, auf dem Boden ausgestreckt, genau da, wo ich mir als kleines Mädchen mein Haus gebaut habe. War das eine Art Liebesbeweis?

Gottleib sagt: »Von alldem hätte ich fast einen Herzinfarkt bekommen! Mich erwischt's bestimmt als Nächste! Das ist nur eine Frage der Zeit!«

Ich stelle mich neben meine Mutter. Als sie zu mir aufschaut, geht ein leichtes Zittern durch ihren Hals. Es ist nur eine Frage der Zeit. »George ist da«, sage ich.

»Ja, und?«, erwidert Eleanor, die den Gehalt meines Satzes nicht begreift.

Ich fahre so sachte über die gestickten Blüten, als würde ich Blindenschrift entziffern. Meine Wünsche, geht mir auf, sind nicht minder kindlich als die von Tilton. Ich will, dass meine Familie wieder zueinanderfindet. Ich will schon »Nichts«, sagen, weil ich meine Wünsche nicht in Worte fassen kann, doch da greift meine Mutter nach meiner Hand und drückt sie sehr fest. Damit soll alles gesagt sein. Das geht natürlich nicht. Doch in dem Moment wünschen wir uns beide, Eleanor und ich, dass damit alles gesagt wäre. Das allein – die Tatsache, dass wir uns dasselbe wünschen – erscheint mir wie ein Wunder.

Da kommt George ins Esszimmer. »Sollten wir nicht mal

nach Tilton sehen?«, sagt er. »Es ist so still da oben.« Und schon ist der Moment zerstört.

Eleanor steht auf, drückt die Knöchel in den Tisch, fährt herum, hält sich an der Stuhllehne fest und funkelt George an. »Wie kannst du es wagen!«

Er reibt die Hände aneinander, als müsste er sie wärmen, und blickt zu Boden. »Ich finde nur, jemand sollte nach ihr sehen.«

»Irgendetwas stimmt da nicht«, sage ich. Mein Herz rast.

Eleanor geht zur Treppe. »Tilton!«, ruft sie.

Keine Antwort.

»Ist alles in Ordnung?«, fragt Ron.

Ich renne die Treppe hinauf, den Flur entlang, schwere Schritte hinter mir.

Die Tür zu Wee-ettes Zimmer steht sperrangelweit offen. Auf dem Boden liegt Papier, überall – einzelne Seiten, ganze Bündel, Schriftrollen. Die schweren Vorhangstangen sind, von ihrer Last befreit, aus der Halterung gerissen.

George kommt ins Zimmer. »Was ist das?«

»Wee-ettes Buch«, flüstere ich. Tilton hat die ganze Zeit gewusst, wo es war. Ich eile von Zimmer zu Zimmer. »Tilton! Tilton!« Doch ich weiß, dass ich keine Antwort hören werde. Sie ist fort.

Ich stoße die Tür zu ihrem Zimmer auf. Die Vogelbilder, die sie aus Zeitschriften ausgeschnitten hat, erbeben an den Wänden. Das Zimmer ist leer. Auf der Treppe wird es immer lauter. Ich eile in mein Zimmer.

George hat schon dort hingefunden. Er lehnt sich aus dem Fenster. »Es war offen, als ich reingekommen bin«, sagt er. »Es regnet wie verrückt!« Er zieht den Oberkörper zurück und stößt sich den Kopf am Fensterrahmen. »Glaubst du, dass sie gesprungen ist?«, fragt er und reibt sich die schmerzende Stelle.

»Sie ist gesprungen«, sage ich. »Sie ist weg.«

Die anderen haben das Manuskript entdeckt. Alle reden durcheinander. Ron erhebt die Stimme: »Nicht anfassen! Nicht anfassen!«, mahnt er.

Ich gehe zu meinem Ehemann. Sein Haar ist wirr. Er legt sich eine Hand auf die Stirn, die andere an die Taille. »Ruth, das glaubst du nicht.«

Ich werde ihn verlassen. Es ist vorbei. Ich werde nicht auf diese Hochzeit und auch nicht auf die Gala der Harriet-Wolf-Gesellschaft gehen. In wenigen Tagen schon werde ich in einem Flugzeug sitzen und zu Hailey fliegen. Ich will um sie kämpfen, und das kann ich am besten, wenn ich zu ihr gehe und warte. In Liebe warte. Wie eine *Verrückte* warte. Vielleicht sind wir alle dazu verdammt, als Mütter zu versagen, doch wenn, dann will ich dabei wenigstens zu viel und nicht zu wenig Liebe zeigen.

Ich muss zu Hailey. Ron wird bald schon jemand sein, den ich einmal sehr gut kannte.

»Wir haben es gefunden.« Seine Stimme ist ein weihevolles Flüstern. »Es ist in der ersten Person geschrieben. Das musst du dir ansehen. Das ist ein *historischer* Moment, Ruth. Historisch!« Er sinkt auf Hände und Knie und greift nach einer Seite. Er liest, atemlos, in irrwitzigem Tempo. Plötzlich schaut er auf. »Eppitt? Wer ist Eppitt?«, fragt er mit gehetztem Atem, doch er gibt sich selbst die Antwort: »Das ist eine ganz neue Figur! Das ist ein ganz neuer Roman!« Eleanor dreht eine langsame Runde durch das Zimmer ihrer Mutter und bemisst den Schaden.

»Ruhig, Eleanor«, sagt Mrs Gottleib und streckt die Hände aus, als wollte sie meine Mutter auffangen. »Ruhig.«

Doch nach all den Jahren voller Hass auf die Geier hat Eleanor überhaupt keine Augen für Ron, und den Unhold aus dem einzigen Märchen, das sie mir je erzählt hat, sieht sie auch nicht:

George. In diesem einzigartigen Moment bemerkt sie nicht einmal, dass das Kind, dessen Schutz sie ihr Leben gewidmet hat, gegangen ist. Sie umklammert einen Bettpfosten und sinkt auf ein Knie. Sie greift sich eine Handvoll Seiten – nicht, um sie zu lesen, nein. Sie hält sie sanft an ihre Wange. »Meine Mutter«, sagt sie. »Sie war immer hier.« Dann drückt sie die Seiten an ihre Brust, als wäre es eine handgestrickte Decke. Eleanor sieht mich an, tränenüberströmt.

Auf einer Seite auf dem Boden entdecke ich den Namen, den Tilton dem Stammeskönig zugeschrieben hat: Eppitt Clapp. »Es ist eine Liebesgeschichte«, sage ich. »Eine wahre.«

»Stürzen wir uns nicht in voreilige Interpretationen«, kommt es skeptisch von Ron.

Ich knie mich neben meine Mutter und lege ihr eine Hand auf den Rücken. »Tilton ist fort«, sage ich, »aber ich bin da.« Meine Mutter lässt die Seiten auf den Boden fallen und umarmt mich. Wir kauern beide auf den Knien. Und obwohl es sich immer so angefühlt hat, als wäre ich niemals wirklich hier gewesen, bin ich es in dem Moment. »Suchen wir nach Tilton«, sage ich zu meiner Mutter.

33

Gesamt

Harriet

Ich habe Eppitt Clapp nur ein Mal noch gesehen.

Ich war in New York, bei einer Signierstunde. Es sollte meine letzte sein. Seinetwegen? Ja, doch ich war es ohnehin leid – leid, herumgereicht zu werden, leid, dass Fremde glaubten, mich intim zu kennen, leid, die einzige Schriftstellerin in einer Männerwelt zu sein.

Zwei kleine Jungen traten vor. Der eine war etwa elf, ungefähr in Eleanors Alter, der andere ein wenig jünger, das Anhängsel. Der ältere Junge hatte sein persönliches Exemplar mitgebracht, es war sehr zerlesen – so etwas war den Buchläden ein Dorn im Auge, da gleich neben mir ein Stapel frischer Bücher wartete. Ich aber signierte grundsätzlich jedes Buch, das den Weg zu mir fand – gebraucht oder neu. Der ältere Junge war nervös und mühte sich, sein Buch an der richtigen Stelle aufzuschlagen.

»Ich mache das schon«, sagte ich, »kein Problem.« Die Schlange hinter ihm war lang. »Für wen soll die Widmung sein? Für dich?« Ich beugte mich über das Buch und hielt den Stift bereit.

»Nein«, sagte der Junge. »Für meinen Vater.«

»Wie heißt dein Vater denn?«

»Eppitt«, sagte der Junge.

Ich erstarrte kurz, mein Stift blutete auf das Papier. »Eppitt wie?«, fragte ich reglos.

»Clapp.«

Da hob ich das Kinn und sah die beiden an. Der ältere Junge hatte glänzende dunkle Augen und ein breites Lächeln, aber der jüngere, das Anhängsel, hatte Eppitts gekrümmte Nase, seine raschen Augen, den vertrauten Wirbel. Ich reckte den Hals und suchte Eleanor. Sie half oft dabei, die Bücher auszulegen, damit sie bereits auf der richtigen Seite aufgeschlagen waren. Ich entdeckte sie in einiger Entfernung, wo sie gemeinsam mit einer Verkäuferin einen neuen Karton öffnete. Eleanor liebte diese Tätigkeit, die Effizienz, das Erwachsene daran.

»Also gut!«, sagte ich. »Mit C oder K?«

»Was?«

»Egal«, sagte ich.

Ich schrieb: »Eppitt Clapp – Viel Freude beim Lesen! Mit besten Grüßen, Harriet Wolf.« Ich blickte auf die Seite. Die Wartenden wurden unruhig. Dann setzte ich darunter: »Alias W. F.« Wolfsfrau. Ob er sich daran erinnern würde? »Ist euer Vater hier?«, fragte ich.

»Er mag keine Menschenmengen«, erwiderte der Ältere. »Er wartet draußen.«

»Auch gut«, sagte ich und gab das Buch noch immer nicht zurück.

»Ich soll Ihnen von ihm sagen, dass er nicht gestorben ist.«

Stirb nicht. Er hatte sein Versprechen gehalten. »Richte ihm aus, dass auch ich nicht gestorben bin«, sagte ich.

»Und er hat gesagt, dass auf Seite 13 etwas für Sie ist.«

Meine Hände bebten. Ich blätterte vor. Da, auf Seite dreizehn, in der Falz, lag seine mehrfach gewundene Fadenhälfte. Ich legte einen Finger darauf und zog sie vom Papier. Ich schloss die Hand darum. »Danke. Richte ihm bitte meinen Dank aus.«

»Okay«, sagte der Junge.

Ich schloss das Buch, berührte kurz den Einband und schob es über den Tisch. Der Junge lächelte und machte beinahe einen Diener. Er packte seinen kleinen Bruder an der Hand, dann liefen sie zur Tür.

Als Nächstes war eine blonde Frau an der Reihe. Sie wollte wissen, wann das nächste Buch herauskommen und wie es mit Daisy weitergehen würde. Ich flüsterte nur: »Ich weiß es nicht.«

»Verzeihung?«

Ich stand auf, holte meinen Mantel unter dem Tischtuch hervor und zog ihn an.

»Wollen Sie mein Buch nicht signieren?«

»Ich komme sofort wieder«, sagte ich. »Ich muss nur kurz …« Dann wandte ich mich um und rannte an den Stapeln, der Kasse vorbei hinaus zur Tür. Es hatte geschneit, doch fast alles war geschmolzen, und die wenigen Reste lagen unter Auspuffgasen. Ich schaute in die eine Richtung, dann die andere.

Da sah ich Eppitt von hinten. Er hielt die Jungen an der Hand. Sie gingen über die Straße. Eppitt hatte sich das Buch unter den Arm geklemmt. Also hatte er zwei Söhne, von denen einer, biologisch, eindeutig von ihm stammte. Er hatte eine Frau, ein Heim.

Ich aber hatte nur Erinnerungen, wie er mir unter der Veranda unsere Wunsch-Küche, unser Esszimmer, unsere Wunsch-Teller mit dem blauen Blumenrand gezeigt hatte.

Nun hatte er ein wahres Heim erschaffen – ohne mich.

Ich wollte seinen Namen rufen, aber ich konnte nicht. Wozu?

Doch es war, als hätte er mich gespürt, denn in dem Moment blickte er zurück. Er sah mich und blieb stehen. Er drehte sich zu mir. Er öffnete den Mund. Eine weiße Atemwolke. Er schob das Buch in seine Manteltasche. Er führte beide Hände an die Brust, dann legte er sie aneinander und formte einen Kreis.

Gesamt.

Durch die Liebe sind wir nicht gesegnet und verdammt. Durch sie sind wir gesamt. Er wusste es noch, also wusste er alles noch.

Die Jungen blieben gleichfalls stehen und sahen sich verwundert um, wieso ihr Vater so gefesselt war. Aus der Entfernung sah der Kleinere genauso aus wie Eppitt hinter dem Fensterglas oben im King's Cottage. Noch ehe die Jungen mich entdecken konnten – wie habe ich wohl ausgesehen, so ganz allein und atemlos? – zog Eppitt sie voran. Sie gingen weiter.

Bald kam Eleanor, in großer Panik. »Warum bist du weggerannt? Was machst du hier draußen? Es ist doch eiskalt!«

Ich weiß nicht mehr, was ich ihr gesagt habe.

Aber irgendwann habe ich meine Hände auf ihren Kopf gelegt, ihr weiches Haar, um ihr Gesicht. »Ich bin bei dir«, habe ich gesagt. »Ich bin bei dir.«

Und das bin ich heute noch.

Eines Tages werde ich sterben, und obwohl mich meine Eleanor gerettet und am Leben erhalten hat, obwohl sich Tilton mir in Herz, Verstand und Augen eingebrannt hat, obwohl Ruthie die überwältigende Kraft eines stummen Wirbelwinds in einem kleinen Körper hat – wie in einer Plasmakugel –, weiß ich, was ich flüstern werde, wenn ich sterbe.

Als das Ende kam, hat meine Mutter zu ihrer Mutter geflüstert. So ist das. Wir alle wenden uns an unsere erste Liebe hier auf Erden. Meine Mutter aber war die zweite Liebe meines Lebens.

Ich werde zu meiner ersten Liebe flüstern. Ich werde nur nach einem Namen rufen. Eppitt Clapp.

34
Das neue Ende
Eleanor

Ruthie sitzt am Steuer, ich bin neben ihr. George hockt auf dem Rücksitz. Ruthie sagt, Tilton hätte sie während der Rückfahrt auf ein Feld hingewiesen. Ein Feld wie das, wo die Toten vom Himmel gefallen sind.

Aus mir unerklärlichen Gründen habe ich das Gefühl, es wäre etwas in mir aufgerissen. Ich sitze im Wagen und fahre auf eine Katastrophe zu. Auch wenn Ruthie keinen Helm trägt. Ich keine Essensreste unter Folie auf meinem Schoß balanciere. Keine Zigarre brennt. Kein Radio plärrt.

Es weder blitzt noch donnert.

Doch es regnet. Es ist ein heftiger Schauer. Die Scheibenwischer schlagen hin und her.

Mir stockt der Atem. Ich kann George nicht ansehen. Ich falte die Hände im Schoß. Ich werde beten, aber nicht zu Gott. Ich halte mich an meinen Händen fest und denke an meine Mutter. Der Geruch von brennendem Papier am Ende eines jeden Tages, über Jahre – Jahre! Die Aschehäufchen in dem kleinen Abfalleimer aus Metall, gleich neben ihrem Schreibtisch. So eine Betrügerin. Ich muss grinsen.

Ich frage mich, was die Seiten auf dem Boden offenbaren werden – findet sich dort endlich ein kleiner Teil der Wahrheit?

Ein Hinweis auf meinen Vater? Ein letzter Schnipsel, den sie vor ihrem Tod preisgegeben hat?

Das ist mein Gebet.

Plötzlich bin ich froh, dass George noch lebt – besonders um meiner Töchter willen.

Ruthie überholt ein Auto und wechselt die Spur. Ihre Entschlossenheit gefällt mir. Sie gerät doch nach mir.

»Wäre es der bessere Weg gewesen?«, sage ich zu George.

»Was?«, fragt er.

»Wenn wir zusammengeblieben wären«, sage ich sanft. »Leugne oder gib es zu.«

»Was ist das da, Eleanor?«, fragt George. »Siehst du was? Siehst du sie?«

»Da!«, ruft Ruthie.

Die dunkle Gestalt mit den nackten Beinen in Harriets blauem Kleid ist Tilton. Es könnte auch meine Mutter sein, lebendig, jung. Vielleicht stirbt niemand ganz, bis der Letzte, der sich noch erinnert, auch gestorben ist. Mir ist, als hätte der Herzinfarkt die Verkabelung in meinem Kopf unter Strom gesetzt und neu verschaltet. In diesem Moment entlädt sich so viel Liebe, dass der Tod keine Rolle spielt. Harriet geht mir voran, Tilton und Ruthie folgen mir. Ich bin das Bindeglied, die Achse, das Scharnier – und zu beiden Seiten hin ist Liebe.

Das Feld liegt auf der anderen Straßenseite. Ruth schaltet den Blinker an und wendet, ohne zu verlangsamen, mitten auf der Schnellstraße. Vor uns erstarrt ein Hund – oder ein Fuchs? – im Bann der Scheinwerfer. Ruthie tritt auf die Bremse. Die Reifen schwimmen auf dem Wasserfilm, wir schleudern.

Die Welt verlangsamt sich, selbst mein Herzschlag – ich bin sicher. Die Scheinwerfer wandern über den Trennstrich, die Straße und das Feld, ein Flickenteppich aus Wurzeln und Grashalmen, immer wieder – bis ein Reifen in das Feld rutscht und den Schlamm packt.

Das Auto bleibt abrupt stehen. Ruthie knallt der Airbag ins Gesicht – mit voller Wucht –, mir nicht. Dann ist es im Auto still.

Die Scheinwerfer zeigen auf das Feld, auf Bäume in der Ferne. Atem füllt das Auto – George, Ruth, ich.

Wo ist Tilton? Wo ist sie?

Da erklingt am Heckfenster ein tap, tap, tap. Die Tür geht auf, Tilton rutscht auf die Rückbank. Sie schließt die Tür.

Meine Gutenachtgeschichte hat immer mit demselben Satz geendet: »Die Familie wurde auseinandergerissen, und sie wurde nie mehr heil. Ende.«

Und doch sind wir hier.

Tilton sagt: »Ich bin der kleine Knoten.« Und sie sagt: »Das ist der neue Anfang.«

Mein Herz sticht – seine Kapillarenröhren, Venenflüsse, Klappenschlüsse. Dieser Schmerz ist alt und sehr vertraut, und er reicht weit zurück, zurück zu Tilton und zu Ruthie, zu George, zu meiner Mutter und zu meinem unbekannten Vater, der Liebe, die ich nicht verankern konnte. Alles, ich war sicher, war vorbei, abgeschlossen und erledigt, doch der Regen trommelt auf das Kunststoffdach und perlt an unseren Fenstern ab.

Auftakt.

Dank

An diesem Buch habe ich beinahe achtzehn Jahre lang gearbeitet. Die Recherche hat mich zweifellos viel Zeit gekostet, doch keiner meiner Romane hat bislang derart viele und derart viele verschiedene Entwurfsstadien durchlaufen. Der erste Teil dieses Romans wurde vor über zehn Jahren auf failbetter.com veröffentlicht, zwei weitere Partien etwa fünf Jahre später, eine in dem Sammelband *Behind the Short Story: From First to Final Draft*, die andere in der *Chattahoochee Review*. Die Erzählung aus der Anthologie ist zunächst als dreißigseitige Passage in das Buch gewandert und sieht sich nun auf einen Absatz reduziert. Von diesen frühen Veröffentlichungen abgesehen aber habe ich meine Romanfiguren selten losgelassen. Sie sind mir sehr ans Herz gewachsen. Tatsächlich habe ich mich phasenweise auch von diesem Buch abgewandt – daran zu arbeiten war, als würde man mit Bären ringen –, doch meine Protagonisten haben mich immer wieder angelockt. Dieser Roman repräsentiert einen großen Teil meines kreativen Lebens, und es ist ein seltsames Gefühl, ihn nun der Welt zu übereignen, doch es ist mir eine Ehre.

Vieles verdanke ich einer historischen Dokumentation zu Sheppard Pratt, der Publikation *Gatehouse: The Evolution of the Sheppard and Enoch Pratt Hospital, 1853 – 1986* von Bliss und Byron Forbush, vor allem der kleinen Fußnote, in der die

Maryland-Schule für Schwachsinnige Kinder Erwähnung findet. Diese Fußnote hat so etwas wie eine Initialzündung ausgelöst. Es ist nun über zehn Jahre her, dass mir die guten Geister, die heute an dem Ort arbeiten, der einst die Maryland-Schule für Schwachsinnige Kinder war, gestattet haben, mich auf dem Gelände umzuschauen, die alten Akten einzusehen und zu vervielfältigen. Diese Fotokopien waren mir unendlich wertvoll. Ich weiß gar nicht, ob die schönen, alten, asbestverseuchten Gebäude überhaupt noch stehen. Ich lebe schon so lange fern davon. Doch glauben Sie mir, es ist ein Anblick, der jedes Herz bricht.

Mein Dank gilt der Universitätsbibliothek von Delaware, die mir in einem frühen Stadium meiner schriftstellerischen Laufbahn ihre Bestände zu einem Jahresbeitrag von gerade zwanzig Dollar zugänglich gemacht hat. In diesen Beständen bin ich zufällig auf ein Buch mit dem Titel *Man Bites Man: The Scrapbook of an Edwardian Eccentric* gestoßen; es stammt von einem gewissen George Ives. Dieses Buch mit Zeitungsausschnitten aus der Zeit vor dem Ersten Weltkrieg war eine großartige Entdeckung. Eine große Hilfe war mir auch die umfangreiche Sammlung alter Zeitschriften, die ebenfalls in der Bibliothek beheimatet ist.

Ein besonderer Dank gilt, wie stets, meinem Vater. Er war immer schon mein bester Rechercheur. Als Kind hat er mich ins Howard House in Elkton, Maryland, mitgenommen, das Restaurant aus dem Roman, und ich durfte sogar in der Nische unter dem Artikel mit der Überschrift »Vom Himmel stürzen Tote« sitzen. Er hat nichts vor mir verborgen, vielmehr hat er seine Erinnerungen an diese Tragödie mit mir geteilt. Ich danke auch Jack und Abbie Fassnacht, Freunden der Familie, die Zeugen dieses Unglücks und so freundlich waren, mir vor über achtzehn Jahren davon zu erzählen. Mein Vater hat auch die wundervollen Mitarbeiter der Wildwood Historical Society ausfindig gemacht, die so großzügig mit ihrer Zeit gewesen sind. Von Wert war auch David W. Francis' historischer Abriss *Wildwood by the Sea*. Ein weiterer Dank gilt Peter McCall und Bill Perkins, die mir die Funktionsweise des menschlichen Herzens erläutert haben.

Ich danke meinem großartigen Agenten Nat Sobel, der immer für mich da ist, sowie der brillanten Judith Weber und allen anderen aus der Agentur: Kirsten Carleton, Julie Stevenson und Adia Wright. Danke, Justin Manask, du mein außergewöhnlicher Manager. Ihr alle erlaubt mir, meinen Neigungen zu folgen, und ich liebe euch dafür. Ein besonderes Danke auch an zwei brillante und wunderbare Frauen, Caitlin Alexander und Kara Cesara. Und selbstverständlich danke ich Ben George dafür, dass er diesen Roman gemeinsam mit mir bewältigt hat.

Mein unendlicher Dank gilt meiner Mutter, meinem Vater und meinem Ehemann, die dieses Buch viele Jahre lang geliebt, beschützt, gehütet und mich angetrieben haben, sein Versprechen zu erfüllen, das Versprechen einer Welt aus Fantasie – meine Welt und nun auch Ihre, liebe Leser.

Und auch Ihnen bin ich, so wie stets, zu großem Dank verpflichtet.